Nicci French – hinter diesem Namen verbirgt sich das Ehepaar Nicci Gerrard und Sean French. Seit dem Erscheinen ihres Longsellers »Der Sommermörder« sorgen sie mit ihren Psychothrillern international für Furore und verkauften weltweit über 8 Mio. Exemplare. Die beiden leben in Südengland. »Blutroter Sonntag« ist der vorletzte Band der achtteiligen Thrillerserie um Psychotherapeutin Frieda Klein. Zuletzt erschien »Böser Samstag«.

Nicci French in der Presse:

»Endlich: Ein guter psychologischer Kriminalroman.«
Die Zeit

»Adrenalinkickende Doppelermittlungen.«
Der Tagesspiegel

»Frieda wird von Tag zu Tag besser.«
TV Movie

Außerdem von Nicci French lieferbar:

Blauer Montag
Eisiger Dienstag
Schwarzer Mittwoch
Dunkler Donnerstag
Mörderischer Freitag
Böser Samstag
Der achte Tag

Der Sommermörder

NICCI FRENCH

BLUTROTER SONNTAG

PSYCHOTHRILLER

Aus dem Englischen
von Birgit Moosmüller

PENGUIN VERLAG

Die englische Originalausgabe erschien 2017
unter dem Titel *Sunday Morning Coming Down*
bei Michael Joseph (Penguin Random House), London.

MIX
Papier | Fördert gute Waldnutzung
FSC® C014496

Verlagsgruppe Random House FSC® N001967

2. Auflage

Umschlag: www.buerosued.de
Umschlagmotiv: plainpicture/robertharding/Paul Porter
Satz: Uhl + Massopust, Aalen
Druck und Bindung: GGP Media GmbH, Pößneck
Printed in Germany
ISBN 978-3-328-10335-6
www.penguin-verlag.de

Glendower: Ich rufe Geister aus der wüsten Tiefe.
Percy: Ei ja, das kann ich auch, das kann ein jeder.
Doch kommen sie, wenn Ihr nach ihnen ruft?

William Shakespeare, *Heinrich IV, Teil 1* (III/1)

ERSTER TEIL

Die Leiche unter dem Fußboden

1

Auf einmal war die Wohnung von Geräuschen erfüllt. Das Telefon läutete, verstummte, läutete erneut. Auf dem Tisch vibrierte das Handy. Die Türklingel ging – einmal, zweimal –, und gleichzeitig klopfte jemand heftig. Detective Chief Inspector Karlsson hievte sich aus seinem Sessel auf die Krücken, humpelte zur Tür und öffnete sie.

Eine sehr kleine und dünne Frau starrte ihm stirnrunzelnd entgegen. Ihr rotblondes Haar war im Nacken fast stoppelkurz, der schräg geschnittene Pony aber auf einer Seite so lang, dass er ein Auge verdeckte. Sie hatte ein schmales, blasses, leicht asymmetrisch wirkendes Gesicht mit farblosen Brauen und zimtbraunen Augen. Bekleidet war sie mit einem schwarzen Anorak, einem weiten grauen Pulli, einer dunklen Hose und orangeroten Turnschuhen. Hinter ihr regnete es in Strömen. Sowohl ihr Gesicht als auch ihr Haar waren vom Regen ganz nass. Über ihr knarrten die Äste einer Platane.

»Ich bin Chief Inspector Petra Burge.«

Karlsson fand, dass sie dafür zu jung aussah. Dann aber entdeckte er die Fältchen rund um ihre Augen. Außerdem hatte sie an der linken Kopfseite eine Narbe, die sich vom Ohr bis zum Hals hinunterzog.

»Ich habe schon von Ihnen gehört.«

Burge wirkte weder überrascht noch geschmeichelt.

»Ich muss Sie bitten, mich zu einem Tatort zu begleiten.«

Karlsson deutete auf seine Krücken.

»Ich bin krankgeschrieben.«

»Auf Weisung des Polizeipräsidenten.«

»Crawford schickt Sie?«

»Ich soll Ihnen sagen, dass es in den Saffron Mews eine Leiche gibt.«

»In den Saffron Mews?«

Plötzlich fühlte er sich, als hätte ihm jemand einen Magenschwinger verpasst. Er streckte eine Hand aus, um sich abzustützen. »Was ist passiert?«

»Wir fahren da jetzt hin. Ich habe einen Wagen.«

Burge wandte sich zum Gehen, doch Karlsson hielt sie am Ärmel fest.

»Ist sie tot?«

Sie schüttelte den Kopf.

»Es handelt sich um einen Mann.«

Einen Mann, dachte Karlsson. Was für einen Mann? Er hatte das Gefühl, sich selbst zu beobachten. Er hörte sich sagen, er komme gleich, während er sich benommen nach seinem Mantel umwandte, mit einem raschen Griff sicherstellte, dass sein Dienstausweis in der Tasche steckte, sich dann die Krücken unter die Achseln schob und die Tür zuzog. In dem Moment roch er die Kartoffel im Ofen. Sie würde zu Ruß verkokeln. Und wenn schon.

Er ließ sich auf den Rücksitz sinken und zog die Krücken nach. Erst dann merkte er, dass neben ihm jemand im Wagen saß.

»Es tut mir so leid!«

In der Dunkelheit brauchte er ein paar Augenblicke, um Detective Constable Yvette Long auszumachen. Sie lehnte sich zu ihm herüber, als wollte sie nach seinen Händen greifen. Ihr sonst streng nach hinten gebundenes Haar fiel ihr offen über die Schultern. Sie trug einen unförmigen Pullover und eine alte Jeans.

Ihre Stimme klang nach unterdrücktem Schluchzen. Mit einer Handbewegung brachte er sie zum Schweigen. Sein Bein schmerzte, und seine Augen brannten. Er saß ganz still und aufrecht, während er auf den Verkehr starrte, der ihnen aus der regennassen Dunkelheit entgegenkam.

»Immerhin lebt sie«, sagte er schließlich.

Burge stieg auf der Beifahrerseite ein. Neben ihr blickte ein Fahrer starr geradeaus. Von hinten sah Karlsson nur sein geschorenes Haar, seinen ordentlich getrimmten Bart. Burge wandte sich den beiden Fahrgästen auf dem Rücksitz zu.

»Fahren wir nicht gleich los?«, fragte Karlsson.

»Noch nicht. Was soll das alles?«

»Ich weiß nicht, was Sie meinen.«

»Polizeipräsident Crawford ruft mich zu Hause an. Der Polizeipräsident. Ich bin ihm nie begegnet, kenne ihn nicht mal vom Sehen. Trotzdem ruft er bei mir zu Hause an und fordert mich auf, alles liegen und stehen zu lassen, um an einen Tatort zu eilen und die Ermittlungen in einem Fall zu leiten, von dem ich noch gar nichts gehört habe. Und nicht nur das. Unterwegs soll ich außerdem eine Kollegin auflesen, die ich nicht kenne, und dann auch noch einen Kollegen, der eigentlich gerade krankgeschrieben ist. Es geht um Frieda Klein, hat er gesagt. Sie müssen aufpassen, hat er gesagt, es geht um Frieda Klein.«

Sie legte eine Pause ein.

»Was genau wollen Sie wissen?«, fragte Karlsson, der es vor Ungeduld kaum noch aushielt.

»Worauf lasse ich mich da ein?«

»Wenn Crawford Sie persönlich mit der Leitung beauftragt, dann muss das bedeuten, dass er Gutes über Sie gehört hat. Sollten wir also nicht zu diesem Tatort aufbrechen?«

»Wer ist Frieda Klein?«

Karlsson und Yvette Long sahen sich an.

»Ist das eine schwierige Frage?«, hakte Burge nach.

»Sie ist Psychotherapeutin«, antwortete Karlsson zögernd.

»Und in welcher Verbindung stehen Sie zu ihr?«

Karlsson holte tief Luft.

»Sie war in diverse polizeiliche Ermittlungen involviert.«

»Als Ermittlerin oder als Verdächtige?«

»Im Grunde ein wenig von beidem«, warf Yvette ein.

»Das ist nicht fair«, meinte Karlsson.

»Na ja, es stimmt aber, denken Sie doch nur an …«

»Halt«, fiel ihr Burge ins Wort. »Ich will nur eines wissen: Wieso mischt sich der Polizeipräsident da persönlich ein? So läuft das normalerweise nicht. Und warum warnt er mich?«

Karlsson und Yvette wechselten erneut einen Blick.

»Ich habe schon mehrfach mit Frieda zusammengearbeitet«, begann er.

»Wir beide«, wandte Yvette ein.

»Ja, wir beide. Sie besitzt gewisse Fähigkeiten. Ganz besondere Fähigkeiten. Aber manche Leute finden Frieda …«, er machte eine Pause. Was war das richtige Wort?

»Unglaublich schwierig«, schlug Yvette vor.

»Das ist jetzt ein bisschen heftig formuliert«, entgegnete Karlsson.

»Sie bringt die Leute gegen sich auf«, versuchte Yvette es erneut.

»Sie kann nichts dafür«, kommentierte Karlsson, an Burge gewandt. »Jedenfalls nicht viel. Reicht Ihnen das?«

Burge nickte dem Fahrer zu, woraufhin sich der Wagen in Bewegung setzte.

»Wann haben Sie sie das letzte Mal gesehen?«, fragte sie.

Karlsson warf einen Blick auf seine Armbanduhr.

»Vor etwa drei Stunden.«

Burge drehte sich abrupt um.

»Wie bitte?«

»Sie war an einer Ermittlung beteiligt.«

»Was für einer Ermittlung?«

»Sie hat versucht, eine Unschuldige aus dem Gefängnis zu bekommen.«

»Welche Unschuldige?«

»Es handelte sich um den Hannah-Docherty-Fall.«

»Den Docherty-Fall? Das war Frieda Klein?«

»Ja.«

»Das ist aber nicht gut gelaufen.«

»Nein.« Es herrschte einen Moment Schweigen. Karlsson schwirrte der Kopf. Es gab so viele Fragen.

»Die Leiche«, begann er. »Ist es jemand aus Friedas Bekanntenkreis?«

»Warum wollen Sie das wissen?«, fragte Burge. »Haben Sie einen Verdacht?«

»Eigentlich nicht.«

Es wurden keine weiteren Worte gewechselt, bis der Wagen von der belebten Euston Road abbog und sie sich einer Art Dunstglocke aus blitzendem Blaulicht näherten. Der Wagen hielt am Straßenrand. Als Karlsson die Tür öffnete, drehte Burge sich noch einmal zu ihm um.

»Sind Sie beide hier, um *mir* zu helfen oder *ihr*?«

»Geht nicht beides?«

»Wir werden sehen. Vielleicht können Sie mir bei Gelegenheit mal erklären, warum Sie eine Psychotherapeutin für kriminalistische Ermittlungen engagieren.«

»Ich habe sie nicht direkt engagiert.«

»Sie sollten sie nicht nach Ihrem ersten Eindruck beurteilen«, warf Yvette ein, »und nach dem zweiten eigentlich auch nicht.«

Mit einem irritierten Kopfschütteln öffnete Burge ihre Tür und eilte voraus. Karlsson brauchte länger, um sich nach draußen und auf seine Krücken zu hieven. Yvette folgte ihm. Er hörte sie hinter sich schwer atmen. Auf dem Gehsteig hatte sich bereits eine Schar Schaulustiger versammelt, zurückgehalten vom Absperrband und etlichen uniformierten Beamten. Es stimmte also. Schlagartig überkam ihn ein Gefühl von Ruhe und Distanz. Das war seine Welt. Er fand sein Gleichgewicht auf den Krücken und humpelte in schnellem Tempo auf den Tatort zu. Blitzlichter flammten auf. Die Medien waren bereits vor Ort. Wie hatten sie davon Wind bekommen? Einer der Fotografen war auf eine Mauer geklettert und hockte nun dort oben.

Ein junger Beamter kontrollierte den Zutritt hinter die Absperrung. Burge zückte nur rasch ihren Ausweis und stürmte an ihm vorbei. Karlsson kam sich vor wie ein alter, kranker Mann, während er, auf eine seiner Krücken gestützt, seinen eigenen Ausweis herausfischte. Der Mann griff danach und begann mit großem Brimborium, Karlssons Namen in sein Protokollbuch zu schreiben.

»Warum haben Sie *sie* nicht aufgehalten?«, fragte Karlsson und deutete dabei auf Burge.

»Sie leitet die Ermittlungen«, erwiderte der Mann. »Wir haben schon auf sie gewartet.« Nach einem hastigen Blick auf seine Armbanduhr notierte er auch noch die Zeit, ehe er Karlsson seinen Ausweis zurückgab. Bei Yvette verfuhr er ebenso. Karlsson hatte plötzlich das Gefühl, irgendwie wieder im Dienst zu sein, aber doch nicht richtig.

Mittlerweile befand er sich in der kleinen Gasse, wo seine Krücken auf den nassen Pflastersteinen rutschten. Vor den Garagen stand ein Krankenwagen mit geöffneten Türen. In seinem Inneren beugte sich ein Sanitäter über irgendetwas. Während sie auf das Haus zustrebten, traf ein weiterer Krankenwagen ein. Sein Licht ließ die enge Gasse seltsam fremd wirken: für einen Moment in Blau getaucht, dann wieder in Dunkelheit versunken. Karlsson registrierte rundherum Gestalten, zielstrebig, aber schweigsam. Aus den gegenüberliegenden Fenstern sah er Gesichter herabstarren.

Neben der Tür lehnte ein Mann an der Wand. Er trug einen weißen Overall, hatte jedoch seine Kapuze in den Nacken geschoben und auch seinen Mundschutz nach unten gestreift, sodass er ihm nun um den Hals hing. Der Mann sog gierig an seiner Zigarette, blies den Rauch aus, sog erneut.

»Wo ist die Spurensicherung?«, fragte Burge.

»Ich gehöre dazu«, antwortete der Mann.

»Was machen Sie dann hier draußen?«

»Ich musste einen Moment raus.«

»Sie sollten da drin sein.«

Der Mann musterte erst Burge und dann die beiden Personen in ihrer Begleitung. Sogar in dem schwachen Licht, das von den Fahrzeugen und Straßenlampen bis zum Haus fiel, nahmen sie den Graustich seines schweißbedeckten Gesichts wahr. Er sah aus, als müsste er sich gleich übergeben.

»Ich untersuche sonst hauptsächlich Raubüberfälle«, erklärte er, »und Verkehrsunfälle. So was wie hier habe ich noch nie gesehen.«

Burge wandte sich zu Karlsson und Yvette um und schnitt eine Grimasse.

»Wir müssen rein«, drängte Yvette in scharfem Ton.

Der graugesichtige Beamte führte sie zur offenen Tür eines größeren Einsatzfahrzeugs. Karlsson war vor Ungeduld und Beklemmung schon ganz hektisch. Ohne Yvette und den Beamten der Spurensicherung hätte er es nicht geschafft, den Overall über seinen Anzug zu ziehen, die Papierschuhe überzustreifen und dann den Gesichtsschutz und die Latexhandschuhe anzulegen. Als er schließlich auf die Haustür zusteuerte, versuchte Yvette ihn zu stützen, doch er schob sie weg. Er drückte auf den Klingelknopf, wie er es schon so viele Mal getan hatte. Die Tür schwang auf.

2

Karlsson holte tief Luft und trat ins Haus. Das grelle Licht der an Ständern befestigten Strahler blendete ihn, und der Gestank knallte ihm wie ein Faustschlag ins Gesicht. Schlagartig überfiel ihn eine Erinnerung: In einem heißen Sommer hatte er einmal den Deckel einer Mülltonne angehoben, in der schon tagelang Reste von Fisch und Fleisch verrotteten, und dabei einen Luftschwall abbekommen, dessen süßlicher Verwesungsgeruch einen sofort zurücktaumeln und würgen ließ.

Inzwischen gewöhnten sich seine Augen an das gleißende Licht, und er registrierte etliche menschliche Gestalten in weißen Overalls. Burge trat auf eine von ihnen zu. Die beiden sprachen kurz miteinander. Was sie sagten, konnte Karlsson nicht verstehen. Burges Gesprächspartner hielt eine sperrige Kamera in Händen. Als diese plötzlich aufblitzte und dann gleich noch einmal, hatte Karlsson einen Moment bläuliche Lichtspiralen vor Augen. Er war viele Male in dem Raum gewesen, doch in der grellen Laborbeleuchtung, die jede Unebenheit, jeden Riss und sonstigen Makel deutlich hervortreten ließ, wirkten die Wände und die Zimmerdecke ganz anders als sonst.

Die weiß gekleideten Gestalten um ihn herum schenkten den Wänden jedoch keine Beachtung, sondern starrten alle hinunter auf den Boden. Karlsson folgte ihrem Beispiel. Zunächst begriff er nicht: Warum waren die Bodendielen entfernt worden? Warum war der Gestank so penetrant? Karlsson empfand einen Anflug von Panik und dann, als er einen Blick auf das erhaschte, was in der Lücke im Boden lag, eine Welle der Erleichterung, die durch seinen ganzen Körper flutete. Er bekam weiche Knie. Benommen lehnte er sich auf seine Krücken, vollkommen durch den Wind.

Burge hatte ihn bereits darüber informiert, dass es sich nicht um Frieda handelte – dass Frieda Klein nicht tot war. Trotzdem fühlte es sich anders an, nachdem er sich nun selbst davon überzeugt hatte. Neben sich hörte er Yvette etwas sagen, ihn beim Namen nennen, doch den Sinn ihrer Worte begriff er nicht. Er konnte in dem Moment weder denken noch fühlen, sondern stand einfach nur da und wartete, bis sich die Welt um ihn herum wieder einpendelte. Dann zwang er sich, den Tatort genauer zu inspizieren.

Alles wirkte schräg und seltsam. Da war kein richtiger Fußboden mehr. Die Dielen in der Raummitte waren entfernt und auf einer Seite aufgetürmt worden – nicht zu einem ordentlichen Stapel, sondern zu einem wilden Haufen. Karlsson beugte sich vor und starrte in das Loch hinunter. Er konnte die Trägerbalken sehen. Oder sagte man da anders? Schwellen? Sein Gehirn schien nur in Zeitlupe zu arbeiten. Bleib ruhig, ermahnte er sich selbst. Atme. Denk nach. Dafür bist du doch ausgebildet. Unter dem Holz war unglaublicherweise Londoner Erde zu sehen. Häuser sind viel zu dünne, zerbrechliche Gebilde, um die Welt auszusperren, ging ihm durch den Kopf.

Da war sie, eingepfercht in einen der rechteckigen Zwischenräume: die Leiche eines Mannes. Aber irgendwie stimmte nichts. Die Augen waren gelb, ohne jede Transparenz, starr nach oben gerichtet. Die Gesichtshaut wirkte wächsern und fahl, durchsetzt von bläulichen Flecken. Der aufgeblähte Torso fand kaum noch Platz in dem blauen Hemd, das dunkle, feuchte Flecken aufwies. Es gab Spuren von Bewegung: fette, surrende Fliegen und auf dem Boden rund um die Leiche Maden, die sich zum Teil wanden, zum Teil reglos dalagen, vermutlich tot. Obwohl er es eigentlich nicht wollte, sah Karlsson genauer hin. In der einen Hand befand sich etwas, vertrocknet, ramponiert und ausgebleicht, aber dennoch eindeutig eine Blume. Ein Märzenbecher, dachte er. Der Jahreszeit entsprechend. Es war März. Sein Blick wanderte zurück zu dem schrecklichen Gesicht. Erst jetzt bemerkte er, dass beide Ohren fehlten. Jemand hatte sie abgeschnitten.

Neben der Lücke im Fußboden kniete eine Gestalt in Schutzkleidung, damit beschäftigt, in einer mittelgroßen weißen Kiste zu wühlen. Karlsson kannte sich damit aus. Die Kiste enthielt Beweismitteltüten, Behälter für feuchtes und trockenes Beweismaterial. Er setzte zum Sprechen an, rief sich aber rasch ins Gedächtnis, dass von seiner Stimme kaum mehr als ein Nuscheln zu hören sein würde. Als er daraufhin seinen Mundschutz nach unten schob, wurden die Gerüche sofort intensiver – noch widerwärtiger und süßlicher. Karlsson hatte das Gefühl, sich gleich übergeben zu müssen. Du bist Chief Inspector, ermahnte er sich selbst. Du kannst unmöglich einen Tatort vollkotzen. Er holte tief Luft, bereute es aber sofort.

»Wie lange liegt die Leiche schon hier?«, fragte er.

Die Gestalt blickte hoch und sagte etwas, das er nicht verstand. Er machte eine hilflose Handbewegung.

»Der Gerichtsmediziner ist bereits unterwegs«, antwortete die Stimme, die eher weiblich klang.

Karlsson wurde bewusst, dass Burge neben ihn getreten war.

»Wo ist Klein?«, fragte sie.

Die Gestalt deutete auf eine Tür, die aus dem vorderen Bereich des Hauses in den hinteren führte. Karlsson zog seinen Mundschutz wieder hoch, um besser gegen den grässlichen Gestank gewappnet zu sein. Er und Burge traten durch die Tür in die Küche. Frieda Klein saß in ziemlich aufrechter Haltung am Tisch. Es war ein seltsames Gefühl, von jenem Ort der Zerstörung und Verwesung in diesen Raum der Ordnung zu wechseln, wo ein Basilikumtöpfchen auf dem Fensterbrett stand, eine Katze sachte Wasser aus einer Schale schlabberte und orangerote, erst halb offene Tulpen in einer Keramikvase den Tisch zierten. Einen Moment kam es Karlsson so vor, als handelte es sich dabei um eine Bühnenkulisse, während hinter ihm der Schrecken der Realität lauerte. Ganz langsam wandte Frieda den Kopf und blickte ihnen entgegen. Ihre wachsamen dunklen Augen machten Karlsson immer ein wenig nervös, selbst wenn sie lächelten. Nun aber lächelten sie nicht. Friedas Haut wirkte noch bleicher als sonst. Außerdem war irgendetwas an ihrem Gesichtsausdruck anders, fand Karlsson. Dann begriff er: Sie erkannte ihn nicht, obwohl er auf seinen Krücken angehumpelt kam. Er zog seine Kapuze zurück und streifte die Schutzmaske ab, die Mund und Nase bedeckte. Frieda reagierte mit dem Anflug eines Lächelns, sagte jedoch nichts. Burge trat auf sie zu, stellte sich vor und ließ sich dann gegenüber Frieda am Küchentisch nieder.

»Fühlen Sie sich in der Lage, mit uns zu sprechen?«, begann sie.

»Ja.«

»Sie werden eine vollständige Aussage machen müssen, aber vorab bräuchte ich schon ein paar Informationen von Ihnen. Schaffen Sie das?«

»Kann ich zuerst mit meinen Freunden sprechen?«

»Als Erstes müssen Sie mit mir sprechen.«

»In Ordnung.«

»Sie machen einen recht ruhigen Eindruck«, bemerkte Burge. Friedas Augen schienen noch eine Nuance dunkler zu werden.

»Ist das ein Problem?«, gab sie zurück.

»In Ihrem Haus wurde eine Leiche entdeckt. Die meisten Menschen fänden das sehr beängstigend und schockierend.«

»Tut mir leid«, erwiderte Frieda. »Großes Brimborium liegt mir nicht.«

Von draußen drang ein Geräusch herein. Als Burge den Kopf wandte, sah sie, dass in Friedas kleinem Garten hinter dem

Haus eine Gestalt im strömenden Regen stand. Eine Zigarette glühte auf.

»Wer ist das?«

»Ein Freund von mir. Er heißt Josef Morozov. Josef hat die Leiche gefunden und ist deswegen noch ziemlich durcheinander.«

»Wie kommt es, dass er derjenige war, der sie gefunden hat?«

Frieda hob beide Hände an den Kopf und massierte sich die Schläfen. Burge begriff, dass sie es gerade so schaffte, sich zusammenzureißen.

»Ich bin vor ein paar Stunden nach einem schweren Tag nach Hause gekommen. Da fiel mir ein Geruch auf. Ich konnte mir nicht erklären, woher er kam. Josef ist Bauarbeiter. Er hilft mir manchmal, wenn am Haus etwas zu machen ist. Auf meine Bitte hin hat er vorbeigeschaut und eine Bodendiele gelöst. Ich hatte den Verdacht, es könnte sich um eine Ratte handeln.«

»Wissen Sie, wer der Tote ist?«

»Ja. Ein ehemaliger Polizist namens Bruce Stringer.«

Burge zögerte kurz. Ihr war nicht ganz klar, wo sie anfangen sollte.

»Haben Sie irgendeine Idee, wer so etwas tun könnte? Und warum die betreffende Person die Leiche eines ehemaligen Polizisten in Ihrem Haus deponieren sollte?«

Nun war es an Frieda zu zögern. Burge registrierte, dass ihr Blick zu Karlsson wanderte, der mit einem leichten Nicken reagierte.

»Entschuldigung«, sagte Burge, »aber verpasse ich gerade etwas?«

»Schon gut«, entgegnete Frieda. »Sie sollen ruhig wissen, wie ich die Sache sehe. Ich bin nämlich der festen Überzeugung, dass Stringer von einem Mann namens Dean Reeve getötet wurde. Haben Sie von ihm gehört?«

»Ist das jetzt Ihr Ernst?«, gab Burge zurück.

»Ja, ich bin tatsächlich dieser Überzeugung.«

»Jeder hat von Dean Reeve gehört«, erwiderte Burge. »Er war verantwortlich für eine Serie von Entführungen und möglicherweise auch für einen Mord. Das Problem ist, dass er vor sieben Jahren Selbstmord begangen hat.«

Frieda schüttelte den Kopf.

»Wenn Sie in Ihr Büro zurückkehren, werden Sie feststellen, dass es über mich eine dicke Akte gibt. Unter anderem steht in dieser Akte, dass ich seit Längerem hartnäckig versuche, die Leute davon zu überzeugen, dass Dean Reeve noch am Leben ist und weitere Morde begangen hat.«

Burge sah Karlsson an.

»Glauben Sie das?«

»Ja, das tue ich«, antwortete Karlsson.

»Mal angenommen, es stimmt. Warum sollte er dann diesen Mann töten und sich die Mühe machen, ihn in Ihrem Haus zu verstecken?«, fuhr Burge an Frieda gewandt fort.

Frieda strich sich mit einer Hand über die Augen und holte tief Luft, als versuchte sie mühsam, die Fassung zu wahren. Ihre Antwort klang dann tatsächlich gefasst, kostete sie aber wohl extrem viel Kraft.

»Bruce Stringer hat mir bei meiner Suche nach Dean Reeve geholfen, und ich schätze mal, er war erfolgreich. Meiner Meinung nach hat Dean Reeve die Leiche hier abgelegt, um mir auf diese Weise eine Nachricht zu übermitteln.«

»Was für eine Nachricht?«

»›Das kommt dabei heraus, wenn du nach mir suchst.‹«

Burge erhob sich.

»Ich schicke Ihnen einen Wagen. Sie müssen eine richtige Aussage machen. Seien Sie vorsichtig mit dem, was Sie den Leuten erzählen. Selbst Ihren Freunden gegenüber. Gehen Sie nirgendwohin. Sprechen Sie nicht mit der Presse. So, und ich mache mich jetzt auf den Weg und sehe mir Ihre Akte an.«

Mit einem Nicken in Karlssons Richtung verließ sie den Raum. Karlsson lehnte seine Krücken gegen eine Arbeitsplatte und setzte sich an den Tisch, dessen Fläche so gut wie leer war, abgesehen von dem Wasserglas vor Frieda und einem Whiskyglas sowie der dazugehörigen Whiskyflasche. Karlsson beugte sich Frieda ein wenig entgegen, doch weder er noch sie sagten ein Wort. Schließlich streckte sie eine Hand aus, und Karlsson nahm ihre Finger zwischen seine. Frieda schloss einen Moment die Augen.

»Warum kannst nicht du die Ermittlungen leiten?«

»Das wäre nicht richtig.«

Die Tür, die in den Garten hinter dem Haus führte, ging auf, und Josef kam herein. Er wirkte immer noch benommen. Seine Kleidung war durchnässt, das Haar klebte ihm am Kopf. Karlsson deutete auf einen Stuhl.

Josef sah ihn mit leerem Blick an, ließ sich schwer auf den Stuhl fallen, griff nach der Flasche und goss Whisky in das Glas. Nachdem er es in einem Zug ausgetrunken hatte, schenkte er sich sofort nach.

»Ich habe die Bretter rausgenommen.«

Seine Stimme klang belegt, seine braunen Augen glühten.

»Das war bestimmt …« Karlsson hielt inne. Alles, was er hätte sagen können, lag ohnehin auf der Hand.

»Ich habe schon drei Whiskys intus«, erklärte Josef. »Und jetzt trinke ich noch mal drei.«

»Ist das da draußen dein Lieferwagen?«, fragte Karlsson.

»Ich hab mein Werkzeug mitgebracht.«

»Vielleicht solltest du mit dem Bus heimfahren.«

»Wie geht es jetzt weiter?«, meldete sich Frieda zu Wort.

»Jemand wird vorbeikommen und dich auf Spuren untersuchen. Vorausgesetzt, du willigst ein. Möglicherweise brauchen sie auch deine Kleidung.« Sein Blick wanderte zu Josef. »Deine auch.«

Josef leerte erneut sein Glas. »Meine?«

»Sie organisieren dir irgendetwas anderes zum Anziehen. Und Fingerabdrücke werden sie auch nehmen. Und Haarproben. Außerdem wird man von euch beiden eine Aussage wollen. Das kann eine Weile dauern.«

Die Tür ging auf, und Yvette betrat den Raum. Sie streifte ihre Schutzmaske ab und steuerte auf Frieda zu. Ihr Gesicht wirkte fleckig. Karlsson sah Schweißperlen auf Stirn und Oberlippe glänzen.

Als sie das Wort an Frieda richtete, klang ihre Stimme vor Verlegenheit und Kummer überlaut.

»Wenn du mit jemandem darüber sprechen möchtest …«, begann sie.

»Danke.«

»Ich bin wahrscheinlich die Letzte, die du dir aussuchen würdest, aber wenn du …«

Yvette brachte nichts weiter heraus. Frieda tätschelte ihr die Hand, wie um sie zu trösten.

Josef hielt Yvette das Whiskyglas hin, woraufhin sie einen großen Schluck nahm und dann heftig hustete. Ihre Augen tränten.

»Mehr?«, fragte Josef ermutigend.

Sie schüttelte den Kopf. »Eigentlich mag ich Whisky überhaupt nicht. Ich bekomme davon immer einen Ausschlag. Der Polizeipräsident verlangt nach dir«, fügte sie an Karlsson gewandt hinzu.

Seufzend zog er seine Krücken zu sich heran. »Bis bald«, verabschiedete er sich von Frieda.

Sie nickte, gab ihm aber keine Antwort. Ihr bleiches Gesicht wirkte völlig ausdruckslos, während sie ihn mit ihren dunklen, durchdringenden Augen anstarrte. Er war nicht sicher, ob sie ihn überhaupt wahrnahm.

3

Sie wissen, was das bedeutet, Mal?« Das Gesicht von Polizeipräsident Crawford wirkte gerötet. Er zerrte an seiner Krawatte, um sie zu lockern.

Karlsson nickte.

»Man hat mich aus einem Abendessen in der Guildhall geholt. Dabei hatte ich meinen gottverdammten Lachs *en croute* erst zur Hälfte gegessen.«

Er nahm einen Kaffeebecher vom Schreibtisch und betrachtete ihn.

»Könnte ich einen frischen Kaffee haben?«, rief er jemandem zu, den Karlsson nicht sehen konnte. »Möchten Sie auch einen?«

»Nein danke.«

»Ich weiß, was Sie denken.«

»Tatsächlich?«

»Und ich weiß, was *sie* denkt.«

»Wer?«

»Ihre Frieda Klein bildet sich bestimmt ein, dass sie jetzt gewonnen hat. Sie hatten recht, Mal, und Ihre heiß geliebte Frau Doktor Klein auch.«

»Ich glaube nicht, dass das im Moment ihre Gedanken beherrscht.«

Crawford erhob sich von seinem Schreibtisch und trat ans Fenster. Karlsson schwang auf seinen Krücken zu ihm hinüber und stellte sich daneben. Es gab nicht viel zu sehen – bloß den Parkplatz des Polizeipräsidiums, umgeben von einer hohen Mauer, die gekrönt war von NATO-Draht.

»Konnten Sie einen Blick auf die Leiche werfen?«

»Ja.«

»Sie lag tatsächlich unter den Bodendielen?«

»Ja, tatsächlich.«

»Das gibt eine große Story. Die Presse liebt so etwas. Die Leiche unter dem Fußboden. Was, glauben Sie, wird Doktor Klein sagen?«

»Wozu?«

Crawford sah ihn stirnrunzelnd an. »Dazu. Zu dem Fall. In Bezug auf mich.«

»In Bezug auf Sie? Wie meinen Sie das?«

»Ich bin dafür verantwortlich, dass die Ermittlungen im Fall Dean Reeve eingestellt wurden. Ich wollte ihr keinen Glauben schenken. Jetzt hat mich Frieda Klein da, wo sie mich haben wollte. Ich wette, nun lacht sie sich ins Fäustchen.«

»Commissioner, ich kann Ihnen wirklich versichern, dass sie nicht lacht und dass sie im Moment gar nicht in erster Linie an Sie denkt.«

Crawford fuhr fort, als hätte er Karlssons Einwand nicht gehört.

»Sie kennen die Frau doch. Wir müssen uns überlegen, wie wir das handhaben wollen.«

»Die einzig richtige Art, das zu handhaben, besteht darin, das Verbrechen aufzuklären.«

»Ja, stimmt.« Crawford holte ein großes weißes Taschentuch heraus, faltete es umständlich auseinander, wischte sich damit die Stirn ab und verstaute es wieder. Als er schließlich weitersprach, tat er das im Flüsterton, als spräche er mit sich selbst.

»Ich habe eine Spitzenkraft auf den Fall angesetzt. Eine richtig gute. Sind Sie ihr schon begegnet?«

»Ja, bin ich.«

»Eine Frau. Das sorgt vielleicht für ein bisschen Gegengewicht.«

»Wir brauchen einfach nur jemand Guten.«

»In der Tat«, bestätigte Crawford. »Ich kämpfe hier nämlich um mein Leben.«

Eine halbe Stunde später sah Karlsson beim Verlassen des Präsidiums, wie Frieda aus einem Streifenwagen stieg und dann in Begleitung eines Beamten die Treppe heraufkam. Als sie neben ihm stehen blieb, legte er ihr eine Hand auf den Arm. Der fühlte sich seltsam steif an, wie ein Stück Holz. Frieda musterte ihn einen Moment fragend, als müsste sie überlegen, wer er war.

»Ich brauche jemanden, der nach meiner Katze schaut«, sagte sie schließlich.

»Ich kümmere mich darum.«

Frieda wurde in einen kleinen Raum geführt. In der Ecke stand ein Topf mit einer Birkenfeige. Sie registrierte, dass die Pflanze gegossen gehörte. Die Jalousien waren heruntergelassen, und auf dem Tisch stand eine Schachtel Papiertaschentücher. Wie bei einer Therapiesitzung, ging ihr durch den Kopf. All die Tränen. Jemand kam mit einem Krug Wasser und zwei Gläsern herein. Sie wurde gefragt, ob sie Tee wolle, was sie verneinte. Oder Kaffee? Nein. Kekse? Sie wollte auch keine Kekse. An der Wand hing eine Uhr: Sie zeigte zehn vor zwölf.

Frieda zog ihren langen Mantel aus und hängte ihn an den Haken an der Tür. Nachdem sie auf einem der Stühle Platz genommen hatte, schenkte sie sich ein Glas Wasser ein. Ihre Hände waren ganz ruhig, ihr Herzschlag normal. Draußen hörte sie den Regen prasseln. Der Minutenzeiger der Uhr rückte vor.

Um vier Minuten vor Mitternacht schwang die Tür auf, und ein hochgewachsener junger Mann stand im Rahmen. Er hatte breite Schultern, markante dunkle Augenbrauen und eine

Nase, die aussah, als wäre sie irgendwann in der Vergangenheit mal gebrochen und nicht wieder ordentlich gerichtet worden. Als er weiter in den Raum trat, sah Frieda, dass er ein Tablett mit drei Pappbechern Kaffee trug. Petra Burge folgte ihm auf dem Fuße. Sie ließ einen Lederrucksack von der Schulter gleiten und auf den Boden fallen.

»Das ist mein Kollege, Don Kaminsky. Einer von diesen Kaffeebechern ist für Sie. Ich kann Milch für Sie organisieren, wenn Sie welche brauchen.«

»Danke, nicht nötig.«

Petra nahm einen Schluck von ihrem eigenen Kaffee.

»Sogar Einbrüche sind traumatische Erlebnisse«, erklärte sie. »Die Leute fühlen sich in ihrer Privatsphäre verletzt. Entblößt.«

»Ich habe davon gelesen.«

»Und hier geht es um eine Leiche – noch dazu um jemanden, den Sie kannten.«

»Das stimmt.«

Petra Burge musterte sie einen Moment aus schmalen Augen. Dann nickte sie.

»Fühlen Sie sich in der Verfassung, eine erste Aussage zu Protokoll zu geben? Ich würde gern gleich loslegen, es sei denn ...«

»Mir geht es wie Ihnen«, fiel ihr Frieda ins Wort.

»Gut.« Sie nahm Frieda gegenüber Platz und holte einen Notizblock aus ihrem Rucksack. »Don wird alles, was Sie sagen, ordnungsgemäß protokollieren, aber es könnte sein, dass ich mir auch ein paar Notizen mache. Ist das für Sie in Ordnung? Am Schluss werden wir Sie bitten, Ihre Aussage zu unterschreiben.«

»Ja, natürlich.« Frieda griff nach einem der Kaffeebecher. Sie fror bis in die Knochen, und das warme Getränk hatte etwas Tröstliches. »Jetzt trinke ich doch einen.«

Nach gut zwei Stunden ließ sich DCI Burge zurücksinken. »Wir sind fertig. Bestimmt sind Sie erschöpft.«

»Eigentlich nicht.« Tatsächlich hatte Frieda das Gefühl, nach wie vor scharf und klar denken zu können.

»Sie hatten einen schlimmen Tag und sollten schlafen.«

»Ich muss ein Stück marschieren.«

»Ich glaube, es regnet immer noch.« Burge warf einen Blick auf ihre Armbanduhr. »Außerdem ist es schon fast halb drei.«

»Ich weiß.«

Burge musterte Frieda ein paar Sekunden und wandte sich dann an ihren Kollegen. »Don, schau doch mal nach, wer Zeit hat.«

»Zeit wofür?«, fragte Frieda, während Don Kaminsky abzog. Aber Burge gab ihr keine Antwort, sondern studierte aufmerksam die paar Worte, die sie sich auf ihrem Block notiert hatte, umgeben von etlichen Kritzeleien. Dabei wirkte ihr schmales Gesicht sehr streng und nachdenklich.

Kaminsky kehrte mit einer jungen Polizistin zurück. Sie hatte aschblondes Haar, gerötete Wangen und einen nervösen Gesichtsausdruck. Burge stellte sie als PC Fran Bolton vor. Frieda schüttelte ihr die Hand und registrierte dabei nicht nur den schlappen Händedruck, sondern auch die abgekauten Fingernägel der jungen Frau. Fran Bolton wirkte müde und blass, als hätte man sie wach gehalten, obwohl es für sie eigentlich längst Schlafenszeit war. Burge sah sie an.

»Bitte ziehen Sie sich um, wir brauchen Sie in Zivil.«

Die junge Beamtin verließ den Raum.

»Fran Bolton wird Sie begleiten.«

»Ich benötige keine Begleitung.«

»Unter Ihrem Fußboden wurde eine Leiche gefunden, und Sie sind der Meinung, sie wurde vom Mörder, nämlich Dean Reeve, dort platziert. Wenn Sie mit einer uniformierten Beamtin herumlaufen, wird das Aufsehen erregen. Die Leute werden sich fragen, was da los ist. Man wird vermuten, dass Sie unter Arrest stehen oder dass etwas Schlimmes passieren könnte. Wobei das natürlich einen gewissen Abschreckungseffekt hätte. Schwer zu sagen, ob es eher schädlich oder nützlich wäre.«

»Dean Reeve würde sich von einer Uniform bestimmt nicht abschrecken lassen.«

Als die Beamtin schließlich zurückkehrte, trug sie eine braune Cordjacke über einer dunklen Hose und sah damit noch jünger aus als vorher. Frieda hatte überlegt, zum Fluss hinunterzugehen, entlang der Uferbefestigung in Richtung Osten und dann am Kanal entlang zurück, entschied nun aber, dass sie dieser jungen Polizistin keinen stundenlangen Marsch durch Wind und Regen zumuten durfte. Auch konnte sie sich kaum vorstellen, dass sie ihr als Beschützerin viel nützen würde. Klein und schmal gebaut, sah sie aus wie ein Schulmädchen beim ersten Berufspraktikum. Immerhin war sie mit einem Funkgerät ausgestattet. Damit konnte sie vielleicht Hilfe anfordern. Trotzdem kam es bei nächtlichen Wanderungen eigentlich darauf an, dass man alleine marschierte.

»Schon gut. Ich verzichte auf den Fußmarsch.«

»Dann organisiere ich Ihnen jetzt eine Übernachtungsmöglichkeit. Nur für heute«, fügte Petra hinzu.

»Das heißt, morgen kann ich nach Hause?«

»Auf gar keinen Fall. Morgen oder vielleicht auch erst übermorgen haben wir etwas Längerfristigeres für Sie.«

»Das klingt nicht gut.«

Burge neigte den Kopf zur Seite, als versuchte sie, Frieda aus einem anderen Winkel zu betrachten. »So wird es aber sein.«

»Für heute brauche ich keine Übernachtungsmöglichkeit. Das habe ich schon geregelt.«

»Geben Sie mir die Adresse. Wir werden zwei Leute vor dem Haus postieren.«

»Allen Ernstes?«

Petra Burge zögerte einen Moment. »Ich war schon oft in dieser Situation«, erklärte sie schließlich. »Im Gespräch mit Betroffenen, nach einem Verbrechen, einem Leichenfund, einem Hausbrand, solchen Sachen. Manchmal weinen die Leute, oder sie sind wütend oder verängstigt. Manche machen auch einfach dicht. Aber Sie sind …«, sie suchte nach dem passenden Wort, »… normal. Ruhig.«

Frieda musterte sie ein paar Sekunden. »Wie reagieren Sie denn, wenn etwas Schreckliches passiert?«

Burge hob nachdenklich die Augenbrauen. »Ich stehe dann extrem unter Strom.«

»Ich werde ganz ruhig«, entgegnete Frieda. »Das habe ich im Lauf der Zeit festgestellt.«

»Sie klingen, als sprächen Sie über jemand anderen.«

»Nein, ich spreche sehr wohl über mich selbst.«

Im Wagen fragte Bolton, wohin es gehe.

»Zu einem Mann namens Reuben McGill«, erklärte Frieda. »Er ist ein alter Freund. Außerdem wohnt da auch noch ein anderer Freund von mir, Josef Morozov.«

»Oh«, sagte Bolton. »So ist das also.«

»Nein, so ist das nicht. Aber ich sollte Ihnen von Reuben erzählen. Sie vielleicht sogar vor ihm warnen.« Sie registrierte Boltons Gesichtsausdruck. »Er ist nicht gefährlich oder so was. Sie wissen sicher, dass man während der Ausbildung zum Psychotherapeuten selbst eine Therapie machen muss. Drei Jahre lang war ich bei Reuben in Therapie, fünf Tage die Woche. Er war wichtig für mich, und wir wurden Freunde. Tief in seinem Innern ist er ein intelligenter, sensibler Mann, aber wenn man ihn zum ersten Mal trifft, merkt man das nicht immer gleich. Das ist alles.«

4

Obwohl es drei Uhr morgens war, als der Wagen vor Reubens Haus eintraf, brannte unten überall Licht. Bevor Frieda klopfen konnte, riss Reuben bereits die Tür auf.

»Herrgott noch mal, komm rein! Schnell herein mit dir!«

Er trat vor und umarmte sie. Frieda roch seinen Duft – das Rasierwasser, das er schon seit Jahrzehnten benutzte, die Zigaretten, die er geraucht, den Wein, den er getrunken hatte. Sie schloss einen Moment die Augen und ließ sich einfach nur im Arm halten.

»Es ist so spät«, murmelte sie. »Du hättest nicht aufbleiben sollen.«

Reuben starrte sie an. »Du machst Witze, oder? Eine Leiche unter deinen Bodendielen, und da hätte ich nicht aufbleiben sollen?«

»Ich möchte nicht ...«, begann Frieda, brach dann aber ab. Sie wusste selbst nicht, was sie eigentlich sagen wollte.

»Ist mit dir alles in Ordnung? Frieda?«

»Ja.«

Er legte ihr einen Arm um die Schulter, um sie ins Haus zu führen. Erst jetzt registrierte er Fran Bolton, die hinter Frieda stand und ihm ihren Ausweis hinhielt. Neugierig starrte er sie an. »Stehst du unter Arrest?«, fragte er Frieda.

»Nein, unter Schutz gestellt«, erklärte sie. »Kommen Sie mit rein?«, wandte sie sich an Fran Bolton.

»Wie Sie wollen«, antwortete diese. »Ich kann auch im Wagen bleiben.«

»Schau dir ihr trauriges kleines Gesicht an«, mischte Reuben sich ein. »Du kannst sie doch nicht draußen in der Kälte lassen.«

Er entzog Frieda seinen Arm, legte ihn stattdessen um die Schulter der verblüfften Fran Bolton und zog sie fast gewaltsam ins Haus. Drinnen saß Josef am Tisch. Aus der Flaschen- und Gläsersammlung, die er vor sich stehen hatte, schloss Frieda, dass er seine Selbstmedikation fortgesetzt hatte. Er erhob sich und schwankte mit ausgebreiteten Armen auf sie zu.

»Du bist hier. Wir sind beide hier. Am Leben, das ist das Wichtigste. Wir müssen für immer...« Er verstummte. Abrupt ließ er sich auf den nächsten Stuhl fallen, die Arme noch immer ausgestreckt.

»Ich wünschte, ihr würdet aufhören, mich ständig zu umarmen. Ich möchte nur noch unter die Dusche und dann ins Bett. Für die paar Stunden, die von der Nacht noch übrig sind.«

»Du musst total erschöpft sein«, pflichtete Reuben ihr bei.

»Ich kann gar nicht sagen, wie ich mich eigentlich fühle.«

»Unter Schock«, warf Fran Bolton ein. »Das ist ein Schocksymptom.«

»Als Erstes musst du etwas essen«, meinte Reuben.

»Nein danke.«

»Ein Omelett. Ich mache mittlerweile richtig feine Omeletts. Mit Schnittlauch. Brot und Käse habe ich auch da.«

»Meinen Mohnkuchen«, warf Josef ein, während er vergeblich versuchte, wieder aufzustehen. »Meinen Borschtsch, der noch im Kühlschrank steht.«

»Gar nichts«, widersprach Frieda.

»Setz dich«, sagte Josef. »Es gibt viel zu bereden. So viel.«

»Ja, es gibt viel zu besprechen und zu tun, aber nicht jetzt. Ich kann nicht. Ich gehe ins Bett.«

»Mit Wärmflasche«, sagte Josef. »Und Tee.«

»Könntet ihr Fran mit allem versorgen, was sie braucht?«

»Jede Freundin von dir kann von uns alles haben«, verkündete Reuben.

Sie warf einen Blick zu Fran Bolton hinüber. »Wir sehen uns in ein paar Stunden.«

Es fühlte sich länger an als ein paar Stunden. Nachdem Frieda den Wecker ihres Handys gestellt hatte, lag sie lange Zeit mit offenen Augen auf dem Bett in Reubens Gästezimmer. Eine Weile bemühte sie sich vergeblich, jeden Gedanken auszublenden. Dann versuchte sie, an langsam dahinwogende Wellen zu denken, die aus einem dunklen Meer kamen und sich leise am Ufer brachen, doch selbst durch die Wellen sah sie jenes Gesicht zu sich aufstarren. Womöglich hatte es schon tagelang unter dem Fußboden zu ihr aufgestarrt, während sie, ohne es zu wissen, darauf hin und her spaziert war. Phasenweise schlief sie, dazwischen lag sie wieder wach, aber als schließlich der Wecker schrillte, riss er sie aus irgendeinem chaotischen Traum. Sie hatte genug geschlafen, um sich benommen und wie wattiert zu fühlen, aber nicht genug, um erfrischt aufzustehen.

Trotzdem kämpfte sie sich hoch, griff nach ihren Schuhen und patschte aus dem Raum. Im Haus war es noch dunkel, abgesehen von einem schwachen Lichtschein im Erdgeschoss. Frieda ging ins Bad und riss eine frische Zahnbürste aus der Verpackung. Nachdem sie sich die Zähne geputzt und das Gesicht mit kaltem Wasser gewaschen hatte, betrachtete sie ihr Spiegelbild. Wo würde diese Person den kommenden Abend verbringen? Seltsam, keine Ahnung zu haben.

Immer noch schuhlos, schlich sie die Treppe hinunter. Fran Bolton saß im Wohnzimmer auf dem Sofa und blätterte durch einen Bildband.

»Sie haben nicht geschlafen«, stellte Frieda fest.

»Ich arbeite. Man bezahlt mich dafür, dass ich hier herumsitze.«

Frieda gefiel der säuerliche Ton, in dem sie das sagte. »Jetzt nicht mehr. Wir machen einen Spaziergang.«

Mit diesen Worten begann sie ihre Schuhe zu schnüren. Als sie kurz darauf das Haus verließen, zog Frieda die Tür so leise wie möglich hinter sich zu.

»Keine Sorge«, meinte Fran Bolton. »Ich glaube nicht, dass Sie die beiden aufwecken können.«

Frieda setzte sich in Richtung Primrose Hill in Bewegung. »War es so schlimm?«

»Ziemlich emotional. Sie haben die ganze Zeit über Sie gesprochen.«

»Das klingt nicht gut.«

»Doch, es war interessant.«

»Ich will es gar nicht wissen.«

»Außerdem hat Reuben mir erzählt, dass er Krebs hat.«

»Ja.«

»Ist es ernst?«

»Das weiß ich noch nicht so genau. Er weiß es selbst erst seit ein paar Tagen. Unter Umständen schon.«

Frieda beschleunigte das Tempo.

»Ich kann uns einen Wagen kommen lassen«, bemerkte Fran Bolton, die sichtlich Mühe hatte, Schritt zu halten.

»Ein bisschen Marschieren tut gut.«

»Wohin gehen wir?«

»Nach Holborn.«

»Das sind doch etliche Kilometer.«

»Ja.«

»Warum?«, fragte Bolton. »Ich sollte das wissen.«

»Es gibt jemanden, mit dem ich über das alles sprechen muss.«

»Ist die betreffende Person in den Fall verwickelt?«

»Es handelt sich um den Mann, der mich mit Bruce Stringer in Kontakt gebracht hat. Ich muss es ihm sagen. Bevor ich irgendetwas anderes mache, muss ich mit ihm reden.«

»Das klingt für mich, als wäre er in den Fall verwickelt.«

Frieda gab ihr keine Antwort. Sie erreichten den Park und gingen Richtung Zoo.

»Josef und Reuben, sind die beiden, Sie wissen schon …?«

»Ein Paar? Nein. Sie sind Freunde, und Josef wohnt die meiste Zeit dort.«

»Was macht Josef beruflich? Woher kennen Sie ihn?«

Frieda wandte abrupt den Kopf. »Bei Josef sollten Sie aufpassen.«

»Ich dachte, er ist Ihr Freund.«

»Das ist er, sogar ein sehr guter. Aber wenn er Frauen kennenlernt, wollen ihn die immer irgendwie bemuttern, und dann …«

»Ich will ihn nicht bemuttern.«

»Genau das meine ich.«

Sie liefen über den Kanal in den Regent's Park. Als sie die lange Allee erreichten, die mitten durch den Park führte, deutete Frieda auf eine Bank.

»Wir sollten vorab etwas klären«, verkündete sie, sobald sie sich niedergelassen hatten. »Ich nehme an, Sie müssen Ihrer Chefin über mich Bericht erstatten.«

»Aus Ihrem Mund klingt das irgendwie negativ«, stellte Bolton fest. »Natürlich bin ich verpflichtet, meine Arbeit zu dokumentieren. Das muss Ihnen klar sein.«

»Ja, das ist mir klar.« Frieda überlegte eine ganze Weile. Als sie das Schweigen schließlich wieder brach, klang es, als würde sie laut denken. »Ich habe immer versucht, mich von allem fernzuhalten, was mit Macht und Autorität zusammenhängt. Ich schreibe anderen nicht gerne vor, was sie zu tun haben, und genauso wenig mag ich es, wenn *mir* jemand sagt, was ich zu machen habe. Verstehen Sie, was ich meine?«

»Ich bin bei der Polizei, deswegen …«

»Vor etwa einem Jahr steckte ich in Schwierigkeiten. Ich

stand sogar unter Arrest, aber dann tauchte ein Mann namens Walter Levin auf und sorgte dafür, dass sich alle meine Probleme in Luft auflösten. Auf diese Weise tat er mir etwas sehr Gefährliches an.«

»Das verstehe ich jetzt nicht.«

»Er hatte mir einen Gefallen erwiesen. Dafür war ich ihm etwas schuldig. Im Gegenzug musste ich ihm auch einen Gefallen tun. Ich erklärte mich bereit, den Fall einer jungen Frau unter die Lupe zu nehmen, der zur Last gelegt wurde, ihre Familie ermordet zu haben.«

»Sprechen wir von dem Hannah-Docherty-Fall?«

»Ja.«

»Wie das gelaufen ist, tut mir leid.«

»Ja, mir auch. Danach habe ich ihn gefragt, ob er mir bei meiner Suche nach Dean Reeve behilflich sein könnte, woraufhin er mir Bruce Stringer empfohlen hat, und der ist jetzt tot.«

»Arbeitet der besagte Mann für die Polizei?«

»Nein.«

»Für die Regierung?«

»Ich nehme es an, aber was seine Arbeitgeber betrifft, war er immer ein wenig vage.«

»Warum?«, fragte Fran Bolton. »Ich meine, warum hat er Ihnen den Gefallen erwiesen?«

Frieda wandte ihr den Kopf zu und lächelte.

»Das ist eine gute Frage. Sie sollten Detective werden. Die Antwort lautet: Ich weiß es nicht, aber ich sollte es wissen. Er arbeitet mit einem ehemaligen Polizeibeamten namens Jock Keegan zusammen. Die beiden haben ein Büro und eine Assistentin. Irgendjemand muss das bezahlen, aber ich habe keine Ahnung, wer.«

Frieda erhob sich und gab damit das Zeichen zum Aufbruch. Sie wanderten weiter durch den Park, wo allmählich immer mehr Radfahrer, Jogger und Fußgänger mit Hunden auftauchten. Frieda fand es grundsätzlich unbefriedigend, in Begleitung zu marschieren. Für sie stellten ihre Wanderungen eine Möglichkeit dar, in Ruhe nachzudenken und gleichzeitig die Welt wie eine Spionin unter die Lupe zu nehmen. Wenn jemand dabei war, ging das nicht so gut. Allerdings war Fran Bolton in dieser Hinsicht besser, als viele andere es gewesen wären. Sie schien zumindest nicht das Bedürfnis zu haben, laufend zu kommentieren, was sie sah oder dachte. Als sie die Euston Road überquerten, versetzte es Frieda einen leichten Stich, weil sie sich so nahe an ihrem Zuhause befand. Würde sie jemals richtig dorthin zurückkehren können? Sie war nicht abergläubisch, hatte aber dennoch den Eindruck, dass Orte – einzelne Gebäude ebenso wie ganze Städte – oft von ihrer Vergangenheit geprägt wurden. Konnte sie jemals wieder in ihrem Wohnzimmer sitzen, den Holzboden unter den Fußsohlen spüren und dabei das wohltuende Gefühl haben, dass die Welt ausgesperrt blieb?

Nach Hause zu gehen hätte bedeutet, nach rechts abzubiegen, doch sie wandten sich nach links und liefen weiter, vorbei an den Universitätsgebäuden, über die vertrauten Plätze, den Kingsway entlang und dann durch den Queen Square, bis Frieda sich vor dem Haus wiederfand, in dem sie erst vor Kurzem gewesen war, auch wenn es ihr inzwischen vorkam, als läge das schon eine Ewigkeit zurück.

»Ich werde Sie draußen warten lassen müssen«, erklärte sie, »verspreche aber, DCI Burge Bericht zu erstatten, falls irgendetwas zur Sprache kommt, das für die Ermittlungen relevant sein könnte.«

»Das wäre ratsam«, entgegnete Bolton. »Allerdings glaube ich, dass DCI Burge ohnehin den Wunsch haben wird, mit ihm zu sprechen.«

»Na, da wünsche ich ihr viel Glück.«

Die Tür ging auf.

»Hallo, Jude«, sagte Frieda.

Die farbenfroh gekleidete junge Frau mit den stacheligen Haaren blickte Frieda ungewohnt düster entgegen. »Ich war mir nicht sicher, ob Sie kommen würden.«

»Das ist doch klar, dass ich in einer solchen Situation herkomme.«

Levin und Keegan saßen im vorderen Raum der Tür zugewandt, als erwarteten sie Frieda zu einem Vorstellungsgespräch. Beide trugen Anzug, Levin einen dunklen mit Nadelstreifen, der zerknautscht und staubig wirkte, Keegan einen grauen, strapazierfähigen, in dem er aussah wie der Kriminalbeamte, der er früher mal gewesen war. Levin wirkte wie immer eine Spur amüsiert. Keegans Miene war völlig ausdruckslos. Frieda nahm gegenüber den beiden Platz.

»Eine schreckliche Sache«, begann sie.

»Er wusste, was er tat.« Keegans Ton klang gleichmütig.

»Nein, das wusste er nicht. Sonst wäre er nicht umgebracht worden. Außerdem hat er es in meinem Auftrag getan. Deswegen war es mir ein Bedürfnis herzukommen und Ihnen zu sagen, wie leid es mir tut.«

»Schon gut«, antwortete Keegan.

»Hatte er Familie?«

»Eine Ehefrau, einen siebenjährigen Sohn und eine vierjährige Tochter.«

Frieda verspürte einen Schock, wie sie ihn bis dahin nicht empfunden hatte – nicht einmal, als Josef die Bodendielen entfernt und die Leiche freigelegt hatte.

»Dann hätte er das nicht machen sollen.«

»Es war seine Arbeit«, entgegnete Keegan.

Eine ganze Weile sagte keiner von ihnen etwas.

»Wie haben Sie davon erfahren?«, brach Frieda schließlich das Schweigen.

»Spielt das wirklich eine Rolle?«, gab Levin in sanftem Ton zurück.

»Ich schätze mal, Sie sind stets gut informiert.«

»Wir tun, was wir können.« Levin nahm seine Brille ab, zog ein Taschentuch heraus, hauchte auf die Gläser und polierte sie ausgiebig. »Es muss für einigen Wirbel gesorgt haben«, bemerkte er dann.

»Wirbel? O ja, es hat für einigen Wirbel gesorgt.«

Levin setzte seine Brille wieder auf und betrachtete Frieda mit einem Ausdruck, den sie nicht recht deuten konnte.

»Für Sie muss es eine schlimme Entdeckung gewesen sein«, sagte er. »Und trotzdem eine Bestätigung. In gewisser Weise.«

»Ich weiß nicht, wie Sie das meinen.«

»Ich meine, was die Existenz von Dean Reeve betrifft. Sie behaupten nun schon seit Jahren, dass er noch am Leben ist und eine Gefahr für die Öffentlichkeit darstellt, aber niemand hat Ihnen Glauben geschenkt. Stattdessen hat man sich über Sie lustig gemacht und Ihnen übel mitgespielt. Jetzt werden sich Ihre Kritiker der Wahrheit stellen müssen.«

Frieda holte tief Luft. »Manche Leute meinen, dass ich unter posttraumatischem Stress leide, und haben deshalb das Bedürfnis, mich ständig zu umarmen und zu trösten. Das wirkt auf mich beklemmend. Aber ein Gefühl von Bestätigung empfinde ich bisher nicht.«

»Verstehe.« Levin nickte ein-, zweimal. »Natürlich.«

»Ich nehme an, Ihnen setzt das Ganze auch sehr zu. Schließlich kannten Sie ihn.«

»Genau genommen kannte ich ihn gar nicht richtig. Er war eher ein Bekannter von Keegan.«

»Trotzdem …«

Levin betrachtete sie mit dem Anflug eines Lächelns. »Ich habe wahrscheinlich eine unglückliche Art, mich auszudrücken. Natürlich sind wir beide schockiert.« Er massierte seine Schläfen. »Ich denke, für Polizeipräsident Crawford wird es besonders peinlich.«

»Wie meinen Sie das?«

»Er wird öffentlich eingestehen müssen, dass Sie recht hatten und er unrecht.«

»Ein Mann ist ermordet worden«, sagte Frieda langsam.

»Genau. Das wird ihn in keinem guten Licht erscheinen lassen.«

Frieda erhob sich. »Draußen steht eine Polizistin. Zu meinem Schutz. Sie wird wahrscheinlich neugierige Fragen stellen. Es fällt mir schwer, den Leuten zu erklären, was genau Sie machen.«

Levin erhob sich ebenfalls. »Sie brauchen im Grunde nichts zu erklären.«

»Polizeibeamter sind Sie jedenfalls keiner, stimmt's?«

»Nein«, antwortete er. »Ich meine, Sie haben recht, Polizeibeamter bin ich keiner. So, wie Sie die Frage formuliert haben, ist es schwierig, mit Ja oder Nein zu antworten.«

»Fragen zu beantworten scheint Ihnen überhaupt schwerzufallen. Anfangs dachte ich, Sie arbeiten für das Innenministerium.«

»Tatsächlich? Sie hätten mich einfach fragen sollen.«

»Ich glaube, das habe ich getan.«

»Nun ja, die Grenzen zwischen den Ministerien verwischen heutzutage.«

»Sie geben mir schon wieder keine klare Antwort.«

Er musterte sie freundlich. »Betrachten Sie mich als Unterstützer.«

»Als Unterstützer«, wiederholte Frieda. »Ist das eine Art Berater?«

»Ich versuche, eher helfend als nur beratend tätig zu sein.«

»Unterstützend.«

»Wenn ich kann.«

»Das bringt mich ganz und gar nicht weiter. Ich hoffe, Sie werden auch die ermittelnden Beamten unterstützen.«

»Ich werde tun, was ich kann. Als besorgter Bürger.«

»Ich führe Sie hinaus.« Mit diesen Worten hielt Keegan Frieda die Tür auf.

Im Vorraum setzte er zum Sprechen an, blickte sich dann jedoch um, klappte den Mund wieder zu und begleitete Frieda schweigend hinaus auf den Gehsteig, wo Fran Bolton wartete. Frieda stellte die beiden vor.

»Ich bin ein Kollege«, erklärte Keegan.

»Ehemaliger Kollege«, korrigierte ihn Frieda.

Er holte seine Brieftasche heraus, zückte eine Visitenkarte und schrieb eine Telefonnummer auf die Rückseite.

»Wahrscheinlich können Sie meinen Anblick nicht mehr ertragen, und ich bin mir auch sicher, dass die Polizei das alles schnell aufklären wird. Aber falls es doch komplizierter werden sollte ...«

Er reichte Frieda die Karte.

»Danke.«

»Es wird eine Trauerfeier geben.«

»Lassen Sie es mich wissen.«

Keegan wandte sich an Bolton. »Passen Sie gut auf sie auf.«

Frieda blieb vor einem Zeitungskiosk stehen.

»So schnell«, stellte sie fest.

»Was?«

»Das.« Frieda deutete auf das Zeitungssortiment.

Soweit sie es beurteilen konnte, prangte ihr Bild auf jeder Titelseite. Ihr Haus war zu sehen, ihr Gesicht, ihr Name. Ganz zu schweigen von den reißerischen Schlagzeilen. *Londoner Horrorhaus*. Sie wandte den Blick ab.

Als sie sich Reubens Haus näherten, sahen sie, dass sich draußen auf dem Gehsteig eine Gruppe von Leuten drängte und entlang der Straße mehrere große Wagen parkten. Im ersten

Moment dachte Frieda an einen Unfall, bis sie begriff, dass sie selbst der Unfall war – das Spektakel, das die Leute sehen wollten.

»Wie haben die herausgefunden, wo ich mich aufhalte?«

»Das finden die immer heraus«, antwortete Fran Bolton, »manchmal sogar schneller als wir. Gibt es einen Hintereingang?«

»Nein.«

»Sagen Sie nichts.«

»Das hatte ich sowieso nicht vor.«

»Nicht bevor wir uns auf die offizielle Version geeinigt haben.«

»Die offizielle Version?«

Jemand in der kleinen Menschenansammlung vor Reubens Haus entdeckte sie. Es war, als würde ein Windstoß durch ein Kornfeld fegen: Innerhalb von Sekunden fuhren alle Köpfe herum. Sämtliche Blicke und Kameras waren nun auf sie beide gerichtet. Die Leute traten ein wenig zur Seite und begannen sich dann in ihre Richtung zu bewegen. Fran Bolton nahm Frieda am Arm und zischte etwas, das Frieda jedoch nicht verstand. Sie musste daran denken, was sie am Vortag zu Petra Burge gesagt hatte: dass sie sich wie losgelöst fühle, als würde sie sich selbst beobachten. Jetzt sah sie sich selbst dabei zu, wie sie sich durch das Gedränge der Journalisten schob, die alle ihren Namen riefen. Sie erkannte eine Frau mit einem Lächeln auf den Lippen, die hübsche Liz Barron, die im Lauf der Jahre ein feindseliges Interesse für sie entwickelt hatte. Ein Mann mit einer Hakennase und funkelnden braunen Augen trat ihr in den Weg und fragte sie etwas. Ihr Blick blieb an einem anderen Mann hängen; er war mittleren Alters, übergewichtig und trug einen Bart, der wie eine gelockte Grenzmarkierung die untere Hälfte seines Gesichts umrahmte.

»Wer war es, Frieda?«, rief jemand.

»Wie fühlen Sie sich?«

Ein unverständliches Gewirr aus Stimmen brach los. Sie entdeckte Reubens Gesicht am Fenster. Es war nicht fair, ihn all dem auszusetzen. Sie erreichten das kleine Gartentor.

»Glauben Sie wirklich, dass Dean Reeve noch am Leben ist?«, meldete sich eine laute, durchdringende Stimme zu Wort. »Hat das alles mit Dean Reeve zu tun?«

Die plötzliche Stille war für Frieda schockierender als das Geschrei davor. Sie blieb wie angewurzelt stehen, die Hand bereits am Griff des kleinen Eisentors. Sie konnte die Erregung hinter sich regelrecht spüren. Es fühlte sich an, als wäre die Luft elektrisch geladen. Das Stimmengewirr setzte erneut ein, noch lauter und eindringlicher als zuvor, doch nichts davon ergab für Frieda irgendeinen Sinn, abgesehen von dem vielfach wiederholten Namen Dean Reeve, der immer mehr Gewicht zu gewinnen schien.

»Jetzt bekommen wir keine Ruhe mehr«, verkündete Fran Bolton grimmig, während sie die Haustür aufschoben und hinter sich schnell wieder schlossen.

5

Frieda und Reuben saßen in Reubens Küche und tranken Kaffee. Die Jalousien waren heruntergelassen. Im Lauf des Vormittags war es einem Fotografen gelungen, jenseits der Gartenmauer auf einen Baum zu klettern und eine Aufnahme von Reuben in seinem bestickten Morgenmantel zu machen.

»Mir war nicht klar, dass sich das so entwickeln würde«, erklärte Frieda. »Ich hätte nicht kommen sollen.«

»Warum?« Reuben sah sie mit hochgezogenen Augenbrauen an. »Weil ich Krebs habe? Ich genieße es, dass du hier bist.«

Frieda schaltete ihr Handy an. Als sie feststellte, dass sie dreiundsechzig Anrufe verpasst hatte, machte sie es sofort wieder aus. Wie waren die bloß an ihre Nummer gekommen? Ein Stockwerk höher knallte es laut. Man hörte Josef fluchen.

»Da ist jemand verkatert«, meinte Reuben.

Fran streckte den Kopf herein. »Der Wagen, der uns zu Ihrem Haus bringen soll, ist schon unterwegs. Bereit?«

»Ja, bereit.«

Obwohl es zu regnen aufgehört hatte, waren die Pflastersteine in der kleinen Gasse noch dunkel und feucht. Entlang der Zufahrt drängte sich eine Schar von Reportern. Kameras blitzten auf, als sie vorbeifuhren. Vor Friedas Haus parkte ein Zivilfahrzeug der Polizei, und im Eingangsbereich war Absperrband gespannt. Ein Mann in einem grünen Overall ließ sie durch und reichte ihnen Plastiküberschuhe, die sie vor dem Eintreten anzogen. Frieda war an den besonderen Geruch ihres Hauses gewöhnt: die holzige Note der Bodendielen mit ihrer Bienenwachspolitur, oft vermischt mit dem Duft der Kräuter auf ihrem Küchenfensterbrett sowie dem trockenen, aber angenehmen Geruch, den sie inzwischen mit alten Büchern, Kohlestiften, Schachfiguren und Toast verband. Jetzt roch es nach scharfen Chemikalien und unterschwellig vielleicht noch nach etwas anderem, das bis ins Fundament des Hauses gesickert war. Frieda blieb einen Moment benommen stehen, bis sie sich wieder gefangen hatte.

Das Zimmer, in dem sie für gewöhnlich neben dem Kamin saß oder Schachpartien durchspielte, wurde von dem Strahler, den das Team der Spurensicherung aufgestellt hatte, grell ausgeleuchtet. Es befanden sich zwei Personen im Raum, von denen eine gerade fotografierte. Frieda starrte in die gelb angestrahlte Grube hinunter, in der gestern noch Bruce Stringer gelegen hatte. Natürlich war alles weg. Sogar die Maden und Fliegen. Geblieben war nur ein Loch. Der Raum selbst war nach wie vor ein Raum – auch wenn man die Teppiche entfernt und die Möbel zur Seite geschoben hatte –, aber für Frieda fühlte er sich nicht mehr an wie ihr Raum. Sie wandte sich ab und ging in die Küche.

»Was ist mit der Katze passiert?«, erkundigte sie sich bei dem Mann in Grün.

»Es gibt eine Katze?«

»Ja.«

»Im Moment ist sie nicht hier.«

Frieda stieg nach oben. Alles sah mehr oder weniger unverändert aus, doch sie spürte, dass auch hier oben jemand gewesen war. Nichts fühlte sich an, als gehörte es noch ihr. Rasch zog sie ein paar Kleidungsstücke aus den Schubladen und stopfte sie in eine Segeltuchtasche, dann noch ein paar Bücher und Toilettenartikel. Anschließend ging sie hinauf in ihr Dachstübchen, um ihren Zeichenblock und ihre Stifte zu holen. Sie wusste nicht, wie lange sie wegbleiben würde. Ihr bisheriges Leben in diesem

Haus erschien ihr wie eine ferne Erinnerung an ein anderes Ich, ein anderes Leben. Sie stellte sich Dean Reeve vor, wie er leise durch ihre Räume schlich, in ihren Sachen stöberte, die Seiten ihres Zeichenblocks durchblätterte und sich hinunterbeugte, um die Katze zu streicheln. Wo war ihre Katze?

»Was können Sie vorweisen?«, wollte Polizeipräsident Crawford von Petra Burge wissen.

»Wir stehen noch ganz am Anfang.«

»Die Anfangsphase ist entscheidend.«

»Die Autopsie ist noch nicht abgeschlossen, aber Ians erster Eindruck war, dass Stringer schon vor vier oder fünf Tagen gestorben sein muss. Die Jungs von der Spurensicherung gehen davon aus, dass er woanders getötet und dann dort abgelegt wurde. Meine Leute sprechen gerade mit den Nachbarn und werten die Aufzeichnungen aller relevanten Überwachungskameras aus.«

»Was ist mit Reeve?« Crawfords Gesicht verzog sich zu einer säuerlichen Grimasse, als er den Namen aussprach. »Vorausgesetzt, der Verdacht von Doktor Klein trifft tatsächlich zu. Wo stehen wir, was ihn betrifft?«

»Es ist natürlich mit Problemen verbunden, nach jemandem zu suchen, der praktisch vom Erdboden verschwunden ist und acht Jahre lang als tot galt. Frieda Klein war immer der Überzeugung, dass er noch lebt, aber sie ist ihm nie begegnet, hat ihn nie gesehen. Zwei von Kleins Bekannten behaupten allerdings, ihn getroffen zu haben. Bei dem einen, Josef Morozov, handelt es sich um einen ukrainischen Bauarbeiter. Seine Verbindung zu Klein ist mir noch nicht ganz klar.«

»Wahrscheinlich sexueller Natur«, mutmaßte Crawford.

»Da bin ich mir nicht so sicher. Alles in allem kommt er mir ein bisschen undurchsichtig vor, auch im Hinblick auf seinen Aufenthaltsstatus. Er hat Reeve auf einer Baustelle kennengelernt.«

»War ihm bewusst, um wen es sich handelt?«

»Nein. Reeve hat dort unter einem falschen Namen gearbeitet. Zu dem zweiten Kontakt kam es mit Kleins Schwägerin. Olivia Klein. Sie war mit Kleins Bruder verheiratet. Olivia ist Reeve in einem Nachtlokal begegnet. Über die näheren Umstände hat sie sich nicht so genau ausgelassen. Die beiden sind wohl in einer Kneipe ins Gespräch gekommen.«

Crawford wirkte inzwischen nervös und gereizt.

»Was soll das? Was führt Reeve im Schilde?«

»Es hat alles mit Klein zu tun. Irgendwie muss sie ihm unter die Haut gegangen sein, als die beiden sich über den Weg gelaufen sind.«

»Tja, das kann ich nachvollziehen. Mir ist sie auch unter die Haut gegangen. Die Frau nervt mich schon, seit ich sie kenne. Aber was will er von ihr? Was hat er vor?«

»Das ist nicht klar. Noch nicht.«

»Was ist mit der Witwe?«

»Ich habe heute Vormittag mit Misses Stringer gesprochen.«

»Und?«

»Natürlich ist sie völlig am Ende. Sie sitzt im Rollstuhl, weil sie an MS leidet, und wie es aussieht, hat ihr Mann sie schon seit Jahren gepflegt. Die beiden haben zwei kleine Kinder.«

»Genau das, was wir jetzt noch brauchen.«

»Sie hatte wohl keine richtige Vorstellung von der Arbeit ihres Mannes. Ein Team von uns befindet sich gerade bei ihnen im Haus und geht seine Sachen durch.«

»Und das ist alles?«

»Wir sollten überlegen, wie wir mit der Presse verfahren wollen.« Crawford stöhnte, aber Burge ließ nicht locker. »Sie könnte nützlich für uns sein. Ich frage mich, ob wir Frieda Klein ein paar Interviews geben lassen sollten.«

Crawford murmelte irgendetwas Unverständliches vor sich hin.

»Was halten Sie davon?«, hakte Burge nach.

»Man weiß nie so genau, was sie sagen wird.« Er verzog das Gesicht. Dann beugte er sich ein wenig vor. »Für ihre Sicherheit ist gesorgt?«

»Wir passen rund um die Uhr auf sie auf.«

»Das mit der Leiche unter dem Fußboden kommt mir vor, als wollte er mit uns spielen. Falls er zuschlagen sollte, ich meine, ein weiteres Mal, dann würde das gar nicht gut aussehen.«

»Nein, ganz und gar nicht.«

»Ich habe Ihnen da einen Fall übertragen, der viel Aufmerksamkeit erregt.«

»Ja, ich weiß.«

»Mit einem solchen Fall kann man Karriere machen«, fuhr Crawford fort. »Oder aber, nun ja, Sie wissen schon.«

»Ja, ich weiß.«

Die Dunkelheit brach herein, und ein auffrischender Wind brachte mehr Regen. Auf der Straße vor Reubens Haus drängte sich die Gruppe der Journalisten noch dichter zusammen. Man sah Zigaretten glühen und Handys aufleuchten. Frieda machte Rührei. Reuben öffnete eine Flasche Wein. Frans Ablösung zog ein dickes Sandwich aus der Tasche und ließ sich in der Diele nieder, um es dort zu verspeisen. Es handelte sich um einen kräftig gebauten jungen Mann namens Kelman, der jedes Mal die Fingerknöchel knacken ließ, wenn er sprach.

Plötzlich wurde es draußen laut.

»Was war das?«

»Klingt nach Geschrei«, meinte Frieda, während sie ihre Gabel weglegte.

Das Geschrei wurde lauter.

»Die Stimme kenne ich.« Sie stand auf.

»Ich halte es für keine gute Idee, da rauszugehen«, warnte der Polizeibeamte, als Frieda in der Diele an ihm vorbeistürmte.

Sie riss die Tür auf und sah auf dem Gehsteig vor Reubens

Gartentor eine Gruppe von Leuten. Ein Beamter versuchte sie zurückzuhalten. Kameras blitzten. Mehrere Mikrofone wurden vorgereckt. Im Zentrum der kleinen Schar stand eine junge Frau in einem roten Dufflecoat und klobigen schwarzen Stiefeln, mit halbseitig rasiertem Schädel und wütend funkelnden Augen: Friedas Nichte Chloë.

»Lasst sie in Ruhe!«, kreischte sie gerade. »Verschwindet, und zwar alle!« Sie wandte sich an den Mann mit der Hakennase, der Frieda auch schon aufgefallen war. »Verpiss dich!«, schrie sie ihm in sein überraschtes Gesicht.

Erst jetzt bemerkte Frieda, dass sie eine Kiste trug und diese Kiste sich bewegte. Im Moment schwankte sie gerade gefährlich. Während Chloë sie so fest sie konnte umklammerte, hob sich der Deckel, und ein Kopf kam zum Vorschein: Friedas Katze, mit gesträubtem Nackenfell und aufgerissenem Maul.

Während Frieda auf sie zusteuerte, wandte sich die Gruppe wie von einem einzigen Gehirn gesteuert in ihre Richtung. Frieda legte der Katze eine Hand auf den Kopf und schob sie zurück in die Kiste.

»Komm«, sagte sie zu Chloë.

»Sprechen Sie mit uns über Dean Reeve!«

»Stimmt es, dass er noch lebt?«

»Verraten Sie uns etwas, Frieda, dann gehen wir.«

»Ich habe nichts zu sagen – außer dass es ein Stück die Straße hinauf ein warmes Café gibt, auf der linken Seite, und ein paar Türen weiter ein Pub, The Ram's Head, mit recht guter Küche. Hier ist für euch nichts zu holen.«

Sie nahm ihre Nichte am Arm und zog sie von der Gruppe weg. Kelman kam ihnen entgegen und geleitete sie zurück in die Diele. Dabei beäugte Chloë den jungen Beamten genauso misstrauisch wie er sie.

»Das ist einer von den Leuten, die mich beschützen«, erklärte Frieda. »Genau genommen beschützen sie uns alle.«

Chloë stieß ein Schnauben aus.

»Und das ist meine Nichte«, fuhr Frieda fort, »die gelegentlich in meinem Leben auftaucht und dann wieder verschwindet.«

»Damit meint sie«, erklärte Chloë, »dass ich mich nur dann bei ihr melde, wenn ich in Schwierigkeiten stecke. Aber manchmal meldet sie sich auch bei mir, wenn sie in Schwierigkeiten steckt. Und wie Sie sicher wissen, gerät Frieda in noch viel schlimmere Schwierigkeiten als ich, und das will etwas heißen.«

»Welche Art von Schwierigkeiten?«, fragte Kelman.

»Darüber müssen wir jetzt nicht sprechen«, warf Frieda rasch ein. Sie beugte sich hinunter, öffnete den Deckel der Kiste und hob die Katze heraus. Mit gesträubtem Fell blieb sie in der Diele stehen. Ihre gelben Augen glühten.

6

Am nächsten Morgen stand Frieda mit Petra in der Wohnung, die vorübergehend ihr Zuhause werden sollte. Das rote Backsteingebäude wirkte an sich schon bedrückend und unfreundlich, und das Mobiliar sah aus, als stammte es aus einer alten Herberge: ein paar ramponierte Lehnsessel, ein Couchtisch aus dunklem Holz. An der Wand hingen ein Kupferstich des historischen London und ein Kunstdruck einer städtischen Szene mit der Inschrift »Margate 1922«. Die Teppiche waren dunkelrot wie auf den Korridoren mancher Hotelketten. Durch die großen Wohnzimmerfenster aber fiel so viel Licht herein, dass Frieda einen Moment geblendet war. Vor ihr lagen die Parliament Hill Fields, Lido, Eisenbahn, Rennbahn und rechter Hand der Parliament Hill selbst.

»Nette Aussicht«, bemerkte Petra Burge.

»Aber für eine Katze unmöglich.«

»Können Ihre Freunde sich um sie kümmern?«

»Eigentlich möchte ich zurück in mein eigenes Haus.«

»Sobald es sicher ist. Ihr Gespräch mit den Journalisten findet morgen um zehn statt. Bitte kommen Sie um halb zehn in mein Büro. Wir müssen Sie vorbereiten.«

»Worauf?«

»Ich habe Ihre Akte gelesen. Die Zeitungsausschnitte ebenfalls. Ich weiß, dass Sie es hassen, im Rampenlicht zu stehen. Mir ist auch bekannt, dass die Presse Ihnen schon übel mitgespielt hat. In diesem Fall ist das aber anders. Wir leiten das selbst in die Wege, Sie und ich, und wir müssen dafür sorgen, dass es sich für uns positiv auswirkt.«

»Was bedeutet das?«

»Schreiben werden die sowieso irgendetwas. Deswegen sind sie da. Wenn Sie abweisend oder übellaunig oder sarkastisch zu denen sind, dann wird eben das die Story. Vergessen Sie nicht: So etwas wie eine dumme oder beleidigende Frage gibt es nicht. Das Ganze soll Ihnen Gelegenheit bieten, Ihren Standpunkt rüberzubringen.«

»Ich werde versuchen, daran zu denken.«

»Tun Sie das. Ich möchte, dass Sie eine Geschichte kreieren, in der Sie die Bemitleidenswerte sind. Die Leute sollen Anteil nehmen und den Wunsch entwickeln, Ihnen zu helfen, indem sie sich an Dinge zu erinnern versuchen, die sie gesehen haben, und an Menschen, die ihnen vielleicht verdächtig vorgekommen sind.«

Obwohl an alledem absolut nichts komisch war, konnte Frieda sich ein Lächeln nicht verkneifen.

»Sie möchten, dass ich eine Geschichte kreiere?«

»Ja.«

Frieda schüttelte den Kopf. »Manchmal wünschte ich, die Psychotherapie wäre nie erfunden worden.«

Josef erschien mit einem großen Topf Butternut-Kürbissuppe und etlichen kleinen Honigkuchen, genug für eine große, hungrige Familie. Frieda warf einen Blick in seine kummervoll dreinblickenden braunen Augen und aß daraufhin ein Stück Kuchen, um ihm eine Freude zu machen. Er selbst verspeiste mehrere und trank drei große Tassen Tee. Er erzählte ihr, dass seine Mutter, als er ein Junge war, jeden Sonntag solche Honigkuchen gebacken habe. Das ganze Haus sei von dem Duft erfüllt gewesen. Er holte sein Telefon heraus und zeigte ihr die neuesten Aufnahmen seiner Söhne. Der ältere, Dima, war groß und ziemlich kräftig gebaut, aber der kleinere, Alexei, wirkte noch zart und schmal, und sein seelenvoller Blick ähnelte so sehr dem seines Vaters, dass Frieda überrascht auflachte.

»Bestimmt fehlen dir die beiden sehr«, meinte sie.

»Manchmal tut es richtig weh«, bestätigte er. »Meine Jungs.«

»Das kann ich mir vorstellen.«

Er legte seine breite Hand an seine Brust.

»Aber ich trage sie hier.«

DC Yvette Long erschien mit einer Flasche Weißwein und einem Gesichtsausdruck, der halb zornig, halb verlegen wirkte.

»Ist etwas passiert?«, fragte Frieda.

»Warum muss immer etwas passiert sein? Wenn der Zeitpunkt ungünstig ist, dann sag es doch einfach, und ich gehe wieder. Mir ist schon klar, dass wir uns sonst im Grunde nur treffen, wenn ich hinter Karlsson hertrotte. Den Wein kannst du trotzdem behalten.«

Die Worte brachen aus ihr heraus wie eine Flut.

»Der Zeitpunkt ist tatsächlich ungünstig«, antwortete Frieda, bekam jedoch gleich Schuldgefühle. »Aber ich freue mich trotzdem, dich zu sehen.«

»Du brauchst das nicht zu sagen. Ich war auf kein Kompliment aus.«

»Ach, hör doch auf, sonst schicke ich dich wirklich wieder weg.«

Frieda öffnete die Flasche und schenkte ihnen ein.

»Du hättest ihn nicht gleich aufmachen müssen«, meinte Yvette.

»Zu spät«, erwiderte Frieda und reichte ihr ein Glas. Sie stießen miteinander an.

»Ich wünschte, du würdest in dem Fall ermitteln«, fuhr Frieda fort. »Du und Karlsson.«

»Es gibt Regeln. Gefühlsmäßige Verwicklungen und solche Sachen.«

»Bist du denn gefühlsmäßig verwickelt?«, fragte Frieda mit einem Lächeln.

Yvette lief rot an. Frieda hatte noch nie jemanden kennengelernt, der so oft rot wurde wie Yvette.

»Ich will damit doch nur sagen, dass Karlsson ein Freund von dir ist und ich mit Karlsson zusammenarbeite. Außerdem ist er krankgeschrieben. Und ich arbeite sowieso gerade an einem anderen Fall.«

Frieda nippte an ihrem Wein. Allmählich fragte sie sich, warum Yvette überhaupt gekommen war. Als diese schließlich weitersprach, schien es fast, als würde sie auf Friedas unausgesprochene Frage antworten.

»Ich weiß, dass du mit der Presse reden wirst.« Sie brach abrupt ab.

»Ja. Petra Burge war der Meinung, das könnte nützlich sein.«

»Ich habe dir ein bisschen was aufgeschrieben.«

»Oh.«

»Vielleicht hilft es dir. Ich meine, vielleicht auch nicht. Womöglich findest du es völlig überflüssig. Oder blöd. Ich habe dir trotzdem ein paar Punkte aufgelistet. Nur für den Fall.«

»Das ist lieb.«

Frieda sah zu, wie Yvette in ihrer Tasche kramte, hektisch alles durchwühlte, aber nichts fand. Schließlich klopfte sie ihre Jacke ab und zog ein zusammengelegtes Blatt steifen Papiers heraus.

»Hier.«

Sie reichte es Frieda, die es auseinanderfaltete. Zum Vorschein kam eine Liste, die in Blockbuchstaben geschrieben und mit Gliederungspunkten versehen war: Dinge, die sie beachten oder vermeiden sollte.

SCHLICHTE SACHEN TRAGEN

LANGSAM UND IN GANZEN SÄTZEN SPRECHEN

NUR DIE GESTELLTEN FRAGEN BEANTWORTEN

WASSER TRINKEN, BEVOR MAN EINE FRAGE BEANT-

WORTET, UM SICH ZEIT ZUM NACHDENKEN ZU VERSCHAFFEN
WENIG MAKE-UP TRAGEN
WENIG SCHMUCK TRAGEN
WENIG LÄCHELN UND NICHT VOR NERVOSITÄT LACHEN
NICHT MIT DEN HÄNDEN HERUMFUCHTELN
NICHTS SAGEN, WAS MAN NICHT GEDRUCKT SEHEN MÖCHTE

»Danke«, sagte Frieda. »Ich werde versuchen, an all das zu denken.«

»Außerdem wollte ich natürlich wissen, wie es dir geht«, fuhr Yvette fort. »Nach diesem Fund.«

»Mir schwirrt vieles durch den Kopf.«

»Ich habe davon geträumt«, erklärte Yvette. »Eigentlich sollte ich ja an Tatorte gewöhnt sein, aber dieser eine ist bei mir hängen geblieben.«

»Was hast du denn geträumt?«

»Nur, dass ich da war«, antwortete Yvette, »und die Leiche gesehen habe. Allerdings hat sich das Ganze in meiner eigenen Wohnung abgespielt statt in deiner.«

»Das tut mir leid.«

»Man hat mich übrigens aufgefordert, eine Prüfung abzulegen, die Voraussetzung ist für eine Beförderung.«

»Das ist gut«, sagte Frieda. »Du verdienst es.«

»Keine Ahnung. Manchmal frage ich mich, ob ich überhaupt für diesen Beruf geeignet bin.«

7

Um zehn Uhr Vormittag wurde Frieda in einen Raum geleitet, wo die Journalisten schon auf sie warteten, aufgereiht auf einem langen Ledersofa. Vor ihnen stand ein niederer Glastisch mit drei Tassen Kaffee und drei aufnahmebereiten Handys. Als Frieda hinter der Polizeipressesprecherin und gefolgt von Petra Burge den Raum betrat, sprangen alle auf. Einen kurzen Moment wich Frieda mit instinktivem Abscheu zurück. Aus allen drei Gesichtern sprach eine unverhohlene Neugier. Sie starrten sie an wie einen Gegenstand, ein Untersuchungsobjekt. Ihr war klar, dass sie genau registrierten, was sie anhatte, wie sie wirkte, wie sie sich gab, ihre ganze Art, ihre Stimme, ihre Mimik. Diese drei wollten, dass sie Gefühl zeigte, zerbrechlich und angeschlagen wirkte. Sie nickte knapp in die Runde.

»Das ist Gary Hillier«, erklärte die Pressebeamtin. »Vom *Chronicle.*«

Hillier streckte ihr seine große Hand hin, und Frieda griff danach. Er hielt sie länger fest als nötig und starrte ihr dabei ins Gesicht. In Relation zu seinen ausgeprägten Hängebacken wirkten sein Ziegenbart und seine Nickelbrille mit den runden Gläsern unproportional klein, genau wie sein winziger Mund.

Er trug ein Sportsakko und eine schwarze Hose, die ihm viel zu eng war, sodass sein Bauch über den Bund quoll. Nichts an ihm schien richtig zusammenzupassen. Aber seine kleinen blauen Augen blitzten gewieft.

Er begann über Trauma und Schock zu sprechen. Frieda entzog ihm ihre Hand und wandte sich Liz Barron zu.

»Wir kennen uns«, erklärte Frieda, als die Pressebeamtin sie vorstellen wollte.

»O ja, Frieda und ich sind alte Freundinnen«, stimmte Liz Barron fröhlich zu. Auch sie schüttelte Frieda die Hand und ließ dabei die Zähne blitzen. Sie trug an diesem Tag eine leuchtend türkisblaue Jacke. Ihr Nasenrücken war von Sommersprossen übersät. Frieda musste daran denken, wie sie einmal auf die andere Straßenseite gewechselt war, um Liz Barron nicht zu begegnen, und ihr die Tür vor der Nase zugeschlagen hatte. »Ich bin immer noch bei der *Daily News*. Bestimmt fühlen Sie sich absolut schrecklich. Das Ganze ist so irreal.« Sie schüttelte den Kopf. Ihr schimmerndes Haar schwang hin und her. »Einfach irreal.«

»Bedauerlicherweise nicht«, entgegnete Frieda. Aus dem Augenwinkel sah sie Petra Burge die Stirn runzeln.

Daniel Blackstock, der für eine Nachrichtenagentur, die verschiedene Lokalblätter vertrat, den Bereich Kriminalität abdeckte, schien für einen ganz anderen Anlass gekleidet zu sein, fast schon für einen anderen Beruf. Über einem T-Shirt trug er ein kariertes Hemd und darüber eine Arbeitsjacke aus grobem Baumwollstoff. Frieda erkannte ihn als einen der Reporter wieder, die sich vor ihrem Haus gedrängt hatten. Er war der Mann mit der Hakennase, den Chloë angeschrien hatte. Jetzt wischte er sich die Handfläche an der Hose ab, bevor er Frieda die Hand schüttelte, und verkündete, er fühle sich geehrt, sie interviewen zu dürfen. Er wirkte nervös, fast ein bisschen verlegen.

Während sie alle wieder Platz nahmen, ließ sich Frieda ihnen gegenüber auf einem federnden schwarzen Bürostuhl nieder. Petra Burge saß an der Wand, und neben ihr die Frau vom Pressebüro, die ihr eigenes Telefon in der Hand hielt, um aufzuzeichnen, was gesagt wurde.

»Vorab das Wichtigste«, begann Liz Barron. »Können Sie

uns in Ihren eigenen Worten schildern, was Sie *empfunden* haben, als Sie die Leiche entdeckten?«

»Meine Gefühle kreisten um Bruce Stringer. Später empfand ich dann auch Bedauern für seine Familie.«

»Aber die Leiche lag in Ihrem Haus!«, insistierte Liz Barron. »In Ihrem Wohnzimmer! Unter dem Fußboden!« Mit jedem Ausruf lehnte sie sich weiter vor. »Das muss für Sie ein schlimmer Schock gewesen sein. Vielleicht sind Sie ja immer noch traumatisiert. Sie wissen doch Bescheid über das posttraumatische Stresssyndrom, wie Soldaten es nach einem Kampfeinsatz bekommen können. Das wäre durchaus denkbar.«

»Ich bin nicht traumatisiert«, widersprach Frieda. »Vielleicht stand ich kurzfristig unter Schock, das kann schon sein. Immerhin wurde ein Mann getötet. Das ist in der Tat etwas Schockierendes.«

»Ich an Ihrer Stelle wäre wahrscheinlich hysterisch geworden. Sie aber wirken inzwischen so ruhig und gefasst. Beinahe distanziert. Waren Sie vor Ort auch so?«

»Ich weiß nicht, wie ich vor Ort war.«

Liz Barron kritzelte etwas in ihr Notizbuch. Sie machte einen unzufriedenen Eindruck. Frieda konnte sich lebhaft vorstellen, wie die Journalistin sie beschreiben würde.

»Ist es in Ordnung«, meldete sich Gary Hillier zu Wort, »wenn ich nach den Gründen frage, warum das alles passiert ist?«

Erleichtert wandte Frieda sich ihm zu. »Ja. Deswegen bin ich hier.«

»Es sind Gerüchte im Umlauf.«

»Dann ahnen Sie wahrscheinlich schon, was ich gleich sagen werde.« Sie beobachtete, wie die drei sich erwartungsvoll vorbeugten. »Sie haben alle von Dean Reeve gehört, und ich nehme an, Sie wissen auch über meine Verbindung zu ihm Bescheid.«

Die Journalisten nickten.

»Obwohl Dean Reeve offiziell als tot galt, ist mir seit Langem klar, dass er noch lebt.«

So ruhig, wie sie nur konnte, erzählte sie ihnen alles, was sie wusste: wie er seinen eineiigen Zwillingsbruder ermordet hatte und auf diese Weise entkommen war. Wie er im Lauf der Jahre dann immer wieder auftauchte, teils als ihr Verfolger, teils aber auch als ihr Beschützer, ihr Rächer, ihr Bewacher. Sie brauchte mehrere Minuten für ihren Bericht. Während sie sprach, beobachtete sie das Mienenspiel ihrer Zuhörer, die begierig an ihren Lippen hingen, vielleicht auch ein wenig ungläubig.

»Habe ich das jetzt richtig verstanden?«, hakte Liz Barron nach, als Frieda am Ende angelangt war. »Wollen Sie damit sagen, dass er Sie liebt?«

»Ich will damit nur sagen, dass er besessen ist. Ich war diejenige, die ihm ursprünglich auf die Schliche gekommen ist. Jetzt möchte er Macht über mich.«

»Eine seltsame Art, das zum Ausdruck zu bringen.«

»Ich glaube, er wollte mir eine Art Nachricht übermitteln.«

»Was für eine Nachricht?«, meldete sich Daniel Blackstock zum ersten Mal zu Wort. Er machte einen leicht benommenen Eindruck, während er sie mit zusammengekniffenen Augen musterte.

»Bruce Stringer hat versucht, Dean Reeve für mich aufzuspüren.«

»Alle anderen hielten ihn für tot«, fügte Gary Hillier hinzu, »mit Ausnahme von Ihnen.«

»Eigentlich wollte er spurlos verschwinden«, fuhr Frieda fort.

»Aber jetzt ist er wieder da«, sagte Blackstock.

»Ja.«

»Ich habe ein paar sehr ernste Fragen bezüglich der Polizei«, wechselte Gary Hillier das Thema. An Petra Burge gewandt, fügte er hinzu: »Darf ich Sie um einen Kommentar dazu bitten?«

»Sie sind hier, um Frau Doktor Klein zu interviewen.«

»Na schön«, entgegnete Hillier, »dann frage ich eben Frau Doktor Klein. Trifft es zu, dass die Verantwortlichen bei der Polizei sich beharrlich geweigert haben, zur Kenntnis zu nehmen, dass Reeve noch lebt?«

»Ich bin nicht hier, um die Polizei zu kritisieren«, antwortete Frieda. »Ich wollte Ihnen nur sagen, was ich weiß. Vielleicht gibt es unter Ihren Lesern Leute, die über sachdienliche Hinweise verfügen oder zumindest einen Verdacht haben.«

»Ich würde gerne zu der wahren Frieda Klein vordringen«, erklärte Liz Barron.

Frieda griff ganz langsam nach einem Glas Wasser. Während sie einen Schluck nahm, musste sie daran denken, dass sie gerade Yvettes Ratschlag befolgte. Sie durfte auf keinen Fall etwas von sich geben, das sich als schädlich erweisen könnte.

»Ich werde mich nach Kräften bemühen, alle Fragen zu beantworten«, sagte sie schließlich mit leicht gepresster Stimme.

»Ihr Privatleben und Ihr öffentliches Leben haben eine gewisse Tendenz, sich zu vermischen, nicht wahr?«

»Ich habe kein öffentliches Leben«, erwiderte Frieda.

»Ihr Lebensgefährte wurde ermordet. Auf sehr tragische Weise. Und Sie selbst gehörten vorübergehend zu den Verdächtigen. Sie waren sogar eine Weile auf der Flucht.«

»Das hatte nichts mit Dean Reeve zu tun«, gab Frieda zu bedenken.

»Aber meine Leser interessieren sich bestimmt für die Dunkelheit und die Gewalt im Kernbereich Ihres Lebens.«

Frieda blickte sich nach Petra Burge um, die sie mit einem leichten Nicken ermutigte – oder warnte?

»Das ist ein bisschen dramatisch ausgedrückt.«

»Sie wären beinahe von einer Schizophrenen ermordet worden, die dann selbst umgebracht wurde, möglicherweise sogar von Ihnen.«

»Nein, definitiv nicht von mir.«

»Sie waren noch in andere Mordfälle verwickelt.«

»Sobald Sie mir eine Frage stellen, werde ich versuchen, sie zu beantworten.«

»Würden Sie sagen, dass Dean Reeve ein gewalttätiger Mann ist?«

»Ja, das würde ich sagen.«

»Glauben Sie, Sie haben irgendetwas an sich – eine schöne Frau, magisch angezogen von Dunkelheit und Gewalt...« (an diesem Punkt schloss Frieda einen Moment die Augen und stellte sich die entsprechende Zeitungsschlagzeile vor) –, »... etwas, das Dean Reeve irgendwie faszinierend oder sogar attraktiv findet? Sie sind schließlich Psychiaterin. Sie kennen sich aus mit den dunklen Seiten der Menschen.«

Frieda schlug die Augen auf.

»Es gibt in der Tat Psychiater, die sich für Gewalt und Bösartigkeit interessieren, aber zu denen gehöre ich nicht. Ich bin Therapeutin, und als solche beschäftige ich mich mit ganz normalem menschlichem Unglück. Ich habe keine große Theorie bezüglich Dean Reeve. An irgendeinem Punkt in meinem Leben stand ich ihm einfach im Weg.«

Gary Hillier hob die Hand. Frieda nickte ihm zu.

»Was würden Sie anderen Frauen raten? Wie können die von Ihren Erfahrungen profitieren?«

Das Interview zog sich eine Stunde hin. Frieda wurde nach ihrer Kindheit gefragt, ob sie Single sei, ob sie Kinder wolle, wie sie zum Thema Depression stehe und wie sie sich sportlich betätige. (»Ich wandere«, erklärte sie.) Irgendwann unterbrach Frieda dann eine komplizierte Formulierung von Daniel Blackstock und fragte, ob sie etwas sagen dürfe.

»Gibt es ein Problem?«, wollte Hillier wissen. Dabei musterte er sie mit einer Eindringlichkeit, die Frieda überhaupt nicht gefiel.

»Unser gemeinsames Ziel – nehme ich zumindest an –«, sagte sie, »besteht darin, einen Mörder zu fassen. Ich hoffe nur, dass Sie das alle schreiben werden.«

»Das versteht sich doch von selbst«, antwortete Liz Barron.

»Ich glaube, gerade die Dinge, die sich von selbst verstehen, müssen oft besonders deutlich zum Ausdruck gebracht werden.«

»Apropos«, hakte Barron nach, »würden Sie zustimmen, dass Sie den Ruf haben, eine schwierige Frau zu sein?«

Die Pressebeamtin erhob sich hüstelnd und verkündete, es sei wohl allmählich an der Zeit, die Befragung zu beenden.

»Ist es in Ordnung, wenn ich mich mit Ihnen fotografieren lasse?«, fragte Liz Barron.

Frieda war vor Überraschung sprachlos, aber die Pressefrau antwortete, selbstverständlich sei das in Ordnung, und eilte prompt herbei, um mit Liz Barrons Telefon das gewünschte Foto zu schießen. Anschließend wollten Gary Hillier und Daniel Blackstock ebenfalls eine Aufnahme mit Frieda, und am Ende machten sie sogar ein Gruppenfoto. Frieda hatte das Gefühl, in einem seltsamen Traum gefangen zu sein: als Teilnehmerin einer Party, die sie nicht verlassen konnte. Aber irgendwann war das Ganze dann doch vorbei. Sobald die Journalisten aufgebrochen waren, wandte Frieda sich an Petra Burge.

»Genug?«, fragte sie.

»Mehr oder weniger.«

Am nächsten Morgen erschienen die Artikel. Frieda warf online einen Blick auf die Schlagzeilen, konnte sich aber nicht dazu überwinden, sämtliche Details zu lesen. Liz Barron bezeichnete sie als »Eiskönigin« und schrieb, sie sei in einem »Todestanz« mit Dean Reeve gefangen. Barron hatte mit dem psychologischen Profiler Hal Bradshaw gesprochen, der geäußert hatte, seine wiederholten Erfahrungen mit Doktor Klein hätten gezeigt, dass sie Gefahr laufe, eine Promipsychotherapeutin zu werden. Verbrechensaufklärung sei eine Wissenschaft, hatte er gesagt, und kein Auftritt in einer Talentshow. Gary Hillier bezeichnete sie als »beeindruckend«, und Daniel Blackstock nannte sie »düster«. Es gab seitenweise Fotos – von ihr, von Dean Reeve, von ihr mit Freunden und Verwandten, Aufnahmen, von denen sie nicht mal gewusst hatte, dass sie existierten. Wo hatte die Presse sie her? Das Telefon klingelte so oft – woher hatten die alle ihre Nummer? –, dass sie es schließlich auf lautlos stellte. Textnachrichten gingen ein. Auch ihr E-Mail-Postfach füllte sich mit Nachrichten und Anfragen. Sie sollte in irgendeiner Sendung auftreten, für eine andere ein Interview geben, ihren eigenen Blog schreiben und für mindestens ein Dutzend Zeitungen eine Stellungnahme abgeben. Frieda löschte sämtliche Anfragen, doch es gingen immer neue ein.

Zusammen mit Fran Bolton verließ sie früh die Wohnung und marschierte in dem kalten Wind und Regen hinaus nach Hampstead Heath und dann weiter durch Primrose Hill und Regent's Park. Dabei sprachen sie kaum ein Wort. Als sie schließlich Friedas Praxis erreichten, erklärte Bolton, sie werde draußen auf sie warten. In ihren Räumen angekommen, trat Frieda ans Fenster und blickte einen Moment hinaus auf die riesige Baustelle, wo behelmte Männer, die auf sie wie Miniaturen wirkten, ihre Bagger über die Kraterlandschaft fuhren. Dann suchte sie die Akten heraus, die sie brauchte, und notierte sich die Telefonnummern der Patienten, die sie anrufen musste, um Termine abzusagen. Statt anschließend gleich wieder aufzubrechen, blieb sie noch eine Weile in ihrem roten Sessel sitzen, die Arme auf die Lehnen gestützt, und starrte den leeren Stuhl gegenüber an. Wann würde sie ihre Patienten wiedersehen? Wann würde sie in ihr altes Leben zurückkehren, ihr altes Ich?

8

Der Streifenwagen bog wie jeden Vormittag gegen elf in die Saffron Mews ein. Zwei Beamtinnen stiegen aus und betraten Friedas Haus. Eine von ihnen griff nach dem Häufchen Post auf dem Fußabstreifer.

»Du wirst ihn also wiedersehen?«

»Ich warte darauf, dass er sich meldet.«

»Aber du magst ihn?«

Sie breiteten die Post auf dem Tisch aus.

»Ich weiß gar nicht, wonach wir eigentlich suchen sollen.«

»Wenn irgendetwas davon zu ticken anfängt, rennen wir, so schnell wir können.«

»Das ist nicht lustig. Außerdem ist es sowieso dasselbe wie jeden Tag. Rechnungen und Werbung und …« Sie brach abrupt ab und hielt einen Umschlag hoch, auf dem in großen, kindlichen Buchstaben Friedas Name prangte. »Meinst du, wir sollen jemanden anrufen?«

»Hier ist ein an Sie adressierter Brief.«

Petra griff nach einem transparenten Beweismittelbeutel und hielt ihn Frieda vor die Nase.

»Woher haben Sie den?«

»Wir checken natürlich Ihre Post und hätten jetzt gern Ihre Erlaubnis, den Brief zu öffnen.«

»Brauchen Sie die überhaupt?«

»Das ist eine Grauzone.«

»Nur zu.«

Petra Burge streifte sich Latexhandschuhe über und nahm

den Umschlag aus der Tüte. Mit größter Konzentration schnitt sie ihn entlang der Unterkante auf und fischte ein einzelnes, zusammengelegtes Blatt Papier heraus. Sie faltete es auseinander, strich es glatt, warf einen Blick darauf und drehte das Blatt dann um hundertachtzig Grad. Frieda beugte sich darüber und überflog den Text:

Bush Terrace 4

Liebe Frieda,
das kommt davon, wenn man mir nachspürt.
Daniel Glasher

»Ein Freund von Ihnen?«, fragte Burge.

»Nein.«

»Wer ist das dann?«

»Geben Sie mir einen Moment.« Sie holte ihr Telefon heraus und rief Josef an.

»Frieda?«

»Kennst du einen Daniel Glasher?«

Am anderen Ende herrschte Schweigen, sodass Frieda schon dachte, die Verbindung wäre abgebrochen.

»Hallo? Josef?«

»Danny. Ja. Ein Kollege von mir. Jetzt nicht mehr, aber früher.«

»War er derjenige, der mit Dean Reeve Kontakt hatte?«

»Ja. Das habe ich dir doch gesagt.«

»Hast du in letzter Zeit mal mit ihm gesprochen?«

»Er ist weggezogen. Was ist passiert?«

»Ich sage es dir, sobald ich Genaueres weiß.«

Frieda steckte das Telefon wieder ein.

»Dean hat zusammen mit Josef in Hampstead gearbeitet, in einem großen Haus, das entkernt und dann neu ausgebaut wurde. Dieser Mann, Danny Glasher, war dort ebenfalls beschäftigt. Er ist Elektriker und war wohl derjenige, der Bruce Stringer nützliche Informationen gegeben hat, kurz bevor Stringer ermordet wurde.«

»Warum sollte dieser Elektriker Ihnen drohen?«

»Er droht mir nicht.«

»Wie meinen Sie das?«

»Man merkt es sogar an der Schrift. Sehen Sie sich das ›B‹ in Bush an. Der ganze Text wirkt wackelig und zittrig. Der Mann hat die Worte geschrieben, aber es waren nicht seine. Dean Reeve hat ihm diesen Brief diktiert.«

Petra Burge runzelte die Stirn und nahm die Nachricht genauer unter die Lupe.

»Das ergibt doch keinen Sinn. Warum sollte Reeve sich so weit aus dem Fenster lehnen?«

»Weil es keine Rolle spielt.«

»Aber wenn man jemandem einen Drohbrief schreibt, warum versieht man ihn dann mit einem Absender?«

»Weil er mich – oder Sie – zu der Adresse lotsen will.«

»Sie glauben, das ist eine Art Falle?«

»Nein.«

»Ich werde diese Bush Terrace ausfindig machen und ein Team hinschicken.«

»Kann ich mit?«

Petra musterte sie missbilligend.

»Das ist doch kein Tag der offenen Tür.«

Bush Terrace war Teil einer Wohnanlage in Brent, die erst vierzig Jahre alt war, aber aussah, als hätte man sie schon für den Abriss vorbereitet. Bei der Hälfte der Häuser waren die Türen und Fenster mit Brettern vernagelt. Das Einsatzkommando kam mit zwei Streifenwagen und einem größeren Einsatzfahrzeug. Nachdem sie die Zufahrt blockiert hatten, näherten sich die Beamten – bewaffnet, mit Schutzhelmen ausgestattet und wie ein Stoßtrupp formiert – vorsichtig dem Gebäude. Drei von ihnen schleppten gemeinsam einen schweren stählernen Rammbock.

Petra klingelte an der Haustür. Als keine Reaktion erfolgte, nickte sie den Beamten zu, woraufhin diese den Rammbock einsetzten. Er durchschlug die windige Tür bereits beim ersten Versuch. Nachdem einer der Beamten das gesplitterte Holz weggetreten hatte, stürmten sie alle hinein. Man hörte das Getrampel ihrer Stiefel, zunächst auf Linoleum, dann gedämpft auf Teppichboden. Die Einsatzbeamten schwärmten in verschiedene Räume aus, und von überall ertönte die Meldung »Sauber!«

Petra ging in die Küche. Das Haus wirkte heruntergekommen, die Wände wiesen Schäden auf, eine kaputte Fensterscheibe war mit Pappe abgedeckt, aber ansonsten machte die Wohnung einen ordentlichen Eindruck. Ein Sortiment von nicht zusammenpassenden Tassen, Tellern und Gläsern stand gespült und sauber auf dem Abtropfbrett. Allerdings tröpfelte der Wasserhahn nervtötend. Petra streckte bereits den Arm aus, um den Hahn fester zuzudrehen, überlegte es sich dann aber anders.

Als sie eine Hand an der Schulter spürte, drehte sie sich um. Einer der Beamten hatte seinen Helm abgenommen. Sein Gesicht wirkte weiß.

»Da ist etwas, das Sie sich ansehen sollten. In der Garage.«

Sie wurde durchs Haus in die Garage geleitet, die etwa das halbe Erdgeschoss einnahm. Wagen war keiner da. An der hinteren Wand befand sich eine Gefriertruhe, deren Deckel offen stand. Das Gerät gab ein summendes Geräusch von sich. Petra steuerte darauf zu. Die Truhe war mit einer sich bauschenden, dicken Plastikfolie gefüllt, doch durch die Folie konnte sie ein Gesicht erkennen.

Frieda saß in Olivias Küche und trank Tee. Chloë hatte kurz zuvor nach einem hitzigen Wortgefecht mit ihrer Mutter das Haus verlassen, aber Friedas Freundin Sasha war noch da. Sie hatte Ethan auf dem Schoß und zupfte nachdenklich an ihrem Kragen herum. Sasha hatte Frieda gerade erzählt, dass sie mit ihrem Sohn die nächsten sechs Monate bei ihrem Vater wohnen werde und vorhabe, wieder so etwas wie Ordnung in ihr Leben zu bringen. Fran Bolton hielt sich drüben im Wohnzimmer auf. Oben im ersten Stock hörte Frieda ihre Schwägerin Olivia Möbel verschieben. Draußen prasselte immer noch kalter Regen vom Himmel. Das Licht wirkte gedämpft, als würde es bereits dämmern. Frieda sehnte sich danach, in ihrem kleinen Häuschen am Kaminfeuer zu sitzen, mit ihrer Katze als einziger Gesellschaft.

Ihr Handy klingelte. Sie sah, dass es Petra war.

»Hallo.«

»Er hat seine Deckung verlassen. Jetzt kriegen wir ihn.«

ZWEITER TEIL

Das verlorene Wochenende

9

Frieda öffnete die Küchentür und trat hinaus in den Garten. Es war ein warmer, windstiller Tag. Die Katze schlief an einem sonnigen Fleckchen und hing mit zuckendem Schwanz ihren Träumen nach. Es hatte schon seit Wochen nicht mehr geregnet. Frieda drehte sich um und betrachtete das Haus, das sich allmählich wieder wie ihr Zuhause anfühlte. Josef hatte sämtliche Räume frisch gestrichen und als Bezahlung nur Wodka akzeptiert. Im Wohnzimmer war ein vollkommen neuer Boden verlegt. Ein bunt gemusterter Teppich verdeckte seitdem die Stelle, wo Stringers Leiche gelegen hatte.

Als sie im Bad Wasserrauschen hörte, kehrte sie ins Haus zurück und ging nach oben.

»Ist mit dir alles in Ordnung?«, rief sie durch die Tür.

»Nein, alles zum Kotzen!«

»Brauchst du Hilfe?«

»Nein.«

»Darf ich reinkommen?«

»Wenn du willst.«

Frieda schob die Tür auf. Reuben stand über das Waschbecken gebeugt und wusch sich erst das Gesicht und dann seinen kahlen, erschreckend weißen Kopf.

»Musstest du dich schlimm übergeben?«, fragte sie ihn.

Es schockierte sie immer noch, wie sehr er sich in den letzten Monaten verändert hatte. Sein Gesicht wirkte extrem schmal und schlaff. Sein schönes, dichtes Haar, auf das er immer so stolz gewesen war und das er wie ein Student schulterlang getragen hatte, war ihm komplett ausgegangen. Er sah viel kleiner und älter aus. Seine schicke Kleidung schlackerte um seinen Körper.

»Ja.«

»Lass uns hinuntergehen. Ich muss bald zu dieser Besprechung aufbrechen, aber vorher mache ich dir noch einen Tee. Ich habe dir ein Taxi gerufen, das dich nach Hause bringen wird.«

»Ich mag keinen gottverdammten Tee. Lieber starken schwarzen Kaffee.« Er funkelte sie finster an. »Und vielleicht eine Zigarette.«

»Nachdem du dich gerade übergeben hast?«

»Genau.«

»Meinetwegen. Ich schätze, du und Josef werdet bald wieder euren alten Gewohnheiten frönen.«

Er sah sie stirnrunzelnd an. »Ich habe schon seit Tagen nichts mehr von ihm gehört. Er ruft mich nicht zurück. Vielleicht glaubt er, ich bin ansteckend.«

»Wahrscheinlich hat er Stress auf einer Baustelle.«

Reuben setzte sich in Bewegung, um betont langsam und theatralisch die Treppe hinunterzusteigen, ein kranker Mann, der einen kranken Mann spielte. Im Vorbeigehen blickte er Frieda mit hochgezogenen Augenbrauen an. Schlagartig sah sie ihn vor sich, wie er gewesen war, als sie beide sich kennengelernt hatten – so verwegen und gut aussehend und jung.

Eine halbe Stunde später traf Frieda im Polizeipräsidium ein. Sie wurde in einen großen Raum geführt, wo man sämtliche Jalousien heruntergelassen hatte, um die Hitze der Sonne draußen zu halten. Im Lauf der Monate war sie wiederholt in diesem Raum und anderen, ähnlichen gewesen, sodass ihr das alles inzwischen vertraut war: der lange Tisch, der Wasserkrug, der hohe metallene Rollwagen in der Ecke, beladen mit Teetassen und einem kleinen Stapel Teller. Im Winter ebenso überheizt wie im Sommer, roch die stickige Luft nach Raumspray und Möbelpolitur.

Mehrere Beamte, die sie kannte, waren bereits da und ließen sich gerade nieder, unter anderem der hochgewachsene, kräftig gebaute Don Kaminsky. Bei ihrem Anblick wurde er sichtlich verlegen und tat höchst geschäftig, indem er demonstrativ Unterlagen in einer Mappe verstaute und dann angestrengt auf sein Telefon starrte und dabei seltsame Grimassen zog. In einer Ecke entdeckte sie Fran Bolton. Als ihre Blicke sich trafen, begrüßte die Polizeibeamtin sie mit einem kleinen Winken. Frieda nahm Platz und wartete schweigend. Ihr war klar, was gleich kommen würde.

Sie brauchte nicht lange zu warten. Die Tür schwang auf, und Petra Burge betrat den Raum – klein und dünn, bekleidet mit einer sich weit bauschenden schwarzen Hose und einem locker sitzenden blauen T-Shirt. Sie sah aus, als hätte sie sich die Sachen von ihrer älteren Schwester ausgeliehen. Ihr Gesicht war bleich, sodass sich ihre Sommersprossen fleckig abhoben. Hinter ihr folgten mehrere Anzug tragende Männer mit grimmigen, ernsten Mienen, und als Letzter Polizeipräsident Crawford. Ohne Frieda oder sonst jemanden eines Blickes zu würdigen, ließ er sich am Tischende nieder. Jemand fragte ihn, ob er ein Glas Wasser wolle, doch er schüttelte nur den Kopf. Frieda sah, wie seine Kiefermuskulatur arbeitete. Er wirkte breiter und rotgesichtiger denn je. Sein spärliches Haar hatte er sich sehr kurz schneiden lassen, seine Wangen waren frisch rasiert. Frieda entdeckte einen kleinen Blutfleck unterhalb seines Ohrs, wo er sich wohl geschnitten hatte. Ihr ging durch den Kopf, dass es ihm bestimmt nicht gefallen würde, wenn er wüsste, dass sie Mitleid mit ihm hatte.

Als alle saßen, trat angespanntes Schweigen ein. Petra Burge sah sich am Tisch um. Ihr Blick begegnete dem von Frieda, aber sie lächelte nicht. Als sie schließlich zu sprechen begann, wurde sie gleich wieder unterbrochen, weil die Tür aufging. Frieda wandte den Kopf und sah Karlsson in Begleitung von Yvette Long hereinkommen. Beide machten einen abgehetzten Eindruck.

»Kommen wir zu spät?«, fragte Karlsson.

Sie zogen sich Stühle heran und ließen sich neben Frieda nieder.

»Mit euch habe ich gar nicht gerechnet«, sagte Frieda.

»Ich auch nicht.« Petra wirkte nicht erfreut, sie zu sehen.

»Wir dachten, du brauchst vielleicht ein bisschen Unterstützung«, meinte Karlsson an Frieda gewandt. Dann schenkte er sich ein Glas Wasser ein.

»Das ist hier ja wie beim Stierkampf«, bemerkte Crawford.

»Wer ist der Stier?«, wollte Karlsson wissen.

»Das werdet ihr dann schon sehen.«

Frieda fiel auf, dass der Polizeipräsident leiser sprach als sonst. Er machte einen müden Eindruck.

»Können wir loslegen?« Petra warf einen Blick in die Runde, woraufhin alle verstummten. »Vor sechs Monaten«, begann sie, »wurde Bruce Stringer ermordet und seine Leiche unter den Bodendielen von Frau Doktor Kleins Haus platziert. Kurze Zeit später wurde auch Daniel Patrick Glasher tot aufgefunden. Ermordet. Das ist uns allen bekannt. Mit größter Wahrscheinlichkeit handelt es sich bei dem Mörder von beiden um Dean Reeve. Frau Doktor Klein weist bereits seit geraumer Zeit darauf hin, dass Reeve noch am Leben ist, doch bisher wurde das von den Behörden bestritten.«

Sie legte eine kurze Pause ein und nahm einen Schluck aus dem vor ihr stehenden Wasserglas. Bei der Gelegenheit fiel Frieda auf, wie schmal und knochig ihre Hände waren. Die Nägel hatte sie dunkelblau lackiert.

»Wie Sie alle wissen, haben wir umfangreiche Ermittlungen angestellt, an denen etliche Polizeieinheiten beteiligt waren. Die

Öffentlichkeit wurde zur Mithilfe aufgerufen, forensische Analysen wurden durchgeführt, außerdem sind unsere Leute von Tür zu Tür gegangen und haben die Aufzeichnungen der Überwachungskameras ausgewertet.« An dieser Stelle wandte sie sich direkt an Frieda. »Wir hatten Meldungen über Sichtungen, die sich aber leider nicht bestätigt haben. Es gab auch einige Videoaufzeichnungen verdächtiger Personen, die jedoch nicht eindeutig zu identifizieren waren.«

»Wir haben also nichts in der Hand«, fasste Crawford zusammen.

»Die Ermittlungen sind nicht so gelaufen wie erhofft«, fuhr Petra fort. »Was aber nicht heißen soll, dass wir sie deswegen einstellen.«

Frieda nickte ihr zu. »Mir ist bekannt, dass die Ermittlungen in Mordfällen nie ganz eingestellt werden. Sie kommen bloß langsam zum Erliegen und geraten dann immer mehr in Vergessenheit.«

»Wie gesagt, wir stellen die Ermittlungen nicht ein, ziehen aber Leute von den Fällen ab.«

»Werden Sie selbst weiter daran arbeiten?«

»Ich stehe zur Verfügung, falls nötig.«

»Ich fasse das als Nein auf.«

»Ich will Sie nicht anlügen. Uns liegen keinerlei Anhaltspunkte vor. Wir sind nicht sehr hoffnungsvoll. Es tut mir leid.«

Petra Burge wandte sich wieder an die bedrückt dreinblickenden Männer und Frauen rund um den Tisch. »Irgendwelche Fragen?« Niemand meldete sich zu Wort. »Gut. Polizeipräsident Crawford möchte etwas sagen.«

Crawford stieß ein trockenes Husten aus und fuhr mit einem Finger an der Innenseite seines Hemdkragens entlang.

»In einer halben Stunde«, begann er, »gebe ich eine Pressekonferenz. Die Ermittlungen von DCI Burge wurden mit größter Professionalität durchgeführt. Trotzdem lässt uns die Sache in keinem guten Licht dastehen. Sowohl innerhalb als auch außerhalb der Polizei sind Fragen laut geworden. Es gab Andeutungen, ich hätte die Ermittlungen zu einem früheren Zeitpunkt verhindert.«

Frieda traute sich nicht, Karlsson und Yvette anzusehen. Beiden war nur allzu klar, wie sehr besagte Andeutungen der Wahrheit entsprachen. Sie hoffte nur, Yvette würde nichts sagen, murmeln oder ein Hüsteln von sich geben, das sich als Sarkasmus deuten ließ.

»Gewisse Einschätzungen könnten Gegenstand von Kritik werden«, fuhr Crawford fort. »Obendrein ist es uns nun nicht gelungen, diesen Fall aufzuklären, der großes öffentliches Interesse erregt hat. Ich war stets der Auffassung, dass es zu den Pflichten eines Polizeipräsidenten gehört, Verantwortung zu übernehmen. Deshalb ist für mich an dieser Stelle Schluss. Ich gebe heute meinen Rücktritt bekannt, mit sofortiger Wirkung.«

Niemand sagte etwas. Die Leute senkten den Blick. Der Mann, der neben Crawford saß, klopfte ihm kurz auf die Schulter, aber nur ganz leicht, als befürchtete er, sonst eine Explosion auszulösen. Der Polizeipräsident erhob sich.

»Nun ja«, sagte er. »Es war mir eine Ehre, gemeinsam mit Ihnen Dienst zu tun.«

Rund um den Tisch hob Gemurmel an. Alle standen auf. Als er die Tür erreichte, trat Frieda auf ihn zu.

»Ich nehme an, Sie empfinden jetzt Genugtuung«, griff er ihr vor.

»Eigentlich wollte ich Ihnen sagen, dass es mir leidtut.«

»Tatsächlich?«

»Ja. Ich verstehe nicht, warum es dazu kommen musste.«

»Wirklich nicht?«, fragte Crawford mit bitterer Miene. »Vielleicht sollten Sie mal Ihren Freund Walter Levin danach fragen.«

»Wieso? Was hat er damit zu tun?«

»Woher soll ich das wissen?«, gab Crawford zurück. »Ich bin nur ein einfacher Polizist. Beziehungsweise ehemaliger Polizist.« Er nickte Karlsson zu. »Passen Sie auf, dass sie nicht umgebracht wird, Mal. So, und jetzt muss ich zu meiner letzten Pressekonferenz.«

Frieda, Karlsson und Yvette schauten ihm nach.

»Wichser«, murmelte Yvette.

»Nicht.« Karlsson runzelte missbilligend die Stirn.

»Warum nicht? Er hat dich doch jahrelang nur schikaniert.«

»Wahrscheinlich wird er uns trotzdem fehlen.«

»Na, ich weiß nicht«, meinte Yvette. »Aber vielleicht habe ich das alles einfach nur satt.«

»Leg erst mal deine Prüfung ab«, riet ihr Karlsson. »Sichere dir deine Beförderung. Danach kannst du es immer noch sattbekommen.« Er wandte sich mit besorgter Miene an Frieda. »Das alles tut mir außerordentlich leid.«

Im Anschluss an die Besprechung rief Frieda als Erstes im Warehouse an, der therapeutischen Klinik, für die sie hin und wieder arbeitete. Wenn Frieda Kapazitäten frei hatte, überwies man dort Leute an sie.

»Ich nehme wieder neue Patienten«, erklärte sie. »Je eher, desto besser – und je mehr, desto besser. Ich habe viel zu lange Däumchen gedreht und auf etwas gewartet, das nie passieren wird. Jetzt möchte ich mein Leben wieder mit Sinnvollem füllen.«

10

Auf dem Heimweg mied Frieda das Chaos und die Abgase des Stadtverkehrs und marschierte stattdessen durch ruhige Nebenstraßen. Inzwischen ging ein starker Wind, der Regen mit sich brachte. Die Gehsteige waren mit Müll und Ästen übersät.

Als sie in ihre kleine Gasse einbog, entdeckte sie eine vertraute Gestalt vor der Haustür. Ihr Freund trug seine alte Segeltuchjacke, sein Haar wirkte noch zotteliger als sonst, er hatte eine Tasche über der Schulter, und zu seinen Füßen stand ein großer, ramponierter Koffer. Erst jetzt bemerkte sie, dass neben ihm noch jemand wartete, eine schmale Gestalt in einem viel zu großen Mantel.

»Josef!«, rief sie im Näherkommen.

Während er sich zu ihr umdrehte, breitete sich ein Ausdruck großer Erleichterung auf seinem Gesicht aus. Er war unrasiert und schmutzig, seine Jacke zerrissen. Die Schuhbänder seiner dreckverkrusteten Stiefel hatten sich gelöst und schleiften auf dem Boden. Der Blick seiner braunen Augen wirkte flehend. Der Junge neben ihm hatte die gleichen Augen, groß und braun. Frieda, die ihn im Lauf der Jahre immer mal wieder auf Fotos gesehen hatte, beugte sich zu ihm. Sein schmales Gesicht war verschmiert, sein Blick ängstlich. Der übergroße Mantel schlackerte um seinen Körper, und seine Sportschuhe waren völlig hinüber.

»Alexei?«

Er nickte.

»Jetzt bist du in Sicherheit. Hier.«

Sie sperrte die Tür auf und winkte Alexei hinein. Als der Junge daraufhin fragend zu seinem Vater aufblickte, legte Josef ihm den Arm um die Schultern und redete mit ihm in einer Sprache, die Frieda nicht verstand. Seine Stimme bekam einen weichen, gurrenden Klang, den sie bei ihm noch nie gehört hatte.

»Du warst zu Hause«, sagte sie zu Josef, während sie die Tür hinter ihnen zuzog und das Licht einschaltete. »Ich meine, in der Ukraine.«

»Ja.«

»Du kannst mir gleich alles erzählen. Aber vorher verfrachten wir Alexei in die Badewanne, und ich mache ihm etwas zu essen. Er sieht völlig fertig aus.«

»Ängstlich, Frieda. Und traurig.«

»Erkläre ihm, dass ich ihm ein Bad einlaufen lasse. Ich lege euch beiden Handtücher hin. Hast du da was zum Anziehen drin?« Sie deutete auf den großen Koffer.

»Ein bisschen was.«

Sie ging hinauf, um Wasser in die von Josef eingebaute Wanne einzulassen. Nachdem sie flauschige weiße Handtücher herausgelegt hatte, kehrte sie zu Josef und seinem Sohn zurück.

»Das Bad ist bereit. Ich mache in der Zwischenzeit Kaffee für dich und heiße Schokolade für ihn.«

Sie verfolgte, wie Josef mit Alexei die Treppe hinaufstieg, ein großer Mann und ein magerer Junge, Hand in Hand.

»Schieß los«, forderte sie ihn auf.

Sie saßen in der Küche. Josef mampfte riesige Mengen knusprigen Marmeladentoast in sich hinein und spülte mit schwarzem Kaffee nach. Er stank nach einer Mischung aus Tabak und Schweiß. Seinem ungewaschenen Gesicht war die Erschöpfung deutlich anzusehen.

»Vera ist tot.« Er stieß ein plötzliches Schluchzen aus und legte eine Hand über die Augen. »Meine Frau ist gestorben.«

Frieda berührte ihn am Handrücken.

»Ganz schnell. Aus heiterem Himmel. Ihr neuer Mann hat mich angerufen.« Er verzog das Gesicht. »Ich war kein guter Ehemann, Frieda.« Seine Schultern fielen nach vorn, und er senkte den Kopf. »Wir waren noch sehr jung, als wir uns kennenlernten. Aber ich habe sie geliebt.«

»Ich weiß.«

»Natürlich musste ich los, um meine Söhne zu holen. Sie brauchen ihren Vater. Ich habe es niemandem außer Stefan erzählt. Stefan hat mir geholfen.«

Stefan war Josefs russischer Freund. Frieda dachte gar nicht gerne daran, wie er wohl sein Geld verdiente.

»Aber wo ist Dima?«

»Dima wollte nicht mit.«

»Wahrscheinlich empfindet er die Ukraine einfach als seine Heimat.«

Josef nickte. »Unsere Verwandtschaft ist dort.«

Frieda wollte mehr über die Reise erfahren und vor allem wissen, wie er es geschafft hatte, Alexei ins Land zu bringen, aber oben hörten sie das Badewasser ablaufen. Josef schob sich die letzte dicke Scheibe Toast in den Mund und stand auf.

»Alexei ist ganz geschockt, Frieda. Er sagt nichts, weint nicht – gar nichts. Er ist nur still und traurig.«

»Das dauert seine Zeit.«

Während die beiden sich oben aufhielten, rief sie Reuben an und erklärte ihm, was passiert war.

»Sie können hierbleiben«, sagte sie.

»Josefs Zuhause ist bei mir«, entgegnete Reuben. »Du hast doch nicht mal ein richtiges Gästezimmer.«

»Bist du sicher, dass das für dich in Ordnung ist?«

»Es wird mir guttun.« Reuben stieß ein betrübtes Lachen aus. »Vielleicht tue ich mir dann selber nicht mehr so leid.«

Sie machte Alexei Rühreier, aber er aß fast nichts davon. An der heißen Schokolade, die sie für ihn gekocht hatte, nippte er nur vorsichtig. Der Junge trug mittlerweile eine Jogginghose, die ihm zu kurz war, und dazu ein rotes Langarmshirt, dessen Ärmel ihm über die Hände hingen. Frieda ging hinüber ins Wohnzimmer, nahm die Katze auf den Arm, die bis dahin zusammengerollt auf einem Sessel geschlafen hatte, kehrte mit ihr in die Küche zurück und legte sie Alexei auf den Schoß. Er streichelte sie ganz behutsam, mit gesenktem Kopf, sodass Frieda seinen Gesichtsausdruck nicht sehen konnte.

11

Eine halbe Stunde später, als Alexei bereits in Friedas Bett schlief und Josef gerade im Garten hinter dem Haus eine rauchte, klingelte das Telefon.

»Chloë?«

Sie hörte ein Atemgeräusch, doch vielleicht war es auch ein unterdrücktes Schluchzen.

»Chloë? Was ist los?« Sie wartete. »Sprich mit mir.«

»Wo bin ich?«

»Was? Keine Ahnung. Wie meinst du das? Ist mit dir alles in Ordnung?«

»Nein.«

»Verstehe. Dann komme ich jetzt zu dir. Sag mir, wo du bist.«

»Wo bin ich?«, fragte Chloë ihrerseits noch einmal mit belegter Stimme.

»Hör zu, Chloë. Du klingst irgendwie wirr. Bist du in deiner Wohnung? Oder bei Olivia?«

»Es geht mir nicht gut.«

»Du weißt nicht, wo du bist?«

Statt einer Antwort kam nur ein ungleichmäßiges Atemgeräusch.

»Sieh dich um.« Frieda sprach jetzt sehr laut und klar. »Was kannst du sehen?«

»Sehen?«

»Ja.«

»Einen Baum.«

»Das reicht mir nicht. Konzentriere dich. Was noch?«

»Eine Kirche.«

»Du bist also in der Nähe einer Kirche. Weißt du, wie sie heißt?«

»Nein.«

»Kannst du aufstehen?«

Statt einer Antwort gab Chloë ein Wimmern von sich.

»Siehst du jemanden?«

»Ich bin bei Steinen.«

»Was soll das heißen, bei Steinen?«

»Grabsteinen.«

»Also bist du ganz nah an der Kirche?«

»Sie sind um den Baum herum. Viele. Auf einem Haufen.«

Plötzlich wusste Frieda genau, wo Chloë war.

»Ich komme«, sagte sie. »Ich komme dich holen.«

Auf dem Friedhof von Saint Pancras waren zahlreiche Grabsteine eng nebeneinander um den sogenannten Hardy Tree angeordnet. Unter den Steinen lagen alte Knochen begraben, und über ihnen breitete die große Esche ihre Äste aus. Vor Monaten hatte Dean die Zeichnung von dem Baum mitgenommen, an der Frieda damals gearbeitet hatte, um sie auf diese Weise wissen zu lassen, dass er in ihrem Haus gewesen war. Nach dem Hannah-Docherty-Fall war Frieda wieder einmal zu dem Baum gegangen, um in Ruhe über alles nachzudenken, was passiert war. Ihre Freunde hatten sich zu ihr gesellt. Nun schien Chloë dort zu sein, offenbar in völlig verwirrtem Zustand und nicht in der Lage, zusammenhängend zu sprechen.

Frieda rief ein Taxi, aber rund um King's Cross kam der Verkehr nur schleppend voran, weswegen sie frühzeitig ausstieg und die Camley Street entlangrannte, parallel zum Kanal, dann in den kleinen Friedhof hinein und auf den Baum zu, der von einem schmiedeeisernen Zaun umschlossen war.

Zuerst konnte sie Chloë nicht sehen, doch als sie dann um

den Baum herumging, entdeckte sie ihre Nichte an seiner Rückseite, innerhalb der Umzäunung. Sie saß mit ausgestreckten Beinen da, den Rücken gegen einen der äußeren Grabsteine gestützt, das Gesicht teigig und verquollen. Sie hatte verschmierte Wimperntusche unter beiden Augen, und ihr Haar wirkte fettig und verfilzt. Bekleidet war sie mit einem kurzen grauen T-Shirt-Kleid und Sandalen. Neben ihr lag eine kleine Leinentasche. Als Frieda näher kam, sah sie, dass ihre Nichte am Hals und an den nackten Beinen etliche Kratzer hatte. Chloës Augen waren geöffnet, doch ihr Blick wirkte benebelt, als nähme sie Frieda gar nicht richtig wahr. Frieda streckte die Hand durch den Zaun und legte sie auf Chloës nacktes Bein. Es fühlte sich kalt und klamm an.

»Frieda?«

»Ja. Warte, ich bin gleich da.«

Sie eilte zum Tor, aber es war abgeschlossen, sodass sie über den mit Spitzen versehenen Zaun klettern musste. Auf der anderen Seite angekommen, stürmte sie zu ihrer Nichte, griff nach deren Händen und drückte sie fest. »Sprich mit mir!«

»Mmm?«

Frieda packte die junge Frau an den Schultern.

»Sieh mich an, Chloë! Ich bin's, Frieda!«

»Frieda.«

»Ja. Tut dir irgendwas weh?«

»Ich weiß nicht.«

»Was ist mit dir passiert?«

»Es geht mir nicht gut.«

Frieda strich Chloë das Haar aus der Stirn. Ihre Nichte roch nicht nach Alkohol, sondern nach Schweiß, ungewaschen und säuerlich. »Ich rufe jetzt einen Krankenwagen und lass dich ins Hospital bringen. Verstehst du mich?«

»Wo bin ich?«, fragte Chloë erneut.

»In der Nähe von King's Cross.«

»Warum?«

»Das weiß ich nicht.«

»Ich möchte nach Hause.«

»Du darfst bald nach Hause. Ich bleibe bei dir. Kannst du dich erinnern, was passiert ist?«

»Was?«

»Schon gut.« Frieda setzte sich neben Chloë und legte ihr einen Arm um die Schultern. »Hat dich jemand hergebracht? Mit wem warst du zusammen?«

Chloës Kopf sank auf Friedas Schulter. »Ich weiß es nicht«, antwortete sie mit gepresster Stimme. Es klang, als wäre ihre Zunge zu groß für ihren Mund. »Mir tut der Kopf weh. Ich habe Durst, und ein bisschen schlecht ist mir auch.«

12

Frieda fuhr mit Chloë im Krankenwagen. Ihre Nichte schien nur halb bei Bewusstsein zu sein. Vieles von dem, was sie sagte, war kaum verständlich, aber Frieda hörte ihren eigenen Namen heraus. Sie beugte sich vor.

»Was?«

»Sag Mum nichts.«

»Ich habe sie schon angerufen«, entgegnete Frieda.

Chloë murmelte irgendetwas, wobei sie schon wieder halb schlief. Die junge Sanitäterin beugte sich über sie.

»Wie heißt sie?«, fragte sie mit einem Blick in Friedas Richtung.

»Chloë.«

»Können Sie mich hören, Chloë?«, sprach die Sanitäterin sie in lautem Ton an. Als keine Reaktion erfolgte, gab ihr die junge Frau einen sanften Klatsch auf die Wange. »Chloë! Aufwachen! Reden Sie mit mir.«

Chloë murmelte ein paar Worte, die Frieda nicht verstand. Die Sanitäterin wandte sich an Frieda.

»Hat sie getrunken?«

»Das glaube ich nicht.«

»Wissen Sie, was sie genommen hat?«

»Ich denke, man sollte sie auf Flunitrazepam prüfen.«

Die Sanitäterin zog eine Grimasse. Sie hatte wildes, flammend rotes Haar, ein Gesicht voller Sommersprossen und sah kaum älter aus als Chloë.

»Sie meinen, man hat sie unter Drogen gesetzt und dann vergewaltigt? Wir werden sehen.«

Chloë wurde aus dem Krankenwagen sofort auf eine Rolltrage verfrachtet und einen Gang entlanggefahren, mit Frieda auf der einen Seite und der Sanitäterin sowie einem Arzt auf der anderen. Unterwegs berichtete Frieda alles, was sie wusste – was nicht sehr viel war. In einer Kabine der Notaufnahme angekommen, wurde Chloë ausgezogen und in ein Krankenhaushemd gesteckt. Der Arzt fragte, ob Frieda während der Untersuchung draußen warten wolle.

»Ich glaube, ich bleibe lieber hier«, antwortete sie.

Sie hatte so viel Schlimmeres zu Gesicht bekommen, aber dass sie nun mit ansehen musste, wie man ihre bewusstlose Nichte untersuchte, ihr dabei die Beine spreizte und einen Abstrich nahm, machte ihr schwer zu schaffen. Es kam ihr vor wie der Beginn einer Autopsie. Als es vorbei war, richtete sich der Arzt auf.

»Keine Blutergüsse«, erklärte er. »Keine Anzeichen für einen sexuellen Übergriff.«

»Gut«, sagte Frieda. »Das ist gut.«

»Betrinkt sie sich oft?«

»Ich habe ihren Atem gerochen. Ich glaube nicht, dass wir es hier mit Alkohol zu tun haben.«

Der Arzt leuchtete mit einem grellen Lämpchen in Chloës Augen.

»Ich denke, Sie haben recht.« Er nickte einer Krankenschwester zu, die auf einer Seite bereitstand. »Wir hydrieren sie jetzt erst mal.«

Nachdem er ein paar Schritte zurückgetreten war, wandte er sich erneut an Frieda. Er hatte kurzes graues Haar und ein bleich wirkendes Gesicht mit dunklen Augenringen. Wahrscheinlich näherte sich seine Schicht ihrem Ende.

»Manchmal hydrieren wir sie nicht ganz«, erklärte er. »Wir lassen ihnen einen kleinen Kater. Um ihnen eine Lektion zu erteilen.«

»Ist das die Aufgabe eines Arztes?«

»Sie sollten mal mehrere Freitagabende hintereinander hier arbeiten, wenn immer wieder die Gleichen eingeliefert werden.«

Die Krankenschwester rief nach dem Arzt. Offenbar war sie gerade im Begriff gewesen, einen Zugang zu legen, doch nun trat sie zur Seite und ließ den Arzt Chloës Arm inspizieren. Er blickte zu Frieda hoch.

»In welchem Verwandtschaftsverhältnis stehen Sie zu ihr?«

»Sie ist meine Nichte.«

»Steckt sie in irgendwelchen Schwierigkeiten?«

»Nicht dass ich wüsste. Wieso fragen Sie?«

»Ich weiß nicht, was sie intus hat«, antwortete er. »Aber ich weiß zumindest schon, wie sie es genommen hat. Sehen Sie.« Er deutete auf Chloës bleichen, schlaffen Unterarm. »Da sind drei, vier Einstichstellen.«

»Das kann nicht sein«, entgegnete Frieda.

»Warum nicht?«

»Chloë spritzt sich keine Drogen.«

Der Arzt nahm seine Brille ab und rieb sich die müden Augen.

»Wenn ich an die vielen Male denke, die Eltern, Verwandte oder Freunde schon hier standen, wo Sie jetzt stehen, und beteuerten, ihr kleiner Junge oder ihr kleines Mädchen würde niemals Drogen nehmen.«

»Sie wollen damit also sagen, Chloë sei an einem Montagabend ausgegangen und habe plötzlich beschlossen, sich ein Beruhigungsmittel zu spritzen.«

»Nun ja, ein spontaner Einfall war das bestimmt nicht. Wie Sie sehen können, haben wir hier mindestens vier Einstichstellen. Demnach hat sie es wohl ein bisschen übertrieben.«

»Nicht Chloë.«

Er breitete die Arme aus.

»Ich bin nicht derjenige, den Sie überzeugen müssen. Ich bin bloß der arme Trottel in der Notaufnahme, der sich um die Bescherung kümmert. Wir haben das Blut zum Test ins Labor geschickt. Bald wissen wir mehr. Und keine Sorge: Ich gebe ihr die volle Hydrierung.«

»Darf ich bleiben?«

»Haben Sie das Schild an der Tür nicht gesehen? Helfer sind uns willkommen. Es sei denn, sie sind betrunken oder werden handgreiflich oder schreien herum, was oft genug der Fall ist. Solche sind uns ein bisschen weniger willkommen.«

Frieda saß in der Kabine auf einem Stuhl und starrte vor sich hin. Sie hatte Chloë durch schwierige Zeiten begleitet, war jedoch der Meinung gewesen, das gehöre alles der Vergangenheit an. Ging das nun wieder los? Aber es hatte keinen Sinn, jetzt schon über diese Möglichkeit nachzudenken. Sie hatte sich gerade erst an die Geräusche gewöhnt – die Stimmen im Empfangsbereich, den gelegentlichen Aufschrei eines Patienten, das Geklapper der Rolltragen, das Piepen der Monitore –, als sie plötzlich eine vertraute, angsterfüllte Stimme vernahm. Sie stand auf, zog den Vorhang zur Seite und sah sich mit dem tränenüberströmten Gesicht von Chloës Mutter Olivia konfrontiert. Olivia stürmte die letzten paar Schritte auf Frieda zu und umarmte sie. Frieda spürte ihre nasse Wange und fühlte sich eingehüllt in den Dampf von Parfüm und Weißwein.

»Ich habe so lange gebraucht, um herzukommen!«, jammerte Olivia. »Die U-Bahn wurde komplett angehalten, und man hat uns über Lautsprecher informiert, jemand habe sich unter einen Zug geworfen. Warum können diese Leute das nicht einfach zu Hause machen, ohne andere damit zu nerven?«

»Sollen wir über Chloë sprechen?«, schlug Frieda vor.

Beim Anblick ihrer Tochter brach Olivia erneut in Tränen aus. Frieda musste ihre Schwägerin auf einen Stuhl manövrieren und ihr ein Glas Wasser holen. Sobald sie des Sprechens wieder mächtig war, lamentierte Olivia unter lautem Geschluchze darüber, wie sehr sie als Mutter versagt habe und Chloë als Tochter.

»Natürlich liebe ich Chloë«, sagte sie, »schließlich ist sie alles, was ich habe. Aber solange es für sie gut läuft, ruft sie mich nie an. Wenn das Telefon klingelt und Chloë dran ist, dann gibt es immer Schwierigkeiten.«

»Diesmal war aber nicht Chloë dran«, stellte Frieda richtig, »sondern ich.«

»Genau das meine ich.«

Im weiteren Verlauf ihres Gesprächs verlagerte sich der Schwerpunkt langsam weg von Chloë, hin zu einem Problem, das Olivia mit einem Verehrer gehabt hatte, und dann zu irgendwelchen Bauarbeiten am Haus, die katastrophal gelaufen waren. Schließlich wurde der Vorhang zur Seite gezogen, und vor ihnen stand ein Mann mit einem Klemmbrett.

»Eine von Ihnen beiden ist angeblich Ärztin«, sagte er. »Stimmt das?«

»Ich bin Chloës Tante«, antwortete Frieda, »und ja, Ärztin bin ich auch. Ist das relevant?«

»Sie sind doch diejenige, die gemeint hat, es könnte sich um eine von den Vergewaltigungsdrogen handeln.«

»Ich habe lediglich angeregt, ihr Blut darauf zu testen.«

»Nun, jedenfalls trifft Ihr Verdacht nicht zu, und Alkohol haben wir in ihrem Blut auch nicht gefunden. Dafür aber Phenobarbital.«

»Was ist das?« Olivias Frage klang halb wie ein Heulen.

»Es wird zur Behandlung von Schlaganfällen eingesetzt«, erklärte Frieda. »Aber zugleich ist es ein starkes Beruhigungsmittel.«

»Chloë würde so etwas nie nehmen.« Olivia umklammerte Friedas Arm.

»Das habe ich auch gesagt«, bestätigte diese.

»Sie glauben gar nicht, was die alles nehmen«, entgegnete der Arzt. »Die spritzen sich alles Mögliche.«

»Spritzen?«, wiederholte Olivia entsetzt. Es folgte ein langes, quälendes Gespräch, bei dem Olivia kaum etwas herausbekam, weil sie immer wieder nach Luft ringen und schluchzen und sich ein Taschentuch vor den Mund pressen musste. Letztendlich kam man überein, dass Chloë am folgenden Morgen entlassen werden sollte.

13

Frieda marschierte vom Krankenhaus nach Hause. Josef und Alexei waren weg, einzig und allein ein großer Schmutzring rund um den Badewannenrand wies noch darauf hin, dass sie da gewesen waren. Frieda rief Reuben an, der ihr berichtete, die beiden seien gut bei ihm angekommen und Alexei habe ein wenig Pasta gegessen, aber nichts gesprochen.

Nach dem Gespräch mit Reuben legte sie sich hin und schlief ein paar Stunden. Ab dem frühen Morgen lag sie wach. Eine Weile hing sie ihren Gedanken nach, dann versuchte sie, an nichts zu denken, doch all die Ereignisse des Tages gingen ihr weiter durch den Kopf, bis sie schließlich aufstand, weil sie mit Olivia im Krankenhaus verabredet war. Nachdem sie stundenlang gewartet hatten, bis der Arzt erschien und anschließend die Entlassungspapiere unterschrieben waren, lotsten sie Chloë hinaus und fuhren mit dem Taxi zu Olivia. Chloë war immer noch benebelt. Sie wirkte müde, traurig und total erschöpft. Selbst als sie schließlich dort ankam, wo sie als Kind zu Hause gewesen war, schien sie den Ort kaum wiederzuerkennen.

»Ich möchte ein Bad nehmen«, erklärte sie.

»Frieda?« Olivia wirkte leicht panisch. »Ich glaube, es ist leichter, wenn es nicht ihre Mutter macht.«

Frieda führte Chloë hinauf ins Badezimmer, zog sie aus und half ihr in die Wanne. Dabei musste sie an Alexei denken.

»Geh nicht«, sagte Chloë mit piepsiger Stimme.

Frieda hatte gar nicht die Absicht zu gehen. Sie ließ das Wasser einlaufen und wusch Chloë, wie sie eine Vierjährige gewaschen hätte. Dann zog sie den Stöpsel und half Chloë beim

Abtrocknen. Olivia brachte einen Schlafanzug, und gemeinsam stützten sie Chloë, während diese in die Hose stieg. Frieda knöpfte ihr die Jacke zu.

»Kann sie in ihr altes Zimmer?«, wandte Frieda sich anschließend an Olivia.

»Ich habe das Bett schon hergerichtet.«

Frieda rechnete mit dem schrillen Zimmer eines Teenagers, mit den zerschlissenen alten Postern von Stars, die zehn Jahre zuvor aktuell gewesen waren. Stattdessen sah sie sich mit einem Zimmer konfrontiert, das komplett renoviert worden war, sodass nichts mehr darauf hindeutete, dass es jemals von einem Mädchen im Teenageralter bewohnt worden war – was Frieda mindestens genauso schrill fand. Aber Chloë schien das gar nicht wahrzunehmen. Ein Bett war immerhin noch vorhanden. Frieda ließ Chloë unter die Decke schlüpfen und zog sie ihr dann bis zum Kinn hoch.

»Möchtest du Tee?«

»Ja.«

»Normalen schwarzen? Oder Kamille?«

»Ja.«

»Welchen von beiden?«

»Egal.«

Chloë war ganz anders als sonst, gar nicht mehr die aufbrausende, energische junge Frau, die Frieda schon so lange kannte. Sie machte zwei Tassen Kamillentee, trug sie nach oben und half Chloë, im Liegen ein paar Schlucke zu trinken.

»Möchtest du reden?«, fragte Frieda.

»Zu müde«, antwortete Chloë.

»Macht es dir etwas aus, wenn ich rede?«

Chloë schüttelte langsam den Kopf.

»Ich habe dir das schon öfter gesagt. Egal, was in deinem Leben passiert – ganz egal, was –, du kannst zu mir kommen. Immer.«

»Ich weiß.«

»Es gibt so vieles, was ich dir über das Spritzen von Drogen sagen könnte: Du kennst die genaue Dosis nicht, du weißt nicht, wie rein das Zeug ist, du weißt nicht, ob die Nadel steril ist.«

»Nein«, sagte Chloë, der das Sprechen große Mühe zu bereiten schien.

»Ich verurteile dich nicht.«

»Ich habe nichts genommen.«

Chloës Augen füllten sich mit Tränen. Frieda stellte die Teetasse auf dem Nachttisch ab, um ihre Nichte in den Arm zu nehmen.

»Es tut mir leid«, seufzte Chloë an ihrer Schulter.

»Du brauchst dich nicht zu entschuldigen.«

Chloë murmelte etwas.

»Was hast du gesagt?«

»Dein Wochenende.«

»Was ist mit meinem Wochenende?«

Chloë holte tief Luft, als müsste sie sich fürs Sprechen erst stählen. Die Worte kamen abgehackt, eines nach dem anderen.

»Entschuldige. Dass. Ich. Dir. Deinen. Sonntag. Verdorben. Habe. Und gestern auch. Samstag.«

Frieda ließ sich mit ihrer Antwort einen Moment Zeit. Sie fragte sich, ob Chloë von den Barbituraten noch immer kognitiv beeinträchtigt war.

»Heute ist nicht Sonntag, Chloë«, erklärte sie schließlich in sanftem Ton. »Heute ist Dienstag.«

Chloë machte Anstalten, sich aufzurichten, und Frieda versuchte sie davon abzuhalten.

»Nein«, insistierte Chloë. »Ich will nicht mehr liegen. Ich muss mich aufsetzen.«

»Was ist passiert, Chloë? Du kannst es mir ruhig erzählen.«

»Es ist alles so verschwommen. Als wäre es ganz weit

weg und schon lange her. Ich erinnere mich nur daran, dass Wochenende war, Freitagabend, und dass ich ein Kleid angezogen habe.«

»Das graue?«

»Ja.«

»Das, in dem wir dich gefunden haben.«

»Wahrscheinlich. Ich glaube, ich wollte in diese Kneipe in Walthamstow. Porter's. Ich war mit zwei Freundinnen verabredet.«

»Wie heißen die beiden?«

»Dee und Myla. Du hast sie schon kennengelernt.«

Frieda nickte. Vor nicht allzu langer Zeit hatte Chloë beide in Friedas Haus eingeladen, nachdem sie beschlossen hatte, dort eine spontane Party zu schmeißen. »Und Klaus hat gesagt, dass er vielleicht auch kommt.«

»Klaus?«

»Ja.«

»Wer ist Klaus?«

»Jemand, den ich kürzlich kennengelernt habe. Ein Typ.«

»Ein Typ.«

»Einer, mit dem man Spaß haben kann«, fügte Chloë mit einem Hauch ihrer alten Trotzigkeit hinzu.

»Und ist dieser Klaus dann tatsächlich erschienen?«

»Keine Ahnung. Das weiß ich nicht mehr. Vielleicht. In meinem Kopf herrscht so eine Art dröhnender Nebel.«

»An was kannst du dich denn erinnern?«

»An gar nichts. Ich habe keinen blassen Schimmer, was dort passiert ist. Und ich kann mich auch nicht erinnern, ob ich irgendwann gegangen bin. Ab dem Zeitpunkt ist es wie... du weißt schon, als ob man etwas geträumt hat und es ist einem entwischt und man bekommt es einfach nicht mehr zu fassen. Die erste richtige Erinnerung ist dein Gesicht, am nächsten Tag.«

»Chloë.«

»Was?«

»Das war nicht am nächsten Tag. Das war am Montag.«

»Montag. Wie kann das erst am Montag gewesen sein? Das bedeutet ja – das bedeutet ja das ganze Wochenende!«

»So ist es.«

»Was ist mit mir passiert?«

Frieda beugte sich vor und nahm Chloës blasses, erschrockenes Gesicht zwischen beide Hände.

»Du musst ehrlich zu mir sein. Man kann sich ein Wochenende lang Drogen spritzen und dadurch so eine Art Filmriss bekommen. Du darfst das mir gegenüber ruhig zugeben. Ich werde es niemandem erzählen.«

Chloë verzog das Gesicht. Sie wirkte auf einmal schrecklich jung.

»Drogen spritzen? Du weißt doch, wie mir vor Nadeln graut. Ich könnte das nie tun.«

»Aber du bist am Freitag losgezogen«, erwiderte Frieda, »und wir haben dich erst am Montag gefunden. Das sind drei Nächte und zwei ganze Tage. Wo warst du?«

»Kann das sein?«

»Du hast gesagt, es fühlt sich an wie ein Traum«, erklärte Frieda. »Vielleicht fällt dir doch noch etwas dazu ein? Irgendetwas?«

»Ich weiß nicht.« Chloë klang jetzt wieder müde. »Das ist alles wie in einem Nebel. Irgendwas mit einem Wagen. Glaube ich. Gerumpel. Mir wird ein bisschen schlecht davon. Und ich kann Geräusche hören, aber nichts sehen. Ist das möglich?«

»Ja, das ist möglich.«

Frieda holte ihr Telefon heraus und wählte eine Nummer.

»Karlsson? Du musst herkommen.«

14

Karlsson saß auf einem Holzstuhl neben dem Bett. Chloë liefen dicke Tränen über die Wangen. Sie sah aus wie ein kleines Kind, fand Frieda. Von Schmutz und Make-up befreit, wirkte sogar ihr Gesicht wieder runder und weicher. Frieda registrierte, dass sie aufgesprungene Lippen und leichte Abschürfungen an der Schulter hatte.

»Mir tut der Kopf weh«, klagte Chloë.

»Das kann ich mir vorstellen.« Karlsson klang ernst.

»Und schlecht ist mir auch. Als hätte mich jemand vergiftet.«

»Das trifft es ziemlich genau.«

»Was ist passiert?« Chloës Blick wanderte von Frieda zu Karlsson, als könnte ihr einer von beiden auf wundersame Weise die Antwort präsentieren.

»Wir wissen es nicht«, antwortete Frieda. »Aber wir werden es herausfinden.«

»Jemand hat dir eine große Menge Phenobarbital gespritzt«, erklärte Karlsson.

»Ich war das nicht!«, beteuerte Chloë. »Ihr glaubt mir doch, oder?«

»Ja.« Frieda nahm ihre Hand und drückte sie einen Moment.

»Wie soll denn das gegangen sein? Ich war in einer Kneipe. Das hätte doch jemand mitbekommen!«

»Wahrscheinlich hat man dir vorher etwas in dein Getränk gekippt«, mutmaßte Karlsson. »Vielleicht Rohypnol.«

»Davon wurden keine Spuren nachgewiesen«, warf Frieda ein.

»Nach drei Tagen gäbe es auch keine mehr«, entgegnete Karlsson.

»Warum?« Chloë umklammerte Friedas Hand. »Ich bin nicht vergewaltigt worden. Auch nicht ausgeraubt. Was war dann die Absicht?«

»Manchmal macht es solchen Widerlingen einfach nur Spaß zuzusehen.« Karlssons Miene wirkte grimmig. »Sie suchen sich eine Frau aus und beobachten dann, wie sie die Kontrolle verliert. Diese Kerle genießen ihre Macht über sie, ohne ihr irgendwas zu tun.«

»Er waren drei Nächte«, gab Frieda zu bedenken, »und zwei Tage.«

Er nickte.

»Was für eine Art Zusehen ist denn das?«

»Ich weiß es nicht.«

»Dee und Myla«, wandte Chloë sich an Frieda. »Ich möchte mit ihnen sprechen.

»Ihre Nummern sind in meinem Handy gespeichert.«

Frieda griff nach der Leinentasche, die beim Hardy Tree neben Chloë gelegen hatte, und öffnete sie. Sie enthielt einen Kamm, ein Portemonnaie mit einem Zehnpfundschein und einer Oyster Card – einer Dauerkarte für den Londoner Nahverkehr – sowie Chloës Handy. Karlsson nahm Frieda das Telefon ab und schaltete es an.

»Nichts während der fehlenden Tage«, stellte er fest. »Bis sie dich angerufen hat.«

»Was bedeutet das?«

Karlsson zuckte mit den Achseln. »Vermutlich wurde die SIM-Karte rausgenommen. Ein Handy kann sogar in ausgeschaltetem Zustand geortet werden – aber nicht, wenn die SIM-Karte fehlt. Dann ist das Telefon nur noch ein Klumpen nutzlosen Plastiks.«

»Wer auch immer es war, weiß also, was er tut.«

»Jeder weiß das über Handys.«

»Ich bisher nicht.« Frieda wandte sich wieder an Chloë. »Mit Klaus möchte ich ebenfalls reden.«

»Klaus ist nett.«

»Wie gut kennst du ihn?«

»Ich weiß, dass er nett ist.«

»Dann hat er bestimmt nichts dagegen, wenn ich mit ihm sprechen möchte.«

»Schätzungsweise nicht.« Chloë schloss die Augen. »Also meinetwegen. Ruf ihn an. Mir doch egal.«

»Ist dir sonst noch irgendetwas eingefallen?«

Aber von Chloë kam keine Antwort mehr, abgesehen von einem leisen Schnarchen. Karlsson erhob sich und steuerte auf die Tür zu. Obwohl sein Gips schon vor Monaten entfernt worden war, hinkte er nach wie vor leicht. Frieda deckte Chloë bis unters Kinn zu. Nachdem sie auch noch die Vorhänge zugezogen hatte, verließ sie zusammen mit Karlsson den Raum.

Während sie hinuntergingen, hörten sie Olivia sehr laut telefonieren. Gelegentlich stieß sie eine Art schrilles Heulen aus. Sie tigerte aufgeregt zwischen Wohnzimmer und Küche hin und her, wobei sie mit der freien Hand wild gestikulierte.

»Können wir irgendwo ungestört reden?«, fragte Karlsson.

Frieda schob die Tür zu Olivias sogenanntem Arbeitszimmer auf, das aber offensichtlich als Rumpelkammer fungierte. Der Raum quoll über von leeren Weinkisten, alten Zeitungen und Zeitschriften, Stapeln unsortierter Kontoauszüge und alten Klamotten, die Olivia nicht mehr brauchte.

»Wir sollten Petra Burge anrufen«, schlug Karlsson vor, sobald die Tür zu war.

»Lass uns den Namen laut aussprechen. Wir sind beide der Meinung, dass Dean sich Chloë geschnappt hat.«

»Wie du vorhin sehr richtig bemerkt hast, war das nicht

irgendein Arschloch, das Chloë eine Droge in den Drink gekippt hat. Sie war das ganze Wochenende weg. Sie wurde nicht vergewaltigt. Also wozu das Ganze?«

Friedas Miene wirkte düster. Sie gab ihm keine Antwort.

»Und denk daran, wo sie gefunden wurde. An einem dir bekannten Ort. Auf einem Friedhof. Es kommt mir vor, als würde der Kerl wie ein Raubtier seine Kreise ziehen, um im passenden Moment zuzuschlagen und sich jemanden zu schnappen.«

Frieda ließ den Kopf auf die Hände sinken und sprach durch ihre Finger.

»Jetzt hat Dean also einen Menschen im Visier, den ich liebe. Meine Nichte, um die ich mich schon mein Leben lang kümmere.«

»Vielleicht wollte er sich damit nur über dich lustig machen, nachdem die Ermittlungen nun im Sande verlaufen sind.«

Frieda hob den Kopf und nickte, immer noch mit finsterem Gesichtsausdruck.

»Ich muss mit Chloës Freundinnen sprechen. Und mit diesem Klaus.«

»Und wir müssen herausfinden, wo sie war.«

»Danke.«

»Wofür?«

»Dafür, dass du ›wir‹ gesagt hast.«

Für einen Moment wurde Karlssons Miene weich.

»Sie hat bestimmt nicht das ganze Wochenende neben diesem Baum gelegen«, fuhr er fort.

»Sie kann sich an nichts erinnern – außer vielleicht an einen Wagen.«

»Vielleicht fällt ihr mit der Zeit noch mehr ein.«

»Ja, möglich.«

»Ich spreche mit Petra.«

»Die haben die letzten sechs Monate vergeblich versucht, Dean zu finden.«

»Sie muss es trotzdem wissen.«

»Du hast recht.«

»Hör zu, eigentlich sollte ich mit meinen Kindern ein paar Tage wegfahren.«

»Warum sagst du das, als wäre es etwas Schlechtes?«

»Weil ich gerne vor Ort wäre, um sicherzustellen, dass Chloë nichts mehr passiert, und um für dich da zu sein, falls du mich brauchst.«

»Karlsson, deine *Kinder* brauchen dich. Wir kommen schon klar. Außerdem, was könntest du tun?«

»Wahrscheinlich nichts. Aber du musst mir versprechen, vorsichtig zu sein.«

»Ich weiß nicht mal, was das Wort bedeutet.«

15

Frieda traf sich am nächsten Tag mit Dee und Myla in dem Café nahe der Shoreditch High Street, wo Dee arbeitete. Es war recht klein. Bei den Gästen handelte es sich hauptsächlich um bärtige junge Männer und ältere Damen mit runden Brillengläsern. Ein riesiger Hund stand teilnahmslos in der Mitte des Raums.

Die beiden waren schon da, als Frieda eintraf. Sie saßen in Fensternähe an einem Holztisch und tranken Kräutertee. Dee war eine kleine Person mit dunklem, kurz geschorenem Haar, das ein hageres, lebhaftes Gesicht umrahmte. Myla wirkte größer und gab sich eher verschlossen. Frieda hatte in Erinnerung, dass sie nur ganz selten mal etwas sagte.

»Darf ich Ihnen etwas bringen?«, fragte Dee.

»Machen Sie sich keine Umstände. Mir ist klar, dass Sie bald wieder an die Arbeit müssen.«

»Worüber wollen Sie mit uns sprechen?«, fragte Myla abrupt. »Ist irgendetwas nicht in Ordnung?«

»Wie ich am Telefon schon gesagt habe, betrifft es Chloë.«

Dee beugte sich vor.

»Geht es ihr gut?«

»Sie beide waren am Freitagabend mit ihr zusammen.«

»Nur eine Weile. Warum?«

»Jemand hat ihr eine Droge ins Getränk gekippt«, erklärte Frieda.

»Am Freitag?«

»Ja.«

»Mist«, sagte Dee. »Ist mit ihr alles in Ordnung?«

»Ihr ist immer noch schwindlig und schlecht.«

»Ist sie untersucht worden?«, fragte Myla. Sie starrte Frieda eindringlich an.

»Es gab keine Hinweise auf sexuellen Missbrauch. Und auch auf keine sonstigen Misshandlungen.«

»Was ist dann passiert?«, wollte Dee wissen. »Wo war sie?«

»Jemand hat sie in bewusstlosem Zustand auf einem Friedhof bei Saint Pancras zurückgelassen.«

»Saint Pancras? Aber das ist ja kilometerweit weg! Wie ist sie denn da hingekommen?«

»Sie glauben, wir waren dabei, als es passierte?«, fragte Myla.

»Keine Ahnung. Ich hatte gehofft, Sie könnten mir etwas dazu sagen.«

»Wir hätten mehr nach ihr schauen sollen«, bemerkte Dee.

»Können Sie mir sagen, woran Sie sich im Zusammenhang mit dem Abend erinnern und wann genau Sie Chloë das letzte Mal bewusst wahrgenommen haben?«

Dee fuhr sich mit den Fingern durch ihr stacheliges Haar.

»Wir haben uns im Porter's in Walthamstow getroffen. Kennen Sie das?«

»Nein.«

Ein junger Mann trat an den Tisch und stellte einen Teller vor Myla ab.

»Avocado, schwarze Bohnen und Sauerteigbrot«, verkündete er. »Guten Appetit.«

»Es war gegen acht, halb neun«, fuhr Dee fort. »Oder, Myla?«

Myla nickte.

»Wir waren zuerst da, und etwa eine Viertelstunde später kam dann Chloë. Sie schien gut drauf zu sein. Ich meine, Sie wissen ja, dass sie manchmal ganz schön zickig sein kann.«

»Und ob ich das weiß.«

»Sie war bester Laune und sehr gesprächig.«

»Was hat sie getrunken?«

»Das weiß ich nicht mehr so genau.«

»Bier«, warf Myla ein. »Nur ein Glas.«

»Und sie wirkte nicht betrunken oder zugedröhnt?«

»Nein. Sie hat gesagt, ihr neuer Bekannter komme vielleicht vorbei. Claude.«

»Klaus«, korrigierte Myla. Konzentriert schnitt sie ein Dreieck von dem Sauerteigbrot ab, schob etwas von der Avocado und den Bohnen darauf und hob das Ganze dann an den Mund.

»Stimmt, Klaus. Sie hat gesagt, er sei nett. Ich hatte das Gefühl, dass sie seinetwegen ein bisschen aufgeregt war.«

»Erzählen Sie weiter.«

»Es kamen noch ein paar Leute, die wir kannten, und … ich weiß auch nicht, schätzungsweise hat Chloë sich dann zu denen gesetzt.«

»Ist Klaus auch gekommen?«

»Das kann ich nicht sagen. Als mir irgendwann auffiel, dass sie nicht mehr da war, dachte ich, sie sei mit ihm zusammen. Ich wäre nie auf die Idee gekommen, dass ihr etwas passiert sein könnte. Mein Gott, die arme Chloë! Ist sie sauer auf uns?«

»Ich glaube nicht.«

»Was für ein Psycho würde denn so was tun?«

»Das ist die Frage.«

»Sie glauben, es war dieser Claude?«

»Klaus«, stellte Myla erneut richtig.

»Ich habe keine Ahnung. Das Problem ist, dass sich Chloë nicht nur an den besagten Abend nicht mehr erinnern kann, sondern an das ganze Wochenende.«

»Sie erinnert sich an gar nichts?«

»Nur an ein paar verschwommene Fetzen. Deswegen möchte ich, dass Sie beide ganz intensiv darüber nachdenken, mit wem Sie sie reden gesehen haben.«

»Zwei *Tage*. Wo war sie?«

»Wir wissen es nicht.«

»Das ist doch krank.«

»Ich fürchte, ich werde Ihnen da keine große Hilfe sein«, erklärte Dee, die bereits angestrengt die Stirn runzelte und die Finger an die Schläfen presste. »Ich glaube nicht, dass ich sie mit jemand Bestimmtem gesehen habe. Mir ist bloß irgendwann aufgefallen, dass sie nicht mehr da war.«

»Myla?«

Myla schüttelte langsam den Kopf. »Wie Dee gesagt hat, sie war da, und irgendwann war sie dann nicht mehr da.«

»Das ist alles, woran Sie sich erinnern?«

»Tut mir leid.«

»Na, da kann man wohl nichts machen. Trotzdem danke, dass Sie sich Zeit genommen haben.«

»Mir ist das auch mal passiert.« Myla sprach die Worte abgehackt. Ihr Gesicht wirkte dabei völlig ausdruckslos.

»Man hat Ihnen eine Droge in Ihr Getränk getan?«

»Ja. Nach einer Weile wurde der Kerl dann geschnappt. Es stellte sich heraus, dass er das Gleiche schon vielen Frauen angetan hatte. Es war der Barmann. Wir hatten ihn die ganze Zeit direkt vor der Nase.«

»Das hast du mir nie erzählt.« Dee starrte sie an.

»Ganz sicher kann ich es nicht sagen«, fuhr Myla an Frieda gewandt fort. »Aber ich habe so ein vages Gefühl, dass ich doch gesehen habe, wie Chloë mit einem Mann sprach. Ich dachte, es sei dieser Klaus. Aber nur, weil sie gesagt hatte, ein Typ namens Klaus komme vielleicht vorbei, um sich mit ihr zu treffen. Deswegen habe ich gar nicht weiter darüber nachgedacht, als sie dann weg war.«

»Können Sie ihn beschreiben?«

»Nein, keine Chance.«

»Wenn Ihnen noch etwas einfällt …«

»Natürlich.« Myla stocherte mit düsterer Miene in den Resten ihres Frühstücks herum. »Ein ganzes verlorenes Wochenende. Das ergibt doch keinen Sinn.«

Dee kehrte hinter die Theke zurück. Als Frieda sich daraufhin von Myla verabschieden wollte, erklärte diese, sie müsse ebenfalls aufbrechen. An der Tür des Cafés wandte sich Frieda noch einmal an sie.

»Wurden Sie damals vergewaltigt?«

»Ja, wurde ich.«

»Das tut mir sehr leid. Haben Sie mit jemandem darüber gesprochen?«

»Sollte ich?«

»Ich denke schon.«

»Und Sie selbst? Würden Sie mit jemandem darüber reden, wenn Sie an meiner Stelle wären?«

»Warum fragen Sie mich das?«

»Keine Ahnung. Sie scheinen mir einfach nicht der Typ zu sein.«

Es war Mittagszeit, und Karlsson erfuhr, dass Petra Burge eine Runde laufen gegangen war.

»Das macht sie fast jeden Tag«, erklärte der Beamte, den er nach ihr gefragt hatte. »Bei jedem Wetter. Selbst wenn sie die ganze Nacht auf war.«

»Ich warte.«

Karlsson trat in die Hitze des Tages. Er fühlte sich rastlos und war ungeduldig. Aus einem Impuls heraus ging er in den Zeitungskiosk auf der anderen Straßenseite und kaufte sich eine Flasche Wasser, eine Schachtel Zigaretten – obwohl er seinen Kindern gegenüber beteuert hatte, nicht mehr zu rauchen –, ein Feuerzeug und eine Zeitung. Nachdem er sich wenige Meter vom Präsidium entfernt auf einer niedrigen Mauer niedergelassen hatte, zündete er sich eine Zigarette an und schlug die Zeitung auf. Zuerst überflog er die Schlagzeilen, den Sport und den Wirtschaftsteil, dann versuchte er ein Kreuzworträtsel zu lösen.

Mit gerunzelter Stirn starrte er in die Ferne. Im gleißenden Sonnenlicht konnte er eine magere Gestalt ausmachen, die auf ihn zugerannt kam: schwarze Shorts und ein limonengrünes Shirt, dünne weiße Beine. Während Petra Burge näher kam, betrachtete er sie. In gleichmäßigem Tempo und aufrechter Haltung trabte sie leichtfüßig dahin, als wäre da gar nichts dabei. Karlsson lief selbst ebenfalls, oder hatte es zumindest getan, bis er sich das Bein brach, aber das war eine andere Geschichte. Er ließ seine Zigarette zu Boden fallen und erhob sich.

Als sie neben ihm stehen blieb, schien sie kaum außer Atem zu sein, obwohl ihr Gesicht von einem Schweißfilm überzogen war und ihr Haar feucht.

»Probleme?«

»Ja.«

Sie ließ sich neben ihm auf der Mauer nieder. Er hielt ihr die Wasserflasche hin, und sie nahm einen Schluck, bevor sie fortfuhr: »Geht es um Frieda?«

»Zum Teil.«

»Habe ich Zeit für eine Dusche?«

»Natürlich.«

»Geben Sie mir fünf Minuten.«

»Warum haben Sie es übernommen, mir das zu sagen? Warum ist nicht Frieda gekommen?«

Karlsson sah Petra Burge über ihren Schreibtisch hinweg an. Sie machte einen aufgebrachten Eindruck, wie sie sich so vorlehnte und dabei mit beiden Händen die Schreibtischkante umklammerte, die Schultern sichtlich angespannt, die Lippen zu einem schmalen Strich zusammengepresst. Wieder fiel ihm auf, wie dünn sie war – aber nicht zerbrechlich. Vielmehr verströmte sie eine Art nervöse Energie. Er konnte schwer abschätzen, wie alt sie war. In gewisser Weise sah sie mit ihrem eigenwilligen Haarschnitt und der engen Jeans aus wie ein Teenager. Trotz der Hitze war sie in ein langärmeliges schwarzes Shirt geschlüpft. Aber ihr Gesicht wies bereits Fältchen auf, und an ihrer Schläfe registrierte er ein wenig Grau.

»Sie ist gerade ziemlich beschäftigt«, antwortete er.

»Lassen Sie mich raten. Sie ist unterwegs und spielt Detektivin.«

»Ich glaube, sie redet mit ein paar Leuten.«

Burge ließ sich zurücksinken.

»Ich hatte versprochen, Dean zu finden, und bin gescheitert. Ich bin der Aufklärung des Falls keinen Schritt näher gekommen. Eher im Gegenteil. Es ist alles im Sand verlaufen.« Sie schob Karlsson eine Zeitung über den Schreibtisch. »Sehen Sie sich das an. Darüber habe ich vorhin beim Laufen nachgedacht.«

Auf der Titelseite prangten die Fotos von Frieda, Polizeipräsident Crawford und ihr selbst. Der Journalist hatte detailliert dargelegt, wie es zu Crawfords Rücktritt gekommen war.

»Hier, sehen Sie«, fuhr Petra Burge fort und deutete mit dem Finger auf einen Satz auf halber Höhe der Seite. »Hier steht, dass der Ruf von DCI Burge ernsthaft gelitten hat.«

»Wir erleben alle solche Fälle«, entgegnete Karlsson. »Denen haben wir es zu verdanken, dass wir nachts oft wach liegen. Das ist der Ihre. Der Mistkerl, der davongekommen ist.«

»Ich überlege die ganze Zeit, was ich falsch gemacht habe oder was ich anders hätte machen sollen. Er treibt immer noch da draußen sein Unwesen.«

»Was werden Sie in dieser Angelegenheit unternehmen?«

»Sie glauben, es ist Dean?«

»Alles deutet darauf hin.«

»Sie meinen, er ist derart unverschämt? Derart kühn? Um

uns zu demonstrieren, dass er uns immer einen Schritt voraus ist?«

Karlsson rieb sich mit den Fingerspitzen übers Gesicht. Sein Bein schmerzte an der Stelle, wo es gebrochen gewesen war.

»Bei Dean stellt alles eine Art Nachricht dar. Zumindest ist das Friedas Ansicht.«

»Friedas Ansicht. Wen kümmert Friedas Ansicht?« Burge schlug wütend auf ihren Schreibtisch. »Wir müssen ihn einfach nur finden.«

16

Frieda führte zwei Patientengespräche und ging anschließend zu Fuß von ihrer Praxis nach Islington, wo sie zum Kanalweg hinuntermarschierte. Dort waren viele Jogger unterwegs, außerdem Kinder auf Rollern, Spaziergänger mit Hunden, Radfahrer, alle trieb es bei dem warmen Wetter hinaus. Nachdem es schon seit Wochen nicht mehr geregnet hatte, fühlte sich die Erde hart an, und die Blätter der Bäume wirkten schlaff. Bald würde es Herbst sein. Was für ein Jahr das gewesen war, ging Frieda durch den Kopf. Angefangen hatte es mit dem düsteren, quälenden Hannah-Docherty-Fall, dann war es gleich weitergegangen mit dem schrecklichen Fund von Bruce Stringers Leiche unter den Bodendielen, gefolgt von den letzten sechs Monaten der Ermittlungen, die alle im Sand verlaufen waren. Und nun, als es endlich so aussah, als wäre es vorbei, die Sache mit Chloë: Chloë, abgelegt unter dem Hardy Tree. Es kam ihr vor wie ein Bild, das sie nicht interpretieren konnte.

Sie musste an die Frage denken, die Myla am Ende ihres Gesprächs gestellt hatte. In der Tat besprachen viele Menschen ihre Probleme mit Frieda, aber mit wem sprach sie selbst? Vielleicht war das einfach ihre Aufgabe: die Geschichten, die andere Leute ihr anvertrauten, zu bewahren. So viele Geschichten. Ihr kleines Sprechzimmer war voll davon. Ihr Gehirn, ihr ganzer Körper trugen schwer daran. Geschichten, mit denen die Leute sich selbst etwas vormachten oder sich schützten, aber auch schmerzende und schreckliche. Doch was war mit ihrer eigenen? Wem erzählte sie die? Natürlich hatte sie ihrerseits auch schon Therapiestunden gehabt, aber sogar dann hatte sie sehr genau ausgewählt, was sie sagen und was sie für sich behalten wollte. Vor vielen Jahren war Reuben ihr Therapeut gewesen. Sie hatte ihm vertraut und ihn bewundert – aber nicht einmal ihm hatte sie alles erzählt. Wenn ihr andere Menschen zu nahe kamen, schob sie sie weg. Ihren Patienten erklärte sie, wie wichtig es sei zu reden, die Dinge in Worte zu fassen. Sie selbst jedoch blieb still und behielt ihr geheimes Selbst für sich. Daran sollte niemand Anteil haben.

Vor ihr sauste ein kleines Mädchen mit einem Dreirad über den Weg. Als Frieda aufblickte, sah sie, dass es nur noch ein paar Schritte bis zum Park waren. Nun würde sich gleich zeigen, ob Chloës neuer Freund tatsächlich so nett war, wie ihre Nichte glaubte. Sie begriff, dass sie sich wünschte, er wäre der Täter. Bei dem Gedanken biss sie sich so fest auf die Unterlippe, dass sie Blut schmeckte: Sie wünschte sich, dass Chloë von einem Mistkerl, der ihr eigentlich gefiel, entführt, mit Beruhigungsmitteln vollgepumpt und drei Nächte lang gefangen gehalten worden war – aus Gründen, über die sie kaum nachzudenken wagte. Sie wünschte sich das, weil es ansonsten Dean gewesen war.

Klaus lachte viel. Er hatte schon nervös gelacht, als Frieda ihm am Telefon erklärte, sie sei Chloës Tante und müsse mit ihm sprechen. Er lachte, als er an ihrem Treffpunkt am Eingang des Victoria Park in Hundekot trat und die nächsten paar Minuten versuchte, die Bescherung an dem verdorrten Gras wieder loszuwerden. Und er stieß auch dann ein kurzes, verlegenes Lachen aus, als Frieda ihn fragte, wann er Chloë das letzte Mal gesehen habe.

»Sie machen sich da womöglich ganz falsche Vorstellungen.« Obwohl er einen starken Akzent hatte, war sein Englisch fehlerfrei. »Chloë und ich haben uns erst letzte Woche kennengelernt. Ich weiß wirklich nicht, warum Sie mit mir sprechen wollen. Ihr Anruf kam für mich sehr überraschend.«

Frieda konnte zunächst nicht so recht sagen, was für einen Eindruck er auf sie machte – lieb, beunruhigend oder eher finster? Sie funkelte ihn streng an.

»Sie haben meine Frage nicht beantwortet.«

Klaus musterte sie verblüfft und zuckte dann mit den Achseln.

»Ich habe Chloë das letzte Mal an dem Tag gesehen, an dem ich sie kennengelernt habe: letzten Dienstag.«

»Sie haben sie seitdem nicht mehr gesehen?«

»Nein. Ich habe sie erst ein einziges Mal getroffen. Was bestimmt erklärt, wieso Ihr Anruf für mich so überraschend kam.«

»Haben Sie mit ihr telefoniert?«

»Ja. Ein paarmal. Ich würde sie gern wiedersehen.« Sie kamen an einem Teich mit ein paar Enten vorbei. »Entschuldigen Sie, ich bin eigentlich kein unhöflicher Mensch, aber bevor ich noch mehr Fragen beantworte, würde ich schon gerne wissen, was Sie damit eigentlich bezwecken. Chloë ist schließlich erwachsen. Sie braucht keine Beschützerin.«

»Wo befanden Sie sich am Freitagabend?«

»Warum?«

»Chloë hat mir erzählt, dass Sie beide verabredet waren.«

»Nein. Wir hatten gesagt, dass wir uns eventuell treffen. Das ist nicht dasselbe.« Mittlerweile lachte er nicht mehr. »Bitte, worum geht es?«

»Haben Sie sie am Freitag gesehen?«

»Warum fragen Sie mich das?«

»Weil Chloë etwas passiert ist.«

Er blieb stehen. »Was denn?«

»Jemand hat ihr eine Droge ins Getränk gekippt.« Während sie das sagte, musterte sie ihn eindringlich. »Dann hat sie jemand mitgenommen, wohin, wissen wir nicht, und dort das ganze Wochenende festgehalten.«

»O nein.«

»Jetzt verstehen Sie sicher, warum ich Sie frage, ob Sie Chloë am Freitagabend gesehen haben.«

»Sie glauben doch nicht, dass… dass ich…«

»Wenn Sie sich nicht mit ihr getroffen haben, wo waren Sie dann?«

»Sie denken allen Ernstes, ich könnte das getan haben?«

»Wo waren Sie am Wochenende?«

»Das Ganze hat überhaupt nichts mit mir zu tun.«

»Sie haben gar nicht gefragt.«

»Was?«

»Ob sie sexuell missbraucht wurde.«

»Ob sie… oh. Nein. Ich meine, wurde sie?«

»Haben Sie sich mit ihr getroffen?«

»Ich habe ihr eine Nachricht geschrieben. Dass ich es nicht schaffe. Ein Freund von mir ist aus Berlin gekommen. Ich war mit ihm unterwegs. Das können Sie auf ihrem Telefon überprüfen.«

»Jemand hat die SIM-Karte herausgenommen.«

»Das erklärt es.«

»Was?«

»Warum ich sie nicht erreichen konnte. Ich wollte sie einladen, den Sonntag mit uns zu verbringen, bevor mein Freund wieder zurückfliegen musste.«

»Können Sie mir seinen Namen und seine Telefonnummer geben?«

Klaus starrte sie an. Langsam stieg ihm eine tiefe Röte ins Gesicht. »Sie wollen meine Geschichte überprüfen?«

»Ja.«

»Sie glauben mir nicht?«

»Ich würde Ihre Angaben nur gerne überprüfen.«

Er nickte.

»Sein Name ist Gustav Brenner. Ich gebe Ihnen seine Handynummer.«

Er fischte sein eigenes Handy aus seiner Jeanstasche, rief die entsprechende Nummer auf und hielt ihr dann das Telefon zum Abschreiben hin. »Zufrieden?«

»Danke.«

»Ich habe Chloë nur ein einziges Mal getroffen. Sie war mir auf Anhieb sympathisch. Ich hatte Spaß mit ihr. Das ist alles.«

»Ich werde Gustav anrufen.«

Chloë war auf. Sie trug eine Jeansshorts mit einem übergroßen Shirt darüber, ihr Gesicht hatte wieder eine gesündere Farbe, ihr Haar war noch feucht vom Duschen.

»In ein paar Minuten kommt Jack vorbei«, erklärte sie.

»Es freut mich, dass es dir besser geht.«

»Tut es. Jack war am Telefon sehr süß. Er hat gesagt, dass er mir ganz viele verschiedene Käsesorten zum Probieren mitbringt.« Sie stieß ein kleines Lachen aus. »Das ist seine Art, mich zu trösten.«

Als Frieda die Ausbildungsbetreuerin von Jack Dargan gewesen war, eines damals noch sehr linkischen und romantischen Jungen, hatte er zu Friedas Entsetzen eine Beziehung mit Chloë angefangen. Aber das mit den beiden war inzwischen vorbei, und Jack wusste nicht mehr so genau, ob er überhaupt als Psychotherapeut arbeiten wollte. Deshalb hatte er sich bei einer kleinen, handwerklich ausgerichteten Käserei mit Verkaufsstand an der South Bank beworben und war mittlerweile ein richtiger Käsefan, der jedes Mal weiche, in Wachspapier verpackte Keile als Geschenke mitbrachte, wohin auch immer er ging. Frieda erschien er glücklicher, als sie ihn je zuvor erlebt hatte.

»Es gibt schlimmere Arten des Trostes«, meinte sie.

»Er lässt sich einen Bart wachsen.«

»Zurzeit tragen sie alle Bart.«

»Seiner hat eine völlig andere Farbe als sein Haar. Er sieht damit aus wie ein Pirat, allerdings nicht unbedingt zu seinem Vorteil.« Sie fuhr sich mit den Fingern durchs feuchte Haar. »Frieda, mir ist noch etwas eingefallen.«

»Was?«

»Ein Geräusch. Nicht nur das des Wagens.«

»Ja?«

»Flugzeuge.«

Frieda versuchte sich ihre Enttäuschung nicht anmerken zu lassen.

»Es ist ein gutes Zeichen, dass deine Erinnerung zurückkehrt. Vielleicht kommt mit der Zeit noch mehr.«

»Nein, du verstehst mich nicht richtig. Sie waren ganz in der Nähe. Ich meine, wirklich, wirklich nah. Fast, als wären sie nur knapp über mir.«

»Frieda überlegte einen Moment. »Welche Art Flugzeug?«, fragte sie dann.

»Woher soll ich das wissen? Ich kenne mich mit Flugzeugen überhaupt nicht aus.«

»Ich meine, war es ein großer Flugzeugtyp? Oder ein kleiner? Ich überlege, ob du in der Nähe eines kleinen Flugklubs oder eines Flughafens warst.«

Chloë dachte einen Moment nach. »Einer von diesen kleinen Zweisitzern war es nicht. Die hören sich an wie Spielzeugflugzeuge. Es klang schon nach etwas Schwererem.«

»Richtig schwer, wie eine 747?«

»Es war ein großes Flugzeug«, antwortete Chloë zögernd, »aber kein ganz großes. Ich war mal bei der Freundin einer Freundin in Southall zu Besuch, direkt unter der Flugschneise von Heathrow. Da flogen im Minutentakt riesige Jets übers Dach, sodass der Boden wackelte und einem ständig dieses tiefe, röhrende Motorengeräusch in den Ohren dröhnte. Die Größenordnung war es nicht.«

»Sind die Maschinen gestartet oder gelandet? Oder beides?«

»Das Ganze fühlt sich an wie ein Traum, den ich fast komplett vergessen habe. An solche Einzelheiten kann ich mich nicht erinnern.«

»War es ein kontinuierliches Geräusch, oder wurde es leiser, nachdem die Maschine über dich hinweggeflogen war?«

»Du lässt nicht locker, oder?«

»Vergleiche es mit etwas.«

»Was meinst du mit ›vergleiche es mit etwas‹? Soll ich sagen, dass es wie eine Biene klang oder wie ein Motorrad?«

»Warum nicht«, antwortete Frieda. »Also, klang es eher wie eine Biene oder wie ein Motorrad?«

»Na ja, wie eine Biene schon mal nicht.«

»Und was ist mit dem Motorrad?«

Chloë schloss ein paar Sekunden die Augen. Als sie sie wieder öffnete, blinzelte sie, als wäre ihr das Licht zu grell.

»Eigentlich klang es auch nicht wie ein Motorrad. Aber weißt du, wie es sich anhört, wenn jemand auf einem Motorrad die Straße entlangfährt und so richtig aufs Gaspedal steigt, um anzugeben?«

»Ja, das Geräusch kenne ich«, antwortete Frieda.

»Das ist dir wahrscheinlich auch keine große Hilfe.«

»Ich weiß nicht. Vielleicht doch.«

Auf dem Weg nach draußen traf sie Jack. Chloë hatte recht, was seinen sprießenden Bart betraf, der im Gegensatz zum gelblichen Rot seines Haars eher rötlich braun war. Jack trug an diesem Tag ein grünes Hemd, bei dem er die Ärmel hochgekrempelt hatte, damit man die Tätowierungen an beiden Unterarmen sah, und hielt seine braune Papiertüte so vorsichtig, als könnte sie zerbrechen. Bei Friedas Anblick hob er eine Hand zum Gruß. Die Zeit, als er noch der extrem schüchterne Student gewesen war, der sie als seine Tutorin vergöttert hatte, schien Frieda sehr lange her zu sein.

»Wie geht es ihr?«

»Auf jeden Fall schon etwas besser. Sie erwartet dich.«

Auf dem Nachhauseweg nahm Frieda ihre Umgebung kaum wahr. Sie dachte an Flughäfen: Heathrow, Gatwick. Stansted. Sie sagte die Namen vor sich hin. Seltsam, dass man die Namen der kleinen Dörfer beibehalten hatte, die durch ihren Bau ausgelöscht worden waren. Und sie dachte an Chloë. Chloë war inzwischen eine junge Frau, aber für Frieda schloss sie immer noch alle früheren Chloës mit ein: die leichtsinnige Schülerin, den zornigen Teenager. Wenn Frieda sie betrachtete, sah sie sogar noch das Kleinkind, das gerade seine ersten Schritte machte. Im Lauf der Jahre hatte Frieda sich um sie gekümmert, sie unterrichtet, ja sogar mit ihr zusammengewohnt. Und jetzt war Chloë wegen ihrer Verbindung mit Frieda unter Drogen gesetzt und gefangen gehalten worden. Jedes Mal, wenn Frieda daran dachte, empfand sie Wut, aber auch Scham. Am liebsten hätte sie zu Dean gesagt: Wenn du dir jemanden schnappen willst, dann hol doch mich.

Sie musste auch an die wenigen Male denken, die sie Dean Reeve begegnet war, drüben in Ost-London, jenseits des Bereichs, wo der River Lea auf die Themse traf, in Poplar. Plötzlich blieb sie stehen. Ihr war etwas eingefallen.

17

Frieda stieg an der Haltestelle Pontoon Dock aus. Sie war mit der Docklands Light Railway von Bank aus durch eine Landschaft gefahren, die streckenweise von Bürogebäuden im Hongkongstil dominiert wurde. Der Rest war teils Großbaustelle, teils industriell geprägtes Ödland, hier und da gesprenkelt von einigen wenigen Fragmenten des alten East End. Frieda blickte über den gepflegten neuen Park hinweg in Richtung Wasser. Sie konnte das Themse-Sperrwerk sehen, das ihr aus dieser Perspektive vorkam wie eine Reihe riesiger, ins Flussbett gerammter Muschelschalen.

Aber dorthin musste sie nicht. Frieda wandte sich vom Fluss ab und überquerte die Straße, auf der so viele Betonmischer unterwegs waren, dass die Fahrbahn unter ihrer Last vibrierte. Sie bog nach links ab, ging ein Stück an einem Maschendrahtzaun entlang und schwenkte dann nach rechts in eine Wohnstraße ein. Das war Silvertown, eine seltsam kleine Enklave, gefangen zwischen dem Fluss und der Straße auf der einen Seite und dem riesigen Royal Victoria Dock, das es von zwei Seiten umschloss. Es gab dort noch ein paar ältere Häuser, die im Zweiten Weltkrieg von den Bomben der Deutschen – dem sogenannten »Blitz« – verfehlt und später von der Regierung und den Stadtplanern übersehen worden waren. Rechter Hand befand sich eine riesige Baustelle, deren Gelände aussah, als hätte dort vor Kurzem ein brutaler Bürgerkrieg getobt. Linker Hand schloss sich das jüngste Wohnungsbauprojekt an, mit reihenweise neuen Gebäuden.

Frieda ging weiter, bis sie die Dockseite erreichte. Nach ihrem

Umzug nach London, der nun schon viele Jahre zurücklag, war sie manchmal in diese Gegend gekommen. Es handelte sich um einen vergessenen Teil der Stadt, mit leeren Lagerhallen, einem stillgelegten Dock und alten bombardierten Bereichen, wo niemand bauen wollte. Die Leute, die in den älteren Häusern gelebt hatten – Hafenarbeiter und Schauermänner mit ihren Familien – waren längst weg.

Alles hatte sich verändert. Auf dem Fluss wurde ein Wasserskifahrer im Neoprenanzug an einem Seil dahingezogen. Drüben auf der anderen Seite lagen das gigantische Konferenzzentrum und etliche Hotels mit Namen, die in sämtlichen Großstädten der Welt zu finden waren. Entlang der Dockseite ragten die Reste von Kränen auf, als Skulpturen bewahrt. Außerdem gab es jede Menge Wohnblöcke sowie Cafés und Weinlokale mit Blick aufs Wasser. Wahrscheinlich wimmelte es am Wochenende von Leuten, aber jetzt wirkte das Viertel beinahe verlassen. Und es war still.

Chloë hatte die riesigen Jets, die zu hören gewesen wären, wenn sie sich im Schatten von Heathrow befunden hätte, ausdrücklich ausgeschlossen. Konnte es sein, dass Dean mit ihr nach Luton hinausgefahren war, oder in eines der Städtchen rund um Stansted? Chloë war in Walthamstow gekidnappt worden, am nordöstlichen Rand von London, sodass es durchaus im Bereich des Möglichen lag. Bis nach Stansted war es nur eine kurze Fahrt auf der M11. Aber die Flugzeuge schienen dort auch nicht zu passen. Groß, hatte Chloë gesagt, aber nicht richtig groß.

Frieda hörte ein sanftes Grollen. Deswegen war sie hergekommen. Sie wandte sich nach rechts, wo plötzlich auf fast irreale Weise ein Flugzeug hinter einem halb abgerissenen Lagerhaus auftauchte und über sie hinwegflog. Es war eine mittelgroße Passagiermaschine, die rasch an Höhe gewann und innerhalb weniger Sekunden hinter ihr über dem Fluss war, zusehends kleiner wurde und dann schnell in den Wolken verschwand.

In der Zeitungsredaktion schob ein junger Mann, bekleidet mit Poloshirt, Shorts und Flipflops, einen Rollwagen zwischen den größtenteils verwaisten Schreibtischen hindurch. An einem blieb er stehen und überreichte dem Mann dort einen braunen DIN-A5-Umschlag.

»Ein handgeschriebener Brief«, bemerkte Daniel Blackstock. »Von denen bekommt man heutzutage nicht mehr viele.«

Die junge Frau am Schreibtisch gegenüber, die sich als Praktikantin bemühte, alles richtig zu machen, stieß ein kleines, nervöses Lachen aus.

Blackstock schob den Finger unter die gummierte Lasche und spähte hinein.

»Ein Foto«, stellte er fest, zog es heraus und machte dabei ein verblüfftes Gesicht.

»Stimmt etwas nicht?«, fragte die Praktikantin mit vor Neugier funkelnden Augen.

Er hielt das Foto hoch, sodass sie es sehen konnte.

»Mein Gott! Wer ist das?«, fragte die junge Frau.

»Keine Ahnung.« Er warf einen Blick auf die Rückseite. »Ach du Scheiße!«

Der Redakteur inspizierte das Foto.

»Und?«, fragte er.

»Das war auch meine erste Reaktion«, antwortete Blackstock. »Aber sehen Sie sich die Rückseite an.«

Er drehte die Aufnahme um. Hinten stand in großen Blockbuchstaben der Name Chloë Klein.

»Sollte ich wissen, wer das ist?«

»Frieda Kleins Nichte.«

»Und warum ist das interessant?«

»Ich habe ein paar Anrufe getätigt«, erklärte Blackstock. »Sie war ein paar Tage abgängig. Die Polizei vermutet, sie könnte vom Mörder entführt worden sein.«

»Na so was! Das ist ja *tatsächlich* interessant.« Der Redakteur überlegte einen Moment, schüttelte dann jedoch den Kopf. »Wir können es trotzdem nicht bringen.«

»Warum nicht?«

»Weil wir es der Polizei übergeben müssen.«

»Das ist eine Hammerstory.«

»Eine Hammerstory, die wir nicht bringen können. Tut mir leid, Daniel.«

»Ich werde versuchen, in Zukunft weniger interessantes Material für Sie aufzutun.«

»Das reicht jetzt.«

Mit einem Nicken wandte sich Daniel Blackstock zum Gehen. Den Umschlag hielt er immer noch vorsichtig zwischen zwei Fingern. An der Tür blieb er stehen.

»Es gibt noch eine andere Möglichkeit. Ich könnte das Foto Frieda Klein geben. Sie kann es dann an die Polizei weiterleiten.«

»Warum?«

»Dann schuldet sie uns einen Gefallen. Das könnte sich auszahlen.«

Der Redakteur überlegte einen Moment, dann nickte er. »Versuchen Sie Ihr Glück.«

Frieda spazierte zu einem der Cafés. Da es ein sonniger Vormittag war, ließ sie sich an einem Tisch im Freien nieder. Andere Gäste gab es keine, weder drinnen noch draußen. Eine junge Frau kam heraus. Sie telefonierte gerade und hatte auch keine Eile, ihr Gespräch zu beenden. Als sie schließlich doch fertig war, wandte sie sich mit fragendem Blick an Frieda. Sie hatte in einer Sprache gesprochen, die Frieda an die paar Male erinnerte, die sie in Hörweite gewesen war, wenn Josef in bittendem, zornigem oder entschuldigendem Ton mit seiner Frau in Kiew telefoniert hatte. Deswegen überlegte sie jetzt, ob die junge Frau vielleicht auch aus der Ukraine kam, fragte sie aber nicht danach. Die Leute mochten das nicht. Sie befürchteten dann immer, man könnte in Zivil für die Einwanderungsbehörde oder die Polizei unterwegs sein. Also bestellte Frieda nur einen schwarzen Kaffee, und als er gebracht wurde, nahm sie einen Schluck und begann ihre Gedanken zu ordnen.

Sie hasste Ausdrücke wie »wohl«, »vermutlich« und »wahrscheinlich«. Trotzdem war sie sich fast sicher, dass es sich hier um die Gegend handelte, wo Chloë während jener verlorenen zwei Tage festgehalten worden war. Wie zur Bestätigung stieg ein weiteres Flugzeug auf. Ein kleines Flugzeug im Herzen von London. Wo sonst sollte das sein?

Es lag durchaus nahe, dass Dean Reeve sich diesen Ort ausgesucht hatte. Frieda wusste, dass Menschen oft ortsgebunden waren, und Verbrechen ebenfalls. Sieben Jahre zuvor hatte Frieda das Haus besucht, wo Dean mit einem anderen seiner Opfer gelebt hatte. Mittlerweile wurde er als Mörder von Poplar gefeiert. Frieda war zu Ohren gekommen, dass er im Rahmen einer Art Mordtour durchs East End auf dem Programm stand: Ein schwarz gestrichener Doppeldeckerbus fuhr Schauplätze an, die mit Jack the Ripper, den Kray-Brüdern, der Richardson-Gang und Dean Reeve zu tun hatten.

Sie bestellte sich einen zweiten Kaffee und hing weiter mit gerunzelter Stirn ihren Gedanken nach. Dean Reeve lauerte nun schon so lange Zeit wie ein verschwommenes Bild am Rand ihres Lebens, nur ganz knapp außerhalb ihres Gesichtsfelds, aber seine eigentlichen Taten waren immer von Klarheit und Zielstrebigkeit geprägt gewesen. Wenn Frieda A machte, reagierte Dean mit B. Selbst die Ermordung von Bruce Stringer war einer grausamen Logik gefolgt, und das hatte Dean ihr auch selbst mitgeteilt: Das kommt davon, wenn man mir nachspürt. Aber worauf reagierte er mit Chloës Entführung, und wie lautete in diesem Fall seine Nachricht? Dass er sich jederzeit ihre Freunde und Familienangehörigen schnappen konnte? Das war ihr bereits klar gewesen. Er hätte Chloë alles Mögliche antun können, hatte aber darauf verzichtet.

Nur eines lag auf der Hand: Der Tod von Daniel Glasher und der damit einhergehende Brief hatte wie ein Ende, wie ein Schlussstrich gewirkt. Nun hatte die Gewalt irgendwie und aus irgendeinem Grund wieder von Neuem begonnen. Ihr wurde gerade etwas mitgeteilt. Aber was?

18

Frieda saß zu Hause und machte sich Notizen zu einer bevorstehenden Therapiesitzung, als das Telefon klingelte. Es war Yvette Long.

»Was ist los?«, fragte Frieda.

»Wieso sollte etwas los sein? Ist es gerade ungünstig? Ich wollte etwas mit dir besprechen. Von Angesicht zu Angesicht.«

Frieda warf einen Blick auf die Uhr. »Vielleicht später. In einer Stunde habe ich ein Patientengespräch.«

»Es dauert nicht lang.«

»Na dann. Bist du in der Nähe?«

»Ungefähr zwei Schritte von deiner Haustür entfernt.«

»Warum hast du nicht einfach geklingelt?«

»Ich weiß doch, dass du deine Privatsphäre schätzt.«

»Sei nicht albern.«

Sie öffnete die Tür. Yvette war lässig in Jeans und Lederjacke gekleidet.

»Möchtest du reinkommen?«

»Lass uns lieber eine Runde marschieren.«

»Ist etwas passiert?«, fragte Frieda, während sie auf den Fitzroy Square einbogen.

»Ich habe meine Prüfung bestanden«, erklärte Yvette.

»Glückwunsch«, antwortete Frieda. »Das ist ja großartig. Dann wirst du also befördert?«

»Irgendwann.«

»Du solltest stolz auf dich sein.«

»Halt«, sagte Yvette, die mal wieder rot anlief. »Deswegen bin ich nicht gekommen.«

Frieda griff nach Yvettes Arm und führte sie zu einer Bank. Sie ließen sich beide nieder.

»Ich dachte, du wanderst gern«, bemerkte Yvette.

»Sag mir einfach, worum es geht.«

»Als ich erfuhr, dass ich bestanden hatte, verspürte ich keinerlei Gefühlsregung.«

»Das ist keine ungewöhnliche Reaktion.«

»Verkneif dir deine Diagnose, bis ich fertig bin. Meine letzte wirkliche Empfindung hatte ich, als ich die Leiche in deinem Haus sah und nachts dann davon träumte. Das verursachte mir ein Gefühl von Übelkeit und Angst.«

»Wir haben das alle so empfunden.«

»Ich bin fünfunddreißig Jahre alt. Es ist noch nicht zu spät für mich. Ich muss das nicht tun. Genauso gut könnte ich das alles hinter mir lassen und Grundschullehrerin werden. Oder ich könnte jemanden kennenlernen und Kinder bekommen. Das ist nicht ausgeschlossen. Zugegebenermaßen ein bisschen unwahrscheinlich, aber …«

»Lass das. Worauf willst du hinaus?«

»Ich nehme mir eine Auszeit.«

»Was hast du vor?«

»Keine Ahnung. Einfach mal gar nichts tun, außer vielleicht nachdenken und mich sortieren. Aber nicht hier. Ich brauche einen Tapetenwechsel.«

»Wo willst du hin?«

»Das weiß ich noch nicht. Einfach weg, irgendwohin, wo es ganz anders ist. Deswegen wollte ich dich sehen.« Sie zog einen Zettel aus ihrer Tasche. »Ich fürchte, ich habe mich dir gegenüber nicht gut verhalten«, fuhr sie mit zittriger Stimme fort. »Ich glaube, da ist einiges durcheinandergegangen und hat eine wilde Mischung ergeben: Einerseits habe ich dich als irgendeine verrückte Art von Rivalin gesehen, andererseits wollte ich aber auch deine Freundin sein, und gleichzeitig habe ich mir gewünscht, dass du einen Blick in meinen Kopf wirfst und alle meine Probleme löst.«

»Was steht auf dem Zettel?«, fragte Frieda.

»Das ist nur meine Telefonnummer. Sie gehört zu meinem anderen Telefon, meinem privaten, das ich so gut wie nie benutze. Wie gesagt, ich werde eine Weile weg sein, vielleicht irgendwo beim Wandern oder einfach nur Herumhängen. Solltest du aber mal Unterstützung benötigen oder der Meinung sein, ich könnte irgendwie helfen... und sei es nur, weil du jemanden brauchst, der bei der Polizei ist, aber auf deiner Seite steht... Ich weiß, du hast bereits Karlsson, deswegen klingt mein Angebot für dich wahrscheinlich lächerlich. Trotzdem kannst du jederzeit diese Nummer anrufen, und ich werde kommen und alles in meiner Macht Stehende tun. Was nicht heißen soll, dass du jemals den Wunsch verspüren wirst.«

»Hör auf, dich immer selber klein zu machen.« Frieda griff nach dem Zettel. »Danke. Und jetzt lass uns zurückgehen.«

»Wenn du etwas davon besprechen möchtest –«, sagte Frieda gerade, als sie in die Saffron Mews einbogen, brach dann aber abrupt ab.

Vor ihrer Tür stand ein Mann, der zu den Fenstern hinaufschaute, als versuchte er abzuschätzen, ob jemand zu Hause war. Als er sie kommen hörte, drehte er sich um, ging ein paar Schritte auf sie zu und blieb dann verlegen stehen. Er trug eine dünne graue Hose und ein weißes T-Shirt und hatte eine Papiertüte in der Hand, die er leicht von sich weghielt, als hätte er Angst, sie gehe kaputt, wenn er sie gegen sein Bein baumeln ließe. Sie erkannte ihn erst auf den zweiten Blick.

»Hallo«, sagte er, »mein Name ist Daniel Blackstock und...«

»Ich kenne Sie. Sie sind Journalist. Und ich weiß auch, was für einer. Ich habe gelesen, was sie über Petra Burge und über Crawford geschrieben haben.«

»Hat irgendetwas nicht gestimmt?«

»Dazu habe ich nichts zu sagen.«

»Eine Minute, bitte.«

»Hat sie sich nicht klar genug ausgedrückt?«, mischte Yvette sich ein.

»Wer sind Sie?«, fragte Blackstock.

»Das ist Detective Inspector Yvette Long«, erklärte Frieda.

»Genau genommen bin ich eigentlich noch nicht …«

»Ich habe etwas für Sie. Das ist alles.« Er klang jetzt seinerseits wütend.

»Sie wollen mir etwas geben?«

»Deswegen bin ich hier. Ich wusste nicht, ob ich es der Polizei oder Ihnen geben sollte.«

»Dann vermutlich der Polizei«, entgegnete Frieda.

»Wollen Sie es denn nicht sehen?«

Frieda starrte auf die Tüte, die er in der Hand hielt. »Worum handelt es sich?«

Daniel Blackstock fischte einen steifen Umschlag heraus und reichte ihn Frieda. »Vielleicht machen Sie ihn lieber drinnen auf.«

Frieda ignorierte seinen Rat. Sie hob die bereits geöffnete Lasche an und zog ein Hochglanzfoto im Format DIN-A5 heraus. Die ersten paar Zentimeter, die zum Vorschein kamen, zeigten nur Steinboden, dann folgte der Rand einer Matratze. Darauf ein schmutziger Fuß mit abgesplittertem Lack an den Zehen. Nackte Beine, eines angewinkelt, das andere gestreckt. Der Saum eines grauen Kleides. Frieda kannte das Kleid und auch die Beine. Sie blinzelte mehrmals benommen, um wieder einen klaren Blick zu bekommen, und zog dann das ganze Foto heraus. Chloë lag auf der Matratze, die Beine ungleichmäßig gespreizt, das Kleid so weit hochgeschoben, dass man ihre Unterwäsche sehen konnte, einen Arm über dem Körper angewinkelt, den anderen ausgestreckt. Die Stelle mit den Einstichen war deutlich zu erkennen. Ebenso die verschmierte Handfläche. Der Schmutz an ihrem Hals, dessen Haut auf dem leicht überbelichteten Foto erschreckend weiß leuchtete. Und schließlich das Gesicht ihrer Nichte, bleich und leicht verquollen. Die Lippen standen ein wenig offen, die Augen waren geschlossen, die Lider schimmerten bläulich. Der alberne Haarschnitt ließ Chloë auf einmal wie eine Gefängnisinsassin wirken. Ein paar Sekunden, die Frieda wie eine Ewigkeit erschienen, starrte sie auf das Foto. Sie wusste, dass Chloë nicht vergewaltigt worden war, aber die Aufnahme zielte eindeutig darauf ab, es so aussehen zu lassen, als wäre sie wieder und wieder gevögelt worden und läge nun da, missbraucht und am Ende, weiß Gott, wo.

Frieda zeigte das Foto Yvette, die einen Blick darauf warf und das Gesicht verzog. Anschließend schob sie es zurück in den Umschlag und wandte sich an Daniel Blackstock.

»Wo haben Sie das her?«

»Es wurde mir zugeschickt.«

»Zugeschickt. Wohin?«

»In die Arbeit. Ich war gerade zusammen mit einer Kollegin in der Redaktion, als der Umschlag mit der übrigen Post eintraf. Ich habe ihn einfach aufgemacht, ohne mit etwas Besonderem zu rechnen, und da …«

»Warum Sie?«

»Ich habe ehrlich gesagt keine Ahnung, schätze aber, so etwas kann passieren, wenn man über einen Fall schreibt. Die betreffenden Personen sehen es als eine Möglichkeit, öffentliche Aufmerksamkeit zu bekommen, oder Anerkennung, oder was auch immer.«

Frieda drehte den Umschlag um. Sie stellte fest, dass er abgestempelt war und in Großbuchstaben mit dem Namen des Journalisten und der Adresse seines Arbeitsplatzes beschriftet.

»Wem haben Sie das gezeigt?«, fragte Yvette.

»Lindsay Moran, eine Praktikantin, hat es gesehen. Ihr Schreibtisch steht meinem gegenüber. Außerdem habe ich es natürlich meinem Redakteur gezeigt. Sonst niemandem.«

»Warum haben Sie es jetzt mir gebracht und sind nicht direkt zur Polizei gegangen?«

»Wir haben es nicht alle darauf abgesehen, Ihnen eins auszuwischen. Es ist klar, dass das Foto zur Polizei muss, aber wir dachten, Sie sollten es zuerst sehen. Sogar Journalisten besitzen manchmal Anstand. Jetzt kann die Dame von der Polizei es mitnehmen, oder ist sie bloß die Leibwächterin?« Die letzte Bemerkung machte er mit Blick auf Yvette.

»Nein, sie ist nicht bloß die Leibwächterin.« Yvette lief vor Zorn rot an. »Ich bin eine Freundin.«

»Ich habe von Doktor Kleins Freunden gelesen«, erwiderte Blackstock.

»Ich tauge als Freundin aber nicht viel.«

»Wie meinen Sie das?«

Woraufhin Yvette zu erklären begann, in welcher Beziehung sie zu Frieda stand und wie sie sie in der Vergangenheit im Stich gelassen hatte. Anschließend ging sie nahtlos dazu über, auch noch die Gründe für ihre bevorstehende Auszeit zu erläutern. Blackstock, der offensichtlich Schwierigkeiten hatte, ihr zu folgen, warf in verhaltenem Ton ein, er würde sich auch gern eine solche Auszeit nehmen, wenn er es sich leisten könnte. Frieda versuchte, der Unterhaltung ein Ende zu setzen.

»Yvette, du brauchst dich nicht ständig zu rechtfertigen.«

»Ich dachte, du findest es gut, wenn ich meine Beweggründe erkläre.«

Frieda wandte sich an Blackstock. »Sie haben mich in den letzten Monaten fair behandelt. Dafür danke ich Ihnen.«

»Schon gut.« Zögernd fügte er hinzu: »Versprechen Sie mir einfach, dass Sie an mich denken werden, wenn Sie etwas zu sagen haben.«

»Das werde ich.«

»An mich denken und sich dann bei mir melden?«

»Mal sehen.«

Als Blackstock weg war, schloss Frieda die Haustür auf.

»Ich muss das aufs Präsidium bringen«, verkündete Yvette, während sie in die Diele traten. »Es ist wichtig.«

»Moment«, sagte Frieda. »Könntest du die Aufnahme vorher bitte noch einmal aus dem Umschlag nehmen und hier auf den Tisch legen?«

»Wozu?«

»Bitte.«

Vorsichtig fischte Yvette das Foto heraus und legte es hin. Frieda starrte einen Moment darauf. Dann griff sie nach ihrem Handy und machte eine Aufnahme.

»Ich bin mir nicht sicher, ob ich das zulassen sollte«, meinte Yvette.

»Ich verrate es niemandem.«

»So habe ich das nicht gemeint.«

»Ich bringe es jetzt Petra Burge«, erklärte Frieda.

»Du?«

»Blackstock hat es mir gegeben. Das macht mich zu einer Art Zeugin.«

»Und sorgt dafür, dass du im Spiel bleibst.«

»Das auch.«

19

Petra Burge saß auf einem Sessel, der ihre kleine Gestalt zu verschlucken schien. Sie hielt das Foto vorsichtig an zwei Ecken. Nachdem sie es eine Weile aufmerksam betrachtet hatte, drehte sie es um und nahm die Rückseite unter die Lupe. Anschließend untersuchte sie den in Großbuchstaben adressierten Umschlag mit seiner abgestempelten Briefmarke.

»Abgeschickt in London«, stellte sie fest.

»Ja.«

»Was uns nicht weiterhilft.«

»Im Grunde nicht.«

»Die Aufnahme wurde gemacht, als die Sonne ziemlich tief am Himmel stand. Sehen Sie sich den Lichteinfall an.«

»Also am Abend«, folgerte Frieda.

»Oder am Morgen. Wir haben ja keinerlei Anhaltspunkt, wo sich Ihre Nichte befand.«

»Vielleicht in der Nähe des Stadtflughafens.«

Petra blickte zu Frieda hoch.

»Vielleicht? Wie kommen Sie darauf?«

»Chloë hat Flugzeuge gehört. Sehr tief, sehr nah. Keine großen Jumbojets, zumindest glaubt sie das nicht, aber auch keine kleinen Doppeldecker. Deswegen dachte ich an den City Airport.«

Petra schüttelte den Kopf.

»Es gibt ein Dutzend andere Möglichkeiten.«

»Ich war dort, und ich habe das starke Gefühl, dass das Foto in diesem Bereich gemacht wurde.«

»Das starke Gefühl. Ist das so etwas wie ein sechster Sinn? Oder weibliche Intuition?«

»Eine Arbeitshypothese, die zu den Fakten passt.«

Burge wechselte die Sitzposition.

»Selbst wenn Sie recht haben, hilft uns das nicht viel weiter.«

»Nein.«

»Auf jeden Fall ist es ein beunruhigendes Foto.«

Frieda blickte ein weiteres Mal auf Chloë hinunter, wie sie dort auf der schmuddeligen Matratze lag. Allein schon das Betrachten der Aufnahme – Chloë in diesem Zustand zu sehen – erschien ihr wie ein Akt der Schändung.

»Ich habe die ganze Zeit auf eine weitere Nachricht gewartet«, erklärte Frieda. »Und da ist sie.«

»Wurde das Foto denn an Sie geschickt?«

»Nicht direkt.«

»Es wurde überhaupt nicht an Sie geschickt, sondern an einen Journalisten. Aber falls es sich tatsächlich um eine Nachricht handelt, was besagt sie dann Ihrer Meinung nach?«

»Keine Ahnung. Möchten Sie einen Whisky?«

Petra Burge lächelte. Die meisten Leute sahen jünger aus, wenn sie lächelten. Petra Burge dagegen wirkte älter. »Warum nicht?«

Sie tranken den Whisky in Friedas Garten hinter dem Haus, während die Sonne am blaugrauen Himmel versank. Eine Weile schwiegen sie. Frieda empfand es als wohltuend, wenn jemand nicht ständig das Bedürfnis hatte zu sprechen. Sie nahm kleine, zornige Schlucke von ihrem Whisky, bis sie das Gefühl hatte, dass sich in ihrem Inneren etwas löste.

Wut. Angst.

»Die Menschen, die ich liebe, sind möglicherweise in Gefahr – nur weil ich sie liebe«, brach sie schließlich das Schweigen.

Petra Burge musterte sie über den Rand ihres Glases hinweg.

»Was sollen wir tun?« Frieda hörte sich das ungewohnte

»wir« benutzen und korrigierte sich sofort. »Wie kann ich dafür sorgen, dass ihnen nichts passiert?«

Reuben lag im Bett. Es war erst kurz nach zehn. Er ging eigentlich nie so früh schlafen, aber an diesem Abend war er müde. Nein, mehr als nur müde: erschöpft, schwach, deprimiert und voller Angst. Seine Knochen fühlten sich an, als wären sie hohl, seine Augen brannten, die Brust tat ihm weh, und Übelkeit lauerte in jeder Faser seines Körpers. Er trug einen Schlafanzug. Auch das hatte er früher nie getan. Zögernd schob er eine Hand unter die Baumwolljacke, um zu fühlen, wie dünn er geworden war und wie scharf seine Rippen hervorstanden. So musste es sich anfühlen, wenn man sehr alt war, dachte er. Aber er war noch nicht alt, auch wenn er bei jedem Blick in den Spiegel erschrak, weil er sich derart verändert hatte. Er war krank, vielleicht sogar schwer krank. Vielleicht… nein, er wollte den Gedanken nicht zu Ende denken. Frieda erklärte ihm immer, wie die Behandlung, der er sich gerade unterzog, seinen ganzen Körper vergiftete, um den Krebs zu zerstören. Deswegen ging es ihm so schlecht: Es lag an der Therapie, nicht am Krebs.

Tja, vielleicht. Er schloss die Augen und versuchte vergeblich, nicht an die Dinge zu denken, die er womöglich nie wieder machen würde: mit einer Frau schlafen, die ganze Nacht mit Josef Wodka trinken, an Weihnachten seine dandyhafte Weste tragen und laut singen, in einem bis auf den letzten Platz besetzten Saal Vorträge über Impotenz und männliche Angst halten. Schwimmen. Nein, geschwommen war er eigentlich nie besonders gern. Seine Gedanken begannen sich gerade ein wenig zu umwölken, und der Schlaf zog ihn langsam in die Tiefe, als er die Türklingel hörte, gefolgt von einem Klopfen. Er wartete darauf, dass Josef aufmachte, doch dann fiel ihm ein, dass der mit Alexei zum Pizzaessen gegangen war. Es klingelte noch einmal. Reuben setzte sich auf und schwang die Beine aus dem

Bett. Während er die Treppe hinunterging, vergewisserte er sich, dass seine Schlafanzugjacke richtig zugeknöpft war, und zog die Haustür auf.

Zuerst konnte er nicht ausmachen, wer da in der Schwärze der Nacht vor ihm stand, doch dann begriff er: eine dunkel gekleidete Gestalt mit einem Strumpf über dem Gesicht. Vermutlich ein Mann, möglicherweise aber auch eine Frau. Mit etwas in der Hand. Was war das? Vielleicht eine Brechstange. Eigentlich wusste er gar nicht so genau, wie eine Brechstange aussah. Für ihn war es nur ein Wort, das manchmal jemand benutzte. Jedenfalls hatte die Gestalt etwas in der Hand, das zum Schlagen gedacht war. Bestimmt gab er ein erbärmliches Bild ab, wie er so in seinem Schlafanzug dastand, Augen und Mund weit aufgerissen, während ihm die frische Luft entgegenschlug und sein Herz raste. Einen Moment fühlte er sich wie zur Salzsäule erstarrt. Wer hatte diese Formulierung ihm gegenüber mal gebraucht? Seine Mutter, jetzt wusste er es wieder, vor vielen Jahren. Womöglich würde ihn nun doch nicht der Krebs umbringen. All das schoss ihm durch den Kopf, und gleichzeitig versuchte er nun hektisch, die Tür zuzubekommen. Seine Fußsohlen glitten über ein paar Sandkörner auf dem Fußboden, stemmten sich gegen die stachelige Türmatte.

Doch die Tür ließ sich nicht schließen. Die Gestalt war immer noch da, mittlerweile im Türrahmen. In der Diele. Auf einmal erschien ihm alles verlangsamt und wie gedämpft. Seine eigene Atmung, aber auch die Atmung der Gestalt neben ihm. Der hochgereckte Arm. Die Metallstange, die sich nach unten bewegte, bis sie mit voller Wucht auf seine Schulter knallte. Er ging zu Boden. Irgendwie schien er Zeit zu haben, um auf den Schmerz zu warten. Er wusste, dass es ein schlimmer Schmerz sein würde, aber als er ihn dann spürte, war er noch schlimmer als erwartet. Der zweite Schlag galt seinem Gesicht. Plötzlich bestand alles aus blitzendem Gelb und Blau, und er schmeckte

Blut, würgte daran und spuckte es aus. Der dritte Schlag traf seinen Torso. Ihm war dumpf bewusst, dass er etwas knacken hörte. Inzwischen versuchte er weinend, den Schlägen auszuweichen, doch es gelang ihm nicht. Es folgte ein vierter, fünfter und sechster Schlag, bis er kaum noch unterscheiden konnte, wo die Eisenstange ihn traf, weil er bereits in eine Wolke des Schmerzes eingetaucht war und sich nur noch wünschte, bewusstlos oder tot zu sein, damit das alles ein Ende hätte. Irgendwann hörte es dann tatsächlich auf. Alles tat ihm weh, alles war nass, ein schrecklicher Geruch erfüllte den Raum, aber er war trotzdem nicht bewusstlos, sondern hörte sich selbst schluchzen, auch wenn er weder etwas sehen noch sich bewegen konnte.

20

Alexei entdeckte ihn als Erster. Als er sich gegen die Tür lehnte, die Josef gerade aufgesperrt hatte, wurde sie von irgendetwas blockiert. Er zwängte sich durch den schmalen Spalt. Seine Füße stießen gegen das, was da auf dem Boden lag. Draußen sagte Josef etwas, aber Alexei verstand ihn nicht. Er beugte sich in der Dunkelheit hinunter und berührte mit der Hand zuerst den weichen Stoff von Reubens Schlafanzug, dann die kalte Haut eines Schienbeins und schließlich etwas Wärmeres, Klebriges. Er stieß einen kleinen Schrei aus.

»Was ist? Alexei, was ist los?«

Josef drückte fester gegen die Tür, wodurch die Gestalt ein Stück zurückgeschoben wurde.

Alexei richtete sich auf und tastete nach dem Schalter. Licht flutete die Diele. Das Erste, was er bewusst wahrnahm, war seine eigene Hand am Schalter, rot vor Blut. Dann wandte er den Blick nach unten und sah Reuben reglos wie eine Leiche auf dem Boden liegen. Sein kahler Schädel glänzte weißlich, und das eingeschlagene Gesicht war kaum noch zu erkennen. Alexei konnte sich nicht bewegen, den Blick aber auch nicht abwenden. Ganz still stand er neben Reuben, bis er schließlich, zum ersten Mal, seit seine Mutter gestorben war, zu weinen anfing. Er weinte und weinte und konnte gar nicht mehr aufhören.

Reuben bekam im Krankenhaus ein Nebenzimmer für sich allein. Als er das erste Mal in dem Raum aufwachte, wusste er nicht, wo er sich befand. Über ihm flackerte eine Neonröhre, die Wände waren weiß, und durch das kleine Fenster sah man nur ein Stück blauen Himmel. Was er hörte, hätte auch aus dem Inneren seines Kopfes stammen können: das echoartige Hallen von Schritten, kurze, durchdringende Piepgeräusche, gelegentliche Schreie, die ihn an seine Kindheit erinnerten. Er schloss die Augen. Einen Moment war alles leer, doch dann füllte sich die Leere mit Erinnerungen. Da war ein Mann mit einer Strumpfmaske, ein Stiefel an seinem Kopf, an seinem Körper. Er erinnerte sich auch noch daran, dass er den Boden angestarrt hatte, auf dem er lag. Vor allem aber erinnerte er sich an die schreckliche Stille, in der das Ganze passiert war.

Demnach war er also doch nicht gestorben. Er lag im Krankenhaus. Als er erneut die Augen aufschlug, schwebte über ihm ein verschwommenes Gesicht. Er kniff die Augen zusammen, bis er es erkennen konnte.

»Frieda.« Seine Stimme klang gepresst. Das Sprechen tat ihm weh. Sein Kopf und sein ganzer Körper schmerzten, als hätte er einen Sturz aus großer Höhe hinter sich.

»Reuben.«

»Scheiße!«, brachte er heraus.

Er registrierte ihr Lächeln, aber sie machte dabei ein schreckliches Gesicht.

Es kamen Ärzte. Schwestern und Pfleger. Polizeibeamte. Es gab nichts, was er ihnen erzählen konnte, nur eine Tür, die aufging, und eine Gestalt ohne Gesicht. Josef erschien mit Wodka in einer Plastikflasche. Alexei kam und starrte ihn mit seinen großen braunen Augen an. Reuben versuchte ihn anzulächeln, doch sein Gesicht war verquollen. Jack brachte Käse und ein Kreuzworträtsel, das sie selbst mit vereinten Kräften nicht hinbekamen. Olivia erschien mit Blumen und veranstaltete ein furchtbares Theater, als man ihr sagte, Blumen seien im Krankenhaus nicht erlaubt. Chloë musste sie hinausführen.

Nach zwei Tagen brachte Frieda ihn heim, wo er sich ins Bett legte und den Geräuschen des Hauses lauschte. Er fühlte sich sehr schwach, wie ein Baby, und manchmal hatte das etwas Tröstliches: Er konnte sich einfach betütern lassen. Manchmal aber weinte er, und dann tauchte Josef einen Waschlappen in warmes Wasser und wischte ihm damit die Stirn ab. Gelegentlich war ihm auch schlecht. Dann saß Josef neben seinem Bett und hielt ihm eine Abspülschüssel aus Kunststoff hin. Wenn Reuben einschlief, legte Josef seine große, mit Hornhaut überzogene Hand auf den kahlen Schädel seines Freundes und spürte, wie dessen Blut pulsierte.

Frieda stand mit einer Tasse Kaffee in Reubens Garten. Sie bewunderte, wie schön die Sonnenstrahlen durch die Äste eines Apfelbaums fielen, aber vor ihrem geistigen Auge sah sie Reubens verquollenes Gesicht auf dem Kissen und musste daran denken, wie verängstigt und alt er wirkte. Dann wurde sie auf ein Geräusch hinter sich aufmerksam. Als sie sich umdrehte, entdeckte sie Alexei.

»Hallo«, sagte sie und lächelte ihn an.

Alexei gab ihr keine Antwort, trat aber ein paar zögernde Schritte auf sie zu, eine schmale Gestalt, die mit großen Augen zu ihr aufblickte. Er öffnete den Mund, als wollte er etwas sagen, brachte aber nichts heraus. Sie registrierte, wie müde und ängstlich er wirkte.

»Was ist?«, fragte sie.

Alexei sagte noch immer nichts, schob aber seine kleine Hand in die ihre. So standen sie ein paar Minuten lang da, Hand in Hand im Garten.

»Du solltest ein bisschen rausgehen, Josef«, meinte Frieda.

»Nein, nein. Reuben braucht mich. Ich bleibe hier bei ihm.«

»Alexei braucht dich auch. Seit es passiert ist, hängt er wie ein kleines Gespenst hier herum. Er hat Angst und fühlt sich einsam. Mach einen Spaziergang mit ihm.«

»Meinst du wirklich?«

»Ja, das meine ich wirklich.«

Also marschierte Josef mit Alexei nach Primrose Hill hinauf, hinein in den Sonnenschein. Während sie so dahinwanderten, redete Josef, auch wenn Alexei nicht antwortete. Zum ersten Mal seit langer Zeit redete er in seiner eigenen Sprache. Er fühlte sich, als hätte er lange Zeit unter Wasser die Luft angehalten und wäre nun plötzlich aufgetaucht und endlich wieder in der Lage, richtig zu atmen.

Im Moment, während dieser ersten Tage seit seiner Rückkehr nach England, war die Erfahrung, Alexei bei sich zu haben – neben allem anderen, was passiert war, der ganzen Angst und dem ganzen Schrecken –, fast zu viel für Josef. Er verspürte Glück und Trauer, Panik und Zärtlichkeit, alles gleichzeitig. Alexei gegenüber fühlte er sich einerseits noch gehemmt, empfand andererseits jedoch einen starken Beschützerinstinkt. An die Vergangenheit dachte er mit starken Schuldgefühlen, an die Zukunft voller Hoffnung, aber auch Nervosität. Beim Gedanken an Dima, der weiterhin in der Ukraine lebte, regte sich etwas Schweres in seiner Brust. Seine Frau, seine Exfrau, war tot, sein älterer Sohn weit weg, sein kleiner Sohn jedoch bei ihm, wenn auch stumm und geheimnisvoll wie ein Code, den er noch nicht entziffert hatte.

Alexei trug neue Turnschuhe, eine neue Jeans und ein neues T-Shirt. Im Moment zerrte er gerade an der Hand seines Vaters, und Josef deutete auf die Stadt, die unter ihnen lag, fast als läge sie ihnen zu Füßen.

»Siehst du den Kran da?« Er redete weiter in ihrer Muttersprache, weil er hoffte, den Jungen auf diese Weise besser von dem Überfall auf Reuben ablenken zu können. »Du kannst von links zählen. Dann ist es der Dritte.«

Alexei gab ihm keine Antwort, aber Josef sah ihn zählen.

»Dein Papa hat auf dieser Baustelle gearbeitet. Es ist ein großes Projekt. Wir haben fünfundzwanzig, dreißig Meter tief gegraben.«

Josef berichtete ihm von den Baggern, den Planierraupen, den Kipplastern, den Zementmischern, den Gabelstaplern. Alexei blickte mit offenem Mund zu seinem Vater auf. »Ich habe die Planierraupen gefahren. Und auch einen Kipplaster. Aber die meiste Zeit habe ich mit den Händen gearbeitet: gebohrt und Stromleitungen verlegt.«

Er hatte noch nicht zu Ende erzählt, was er sonst noch alles gemacht hatte, als Alexei den Zoo entdeckte. Er sah ihn und hörte ihn, und dann sagte er etwas.

»Was für Tiere sind das?«

Josef hielt inne. Endlich hatte sein Sohn etwas gesagt, ihm eine Frage gestellt. Er wusste, dass es besser war, deswegen kein allzu großes Aufhebens zu machen, aber ein Lächeln konnte er sich trotzdem nicht verkneifen.

»Alle möglichen Tiere«, antwortete er.

»Auch Tiger?«

Josef zögerte. »Weißt du, was?«, fuhr er dann fort. »Wir können einen Ausflug in den Zoo unternehmen. Wir beide, bald. Wir machen uns einen Plan für einen richtig schönen Tag.«

Sie stiegen die Steinstufen zum Kanal hinunter. Alexei wurde langsamer. Aus seinen Augen leuchtete eine neue Wissbegierde, und Josef fühlte sich plötzlich überwältigt. Er hatte das alles ganz vergessen gehabt. Nun stellte er sich auf einmal eine Zukunft vor, in der er tun würde, was Väter so taten: durch den Park wandern, in den Zoo gehen, Alexei das Handwerken beibringen, wie sein eigener Vater es damals bei ihm getan hatte. Es war, als würde bei diesem Gedanken sein Herz anschwellen, wund und empfindlich werden wie nach einem Bluterguss. Er fühlte sich glücklich und traurig zugleich. Benommen blickte er auf seinen kleinen Sohn hinunter, der ihm so zart erschien und der in seinem kurzen Leben schon so viel durchgemacht hatte. Er drückte seine Hand noch fester.

Sie erreichten den Markt von Camden Lock, von dem Josef nicht so viel hielt, aber Alexei fand ihn offenbar aufregend, auch wenn er nichts sagte. Es gab dort einfach alles. Sie wanderten zwischen den Ständen und Gerüchen umher, genossen die vielen Eindrücke: brutzelndes Fleisch, blubbernde Suppen, Salate, Eiscreme, Säfte in den verschiedensten Farben. Josef sagte: »Wir essen später.« Dann folgten die Klamotten, die Lederjacken und die Rüschenkleider, im Gothicstil und edwardianisch. Josef spürte, wie Alexei seine Hand losließ. Sein Sohn war stehen geblieben und starrte auf einen Stand mit altmodischen Fotoapparaten. Dann wanderten sie weiter, Alexei sprang hierhin und dorthin, sooft etwas Neues seine Aufmerksamkeit erregte. Noch aufregender war, dass es sich bei Camden Lock ebenfalls um eine Baustelle handelte. Alexei deutete auf einen Bagger.

Die Menge wurde jetzt dichter. Josefs Handy klingelte. Er ging ran.

»Josef?«

»Ja.« Aus dem Augenwinkel beobachtete er Alexei. War sein Sohn zu dünn? Zu blass? Kümmerte er sich genug um ihn? Später würde er ihm einen Mohnkuchen backen, damit er Kraft bekam.

»Hier ist Jeannie.«

»Jeannie.« Einen Moment lang war Josef ratlos, doch dann fiel es ihm natürlich wieder ein. Sie war hübsch, klug, redselig. Sie hatte einen Ehemann, der ihr keine Aufmerksamkeit schenkte, und eine Arbeit, die sie nicht mochte. Deswegen hatte sie sich einsam gefühlt, bis sie Josef kennenlernte. Ab dem Zeitpunkt hatte sie auf fast schon beunruhigende Weise glücklich gewirkt, doch das war gewesen, bevor er seinen Sohn mit hierhergebracht hatte. Jetzt war alles anders, und er hatte für so etwas keine Zeit mehr. Er war Vater – ein Vater, der auch die Mutterrolle übernehmen musste, für einen Sohn, der einen Krieg und einen schweren Verlust erlebt hatte und nun viel Zuwendung brauchte.

»Du hast mich nicht angerufen.«

»Nein.«

»Warum?«

»Ich kann nicht«, antwortete Josef sanft.

»Wie meinst du das?«

»Ich kann nicht. Ich bin wieder Vater.«

»Was?«

»Es tut mir leid«, sagte Josef.

»Aber …«

»Du bist nett«, sagte er. »Aber es ist vorbei. Ich wünsche dir Glück.«

Er beendete das Gespräch und wandte sich einem plötzlichen Trompetenstoß zu, der vom Kanal herüberschallte. Immer spielte irgendwo jemand Trompete oder Saxofon oder gar Dudelsack. Die Leute warfen Münzen in den offenen Koffer. Verdiente man damit wirklich genug? Als er sich wieder umdrehte, konnte er Alexei nicht mehr sehen. Aber es waren ein Falafel- und ein Kaffeestand im Weg. Die dahinströmende Menge würde seinen Sohn gleich zurück in sein Blickfeld bringen.

Aber dem war nicht so.

Josef seufzte. Bestimmt war Alexei wieder von irgendetwas besonders fasziniert. Rasch umrundete er den Stand, der ihm die Sicht versperrte. Er konnte den Jungen noch immer nicht entdecken. Ein Fußweg führte vom Kanal weg zur Hauptstraße. Aber den Weg konnte Alexei unmöglich genommen haben. Es sei denn, irgendetwas hatte seine Aufmerksamkeit erregt. Rasch rannte Josef den Gehweg entlang, spähte nach links und rechts. Er sah einen Sicherheitsmann in einer leuchtend gelben Jacke und steuerte auf ihn zu.

»Mir ist mein Sohn abhanden gekommen«, erklärte er dem Mann und hielt dabei die Hand etwa hüfthoch. »So groß. Dunkles Haar. T-Shirt und Jeans.«

»Ich werde nach ihm Ausschau halten, Kumpel. Bestimmt ist er nur ein Stück weitergewandert.«

Aber Alexei war Josef kaum von der Seite gewichen, seit er ihn in der Ukraine abgeholt hatte, um ihn nach London mitzunehmen. Er war die ganze Zeit sein ängstlicher Schatten gewesen, sein Miniaturdoppelgänger. Um ganz sicher zu gehen, lief Josef trotzdem noch die restliche Strecke bis zur Hauptstraße. Dort blickte er sich verzweifelt um, als könnte der Junge schlagartig wieder auftauchen. Nichts. Er rannte zurück zum Markt und ein paar Treppenstufen empor, um die Menschenmenge von oben überblicken zu können. Sie war so dicht, dass sie sich nur langsam vorwärtsbewegte, ein zäher, breiter Strom. Da waren so viele Kinder. Josef sah einen dunklen Haarschopf und spürte Hoffnung in sich aufkeimen. Aber das Kind ging Hand in Hand mit einer älteren Frau und trug andere Kleidung.

Fast schon im Begriff, sein Telefon herauszuholen, beschloss Josef, sich noch zehn Minuten Zeit für seine Suche zu geben. Nein. Ein paar Minuten waren bereits vergangen. Also nur noch fünf Minuten. Er rannte die Stufen zum Kanal hinunter. Dort schob ein Müllsammler seinen Karren, an dem etliche Plastiktüten hingen, direkt am Wasser entlang. Der Mann schüttelte den Kopf. Josef war nicht ganz sicher, ob er sich verständlich ausgedrückt hatte.

»Wenn Sie ihn sehen, dann sagen Sie es mir. Ich komme wieder«, beschwor er den Mann.

Er wandte sich nach links, eilte am Kanal entlang auf ein Paar zu, das sich aus Richtung Osten näherte. Hatten sie einen kleinen Jungen gesehen, der allein unterwegs war? Die beiden zuckten mit den Achseln und schüttelten dann den Kopf. Josef wandte sich ab und rannte zurück. Durch den Markt kam man inzwischen nur noch sehr langsam voran, egal, wie sehr er auch versuchte, sich vorwärts zu schieben. Außerdem musste er die ganze Zeit weiter Ausschau halten. Auf der anderen Seite wandte er sich in Richtung Osten und lief die Brücke entlang, die zum Regent's Park führte. Er hielt eine Frau in Joggingbekleidung auf. Umständlich und widerwillig löste sie ihren MP3-Player von ihrem Gürtel, schaltete ihn aus und lüpfte einen Kopfhörer. Hatte sie einen kleinen Jungen gesehen, der allein unterwegs war? Sie glaubte nicht. Den Leuten schien nicht klar zu sein, wie dringlich das war.

Josef drehte wieder um, schob sich durch die Menge zurück und fragte erneut den Müllsammler und den Sicherheitsmann. Er hastete ein weiteres Mal bis zur Hauptstraße und sah sich noch einmal an den Orten um, an denen er bereits gesucht hatte. Das war's. Er zog sein Telefon heraus. Obwohl ihm dunkel bewusst war, dass er sich eigentlich mit der Polizei in Verbindung setzen sollte, bewegten sich seine Finger in eine andere Richtung.

Er rief Frieda an.

»Bleib, wo du bist«, sagte sie.

21

Es kam ihm nicht so vor, als hätte sich die Zeit verlangsamt. Nein, er hatte gar nicht mehr das Gefühl, dass Zeit überhaupt existierte. Josef befand sich in einer Art Nebel. Er wollte alles für seinen Sohn tun, konnte aber weder etwas sehen noch sich bewegen. Er wünschte, jemand würde kommen und alledem ein Ende bereiten. Am liebsten wäre er auf der Stelle gestorben. Genau das hatte er verdient. Sein kleiner Sohn, dessen Hand er noch vor wenigen Minuten gehalten hatte! Er hätte diese Hand nicht loslassen dürfen. Das Atmen tat ihm weh. Seine Brust schmerzte, und die Angst schnürte ihm fast die Kehle zu.

Von irgendwoher hörte er das durchdringende Heulen einer Polizeisirene näher kommen. Jetzt sah er auch das blitzende Licht, die unpassend hellen, fröhlichen Farben, Blau und Gelb. Der Polizeiwagen bremste ab und bog dann in die falsche Seite der Straße ein, kam auf ihn zu. Josef reckte den Arm. Er hatte solche Angst, und gleichzeitig empfand er Schuldgefühle und Scham, als müsste er bekennen: »Ich war es! Ich habe es getan!«

Der Fahrer ließ den Wagen ganz unverfroren den Gehsteig hinaufholpern. Sofort bildete sich eine Menge von Schaulustigen. Auf der Beifahrerseite stieg eine junge Beamtin aus. Sie sah selbst noch aus wie ein Kind.

»Ich bin der Vater!«, rief Josef. Er erkannte seine eigene Stimme nicht wieder.

»Wie lange?«, fragte die Beamtin.

»Fünfzehn Minuten. Nein, weniger. Bitte!«

Sie zog ein Gesicht in Richtung des Beamten, der auf der Fahrerseite ausgestiegen war.

»Wahrscheinlich ist er bloß weitergelaufen«, meinte sie.

»Nein«, widersprach Josef. »Das glaube ich nicht.«

Aus dem Funkgerät des Mannes drang ein Signal, woraufhin er zur Seite trat und ein Gespräch führte, das Josef nicht verstand. Nach wenigen Augenblicken war er wieder da.

»Der Chef hat gesagt, wir sollen keinen ...«, er sah Josef an und zögerte, »... keinen Mist bauen. Die Sache hat oberste Priorität.«

»Haben Sie ein Foto?«, fragte die Frau. Hatte er. Sie ließ ihren Kollegen einen Blick auf Josefs Handy werfen und gab es Josef dann zurück.

»Rühren Sie sich nicht von der Stelle«, wies sie ihn an. »Zeigen sie es jedem, der vorbeikommt.«

Die beiden eilten Richtung Markt, wo sie sich sofort trennten. Josef blieb einfach neben dem leeren Polizeiwagen stehen und umklammerte sinnloserweise sein Telefon mit dem Foto auf dem Display, umgeben von einer Menschenmenge, die sich nicht recht dazu entschließen konnte, sich wieder zu zerstreuen. Josef spürte eine Hand auf der Schulter. Das konnte nicht Alexei sein. So hoch reichte seine Hand nicht. Er drehte sich um. Eine Frau mittleren Alters lächelte ihn an.

»Mein Junge macht das ständig«, sagte sie. »Wahrscheinlich ist ihm noch nicht mal bewusst, dass Sie nach ihm suchen.«

Josef hätte am liebsten laut losgeheult, der Frau eine verpasst, allen rundherum eine verpasst und sich dann wie ein Hund auf den Boden gelegt. Stattdessen antwortete er nur: »Ja, vielleicht.«

Dann fügte er hinzu, ohne sich dabei an jemand Bestimmten zu wenden: »Bitte. Bitte helfen Sie mir. Er ist mein Sohn.«

Ein weiterer Streifenwagen näherte sich, dann ein dritter. Sie parkten hintereinander. Aus dem zweiten Wagen stieg Karlsson, gefolgt von Frieda. Josef sah sie, bevor sie ihn entdeckte.

Er hatte zusammen mit Frieda schon schreckliche Dinge erlebt, und er wusste, dass Frieda allein noch Schlimmeres hatte durchstehen müssen. Trotzdem hatte er sie noch nie so gesehen. Ihr Gesicht erinnerte ihn an eine Totenmaske. Nur die Augen wirkten auf eine schreckliche Weise lebendig. Ihr Blick schweifte hierhin und dorthin, scharf wie eine Peitsche. Als sie ihn entdeckte, stürmte sie auf ihn zu. Josef brachte kein Wort heraus. Er hatte alles verloren. Wie in Trance legte er die Arme um sie und brach dann in Tränen aus. Er schluchzte und schluchzte, wie er es seit seiner Kindheit nicht mehr getan hatte, er konnte einfach nicht aufhören. Seinem Gefühl nach würde er nie wieder aufhören können. Er spürte Friedas Hand an den Schulterblättern, ein beruhigendes Tätscheln, doch nach einer Weile schob sie ihn weg.

»Du darfst dich jetzt nicht so hängen lassen.«

Er konnte die Tränen nicht zurückhalten. Es schien ihm, als bekäme er vor lauter Tränen kaum noch Luft.

»Josef!«, ermahnte sie ihn in lauterem Ton. Dann verpasste sie ihm eine Ohrfeige.

Ein Polizeibeamter trat vor.

»Verpissen Sie sich!«, herrschte ihn Frieda an.

»Was?« Der Beamte war so überrascht, dass er nicht mehr herausbekam.

Frieda nahm Josef das Handy mit dem Foto aus der Hand. »So bist du Alexei keine Hilfe.«

»Es ist meine Schuld!«

»Über Schuld können wir später sprechen«, entgegnete Frieda. »Aber ich kann dir schon jetzt sagen, dass es nicht die deine ist. Jetzt denken wir erst einmal scharf nach und tun dann, was getan werden muss.«

»Du musst das machen!«, stieß Josef hervor. »Du hast den anderen Jungen auch gefunden. Jetzt findest du Alexei. Du findest ihn, nicht wahr?«

Einen Moment geriet Frieda aus der Fassung, als hätte ihr jemand einen unerwarteten Schlag in den Magen verpasst.

»Wir werden alle tun, was in unserer Macht steht. Aber jede Minute zählt.« Sie wandte sich zu dem Polizeibeamten um. »Entschuldigen Sie, dass ich Sie so angefahren habe.« Der Mann setzte zu einer Antwort an, doch Frieda unterbrach ihn. »Bitte verfrachten Sie Mister Morozov in einen der Streifenwagen. Er braucht jetzt ein wenig Ruhe und Privatsphäre.«

Josef versuchte zu protestieren, aber Frieda beharrte darauf. Sobald er weg war, wandte sie sich an Karlsson.

»Und jetzt? Kann man den Bereich abriegeln?«

Karlsson wirkte fast so blass und schockiert wie Frieda. »Welchen Bereich?«

»Den Markt. Er ist doch einigermaßen überschaubar.«

»Er ist alles andere als überschaubar. Da gibt es bestimmt dreißig verschiedene Ausgänge und Tausende von Menschen!« Er warf einen Blick auf seine Armbanduhr. »Wer auch immer ihn mitgenommen hat, sitzt jetzt bestimmt schon mit ihm in einem Auto oder in der U-Bahn. Oder sie sind ein, zwei Kilometer zu Fuß gegangen und dann in einen Bus gestiegen.«

»Was sollen wir dann machen?«

»Suchen.« Karlsson blickte sich um. Ein weiterer Streifenwagen traf ein. Polizeibeamte stürmten auf den Markt. »Wie alt war er?«

»*Ist* er«, korrigierte Frieda. »Wir müssen weiter in der Gegenwart von ihm sprechen. Er ist acht.«

»Er ist acht. Er spricht kaum ein Wort Englisch. Er befindet sich in einem ihm völlig neuen Teil einer Stadt, die er nicht kennt. Warum sollte er da mit einem Fremden mitgehen?«

»Vielleicht hat man ihn dazu gezwungen. Auch wenn das kaum vorstellbar ist, hier in aller Öffentlichkeit, wo so viele Menschen sind.«

Karlsson überlegte einen Moment. »Dean Reeve verstand

sich damals darauf, kleine Kinder dazu zu bringen, zu ihm in den Wagen zu steigen. Er hat es mithilfe einer Frau geschafft. Kinder vertrauen Frauen.«

Frieda schüttelte den Kopf. »Aber nicht hier. Auf dem Markt, in London, wo sein Vater nur zehn Meter entfernt stand.«

»Trotzdem ist der Junge weg.«

»Ja, er ist weg.«

Frieda wusste, wie die Geschichte weitergehen würde. Sie hatte es schon erlebt. Ein, zwei Stunden bestand noch Hoffnung, dass es sich um einen schrecklichen Irrtum handeln könnte. Sie hatte von kleinen Jungen gehört, die plötzlich beschlossen, Verstecken zu spielen, und stundenlang verschwanden, womöglich irgendwo unter einem Tisch einschliefen. Aber war das hier wirklich denkbar, mitten auf dem meistbesuchten Markt von London? Nach einer weiteren Stunde sah Frieda eine Gruppe von Männern Sauerstoffflaschen und schwere Segeltuchtaschen voller Ausrüstung von der Hauptstraße in Richtung Kanal schleppen.

»Er ist bestimmt nicht ins Wasser gefallen«, sagte Frieda. »Da waren Tausende Leute. Der Weg entlang des Kanals wimmelt nur so von Menschen.«

»Da reicht eine Sekunde«, entgegnete Karlsson. »Über so einem kleinen Menschenkörper schließt sich die Oberfläche sehr schnell wieder.«

Aber sie fanden nichts. Um neun kam die Nachricht im Fernsehen. Frieda saß neben Josef auf Reubens Sofa, während ihnen das Foto, das Josef den Polizeibeamten gezeigt hatte, vom Bildschirm entgegenblickte. Als Frieda Stunden später zu Josef sagte, er müsse versuchen zu schlafen, starrte ihr Freund sie ungläubig an.

»Er ist irgendwo da draußen in der Dunkelheit. Wie kann ich da schlafen? Wie soll ich je wieder schlafen?«

Frieda empfand es im Grunde genauso.

»Morgen um zehn findet eine Pressekonferenz statt. Da musst du dabei sein.«

Josef schüttelte den Kopf. Sein Blick wirkte glasig.

»Du musst. Es ist wichtig, dass die Leute deinen Kummer sehen. Dann identifizieren sie sich mit dir, und das hilft ihnen, sich zu erinnern.«

Frieda führte ihn nach oben und verfrachtete ihn in sein Bett. Anschließend zog sie ihre Schuhe aus und legte sich voll bekleidet neben ihn aufs Bett und hielt seine Hand. Sie hatte das Gefühl, dass er auf diese Weise zumindest ein, zwei Stunden schlief. Währenddessen musste sie die ganze Zeit daran denken, wie Alexei am Vormittag neben ihr im Garten gestanden und vertrauensvoll seine Hand in die ihre geschoben hatte. So kam es, dass sie selbst überhaupt nicht schlief.

22

Am nächsten Morgen saß Josef frisch geduscht, rasiert und mit Krawatte bei der Pressekonferenz, sprach jedoch kein Wort. Sein Gesicht wirkte verquollen, seine Augen waren rot. Petra Burge verlas eine von Frieda und Karlsson formulierte Erklärung, die für das stand, was Josef hätte sagen wollen, wenn er in der Lage gewesen wäre, seine Gedanken und Gefühle in Worte zu fassen.

Es war eine ganze Schar von Reportern erschienen. Petra Burge entdeckte Liz Barron, die so frisch und munter aussah, als wäre sie gerade von einem Urlaub in der Sonne zurückgekehrt. Ihr Gesicht war gebräunt, und ihre Augen funkelten vor Neugier.

Die Reporter wollten wissen, ob es schon irgendwelche Anhaltspunkte gebe. Petra erklärte, eine Überwachungskamera unter der Eisenbahnbrücke habe ein verschwommenes Bild aufgezeichnet. Ein Beamter tippte auf einen Laptop, woraufhin auf dem Bildschirm hinter ihnen besagtes Bild aufleuchtete. Es war in der Tat sehr verschwommen.

»Das hier«, erklärte Petra Burge, »ist möglicherweise Alexei Morozov, möglicherweise aber auch nicht. Und der Mann daneben ist vielleicht Dean Reeve, vielleicht aber auch nicht.«

»Wissen Sie, in welche Richtung die beiden gegangen sind?«

»Nein.«

»Gibt es irgendwelche Zeugen?« Die Frage kam von Gary Hillier, einem weiteren von den Journalisten, die Frieda interviewt hatten. Er hatte seinen Ziegenbart abrasiert und trug jetzt einen extrem schmalen Oberlippenbart, der aussah, als hätte er knapp über seinem Mund mit einem Filzstift eine Linie gezogen.

»Wir hoffen, dass sich nach dieser Pressekonferenz Leute melden werden, die etwas beobachtet haben.«

»Glauben Sie«, fragte ein Mann mit durchdringender Stimme, »dass Dean Reeve Sie an der Nase herumführt?«

»Dazu habe ich nichts zu sagen.«

»Dass er Ihnen immer einen Schritt voraus ist?«

Hinterher wurden Josef und Frieda zurück zu Reubens Haus gefahren. Josef verschwand mit einer Flasche Wodka hinauf in sein Zimmer. Seine Augen waren gerötet, sein Blick wirkte unverändert glasig. Frieda setzte sich zu Reuben. Keiner von beiden sagte etwas. Was hätten sie auch reden sollen? Sie schalteten weder Fernseher noch Radio an und schauten auch nicht im Internet nach. Wenn es etwas Neues gab, würde man es ihnen mitteilen. Du wirst ihn finden, hatte Josef Frieda beschworen. Es stimmte, dass sie schon einmal einen vermissten Jungen gefunden hatte. Jetzt aber gab es keinerlei Anhaltspunkte, mit denen sie arbeiten konnte.

Sie hatte das Gefühl, an einer vollkommen glatten, harten Oberfläche nach so etwas wie einer Griffmulde zu suchen. Trotzdem überlegte sie krampfhaft, rekapitulierte in Gedanken immer wieder, was sie wusste. Auf diese Weise ging der Vormittag in den Nachmittag über, ohne dass sie etwas erfuhren. Als schließlich Friedas Telefon klingelte, war ihr, als würde sie aus einem zähen Albtraum gerissen. Sie warf einen Blick auf die Anzeige. Karlsson.

»Es ist siebzehn Minuten nach vier«, stellte er fest. »Oder war es vor zwei Minuten. Um diese Zeit hat Josef dich angerufen. Gestern. Dir ist klar, was das bedeutet?«

»Das war mir auch schon klar, als sie anfingen, den Kanal abzusuchen.«

»Du weißt, was ich damit sagen will. Du solltest Josef vorbereiten. Oder zumindest anfangen, ihn vorzubereiten.«

»In Ordnung.« Sie brach das Gespräch ab und begab sich langsam nach oben.

Am nächsten Morgen ging um fünf Uhr fünfundvierzig die Sonne auf. Etwa zwei Minuten später war Jemma Cowan mit ihrem kleinen Jack Russell Terrier Seamus am Kanal unterwegs. Sie liebte die frühen Morgenstunden. Selbst um diese Zeit war der Weg nie ganz verwaist. Es gab immer den einen oder anderen fanatischen Radfahrer oder Läufer. Auch heute trabte ein Jogger an ihr vorbei und dann die Stufen hinauf. Eine dunkle Brille schützte ihn vor der Morgensonne, eine Kapuze vor der morgendlichen Kühle.

Seamus schnüffelte herum. Er war genauso begeistert wie sie. Manchmal sah sie Kormorane und Eisvögel oder andere Vögel, die sie nicht identifizieren konnte, und auch Fische, die an die Oberfläche kamen und das klare, metallisch schimmernde Wasser mit einem gemächlichen Schnappen durchbrachen. Der Kanal war wie ein ländlicher Bach, allerdings ein ländlicher Bach in einer postapokalyptischen Landschaft, und das war noch besser. Andere Leute joggten, radelten oder walkten mit Kopfhörern. Wie konnte man das bloß tun? Sie liebte die unerwarteten Geräusche, das Zirpen und Bellen und Kreischen. Diese Geräusche waren genauso wichtig wie der Duft frisch gebackenen Brotes aus dem Lagerhaus gegenüber.

Sie ging unter einer Brücke hindurch, die so niedrig war, dass sie den Kopf einziehen musste. Als sie auf der anderen Seite wieder herauskam, entdeckte sie etwas, das sie sich zunächst nicht erklären konnte. Es sah aus wie eine Gestalt auf einer Bank. Aber warum war die Gestalt so klein? Und so still? Einen Moment blickte sie sich mit einem ihr sonst fremden Gefühl von Beklemmung um. Dann steuerte sie auf die Gestalt zu.

Es handelte sich um einen kleinen Jungen mit dunklem Haar und verschmiertem Gesicht. Er trug ein T-Shirt, eine Jeans und Sportschuhe. Er kam ihr auf seiner Bank so seltsam und fehl am Platz vor, dass sie gar nicht recht wusste, wie sie ihn ansprechen sollte.

»Ist mit dir alles in Ordnung?«, fragte sie schließlich. In der morgendlichen Stille klang ihre Stimme sogar in ihren eigenen Ohren fremd. Er sah sie ernst an, sagte aber nichts. »Weißt du, wo deine Mum oder dein Dad sind?«

Der Junge blickte auf seine rechte Hand hinunter, die er zur Faust geballt hatte. Er hob sie ein wenig und drehte dann langsam die Handfläche nach oben. Dort stand in winzigen Großbuchstaben etwas geschrieben. Sie beugte sich darüber und las das Wort laut vor.

»Polizei.« Sie holte ihr Handy heraus.

23

Kannst du uns erzählen, was passiert ist, Alexei?«

Fran Bolton und Petra Burge schauten beide auf den kleinen Jungen hinunter. Alexei stand vor ihnen, ohne etwas zu sagen. Er weinte auch nicht, sondern war ganz still, bewegte allerdings rhythmisch den Kopf, als würde er ihn gegen eine unsichtbare Wand schlagen.

»Papa«, stieß er schließlich im Flüsterton hervor.

»Er wird ganz bald hier sein, Alexei«, antwortete Burge. »Kannst du uns irgendetwas über die Person erzählen, die dich mitgenommen hat? Groß, klein? Dick, dünn?«

Alexei starrte sie verwirrt an. Dann, nach kurzem Überlegen, klopfte er langsam gegen seine rechte Hüfte.

»Was macht er denn da?«, fragte Fran Bolton.

»Er hat etwas in der Hosentasche«, erklärte Petra Burge.

Sie zog ein paar Nitrilhandschuhe aus ihrer Jackentasche und ging vor Alexei in die Knie.

»Sieh mal«, sagte sie in sanftem Ton zu ihm, »ich ziehe jetzt diese Spezialhandschuhe an. Dann fasse ich damit in deine Tasche. Ist das in Ordnung?«

Obwohl er nickte, war sie nicht sicher, ob er sie auch nur ansatzweise verstanden hatte. Behutsam schob sie die Finger in seine Hosentasche. Da war nicht viel Platz, aber sie spürte trotzdem etwas. Sie bekam es mit zwei Fingern zu fassen und zog es langsam heraus. Es handelte sich um etwas, das mit Toilettenpapier umwickelt war und so gut wie gar nichts wog. Nachdem sie es auf den Tisch gelegt hatte, zog sie vorsichtig das Papier weg.

»Was ist das?«, fragte Fran Bolton, die instinktiv zurückwich.

Es sah aus wie ein dickes, aufgedrehtes Blatt und verströmte einen schwachen, süßlichen Geruch, der Petra Burge an feuchte Pilze denken ließ. Sie drehte es mit dem Zeigefinger um.

»Es ist ein Ohr. Besser gesagt, ein Teil davon.«

»Ein Schweineohr?«, fragte Fran Bolton. »So was in der Art?«

»Nein, nicht so was in der Art. Sorg dafür, dass sofort jemand von der Forensik heraufkommt.«

Dieses Mal ließ Frieda Josef weinen, so viel er wollte. Sie saßen zusammen auf dem Rücksitz. Josef lehnte an ihrer Schulter und schluchzte herzzerreißend. Als sie in den Parkplatz des Polizeipräsidiums einbogen, wandte sich Petra Burge, die auf dem Beifahrersitz saß, zu ihnen um.

»Hören Sie mich, Josef?«

Als Josef daraufhin den Kopf hob, reichte sie ihm ein Papiertaschentuch und dann gleich noch eins. Mit dem ersten putzte er sich die Nase, mit dem zweiten wischte er Augen und Wangen trocken.

»Josef, wie wir Ihnen schon gesagt haben, geht es Alexei körperlich gut und, soweit wir es beurteilen können, auch psychisch. Ich meine, was auch immer das heißen mag, nach allem, was er durchgemacht hat.«

»Können wir ihn jetzt sehen?«, fragte Josef.

»Er hat kein Wort gesagt, seit er gefunden wurde.«

»Er spricht kein Englisch. Und er redet kaum, seit seine Mutter gestorben ist.«

»Schon gut. Gehen wir hinein. Er ist natürlich durcheinander.«

Josef nickte. Einen Moment wirkte er fast ängstlich. In seinen braunen Augen glitzerten wieder Tränen.

»Kommst du auch mit, Frieda?«

»Ich komme in ein paar Minuten nach. Du brauchst ein bisschen Zeit mit ihm allein.«

Josef sah sie bekümmert an. »Bitte. Komm mit.«

»Wenn du möchtest.«

»Ja, das möchte ich.«

Als sie ausstiegen, hielt Petra Burge Frieda kurz zurück.

»Zwei Dinge«, sagte sie.

»Was?«

»Ich habe eben gesagt, Alexei habe nicht gesprochen. Das stimmt nicht ganz. Das Einzige, was er von sich gegeben hat, war ein Name. ›Frieda Klein‹, hat er gesagt. Egal, was er gefragt wurde, das war seine einzige Antwort. Frieda Klein.«

»Seltsam«, sagte Frieda langsam. »Und das andere? Sie haben von zwei Dingen gesprochen.«

»Er hatte etwas in der Tasche.«

»Was denn?«, fragte Frieda, doch ehe Petra antworten konnte, war ihr plötzlich klar, was kommen würde. »Ein menschliches Ohr, umwickelt mit Toilettenpapier.«

Frieda setzte zur nächsten Frage an, beantwortete sie dann aber selbst.

»Von Bruce Stringer.«

»Das ist eine Möglichkeit.«

»Bestimmt ist es so.«

»Aber warum?«, fragte Burge.

»Welchen Teil meinen Sie jetzt?«

»Alles. Man macht sich die Mühe, einen kleinen Jungen zu entführen, und dann schickt man ihn zurück. Und nicht nur das. Man gibt ihm auch noch eine Trophäe eines früheren Mordes mit.«

»Eine Trophäe«, wiederholte Frieda nachdenklich. »Ich glaube, das trifft nicht zu.«

»Ach nein? Warum nicht?«

»Mir ist bekannt, dass sich der Sexualtrieb manchmal mit Gewalt vermischt. Wenn solche Leute ein Verbrechen begehen, dann brauchen sie eine Möglichkeit, es wieder und wieder zu durchleben. Manchmal reicht die Erinnerung nicht aus. Ich glaube aber nicht, dass Dean Reeve so ist. Wäre er so, dann wäre er vielleicht leichter zu schnappen. Wenn er etwas tut, dann meiner Meinung nach immer aus einem konkreten Grund.«

»Was ist dann der Grund für das Ohr?«

»Es sagt uns, dass die Person, die sich Alexei geschnappt hat, Stringers Mörder ist.«

»Und warum muss man uns das sagen?«

»Wenn wir da drinnen mit Alexei reden würden«, antwortete Frieda, »und nicht hier draußen miteinander, dann hätten wir vielleicht die Chance, das herauszufinden.«

Burges Miene wurde hart.

»›Wir.‹ Manchmal sind Sie ganz schön anmaßend.«

Alexei saß an einem Tisch, und an seiner Seite Don Kaminsky, der neben ihm riesig und zugleich eigenartig zart wirkte – wortlos und ohne wirklichen Körperkontakt, aber dennoch beruhigend nah. Der Junge hatte einen Tetrapak Orangensaft und ein Sandwich vor sich stehen, rührte jedoch beides nicht an. Er trug fremde Kleidung, seine eigenen Sachen hatte man zur Untersuchung mitgenommen. Sein Gesicht wirkte völlig ausdruckslos. Als die Tür aufging, drehte er sich um und entdeckte Josef. Der stand einen Moment wie angewurzelt da und betrachtete seinen Sohn mit bekümmerter Miene. Dann steuerte er auf Alexei zu, ging neben ihm in die Knie und breitete die Arme aus.

»Du bist in Sicherheit!«

Er umarmte seinen Sohn, der zunächst nicht reagierte, sich

dann aber an die Schulter seines Vaters lehnte und die Augen schloss. Josef war schon wieder halb am Schluchzen, auch wenn er versuchte, es zu unterdrücken. Schließlich lief auch seinem Sohn eine einzelne Träne über die Wange. Die beiden verharrten minutenlang so. Josef streichelte Alexeis dunkles, weiches Haar und murmelte zärtliche Worte.

Als sie sich wieder voneinander lösten, trat Frieda vor. Wortlos ließ sie sich gegenüber von Alexei nieder. Er starrte sie an, das Gesicht vor Anstrengung verkniffen.

»Frieda Klein«, stieß er schließlich hervor. Aus seinem Mund klang es fremd und eigenartig.

Sie deutete auf sich selbst. Alexei runzelte die Stirn wie ein Schüler, der gerade von der Lehrerin aufgerufen worden war.

»Das«, sagte er.

Es war das erste nichtukrainische Wort, das sie von ihm hörte. Wobei sie auf Ukrainisch auch kaum etwas zu hören bekommen hatte.

»Das was?«, hakte sie nach, obwohl ihr die Sinnlosigkeit ihrer Frage sofort bewusst wurde.

»Das«, wiederholte er mühsam. »Das. Bin. Ich.«

Niemand sagte etwas, auch wenn Josef ein gepresstes Keuchen ausstieß. Kaminsky protokollierte auf einen Block.

»Sucht. Anders.« Allem Anschein nach wusste er selbst nicht, was er da sagte: Er hatte die Worte auswendig gelernt. Nun folgte eine lange Pause. Sucht anders? Frieda fragte sich, wie das gemeint war. »Wo«, fügte Alexei noch hinzu. Dann wiederholte er die Abfolge von Lauten noch einmal am Stück: »Das bin ich sucht anderswo.«

Frieda blickte sich nach Josef um.

»Frag ihn, wo die Worte herkommen.«

Josef und sein Sohn flüsterten kurz in ihrer Muttersprache. Frieda hörte ihren eigenen Namen. Dann wandte sich Josef wieder an sie.

»Ein Mann hat ihm die Worte beigebracht und zu ihm gesagt: Sag das Frieda Klein.«

»Gut«, lobte Frieda den Jungen. »Das hast du gut gemacht. Danke.«

Er starrte sie verständnislos an.

»Josef. Sie müssen ihm eine Frage stellen«, mischte sich Petra Burge ein. »Es wird noch mehr Fragen geben, aber diese zuerst. Fragen Sie ihn, warum er mit dem Mann mitgegangen ist.«

Josef legte den Arm um seinen Sohn, und die beiden sprachen erneut im Flüsterton miteinander. Josef machte plötzlich einen verblüfften Eindruck.

»Was ist?«, fragte Petra.

»Er sagt, der Mann hat auf Ukrainisch – in einem sehr schlechten Ukrainisch – versprochen, ihn zu seiner Mutter zu bringen.«

»Mehr brauchte es nicht.« Frieda nickte vor sich hin. »Natürlich.«

»Demnach weiß Dean Reeve also nicht, dass Alexeis Mutter tot ist«, stellte Petra fest.

»Er weiß definitiv, dass sie tot ist.«

»Aber warum ist Alexei dann mitgegangen?«

»Weil er ein kleiner Junge ist, der seine Mutter verloren hat.«

Petra nickte. Offenbar hatte sie begriffen, was Frieda meinte. »Zumindest kennen wir jetzt die Gegend, in der sich Dean Reeve vermutlich aufhält«, bemerkte sie.

»Nein, die kennen wir nicht.«

»Warum sollte er sonst diese Stelle aussuchen?«

»Er hat dort seinen Bruder getötet«, erklärte Frieda. »Er hat ein Memento hinterlassen und einen Ort ausgewählt, der uns ohne jeden Zweifel klarmachen würde, dass es sich um ihn handelt. Und genau darum geht es natürlich.«

»Sie sprechen in Rätseln. Was versuchen Sie mir zu sagen?«

»Können wir irgendwo unter vier Augen reden?«

»Wenn Sie wollen. Don bleibt hier bei Ihnen, Mister Morozov«, wandte sie sich an Josef. Don Kaminsky nickte. »Jemand bringt gleich noch etwas anderes zu essen für Ihren Sohn. Möchten Sie vielleicht etwas zu trinken?«

»Wodka?«

»Ich meinte eigentlich eher Tee oder Kaffee.«

»Oh. Ach so.«

Einen Moment dachte Frieda schon, sogar Petra Burge würde wegen Josefs kummervoller brauner Augen mal eine Ausnahme machen.

»In ein paar Minuten bin ich wieder da«, sagte sie.

Sie führte Frieda den Gang entlang, bis sie einen leeren Verhörraum erreichten. Nachdem sie die Tür hinter ihnen zugezogen hatte, deutete sie auf einen Stuhl.

»Also?«

»Sucht anderswo. Sie haben mich gefragt, was das heißen soll.«

»Ich glaube«, antwortete Petra Burge langsam, »ich weiß schon, was Sie gleich sagen werden.«

»Die Nachricht hat zwei Teile. Der erste besagt, dass es sich bei der Person, die Alexei entführt hat, um Dean handelt.«

»Ja. Und der zweite Teil?«

Frieda fixierte Petra Burge.

»Er will mir damit sagen, dass er weder Chloë entführt noch Reuben überfallen hat.«

Petra nickte zögernd.

»Warum sollte er sich die Mühe machen? Warum ist ihm das wichtig?«

»Keine Ahnung. Vielleicht aus Gründen der Berufsehre? Manchmal kommt es mir so vor, als wollte er, dass ich über bestimmte Dinge Bescheid weiß. Deswegen hatte ich auch gleich das Gefühl, dass die Vorfälle mit Chloë und Reuben nicht ins Bild passten. Als er Stringer und Glasher tötete, folgte das einer gewissen Logik, und seine Pläne zielten jeweils auf mich ab.«

»Wenn Sie über Dean Reeve sprechen …«, begann Burge.

»Was?«

»Dann klingen Sie irgendwie anders. Als würden Sie beide einander verstehen.«

»Versuchen Sie nicht, mich zu analysieren. Irgendwie bin ich in Reeves Leben geraten, und in seinen Kopf. Ich wünsche mir nur, dass er gefasst wird. Sonst nichts.«

»Manche Leute könnten denken, Sie empfinden Respekt für ihn.«

»Diese Leute hätten unrecht.«

»Jedenfalls widmen Sie ihm viel Aufmerksamkeit.«

»Nun ja, er tut ja auch Dinge, die Aufmerksamkeit verdienen.«

»Das stimmt. Aber lassen Sie uns sämtliche Möglichkeiten in Betracht ziehen.«

»In Ordnung«, antwortete sie. »Was für Möglichkeiten gilt es denn zu betrachten?«

Petra Burge überlegte einen Moment.

»Dass Dean lügt«, antwortete sie dann, »und dass er auch für die anderen beiden Verbrechen verantwortlich ist.«

»Nein«, entgegnete Frieda.

»Möglich ist es. Genauso gut könnte es sich auch um zwei nicht zusammenhängende Vorfälle handeln. Ihre Nichte könnte einem Perversen über den Weg gelaufen sein.«

»Sie wurde nicht sexuell missbraucht.«

»Das beweist gar nichts. Es gibt Leute, die auf die Macht abfahren, oder nur aufs Zusehen.«

»Warum sollte er dann ein Foto an einen Journalisten schicken, der über die Reeve-Morde berichtet?«

»Das ist schon ein besseres Argument«, räumte Burge ein. »Aber bei dem Überfall auf Doktor McGill könnte es sich um einen missglückten Einbruch handeln.«

»Es wurde nichts gestohlen.«

»Deswegen habe ich den Ausdruck ›missglückt‹ verwendet. Die dritte Möglichkeit ist, dass es da draußen noch jemand anders gibt.«

»Ja. Aber was führt diese Person im Schilde?«

»Manche Menschen fühlen sich von Morden angezogen wie Fliegen von Scheiße.«

»Sie meinen, jemand kopiert Dean?«

»Möglich ist es, ja: ein Nachahmungstäter. Alle Wege führen zu Ihnen.«

Frieda stand auf und ging hinüber zum Fenster. Sie legte eine Hand an die Scheibe, als wollte sie sich vergewissern, dass zwischen ihr und der Welt tatsächlich eine Scheibe war. Dann wandte sie sich wieder an Petra Burge und sagte in ruhigem, klarem Ton: »Das stimmt nicht. Sie führen zu meinen Freunden.«

»Es dreht sich alles um Sie.«

»Ich bin nicht diejenige, die angegriffen wird.«

»Vorerst noch nicht, nein.«

»Sie müssen sie beschützen. Ab sofort.«

»Ihre Freunde?«

»Ja.«

»*Alle* Ihre Freunde?«

»Sie sehen doch, was passieren kann. Reuben hätte sterben können. Chloë ...« Sie brach ab. Vor ihrem geistigen Auge sah sie ihre Nichte mit gespreizten Beinen auf einer fleckigen Matratze liegen.

»Wie viele Freunde haben Sie?«

»Chloë und Reuben hat es schon erwischt. Da wäre noch Chloës Mutter Olivia. Außerdem meine Freundin Sasha und ihr kleiner Sohne Ethan, aber die beiden verbringen gerade ein paar Monate bei Sashas Vater, ein ganzes Stück von hier entfernt, deswegen schweben sie vermutlich nicht in Gefahr. Dann sind da natürlich noch Josef und sein Sohn. Und Jack.«

»Und Sie.«

»Ich kann auf mich selbst aufpassen.«

»Das spielt keine Rolle. Es ist nicht machbar.«

»Geht es dabei um Geld?«

»Es geht um einen vernünftigen, professionellen Einsatz begrenzter Mittel und, ja, auch um Geld. Es wäre sowieso nicht möglich gewesen, aber jetzt wird unser Etat auch noch um ein Viertel gekürzt, und das ist erst der Anfang. Wir können nicht mal das fortsetzen, was wir im Moment schon tun.«

»Menschen sind in Gefahr.«

»Ich bin nicht diejenige, die Sie überzeugen müssen.«

»Werden Sie es nicht wenigstens versuchen?«

»Hören Sie, wenn Sie recht haben und es uns gelänge, alle diese Leute zu bewachen – was sowieso nicht möglich ist –, dann kann sich der Täter einfach jemand anders schnappen, den Kreis Ihrer Freunde ausweiten. Beschützen wir diese sechs, gerät eine andere Gruppe in Gefahr. Es ist einfach nicht machbar, egal, aus welchem Blickwinkel man es betrachtet.«

»Das war's dann also.«

»Ganz und gar nicht. Es wird wegen Chloës Entführung ermittelt, ebenso wegen des Überfalls auf Doktor McGill, und auch wegen der Entführung von Alexei Morozov. Auf diese Weise beschützen wir auch Ihre Freunde. Wir können den Täter schnappen.«

»Verstehe.«

Petra Burge musterte Frieda misstrauisch. »Was werden Sie in der Zwischenzeit tun?«

»Das weiß ich noch nicht so genau. Aber irgendwas bestimmt. Es sind meine Freunde.«

Als Frieda auf dem Heimweg war, klingelte ihr Telefon. Sie warf einen Blick darauf. Der Anruf kam von Paz, der Sekretärin des Warehouse. Sie ging ran.

»Ich habe zwei neue Patienten für dich«, erklärte Paz.

»Was?«

»Du hast doch gesagt, du nimmst wieder Patienten an. Je mehr, desto besser, hast du gesagt.«

Frieda schwieg einen Moment verblüfft. Es schien der denkbar schlechteste Zeitpunkt dafür zu sein, völlig unmöglich. Aber plötzlich dachte sie: Wenn nicht jetzt, wann dann? Wenn sie darauf wartete, dass wieder Normalität in ihr Leben einkehrte, würde sie nie mehr als Therapeutin arbeiten.

»Stimmt«, sagte sie. »Gib ihnen meine Nummer.«

»Gern geschehen«, knurrte Paz.

»Entschuldige. Vielen Dank«, sagte Frieda, alles andere als dankbar.

Der Weg ist frei, dank Dean Reeve. Dean Reeve, der im Winter wie ein Geist auftauchte und ihr eine Leiche unter die Bodendielen legte, sodass nun die ganze Welt auf sie blickt.

Wenn die ganze Welt das tut, kann er das auch. Niemand wird ihn wahrnehmen. Er kann so unsichtbar sein wie Rauch unter einer Tür. Wie Dean Reeve selbst. Der Name verschafft ihm einen Freudenschauder, einen kleinen Stromstoß der Lust: Sie werden miteinander verbunden sein. Dean Reeve und er.

Die Polizei wird Dean Reeve nicht finden. Niemand findet Dean Reeve. Aber er selbst kann jetzt auf Dean Reeves Spuren wandeln. Er kann in seinem Namen handeln. Niemand wird wissen, dass es zwei von ihnen gibt.

Außer natürlich Dean Reeve. Was mit dem Jungen passiert ist, zeigt, dass er es weiß. Es ist wie ein Duett. Er antwortet mir, und ich werde ihm antworten.

24

Das ist wie in der guten alten Zeit«, stellte Reuben fest.

Seine Rippen waren gebrochen, sein schmales Gesicht sah blutunterlaufen aus, an der Rückseite seines kahlen Schädels prangte eine violette Platzwunde, und beim Gehen hatte er Schmerzen und hinkte stark. Trotzdem war er in ein von Josef gebügeltes frisches Hemd geschlüpft, und darüber trug er seine bunte Lieblingsweste. Er hatte drei Flaschen Rotwein aufgemacht und auf die Kommode gestellt. Josef hatte bereits eine Reihe Schnapsgläser mit Wodka gefüllt. Er war den ganzen Nachmittag damit beschäftigt gewesen, ein üppiges ukrainisches Festessen vorzubereiten. Alexei lag im Bett und schlief unruhig. Immer wieder schreckte er hoch und rief nach seiner Mutter. *Matir, Ma.* Dann stürmte Josef die Treppe hinauf, hielt seine Hand und flüsterte ihm die Koseworte zu, die er benutzt hatte, als Alexei noch ein Baby war. Wenn der Junge dann wieder einschlief, kehrte er zurück in die Küche, die erfüllt war von Dampf und dem Duft von Kartoffelküchlein, Gerstensuppe mit Klößen und würzigem Lammbraten.

»Wir müssen Kerzen anzünden«, sagte Josef. »Viele Kerzen.«

»Draußen ist es doch noch hell.«

»Trotzdem. Wir brauchen Kerzen, damit es besonders schön aussieht.«

Also zündete Reuben entlang der Tafel, die er für zehn gedeckt hatte, Kerzen an. Er fühlte sich schwach, sein ganzer Körper schmerzte. Hin und wieder gestattete er sich, an das strumpfbedeckte Gesicht vor der Tür zu denken, und an den

Fuß, der auf seinen am Boden liegenden Körper eintrat. Aber was er jetzt vor sich hatte, fühlte sich gut an: Geborgenheit im Kreis von Freunden, würziges Essen, das auf dem Herd vor sich hin köchelte, das Geräusch von Josefs Messer, mit dem er gerade Gemüse schnitt, der Wein, der in den bereits geöffneten Flaschen atmete, und nun auch noch Kerzen auf dem Tisch. Dadurch wurde das Chaos für eine Weile im Zaum gehalten.

Chloë traf in ihrer Arbeitskleidung ein, mit Sägemehl im Haar. Jack brachte Blauschimmelkäse. Wie immer stand ihm das rotblonde Haar in alle Richtungen ab. Olivia überreichte eine Flasche Wein, bereits leicht beschwipst, mit verräterisch rosigen Wangen, langen, klimpernden Ohrringen und knallig geschminkten Lippen. Zur Begrüßung umarmte sie alle überschwänglich. Reuben war bereits klar, dass sie im Lauf des Abends Tränen vergießen würde.

»Wo ist Frieda?«, fragte sie.

»Bestimmt kommt sie gleich«, meinte Reuben.

Er hatte recht, denn bald darauf betrat sie den Raum, allerdings so leise, dass die anderen kaum mitbekamen, dass sie bereits unter ihnen weilte. Zusammen mit Josef ging sie kurz hinauf zu Alexei. Anschließend versammelten sich alle in der Küche, wo Josef die Schnapsgläser mit dem Wodka verteilte, damit sie anstoßen konnten, bevor sie Platz nahmen. Alexei kam nach unten und setzte sich zwischen Josef und Reuben. Er hatte vor Aufregung gerötete Wangen, und sein Blick schweifte hierhin und dorthin. Die Töpfe mit dem Essen standen entlang der Tafel aufgereiht, und Chefkoch Josef wachte in seiner Schürze über sie, mit feierlicher Miene, nervös und stolz.

»Wie schön«, sagte Olivia. »So viele Kohlenhydrate! Aber wunderbar tröstlich, nach allem, was passiert ist.« Mit einem gefühlvollen Seufzer schöpfte sie eine Portion Brühe mit Klößen aus dem Topf. »Mit Reuben und Chloë und Alexei.« Als sie sich daraufhin zu dem Jungen hinüberbeugte, baumelten ihre Ohrringe, und etliche Haarsträhnen lösten sich aus ihrem Knoten. »So ein kleiner Schatz!«

Alexei starrte sie mit einem Ausdruck angstvoller Überraschung an.

»Ich wollte, dass wir alle zusammenkommen«, meldete sich Frieda zu Wort, »weil ich etwas loswerden muss.«

»Einen Trinkspruch!«, rief Olivia. Sie hob ihr Glas und verkündete mit bebender Stimme: »Auf die Freundschaft!«

»Nein, keinen Trinkspruch«, entgegnete Frieda. »Ich muss mit euch über die schrecklichen Dingen reden, die passiert sind – und die vielleicht noch kein Ende haben.«

Sie warf einen Blick in die Runde. Alle Augen waren inzwischen auf sie gerichtet.

»Ich glaube, jemand hat es auf euch abgesehen, weil ihr meine Freunde seid.«

»Dean Reeve«, sagte Jack. »Das wissen wir.«

»Dean Reeve hat sich Alexei geschnappt. Aber für die Entführung von Chloë und den Überfall auf Reuben war er nicht verantwortlich. Das war jemand anders.«

»Jemand anders?«, wiederholte Jack. »Warum denn das?«

»Das spielt keine Rolle«, antwortete Frieda. »Zumindest im Moment nicht. Entscheidend ist, dass ihr möglicherweise in Gefahr seid. Jeder von euch.«

»Und du auch«, merkte Reuben an.

»Ja, vielleicht. Tatsache ist aber, dass irgendjemand da draußen sein Unwesen treibt und euch womöglich schon im Visier hat, nur weil ihr mich kennt.«

»Es könnte auch eine Sie sein«, gab Chloë zu bedenken. »Wenn es nicht Dean ist.«

»Ja, das ist durchaus denkbar. Wer auch immer es sein mag, jedenfalls hat die betreffende Person dich entführt und ein ganzes Wochenende festgehalten und dann auch noch Reuben überfallen.«

Jack fuhr sich mit den Händen durchs Haar.

»Das klingt alles gar nicht gut.«

»Ich habe bei der Polizei angefragt, ob es möglich wäre, euch zu beschützen«, fuhr Frieda fort. »Ich fürchte, das wird nicht passieren.«

»Bedeutet das, dass sie uns nicht für gefährdet halten?«, fragte Olivia.

»Es bedeutet, dass sie nicht über die nötigen Mittel verfügen.«

»Ich beschütze meine Familie selbst!«, verkündete Josef und verlieh seinen Worten Nachdruck, indem er mit beiden Fäusten so fest auf den Tisch schlug, dass das Besteck hochsprang. »Und meine Freunde auch.«

»Ich bin eine Frau«, sagte Olivia. »Ich lebe ganz allein.«

»Darauf wollte ich gerade zu sprechen kommen. Josef hat einen Freund namens Dritan. Er hat mir neue Schlösser eingebaut, nachdem ich entdeckt hatte, dass Dean bei mir im Haus gewesen war.«

»Und was ist dabei herausgekommen?«, entgegnete Jack, doch Frieda ignorierte seinen Einwand.

»Er wird morgen bei Olivia vorbeischauen und anschließend hier.«

»Was ist mit Chloë?«, fragte Jack. »Und mit mir?«

»Ich möchte, dass Chloë wieder bei Olivia einzieht.«

»Ich bin doch gerade erst ausgezogen.«

»Außerdem hatte ich gehofft, dass du, Jack, auch eine Weile dort wohnen könntest.«

»Du bist wenigstens ein Mann.« Olivia packte eine frische Flasche Rotwein am Hals und schenkte sich nach.

»Entschuldigt mal«, meldete sich Chloë zu Wort. »Ich kann mich recht gut selbst verteidigen, müsst ihr wissen. Wahrscheinlich besser als Jack.«

»Wahrscheinlich«, bestätigte Jack. Die beiden wechselten

einen Blick. Einen Moment lang blitzte etwas von ihrer alten Zuneigung wieder auf.

»Gut«, meinte Frieda. »Wir werden gegenseitig aufeinander aufpassen.«

Josef lehnte sich zu ihr hinüber.

»Wo bleibst du, Frieda?«

»Komm zu uns«, drängte Chloë.

»Ganz bestimmt nicht.«

»Ich schicke dir meinen Freund«, schlug Josef vor.

»Nein. Du verstehst bestimmt, warum bei mir keiner wohnen kann. Ich will nicht noch jemanden in Gefahr bringen.«

»Was ist mit Karlsson?«

»Karlsson. Was soll mit ihm sein?«

»Er ist dein Freund.«

Petra Burge hatte das auch vorgeschlagen.

»Das ist etwas anderes.«

»Warum?«

»Es ist einfach so.«

Karlsson und Frieda genossen in seinem kleinen Garten die milde Wärme des Spätnachmittags. Obwohl die Dämmerung schon einsetzte und der Himmel allmählich verblasste, sangen irgendwo im Gebüsch noch unsichtbare Vögel. Es war eine Zeit für Füchse und Fledermäuse, für Geheimnisse und Geständnisse. Am Horizont war bereits ganz schwach die Kontur des Mondes auszumachen. Zwischen ihnen stand eine Flasche Whisky auf dem Tisch, flankiert von einem kleinen Krug mit Wasser und zwei Gläsern. Frieda schenkte ihnen Whisky ein. Ihrem eigenen Glas fügte sie einen Schuss Wasser hinzu. Karlsson tat es ihr gleich.

»Das Ende eines schönen Sonntags«, bemerkte er.

»Als ich klein war, habe ich die Sonntage gehasst«, entgegnete Frieda.

»Wie kann jemand den Sonntag hassen?«

»Es war ein Tag der Stille und der Langeweile. Es gab nichts zu tun, außer zur Kirche zu gehen und Verwandte zu besuchen, die man nicht sehen wollte.«

»Das musst du inzwischen ja nicht mehr.«

»Trotzdem ist es ein Tag, an dem sich die Leute vor sich selbst verstecken. An dem sie zu vergessen suchen, was sie am Samstag gemacht haben, und sich einreden, dass die nächste Woche nicht mehr so ablaufen wird wie die letzte.«

»Wird deine nächste Woche denn so sein wie die letzte?«

»Nein«, antwortete Frieda. »Ich werde mich wieder mehr um meine Patienten kümmern. Morgen kommen zwei neue.«

»Das klingt doch nach einem positiven Signal.«

»Ich habe das Gefühl, dass es im Moment überhaupt keine positiven Signale gibt.«

»Es tut mir leid, dass ich davon angefangen habe«, sagte Karlsson mit bedauerndem Gesichtsausdruck, den Blick auf sein Glas gerichtet. »Aber ich selber habe den Sonntag immer recht gerne gemocht: Man kann lang frühstücken, die Zeitung lesen, gemütlich durch die Gegend wandern.«

»Apropos wandern, hast du etwas von Yvette gehört?«, fragte Frieda.

»Sie ist nicht wirklich der Facebook-Typ, genauso wenig wie ich.«

Frieda griff in ihre Handtasche und zückte die Geldbörse, in der Yvettes kleiner Zettel steckte. Sie zeigte ihn Karlsson.

»Was ist das?«

»Yvette hat gesagt, ich soll sie anrufen, wenn ich Beistand brauche. Sie hat versprochen, mir zu Hilfe zu eilen, von wo auch immer sie sich gerade aufhält.«

»Das würde sie bestimmt machen«, antwortete er.

»Vielleicht könnte ich ihren Schutz ja tatsächlich gebrauchen. Womöglich bräuchten wir alle Schutz.«

»Hiermit hast du mich gewarnt«, bemerkte er mit einem kleinen Grinsen.

»Ja.«

»Ich werde aufpassen.«

»Du hast zwei Kinder.«

Sie spürte, dass Karlsson sich leicht versteifte.

»Da hast du recht«, bestätigte er leise. »Auf die beiden werde ich auch aufpassen. Und du selbst solltest ebenfalls wachsam sein.« Er lächelte freudlos. »Hüte dich vor Fremden«, fügte er hinzu.

Frieda presste einen Moment ihr Glas an die Stirn.

»Ich habe alle in Gefahr gebracht«, sagte sie schließlich. »Alle, die mir vertrauen.«

Sie wandte sich ihm zu. Im Zwielicht sah er ihre Augen glitzern.

»So darfst du nicht denken.«

»Die Menschen, denen ich am Herzen liege – und die mir am Herzen liegen.«

Er gab ihr keine Antwort.

25

Am folgenden Nachmittag saß sie in ihrer Praxis in dem Sessel, der sich fast wie ein Teil ihres Körpers anfühlte, und betrachtete Morgan Rossiter. Er erwiderte ihren Blick. Manchen Patienten fiel es schwer, ihr in die Augen zu sehen, vor allem in der ersten Sitzung, aber bei diesem war das nicht der Fall. Er trug ein Karohemd, eine ausgewaschene Bluejeans und abgewetzte Stiefel. Obwohl er aussah wie ein Bauarbeiter, klang er nicht danach. Er war Universitätsdozent, und man hatte ihn erst in der Vorwoche an sie überwiesen.

»Doktor Singh zufolge wollten Sie ausschließlich zu mir«, begann Frieda. »Darf ich fragen, warum?«

»Ich bekomme schon seit Jahren zu hören, dass ich eine Therapie machen soll. Hauptsächlich von meinen Freundinnen. Aber ich habe ihnen immer gesagt, dass ich auf keinen Fall zu einem Therapeuten gehen könnte, den ich nicht respektiere.«

»Ist das eine Antwort auf meine Frage?«

»Ich würde niemals ein Hotel buchen, ohne mich vorher darüber zu informieren. Warum sollte ich das bei einer Therapie anders machen?«

»Dann verraten Sie mir doch mal, wieso Ihre Freundinnen der Meinung waren, dass Sie eine Therapie brauchen?«

»Ich hatte Probleme in der Arbeit, und eine Beziehung ging in die Brüche. Als ich daraufhin meine Hausärztin aufsuchte, stellte ich fest, dass sie praktisch noch ein Kind war und nur acht Minuten für mich Zeit hatte.«

Es folgte eine lange Pause.

»Ein wichtiger Bestandteil der Therapie«, brach Frieda

schließlich das Schweigen, »ist die Frage, warum man sie macht. Können wir damit anfangen?«

Rossiter antwortete schnell, als hätte er sich darauf vorbereitet.

»Als die besagte Beziehung in die Brüche ging – beendet wurde sie übrigens von mir –, begann ich mich zu fragen, ob ich vielleicht ein Problem damit habe, mich zu binden. Im Grunde folgt bei mir eine Partnerschaft auf die nächste. Solange die Beziehungen währen, bin ich treu, zumindest meistens. Aber irgendwann erreichen sie einen bestimmten Punkt, und dann mache ich Schluss.«

»Sie haben gesagt, Sie hätten außerdem Probleme in der Arbeit gehabt.«

»Nur das Übliche.«

»Sie werden mir schon erklären müssen, was Sie damit meinen.«

Er blickte auf den Teppich hinunter.

»Ich bin zweiundvierzig, veröffentliche nicht genug und mache auch sonst nicht das, was ich mir mit zweiunddreißig vorgestellt habe. Das Übliche. Bla, bla, bla.«

»Und in der Situation sind Sie zu Ihrer Hausärztin gegangen und haben dort verkündet, Sie möchten eine Therapie machen, und zwar speziell bei mir.«

»Bestimmt wollen viele Leute Sie als Therapeutin«, antwortete Rossiter. »Ich dachte, Sie hätten eine Warteliste.«

»Das ist keine Antwort.«

Er zog die Augenbrauen hoch und erwiderte auch dieses Mal ihren Blick.

»Ich dachte einfach, das könnte interessant werden«, erklärte er schließlich. »Die berühmt-berüchtigte Frieda Klein.«

Der andere neue Patient war in seinen Zwanzigern und hieß Alex Zavou. Sechs Monate zuvor war er eines Abends in einem

Pub gewesen, nicht weit von der Caledonian Road entfernt, als es dort zu einer Schlägerei kam. Er hatte versucht einzuschreiten und dem Ganzen ein Ende zu bereiten, doch plötzlich hatte jemand ein Messer gezogen, und ein Junge im Teenageralter war ums Leben gekommen. Während der Mann davon erzählte, zitterten seine Hände, und die Farbe wich aus seinem Gesicht, als befände er sich immer noch am Schauplatz des Verbrechens.

»Ich weiß gar nicht so recht, warum ich eigentlich hier bin«, schloss er. »Ich sehe keinen Sinn darin, darüber zu reden. Ich hatte schon kurz eine andere Therapie, ein paar Termine … Sie wissen schon.«

»Kognitive Verhaltenstherapie«, kam Frieda ihm zu Hilfe.

»Der Mann hat versucht, mir Strategien zu vermitteln, Vorgehensweisen und Übungen, die mir helfen sollten, nicht mehr ständig diese Bilder im Kopf zu haben.« Während er das sagte, schlug Zavou die Hände vors Gesicht. »Es hat überhaupt nichts bewirkt. Obwohl ich zusätzlich noch Medikamente bekam. Trotzdem zermartere ich mir nach wie vor das Gehirn, ob es nicht besser gewesen wäre, gar nichts zu tun oder irgendetwas anderes. Ich habe das Messer nicht gesehen. Ich weiß nur noch, dass plötzlich dieser Junge gegen mich stolpert und mich mit einem richtig überraschten Blick ansieht, wie in einem Zeichentrickfilm, mit weit aufgerissenen Augen. Dann hat er sich einfach hingesetzt, und mir ist aufgefallen, dass der Boden von irgendwas nass war.« Er sah Frieda fast flehend an. »Ich weiß, Sie werden jetzt gleich sagen, dass ich es nicht hätte verhindern können. Das Messer hat in seiner Brust eine Arterie durchtrennt. Nichts hätte ihn retten können. Alle sagen mir das immer wieder. Ich wünsche mir bloß eine Droge, die dafür sorgt, dass ich nicht mehr ständig daran denken muss. Oder eine Operation, bei der man ein Stück aus meinem Gehirn herausschneidet, sodass die Erinnerung einfach weg ist. Was ich auf keinen Fall brauche, ist, wieder und wieder darüber zu sprechen.«

Es folgte eine lange Pause. Frieda wartete bewusst eine ganze Weile, bis sie das Schweigen brach.

»Wie Sie ja selbst wissen«, sagte sie schließlich, »gibt es keine solche Droge und auch keine solche Operation. Es gibt überhaupt keine schnelle Hilfe, weil das Leben nun mal so ist und wir einfach Menschen sind.«

»Das ist mir aber kein großer Trost.«

»Es ist nicht meine Aufgabe, Ihnen Trost zu spenden oder Ihnen meine Freundschaft anzubieten. Haben Sie enge Freunde?«

»Ein paar.«

»Sprechen Sie mit denen darüber?«

»Hin und wieder.«

»Das ist gut. Trotzdem muss Ihnen eines klar sein, das kann ich Ihnen gleich sagen: Das Ganze wird nicht vergehen. Es wird nie aufhören, ein Teil Ihres Lebens zu sein, ein Teil Ihrer Persönlichkeit. Wobei das nichts Schlechtes sein muss.«

»Sie haben leicht reden«, entgegnete Zavou. »Sie können sich doch gar nicht vorstellen, was für ein Gefühl es ist, mitansehen zu müssen, was ich mitansehen musste.«

Einen Moment lang ging Frieda durch den Kopf, was sie ihm darauf hätte antworten können, doch sie verkniff es sich. Das wäre ihm auch keine Hilfe.

26

»Das Problem ist«, sagte Olivia, während sie die Tür des Kühlschranks aufriss und hineinspähte, »dass sie nie da ist. Was für eine Art von Schutz soll das sein? Außerdem kann ich dir nichts zu essen anbieten. Wie ist das möglich? Wohin ist meine verdammte Quiche verschwunden?«

»Ich mache mir etwas, wenn ich daheim bin«, entgegnete Frieda.

»Es war mindestens noch die Hälfte übrig. Sie hat alles verputzt.«

»Das macht nichts.«

»O doch. Na ja, wenigstens gibt es noch genug Wein.« Olivia schwenkte eine Flasche und knallte sie dann vor Frieda auf den Tisch, zwischen die sich dort stapelnden Zeitschriften, das ungespülte Geschirr und die ungeöffneten Rechnungen. »Passt weiß?«

»Für mich nur ein halbes Glas.«

»Dann bleibt mir umso mehr.«

»Ich wollte dich fragen …«

»Und *wenn* sie da ist, hockt sie oben in ihrem Zimmer. Mit Kopfhörern. Also würde sie es sowieso nicht mitbekommen, wenn etwas passiert.« Olivia erhob die Stimme. »Wenn beispielsweise jemand im Begriff wäre, mich umzubringen, würde sie mich nicht schreien hören, sondern fröhlich weiter zu dem Krach summen, der gerade ihre Trommelfelle zerstört.«

»Im Moment kann ich dich sehr gut hören!«, meldete sich Chloës Stimme von oben zu Wort.

»Siehst du? Sie hat sich überhaupt nicht verändert, seit sie ein kleines Mädchen war. Unser Schweinchen mit den großen Ohren, so hat sie dein Bruder immer genannt.« Olivia schenkte zwei große Gläser voll und reichte eines davon Frieda. »Bevor er sich aus unserem Leben verpisst und mir das ganze Schlamassel überlassen hat.«

Frieda war nicht klar, ob Olivia schon etwas intus hatte oder sich einfach noch überdrehter benahm als sonst. Sie trug einen violetten Trainingsanzug und dazu hohe Schuhe, eine wuchtige Goldkette, die sie sich mehrmals um den Hals geschlungen hatte, und riesige Kreolen. Alles an ihr wirkte leicht schief. Ihr Nagellack war angeschlagen, ihre Frisur im Begriff, sich aufzulösen.

»Darf ich …?«, begann Frieda.

»Willst du denn gar nicht wissen, wie es mir geht?«

»Wie geht es dir?«

»Nicht gut. Alles andere als gut. Das fängt schon damit an, dass mich diese ganzen neuen Schlösser und Sicherheitsverriegelungen und Nummerncodes nerven. Ich habe jedes Mal Probleme, in mein eigenes Haus zu gelangen. Es kommt mir vor wie ein Gefängnis.«

»Das ist zu deiner eigenen Sicherheit.«

»Stimmt. Weil sich da draußen irgendein mordlustiger Irrer herumtreibt. Deswegen liege ich auch jede Nacht wach und bilde mir ein, auf der anderen Seite meiner Schlafzimmertür Schritte zu hören. Ich schlafe schon in meinen guten Phasen nicht besonders, aber im Moment bekomme ich überhaupt keinen Schlaf. Kein bisschen. Und dann habe ich auch noch Chloë wieder bei mir.« Sie verdrehte die Augen und senkte die Stimme zu einem theatralischen Flüstern. »Versteh mich nicht falsch. Ich liebe Chloë. Aber sie ist mir gegenüber so verdammt kritisch. Ihrer Meinung nach trinke ich zu viel und bin zu schlampig. Ständig schwärmt sie von dir – der heiligen Frieda. Wir schreien uns an. Es ist, als hätte ich wieder einen streitsüchtigen Teenager im Haus.«

»Wie läuft es denn mit Jack?«

»Der ist auch keine große Hilfe. Er muss früh los und kommt spät zurück. Ich kriege ihn kaum zu Gesicht.«

»Trotzdem ...«

»Und ich bin im Wechsel, Frieda. Im *Wechsel*. Das bedeutet, dass ich Schweißausbrüche habe, die ganze Zeit heule und mich völlig am Ende fühle, Frieda. Völlig am Ende«, wiederholte sie mit düsterem Vergnügen. »Ich werde nie wieder einen Mann finden, oder? Kieran war nett, aber am Ende hat er mich auch verlassen.«

»Ich dachte, du hättest ihn verlassen.«

»Am Ende verlassen sie mich alle. Das ist aus mir geworden: die arbeitslose, alternde, geschiedene, einsame Olivia Klein.« Ihre Augen füllten sich mit Tränen. »Ich war so ein hübsches Mädchen«, fügte sie fast verträumt hinzu. »Ich dachte, alles würde ganz wundervoll werden. Das Leben.«

Sie schenkte sich großzügig nach.

»Das tut mir sehr leid«, bemerkte Frieda.

Olivia seufzte nur müde.

»Du sagst, du bist einsam.«

»Du hast mit Chloë gesprochen, stimmt's?«

»Nein.«

»Sie hat dir von meinen Verabredungen erzählt.«

»Nein, hat sie nicht.«

»Ich verabrede mich nur, weil ich mich fürchte.«

»Wie meinst du das?«

»Ich möchte nicht ganz allein hier im Haus sein. Deswegen sorge ich hin und wieder dafür, dass ich Gesellschaft habe. Dann fühle ich mich sicherer.«

»Willst du damit sagen, dass du dich sicherer fühlst, wenn du Männer, die du kaum kennst, mit hierher nimmst?«

»Sei nicht so streng mit mir! Allmählich wird mir klar, woher Chloë das hat, auch wenn sie nicht so gut reden kann wie du. Aber es ist mein Leben. Ich kann tun, was ich will, schließlich schade ich damit niemandem.«

»Ich bin nicht streng mit dir, Olivia. Ich möchte nur, dass du aufpasst.«

»Das alles kommt mir vor wie ein Albtraum.« Olivia griff nach Friedas Arm.

»Es tut mir leid. Kannst du mir ihre Namen nennen?«

»Namen?«

»Von den Männern, mit denen du dich getroffen hast.«

»Das ist jetzt nicht dein Ernst!«

»Nur als Vorsichtsmaßnahme.« Frieda ging durch den Kopf, dass sie schon wie eine Polizistin klang.

»Mein Gott. Lieber Himmel. Also gut. Da wäre mal Bobby.«

»Bobby wer?«

»Keine Ahnung. Er hat es mir gesagt. Bestimmt fällt es mir wieder ein.«

»Wie hast du ihn kennengelernt?«

»In einer Kneipe.« Olivia bekam rote Wangen, starrte Frieda aber trotzig an.

»Was macht er beruflich?«

»Irgendwas beim Finanzamt.« Olivia schnaubte. Dann reckte sie plötzlich eine Hand in die Höhe. »Astley, so heißt er mit Nachnamen. Robert Astley.«

»Wie oft hast du dich mit ihm getroffen?«

Olivia machte eine vage Geste.

»Ein paarmal. Am Donnerstag sehe ich ihn übrigens wieder.«

»Gab es in den letzten Wochen noch andere?«

»Was soll das werden? Ein Verhör? Da war ein Typ namens Dick. Von dem fällt mir der Nachname auch nicht ein. Ich habe mich nur ein einziges Mal mit ihm getroffen. Ein ziemlicher Widerling, um ehrlich zu sein. Und Dominic. Den habe ich auf einer Singlewebsite kennengelernt, aber wie sich herausstellte, war er gar nicht single. Dominic Gordon, wenn du es genau wissen willst. Dann Oliver. Ollie. Wir haben uns nur zweimal getroffen. Er ist recht süß. Jünger als ich, auch wenn er das nicht weiß. Oder wahrscheinlich doch. Wem mache ich eigentlich etwas vor?«

»Wie habt ihr euch kennengelernt?«

»Er stand eines Tages vor der Tür und wollte wissen, ob ich Interesse hätte, den Wert des Hauses schätzen zu lassen. Da habe ich ihn auf einen Kaffee eingeladen.«

»Dann ist er also Immobilienmakler?«

»Ja, schätzungsweise.«

»Gut.«

»Du verdächtigst doch nicht wirklich einen von ihnen?«

»Ich möchte, dass du vorsichtig bist, Olivia. Vertraue nicht gleich jedem.«

»Ich habe Angst.« Sie stieß einen dramatisch lauten Seufzer aus. »Ich möchte einfach nur, dass das alles aufhört. Und zu essen habe ich auch nichts!«

»Soll ich uns was machen?«

»Würdest du das tun? Ich habe keinen Nerv dafür.«

»Nimm du doch währenddessen ein Bad, und ich mixe uns irgendetwas Einfaches zusammen.«

Sie bereitete einen ganz schlichten griechischen Salat zu und fand in dem kleinen Gefrierschrank noch ein paar Brötchen, die sie in den Herd schob. Dann nahm sie die Küche in Angriff: Sie spülte das benutzte Essgeschirr, scheuerte Töpfe und Pfannen und wischte sämtliche Oberflächen sauber. Anschließend sammelte sie die im Raum verteilten Zeitungen und Zeitschriften zusammen und stapelte sie. Während sie noch damit beschäftigt war, erschien Chloë.

»Du solltest nicht ihr Chaos aufräumen. Das kann ich später erledigen.«

»Es macht mir nichts aus.«

»Wie wirkt sie auf dich?«

»Machst du dir ihretwegen Sorgen?«

»Sie ist ja immer ein bisschen daneben«, antwortete Chloë, »aber kommt es dir nicht schlimmer vor als sonst?«

»Vielleicht.«

»Als ich klein war, hat mir das oft Angst gemacht. Ich wusste nie, was mich erwartet. Mal war sie total liebevoll und veranstaltete ein Riesentheater um mich, mal lag sie im Bett und heulte, weil ihr wieder irgendein Typ das Herz gebrochen hatte. Oder sie war betrunken. Oder gerade am Entschlacken, stocknüchtern und grimmiger Laune.«

»Ich weiß.«

»Deswegen war es für mich so wichtig, dich in der Nähe zu wissen.«

»Ich bin immer noch in der Nähe«, erklärte Frieda.

»Aber inzwischen sollte ich eigentlich erwachsen sein.«

»Bist du doch. Das heißt aber nicht, dass du niemanden mehr brauchst.«

Chloë rieb über eine kleine Unebenheit des Holztisches.

»Es ist nicht einfach, zurück nach Hause zu ziehen.«

»Ich hoffe, es wird nicht für lange sein.«

»Das ist alles so schrecklich, nicht wahr? Was passiert ist.«

»Ja. Vor allem für dich.«

»Für mich und Alexei und Reuben.« Ihre Augen füllten sich mit Tränen. »Er sieht so krank aus, Frieda.«

»Zum Teil liegt das natürlich an der Behandlung.«

»Wünschst du dir nicht auch manchmal, es bliebe immer alles beim Alten?«

»Wünschst du dir das denn?«

»Mir war nicht klar, dass es so schwer werden würde.«

»Erwachsen zu sein?«

»Ja, wahrscheinlich. Manchmal wäre es mir am liebsten, ich

könnte immer noch für mein Abitur lernen, du könntest mir bei der verfluchten Chemie helfen, und ich wäre noch mit Jack zusammen.«

»Du hast die Schule doch immer gehasst, von Chemie ganz zu schweigen. Und es gab gute Gründe, warum du und Jack nicht zusammengeblieben seid.«

»Ich weiß.«

»Außerdem macht dir das, was du inzwischen tust, doch Freude, oder nicht?«

»Und wie. Ich weiß gar nicht, warum ich derart Trübsal blase. Seit dem Wochenende fühlt sich alles ein bisschen seltsam an.«

»Dem Wochenende, an das du dich nicht erinnerst?«

»Ja.«

Verbissen rieb sie weiter am Holz des Tisches herum. Frieda konnte ihren Gesichtsausdruck nicht sehen.

»Hast du noch einmal in Betracht gezogen, mit jemandem darüber zu reden?«

»Was gibt es da zu bereden? Ich erinnere mich doch an nichts. Wie kann man mit jemandem darüber reden, dass man sich nicht erinnert?«

»Das, was wir nicht wissen – all die Lücken, all das Unausgesprochene –, kann mächtiger sein als das, was wir zu wissen glauben.«

»Ich werde darüber nachdenken.«

»Tu das. Ich glaube, es könnte hilfreich sein. Aber jetzt möchte ich dich noch etwas anderes fragen.«

»Schieß los.«

»Wenn ich recht habe und jemand meine Familie und Freunde ins Visier genommen hat, dann ist es wahrscheinlich jemand, der einen von uns kennt, und sei es nur ganz flüchtig.«

Chloë hob den Kopf und starrte Frieda an.

»Das ist ja fürchterlich!«

»Vielleicht ist es gar nicht relevant, aber erzähl mir doch mal, wen du in letzter Zeit neu kennengelernt hast.«

»Da wäre natürlich Klaus zu nennen.« Sie lächelte schwach. »Der Typ, den du getroffen und befragt hast.«

»Er kann dich nicht entführt haben. Er war zur betreffenden Zeit mit seinem Freund aus Deutschland zusammen.«

»Das ist gut.« Chloë nickte mehrmals. Auf Frieda wirkte sie in dem Moment sehr jung und ernst.

»Triffst du dich noch mit ihm?«

»Ich glaube, du hast ihn in die Flucht geschlagen.«

»Das tut mir leid.«

»Ist nicht so tragisch. Er war ziemlich leicht in die Flucht zu schlagen, und im Grunde habe ich momentan sowieso keine Lust auf etwas Neues. Nicht nach allem, was passiert ist.«

»Das kann ich gut verstehen. Hast du in letzter Zeit sonst noch jemanden kennengelernt? Jemanden, von dem du nicht viel weißt?«

Chloë verschränkte die Arme vor der Brust und schauderte, obwohl es ein milder Abend war.

»Das fühlt sich an, als würde ich jemandem etwas unterstellen.«

»Wem?«

»Es gibt einen neuen Typen in der Arbeit. Einen Schotten. Er heißt William. William McCollough.«

»Wie ist er?«

»Älter als der Rest von uns. Gut in dem, was er macht, aber recht verschlossen.«

»Verstehe.«

»Du glaubst wirklich, dass es jemand ist, den einer von uns kennt?«

»Denkbar wäre es.«

»Wo soll das alles nur hinführen?«

Chloës Frage ging Frieda nicht aus dem Kopf, während sie schnellen Schrittes durch die schmalen Nebenstraßen nach Hause eilte. Sie dachte an Chloës verschlossenen neuen Kollegen und auch an ihre eigenen neuen Patienten, den mit der posttraumatischen Störung und den anderen mit der Bindungsunfähigkeit. Vor ihrem geistigen Auge sah sie einen Stiefel nach Reuben treten, während er im Schlafanzug auf dem Boden lag. Sie sah auch wieder Chloë vor sich – am Fuß des Baums, wo Frieda sie gefunden hatte, und irgendwo auf einer Matratze, festgehalten auf dem Foto, das ihr der Journalist gegeben hatte.

So viele Menschen. Und das war erst der Anfang. Sobald man den Leuten zu misstrauen beginnt, breitet sich dieses Misstrauen immer weiter aus, dachte Frieda. Wo soll das alles nur hinführen? Chloës Frage hallte in ihr nach. Sie hatte die Idee gehabt, die neuen Bekanntschaften all ihrer Freunde zu überprüfen, begriff nun jedoch, dass das unmöglich war, regelrecht absurd.

Sie biss sich auf die Lippe, zögerte einen Moment. Eigentlich wollte sie Karlsson nicht fragen, wusste aber nicht, an wen sie sich sonst wenden sollte. Schließlich machte sie kehrt und marschierte zurück in Richtung Highbury.

»Was genau willst du von mir wissen?«, fragte Karlsson, nachdem Frieda geendet hatte.

»Da bin ich mir selbst nicht so ganz sicher.«

»Vielleicht weil du es nicht laut aussprechen möchtest. Also werde ich es für dich tun: Du willst deine eigenen Freunde ausspionieren.«

»Zu ihrem eigenen Besten.«

»Du wirst jemanden engagieren müssen.«

»Ich weiß nicht, wie ich da vorgehen soll.«

»Ich schon.«

»Es müsste jemand sein, der gut ist in seinem Job.«

»So wie Bruce Stringer?«

Frieda verzog das Gesicht, hielt seinem Blick aber stand.

»Dieses Mal geht es nicht darum, Dean zu finden. Das Ganze hat nichts mit ihm zu tun, abgesehen davon, dass er wohl jemanden zur Nachahmung angeregt hat. Was Dean betrifft, werde ich nie wieder jemanden um Hilfe bitten. Nie wieder.«

Karlsson nickte. Frieda fand, dass er müde und niedergeschlagen wirkte.

»Wirst du es ihnen sagen?«

»Nein.«

»Du begibst dich auf gefährliches Terrain.«

»Aber du hilfst mir?«

»Das tue ich doch immer, oder nicht?«

Wer Geduld hat, bekommt am Ende, was er will. Sein Herz ist voll. Er spürt es schlagen: Ich bin, ich bin, und ich werde sein. Jeden Morgen, wenn er aufwacht, jeden Abend, wenn er im Bett liegt und zur Decke emporstarrt.

Er denkt an die Nichte auf der Matratze. Daran, wie er eine Nadel in die zarte Haut an ihrem Arm geschoben hat. Hilflose Körper. Objekte. Alles lief wie am Schnürchen. Ohne Probleme. Da war sie, und rundherum wimmelte es von Menschen. Ein Kinderspiel. Die Leute sollten besser aufpassen. Sie forderten es geradezu heraus. Tja, für ihn gibt es auch kleine Herausforderungen: sie durch die Tür zu bugsieren, während ihr schon schummrig wird. Sie aufzufangen, als sie fällt. Sie ist schwerer, als sie aussieht. Aber der Wagen steht bereit, also nichts wie rein mit ihr. Zack, peng, und los geht's. Mit netter Musik. Er und sie. Frieda Kleins Nichte in seinem Wagen. In seiner Kehle hatte sich ein so gigantisches Kichern eingenistet, dass ihm davon die Augen tränten.

Bei seiner Ankunft war alles bereit. Er legte sie auf der Matratze ab. Dann trat er zurück und betrachtete sie. Der Lärm war so laut, dass er nicht sagen konnte, ob er sich in seinem Kopf befand oder außerhalb davon. Sein ganzer Körper vibrierte.

Er denkt an seinen Stiefel im Magen von Reuben McGill. Das dumpfe Geräusch. Das Wimmern, das der Mann von sich gab, während er in seinem dämlichen Schlafanzug am Boden lag.

Nachts klappt er den Deckel seines Laptops hoch und sieht

sich an, was er hat, sicher gespeichert auf der Cloud, im Schwebezustand. Seine Finger bewegen sich über die Tasten. Ihr Gesicht erscheint, dann das von Dean. Er fügt weitere hinzu. Detective Chief Inspector Malcolm Karlsson. Detective Chief Inspector Petra Burge. Detective Constable Don Kaminsky. Polizeipräsident Crawford. Professor Hal Bradshaw.

Und das andere, dessen Uhr heimlich vor sich hin tickt. Nicht einmal Dean Reeve weiß davon. Noch nicht.

27

Dennis Rudkin, seines Zeichens Privatdetektiv, hatte sein Büro in Tottenham, über einer Wäscherei. Im Laden nebenan gab es italienische Anzüge und spitze Schuhe zu kaufen. Nachdem Frieda von einem automatischen Türöffner eingelassen worden war, stieg sie die unbeleuchtete Treppe hinauf und öffnete die Tür zu einem Raum, der karg und funktionell wirkte. Entlang der Wände standen Aktenschränke, am Fenster ein großer Tisch mit zwei Computern, einem Aktenvernichter, zwei Kameras und diversen Stapeln von Papieren und Mappen. Auf dem abgenutzten Teppich lag ein kleiner Hund mit einem spitzen Gesicht und wachsamen, übergroßen Ohren. Er bellte Frieda zwar nicht an, folgte ihren Bewegungen aber mit den Augen.

Auf den ersten Blick nahm sie Rudkin gar nicht wahr. Er verschwand fast hinter seinem Computer, ein magerer Mann, der auch ein bisschen so aussah wie sein Hund und der Raum. Zumindest empfand Frieda das so. Er trug ein Streifenhemd mit weißem Kragen und hatte schütteres graues Haar und das faltige Gesicht eines Rauchers.

»Hallo«, sagte er, während er seinen Arm zwischen den Aktenmappen hervorreckte und energisch nach Friedas Hand griff. Die seine war knochig, aber erstaunlich groß und kräftig. »Frieda Klein, nicht wahr?«

»Ja.«

»Nehmen Sie Platz.«

Frieda tat, wie ihr geheißen.

»Ich freue mich, Sie kennenzulernen. Viele meiner Klienten treffe ich nie persönlich. Alles läuft übers Telefon oder online.«

»Darf ich Sie, bevor wir anfangen, nach ihrer genauen Berufsbezeichnung fragen?«

Dennis Rudkin runzelte die Stirn. Dabei legte sich sein ganzes Gesicht in tiefe Falten.

»Ich bin Privatdetektiv. Ist es das, was Sie meinen?«

»Ich dachte bloß, heutzutage nennt sich das vielleicht … ich weiß nicht. Überwachungsberater oder so was in der Art.«

»Die meisten Leute suchen mich online. Detektiv ist der Begriff, den sie googeln, und darunter finden sie mich dann auch. Aber Sie haben mich nicht auf diese Art gefunden, oder?«

»Nein. DCI Karlsson hat Sie empfohlen.«

»Es freut mich, dass er sich noch an mich erinnert. So.« Er rieb seine großen Hände aneinander. »Wie kann ich Ihnen helfen?«

»Ich bin mir nicht sicher, welche Art Fälle Sie normalerweise bearbeiten«, begann Frieda.

»Ein bisschen von allem«, antwortete er fröhlich. »Nicht nur Ehebruch, falls Sie das meinen – durch Schlafzimmerfenster spähen. Das mache ich so gut wie nie. Der Großteil meiner Arbeit spielt sich hier ab, an meinem Schreibtisch, vor meinem Computer. Mein täglich Brot sind Fälle von Versicherungsbetrug. So habe ich auch angefangen. In meinem alten Leben war ich Schadensprüfer für eine Versicherungsgesellschaft.«

»Warum haben Sie damit aufgehört?«

»Ich hatte es irgendwann satt, Schadensberichte abzusegnen, von denen ich genau wusste, dass sie nicht den Tatsachen entsprachen. Da lügen doch alle wie gedruckt.«

»Dann haben Sie selber aber auch gelogen.«

Er zog ruckartig die Augenbrauen hoch und sah Frieda über seinen vollen Schreibtisch hinweg an. »Aber jetzt tue ich das nicht mehr. Ich ermittle die Wahrheit. Und spreche sie aus. Kaffee?« Er deutete auf den Kessel, der auf einem der Aktenschränke thronte.

»Nein danke.«

»Worüber wollen Sie denn die Wahrheit wissen?«

Frieda versuchte sich bei ihrer Erklärung so kurz wie möglich zu fassen, brauchte aber dennoch eine gewisse Zeit. Auf dem Teppich zu ihren Füßen regte sich der Hund, rollte sich zusammen und wedelte kurz mit dem Schwanz. Durchs Fenster schien die Sonne, sodass man deutlich sah, wie schmutzig die Scheibe war.

Nachdem Frieda geendet hatte, schwieg Rudkin lange Zeit.

»Sie wollen, dass ich das Leben Ihrer Freunde ausspioniere?«

»Habe ich das nicht deutlich genug rübergebracht?«

»Doch, sogar sehr deutlich.«

Frieda reichte ihm ein Stück Papier, auf das sie die Namen und Adressen von Chloë, Olivia, Reuben und Jack notiert hatte. Unter Chloë hatte sie den Namen William McCollough geschrieben und unter den von Olivia die Namen all der von ihr erwähnten Männer, mit denen sie sich in letzter Zeit getroffen hatte. Josef stand nicht auf der Liste, zumindest vorerst noch nicht, und Karlsson ebenso wenig.

»Sie suchen aber nicht nach etwas Bestimmtem?«

»Ich suche nach einer möglichen Bedrohung.«

»Wenn ich nichts finde, bedeutet das nicht automatisch, dass da nichts ist. Darüber sind Sie sich im Klaren, oder?«

»Ja, darüber bin ich mir im Klaren.«

»Wir fischen im Trüben.«

»Ja.«

»Und es wird eine Weile dauern. Außerdem werde ich Hilfe benötigen.«

»Hilfe?«

»Ich arbeite mit jemandem zusammen«, erklärte Rudkin.

»Am besten, ich warne meine Freunde vor«, meinte Frieda. »Das erscheint mir nur fair.«

»Nein, das machen Sie nicht.« Er stand auf, kam hinter seinem Schreibtisch hervor, beugte sich einen Moment hinunter, um den rosa Bauch des Hundes zu streicheln, und bezog dann Stellung vor dem Fenster, die Hände hinter dem Rücken verschränkt. Frieda registrierte, dass er Hausschuhe trug. »Was soll eine geheime Ermittlung bringen, wenn sie nicht geheim ist? Sie wollen Ihre Freunde nicht hintergehen, also fordern Sie sie stattdessen dazu auf, ihrerseits *ihre* Freunde zu hintergehen.«

»Ich verstehe, worauf Sie hinauswollen«, antwortete Frieda.

Dennis Rudkin stellte sich einen Moment auf die Zehenspitzen und ließ sich dann wieder zurücksinken. Hinter ihm kam gerade ein Doppeldeckerbus zum Stehen, und Frieda sah zwei junge Frauen, die ganz vorne saßen, zu ihnen hereinblicken.

»Jeder hat Geheimnisse«, sagte er.

»Ich weiß.«

»Nein. Sie glauben es bloß zu wissen.«

»Also gut, dann sage ich es ihnen eben nicht.« Sie zögerte. »Aber da wäre noch etwas anderes.«

»Lassen Sie hören.«

Frieda zog ein weiteres Blatt Papier aus der Tasche, gab es ihm allerdings nicht sofort.

»Wie diskret sind Sie?«, fragte sie.

»Wie lange, glauben Sie, mache ich diese Arbeit schon?«

»Ich habe keine Ahnung.«

»Siebenundzwanzig Jahre. Wie lange, glauben Sie, hätte ich durchgehalten, wenn ich nicht diskret wäre?«

Frieda reichte ihm das Blatt.

»Alex Zavou«, las er. »Morgan Rossiter. Und?«

»Ich bin Psychotherapeutin«, erklärte Frieda. »Diese beiden Männer sind neue Patienten von mir.«

»Sie wollen, dass ich Ihre Patienten ausspioniere?«

»Ja.«

Rudkin pfiff leise durch seine schiefen Zähne und nickte dann mehrmals mit dem Kopf.

»Eines muss man Ihnen lassen«, sagte er. »Sie sind wirklich kaltblütig. Sie wissen, was Sie da tun?«

»Sollte das Ganze auffliegen, würde man mir meine Zulassung entziehen. Und zwar nicht ganz zu Unrecht.«

»Na dann«, meinte er. »Überlassen Sie den Rest einfach mir.«

»Danke.«

»Wollen Sie gar nicht wissen, wie viel ich verlange?«

»Wie viel verlangen Sie?«

»Fünfundvierzig Pfund die Stunde. Und es werden viele Stunden sein. Für zwei Personen.«

»In Ordnung.«

»Plus Mehrwertsteuer.«

»Gut.«

»Das spielt für Sie keine Rolle, oder?«

»Nein.«

»Dann bekommen Sie von mir jetzt ein Formular zum Ausfüllen.« Er ging zum Tisch hinüber und nahm ein gedrucktes Formular von einem der Stapel.

Während Frieda ihre Bankverbindung und Telefonnummer notierte, ging er in die Hocke und streichelte sanft seinen Hund. Dann erhob er sich wieder und schüttelte ihr die Hand, dieses Mal noch energischer als zuvor.

»Sie hören von mir.«

28

Olivia kam zu dem Schluss, dass sie sich sicherer fühlen würde, wenn sie vorübergehend zu Reuben und Josef zöge, in Reubens Haus. Das machte vorsichtige Verhandlungen erforderlich. Anschließend musste Frieda Olivia beim Packen helfen. Als sie zum vereinbarten Zeitpunkt eintraf, fand sie Olivia umgeben von Taschen und Koffern vor. Etliche Schuhpaare waren über den Boden verteilt, Kleidung zu Stapeln aufgetürmt.

»Du solltest es eher so sehen, dass du für ein paar Tage bei jemandem übernachtest«, meinte Frieda. »Nicht als Umzug.«

»Genau so habe ich es gesehen«, entgegnete Olivia. »Aber ich bin nicht mehr neun. Hier geht es nicht um eine Übernachtung bei einer Freundin. Ich nehme sowieso nur mit, was ich brauche, um eine extrem abgespeckte und auf das Nötigste reduzierte Version meines ohnehin schon höchst erbärmlichen Lebens zu führen.«

Also bestellte Frieda ein Großraumtaxi von der Sorte, die eigentlich für kleinere Sportmannschaften gedacht war. Sie und der misslaunige Fahrer halfen Olivia beim Einladen. Währenddessen kam Chloë mit einer weiteren Tasche von Olivia aus dem Haus.

»Du wirst hier alles in Ordnung halten«, wandte Olivia sich an sie.

»Und am Leben bleiben«, fügte Chloë hinzu und verdrehte dabei die Augen in Richtung Frieda. »Jack wird die meiste Zeit da sein. Allein werde ich nirgendwohin gehen. Ich werde auch nicht in Kneipen abhängen, wo mir jemand etwas in mein Getränk kippen kann. Von fremden Männern lasse ich mich ebenfalls nicht mitnehmen.« Sie sah Olivia an. »Daran musst du selber auch denken.«

»Gib mir Bescheid, wenn dir irgendetwas Ungewöhnliches auffällt«, warf Frieda ein.

»Meine Damen, die Uhr läuft, das ist Ihnen ja bekannt«, meldete sich der Taxifahrer laut und mürrisch zu Wort.

»Ich weiß, ich weiß«, stöhnte Olivia.

»Sie haben mir gegenüber nicht erwähnt, dass Sie umziehen.«

»Weil dem nicht so ist.«

»Für das ganze Zeug hätten Sie besser einen Lieferwagen bestellen sollen.«

»Muss ich für Ihre guten Ratschläge extra bezahlen?«, fragte Olivia.

Frieda befürchtete, es könnte zu einem Wortgefecht oder sogar einem richtigen Streit kommen, doch es gelang ihr, die beiden zu beschwichtigen. Olivia stieg vorne ein, und Frieda selbst quetschte sich auf die mittlere Sitzbank, zwischen Pappschachteln und Topfpflanzen. Sie bemerkte, dass aus den Blumentöpfen Erde auf die Sitze fiel.

Josef und sein Sohn standen als Empfangskomitee für sie beide bereit. Alexei hatte sich die Haare so kurz schneiden lassen, dass sie Frieda an Samt erinnerten. Er machte einen niedergeschlagenen, verlorenen Eindruck und blieb immer ganz nah bei seinem Vater. Frieda registrierte, dass Josef seinerseits nicht anders konnte, als den Jungen ständig zu berühren – ihm immer wieder eine Hand auf die Schulter oder den kurz geschorenen Kopf zu legen –, als müsste er sich jedes Mal von Neuem davon überzeugen, dass er real war, aus Fleisch und Blut. Der Junge hatte einen hässlichen Krieg durchlebt, dann auch noch seine Mutter verloren, und nun war er mitten in diesem Schlamassel gelandet, ging Frieda durch den Kopf.

Sie fragte nach Reuben.

»Der schläft.« Josef schüttelte den Kopf. »Er schläft viel, und wenn er aufwacht, gebe ich ihm etwas zu trinken. Ich koche auch Suppe für ihn, gute, gesunde Suppe. Danach schläft er wieder.«

»Und was ist mit dir?«

»Mit mir?«

»Du kümmerst dich um Reuben, du sorgst für Alexei. Kommst du da überhaupt noch zum Arbeiten?«

Josef zuckte mit den Achseln. Seine angstvollen braunen Augen blieben an Alexei hängen. Dann richtete er den Blick wieder auf Frieda und klopfte sich feierlich an die Brust. »Das ist meine Zeit«, erklärte er.

Er wandte sich Olivia zu, registrierte ihren aufgelösten Zustand und begrüßte sie mit einer kleinen Verbeugung, doch sie nahm ihn kaum wahr. Stattdessen drehte sie sich zum Wagen um, zerrte eine geblümte Tasche heraus und murmelte dabei irgendetwas vor sich hin. Frieda fiel auf, dass sie nur noch einen ihrer langen Ohrringe trug, befand aber, dass es nicht der richtige Zeitpunkt war, um sie darauf aufmerksam zu machen.

Rasch lud sie zusammen mit Josef den Wagen aus, wobei Letzterer jeweils so viel trug, dass er unter dem Gepäck fast verschwand. Olivia sah ihnen zu. Zum Schluss gab Frieda dem Fahrer dreißig Pfund zusätzlich für die Reinigung der mit Erde verschmutzten Sitze (»Banditentum«, schimpfte Olivia, »absolutes Banditentum!«), während Josef erklärte, dass Alexei zu ihm ins Zimmer ziehe, damit ein Raum für Olivia frei werde.

»Das ist so lieb von euch«, antwortete Frieda mit einem Blick in Olivias Richtung.

»Als ich in dem Alter war«, verkündete diese, »hatten sie mich schon ins Internat verfrachtet.«

»Ich bringe gleich Kaffee und Kuchen«, sagte Josef. »Bitte fühl dich wie zu Hause.«

Olivia ließ den Blick durchs Wohnzimmer schweifen, das im

Moment von ihrem Gepäck beherrscht wurde. »Als Erstes gehört das alles hier nach oben geschafft.«

»Olivia«, sagte Frieda in warnendem Ton.

»Was?« Mit weit aufgerissenen Augen musterte Olivia erst Frieda und dann Alexei. »Soll ich das ganze Zeug etwa alleine schleppen?«

»Darum geht es nicht.«

»Du scheinst nicht zu begreifen, was für eine Angst ich habe.«

»Wegen dieser Angst bist du doch hier, wo du dich sicher fühlen kannst.«

»Sicher?«, konterte Olivia. »Was meinst du mit sicher? Meine Tochter wurde entführt – und weiß Gott was mit ihr angestellt. Reuben wurde in seinem eigenen Haus attackiert. Jetzt bringst du mich hierher. Sind wir zusammen wirklich sicher oder nur ein größeres Ziel?«

Josef brachte ein Tablett mit Kaffeetassen und Keksen.

»Soll ich die Taschen nach oben bringen?«

»Ja«, antwortete Olivia. »Bitte«, fügte sie mit einem Blick auf Frieda hinzu. »Danke, Josef. Danke euch allen.« Dicke Tränen begannen ihr über die Wangen zu laufen.

Da Josef sich nicht vom Haus entfernen wollte, hatte er angefangen, in Reubens Garten zu arbeiten, und bezog Alexei in das Projekt mit ein. Er war der Meinung, es könnte dem Jungen guttun.

»Und danach?«, fragte Frieda.

»Danach?«

»Der Sommer ist fast vorbei, Josef. Alexei muss zur Schule gehen.«

»Was soll ich denn machen?« Josef breitete mit einer Geste der Verzweiflung die Arme aus. »Wie kann er hier zur Schule gehen, Frieda? Ich bin nicht …« Er brach ab. Auf der Suche nach dem richtigen Wort legte er vor Anstrengung das Gesicht in Falten. »Nicht offiziell. Meinen Lohn bekomme ich immer in bar. Also ist Alexei auch nicht offiziell.«

»Hast du dich da schon beraten lassen?«

»Sobald ich sage, dass wir hier sind, haben wir ein Problem.«

»Du kannst dich nicht weiter verstecken, vor allem nicht mit Alexei.«

»Ja, schon möglich.« Josef wirkte skeptisch. »Ich denke darüber nach.« Seine Miene hellte sich auf. »Gartenarbeit tut gut.«

Es galt, den kleinen Streifen Rasen umzugraben, die Wurzelstöcke der bereits vorhandenen Pflanzen vorübergehend in Plastiksäcke voll Erde aus dem hauseigenen Kompost zu packen, dann die Pflastersteine zu lösen und daraus Beetumrandungen zu bauen, die anschließend wieder mit Erde gefüllt werden mussten. Es war schwere Arbeit, aber Alexei, der sehr mager, aber überraschend kräftig war, packte ohne Widerrede an, als wäre er an harte Arbeit gewöhnt. Als es ihm zu heiß wurde, zog er sein T-Shirt aus und rammte dann weiter schweigend und geduldig den Spaten in den vor Trockenheit harten Boden. Olivia brachte ihm von Zeit zu Zeit ein großes, mit klirrenden Eiswürfeln aufgefülltes Glas Holunderblütensirup, das er jedes Mal schweigend austrank, ehe er sich wieder an die Arbeit machte.

Josef sah ihm eine Weile zu und kam dann befriedigt zu dem Schluss, dass er sie kurz allein lassen konnte, um der Eisenwarenhandlung in der Camden Road einen Besuch abzustatten und anschließend auf dem Markt fürs Abendessen einzukaufen. Er werde einen Eintopf kochen, verkündete er, mit viel Fleisch und Kräutern und Gewürzen. Das war zwar eigentlich ein Winteressen, aber es würde Alexei für die harte Arbeit entschädigen, Olivia trösten und Reuben kräftigen. Es würde das Haus mit guten Gerüchen erfüllen, dem Duft nach daheim.

29

Dennis Rudkin setzte seine Lesebrille auf, warf einen Blick auf seine Notizen, schniefte und rieb sich die Nase.

»Habe ich Sie gewarnt?«, fragte er.

»Sie haben mich darauf hingewiesen, dass jeder Geheimnisse hat«, antwortete Frieda.

Rudkin nahm seine Brille wieder ab und musterte Frieda einen Moment prüfend, ehe er fortfuhr.

»Wenn sich ein Ehemann an mich wendet und von mir wissen will, ob seine Frau lügt, dann sage ich immer als Erstes, dass ich ihm das auch umsonst sagen kann: Ja, sie lügt. Jeder Mensch lügt. Jeder verbirgt irgendetwas vor anderen.«

»Das ist mir bekannt«, bemerkte Frieda. »Ich bin Psychotherapeutin.«

»Und Sie glauben, Ihre Patienten sagen Ihnen die Wahrheit?«

Frieda hatte plötzlich ein sehr ungutes Gefühl.

»Sind Sie da auf etwas gestoßen?«

Rudkin schüttelte den Kopf. »Zu denen bin ich noch gar nicht vorgedrungen. Ich pflücke erst die tiefer hängenden Früchte. Ich wollte nur sehen, ob Sie wirklich Lust auf das Ganze haben.«

»Darüber hatten wir doch schon diskutiert, oder nicht?«

»Manchmal ändern die Leute ihre Meinung, wenn ich erst einmal anfange, Informationen auszugraben.« Er setzte seine Brille wieder auf. »Also. Für das Folgende habe ich mich nicht viel aus meinem Büro bewegt. Das meiste ist am Computer passiert. Zusätzlich habe ich ein paar Telefonate geführt.«

»Ist das üblich?«

»Kommt darauf an.«

Er warf erneut einen Blick auf seine Notizen.

»Ihre Nichte Chloë. Arbeitet als Schreinerin in Walthamstow.«

»Ich weiß.«

Rudkin las weiter, ohne auf ihren Einwurf zu achten.

»Bewohnt ein Zimmer in einer Dreier-WG, nicht weit von ihrem Arbeitsplatz entfernt. Vermieter Gerry Travis William, als Schlitzohr bekannt.«

»Oje.«

»Mitbewohnerinnen scheinen in Ordnung. Abgesehen von einem gewissen Drogenkonsum. Möchten Sie Einzelheiten hören?«

Wortlos schüttelte Frieda den Kopf.

»Das Problem ist, dass uns das wenig bis gar nicht weiterhilft. Es handelt sich um junge Frauen, und in die Wohnung kommen viele Leute, die zum Teil unterschiedlich lang bleiben. Es ist unmöglich, alle genau zu durchleuchten. Sie verstehen, was ich damit sagen will?«

»Dass es Zeitverschwendung ist?«

»Nicht ganz. Aber lückenhaft.« Er kratzte sich am Kopf und studierte erneut seine Aufzeichnungen. »Ich werde zwangsläufig vieles herausfinden, das verdächtig erscheint – aber vielleicht gar nicht relevant ist für das, worum es Ihnen geht. Dadurch wird das Bild womöglich nur noch trüber statt klarer.«

»Verstehe.«

»Gut. Kommen wir zur Arbeitsstelle Ihrer Nichte. Das könnte Sie interessieren. Es gibt einen Neuen im Team. Wissen Sie Näheres über ihn?«

»Chloë hat ihn erwähnt, deswegen habe ich Ihnen seinen Namen genannt. William McCollough.«

»Genau den meine ich. Wie viel wollen Sie über ihn erfahren?«

»Ich halte Ausschau nach jemandem, vor dem ich mich fürchten sollte.«

Rudkin überflog mehrere Seiten seines Notizbuchs.

»Sieht aus, als hätten Sie eine ganze Menge«, bemerkte Frieda.

»So viel nun auch wieder nicht. Der Mann wohnt ebenfalls in Walthamstow, nicht weit vom Arbeitsplatz entfernt. Aufgewachsen ist er in einem Heim in Dundee.« Er blätterte um. »Und anderen Heimen. Er hat im Rahmen einer Ermittlung als Zeuge ausgesagt – einer Ermittlung gegen eines der Heime, meine ich.«

»Sexueller Missbrauch?«

»Es wurde niemand angeklagt. Aber ja, darum ging es bei den Ermittlungen.«

»In unserem Zusammenhang ist das vermutlich nicht relevant.«

»Aber er arbeitet mit Ihrer Nichte zusammen.«

»Ja.«

»Die Opfer einer Entführung war.«

»Dieser McCollough war selber Opfer, wenn er im Rahmen solcher Ermittlungen als Zeuge ausgesagt hat, oder nicht?«

»Täter entwickeln sich in der Regel aus Opfern.«

»Hat er ein Vorstrafenregister?«

Rudkin blätterte weiter. »Ein bisschen Diebstahl, ein bisschen Drogen.«

»Irgendwelche Gewalttaten?«, fragte Frieda. »Sexuelle Übergriffe?«

»Nein. Zumindest kam es zu keiner Verurteilung.«

»Mehr will ich gar nicht wissen. Hat er in letzter Zeit etwas angestellt?«

»Der letzte Vorfall liegt fünf Jahre zurück. Nein, sogar sechs.« Er klappte sein Notizbuch zu. »Das ist erst der Anfang.«

»Danke, Mister Rudkin.«

»Bitte nennen Sie mich Dennis. Falls Sie weitermachen möchten, werden wir viel Zeit miteinander verbringen.«

»Also dann, Dennis. Ich möchte weitermachen.«

30

An diesem Abend lag Frieda im Bett und dachte über das nach, was sie erfahren hatte. Rudkin hatte recht: Fast alle Täter waren irgendwann selbst Opfer gewesen. Das bedeutete aber nicht, dass alle Opfer zu Gewaltverbrechern oder etwas Ähnlichem wurden. Trotzdem fragte sie sich, ob William McCollough seine Arbeitgeber über seine Vorstrafen informiert hatte. War er dazu überhaupt verpflichtet? Wenn Frieda etwas wirklich wichtig war, dann, dass Menschen wie McCollough gerettet wurden und eine zweite Chance bekamen oder auch noch eine dritte und vierte. Aber was, wenn Chloë etwas zustieß? Sollte sie ihre Nichte warnen? Und falls sie es tat, was konnte Chloë mit dieser Warnung anfangen, wenn sie vermeiden wollte, dass McCollough gefeuert wurde?

Schließlich stand Frieda auf und zog sich an. In dieser Nacht würde sie sowieso keinen Schlaf mehr finden. Eine Weile saß sie mit einer großen Tasse Tee in der Küche und dachte an die beiden Haushalte: den von Reuben, wo jetzt auch Olivia, Josef und Alexei wohnten, und Olivias Haus in Islington, das sich vorübergehend Jack und Chloë teilten. Fast alle, die ihr am Herzen lagen, befanden sich in diesen beiden Häusern. Mit Ausnahme von Sasha. Und Karlsson. Den Gedanken an Karlsson schob sie gleich wieder beiseite. Stattdessen dachte sie an Alexei mit seinen kurz geschorenen Haaren und den angstvollen Augen seines Vaters. Und an Reuben mit seinem kahlen, so verletzlich wirkenden Kopf und dem zusammengeschrumpften Körper, in dem der Krebs wütete. Ob er wohl gerade schlief? Oder lag er wach und fürchtete, in der Dunkelheit Schritte zu hören?

Sie erhob sich und ging ins Wohnzimmer, wo sie das Foto von Chloë fand, ausgestreckt auf jener Matratze in irgendeinem kahlen, feuchten Raum. Sie starrte es lange Zeit an, auf der Suche nach einem Hinweis: die zerbrochene Fensterscheibe, den rissigen Verputz an der Wand, den keilförmigen Schatten auf dem Boden. Stammte er von der Person, die in dem Moment gerade die Aufnahme machte, oder von etwas anderem? Es musste sich um einen verlassenen Ort handeln, abseits gelegen, aber dennoch nah an der breiter werdenden Themse, wo es tieffliegende Flugzeuge gab. Frieda ließ das Foto zurück in den Umschlag gleiten und verstaute diesen in ihrer Tasche. Sie hatte das Gefühl, ständig nur zu warten, was als Nächstes passieren würde, um dann auf das zu reagieren, was die andere Person tat – die nicht Dean war, ihn aber nachahmte und in seine Fußstapfen zu treten versuchte. Damit musste nun Schluss sein, sie musste unbedingt handeln. Frieda empfand dieses Bedürfnis wie einen harten Knoten in ihrem Innern, ein beklemmendes Band um ihre Stirn.

Als draußen endlich das erste Licht zu sehen war, der silbrige Himmel des frühen Morgens, ging sie unter die Dusche. Anschließend zog sie sich an, band ihr feuchtes Haar zurück, machte sich eine Tasse starken Kaffee, den sie in vier großen Schlucken austrank, und aß eine halbe Grapefruit. Dann machte sie sich auf den Weg nach Holborn.

Vor der Haustür, noch ehe sie auf die Türklingel drücken konnte, sah sie Walter Levin auf sich zukommen. Schnellen Schrittes eilte er den Gehsteig entlang und schwang dabei seine abgewetzte Aktentasche. Er wirkte gut gelaunt.

Sie trat vor ihn hin.

»Was für eine nette Überraschung.«

»Wirklich?«

»Es ist immer schön, Sie zu sehen. Kommen Sie mit hinein?«

»Ich kann auch hier draußen mit Ihnen sprechen.«

Frieda betrachtete ihn: die dicke Brille, die ausgefranste Krawatte auf dem teuren Hemd, die staubigen Halbschuhe, die er bei jedem Wetter trug.

»Sie verstehen sich auf praktische Arrangements, nicht wahr?«

»Ich helfe gerne anderen Menschen – falls es das ist, was Sie meinen.«

»Nein, das meine ich nicht. Sie haben mich benutzt, um Polizeipräsident Crawford loszuwerden, stimmt's? Ihnen war bekannt, dass er mich nicht mag, also haben Sie mich als Waffe gegen ihn eingesetzt.«

Levin lächelte ein wenig.

»Stellen Sie Ihr Licht nicht unter den Scheffel, Frieda. Ich glaube, Sie sind auch ohne fremde Hilfe eine wirkungsvolle Waffe. Und was Crawford betrifft …« Mit einer wegwerfenden Handbewegung fuhr er fort: »Er hat sich Feinde gemacht und in seinem Job versagt. Man kann das eine tun oder das andere, aber nicht beides.«

»Das hätte mir klar sein müssen.«

Levin sah sie an.

»Ich bin überrascht.«

»Warum?«

»Ich dachte, Sie würden wütender sein.«

»Dazu kennen Sie mich viel zu wenig.«

»Da haben Sie recht. Nun ja, wenn ich irgendetwas für Sie tun kann …« Er sprach den Satz nicht zu Ende.

»Es gibt tatsächlich etwas. Deswegen bin ich hier.«

»Ja?«

»Ich habe einen Freund, der britischer Staatsbürger werden möchte. Einen kleinen Sohn hat er auch, doch bisher traute er sich nicht, in dieser Angelegenheit etwas zu unternehmen. Sein Name ist …«

»Josef Morozov. Aus der Ukraine.«

»Ja.«

»Überlassen Sie die Sache mir.«

»Darum wollte ich Sie gar nicht bitten.«

»Doch, wollten Sie.«

Anschließend begab sie sich nicht sofort in ihre Praxis. Ihr erster Patient hatte wegen Grippe abgesagt. Der zweite – Alex Zavou, der unter einer schweren posttraumatischen Belastungsstörung litt und dessen Daten sie einem Privatdetektiv übergeben hatte – kam erst um halb elf. Ihr blieben drei Stunden. Sie nahm das Foto von Chloë heraus und starrte es erneut an, als würde es sein Geheimnis preisgeben, wenn sie sich nur fest genug darauf konzentrierte. Dann marschierte sie zur nächsten Station, fuhr ein Stück mit der U-Bahn und nahm schließlich die Überlandbahn hinaus in die Gegend mit den von Mulden und Kratern durchsetzten Lehmfeldern, hohen Kränen und leeren Lagerhallen, an deren rissigen Fassaden verblasste Schriftzüge von ihrer Vergangenheit erzählten: alten Mühlen und Farbfabriken, deren glorreiche Tage lange zurücklagen.

Wieder einmal stieg sie an der Haltestelle Pontoon Dock aus und ging zu Fuß weiter in Richtung Silvertown. Sie wusste selbst nicht so recht, was sie sich davon erwartete. Seit ihrem letzten Besuch an diesem Ort hatte sich nichts verändert. Trotzdem hätte sie schwören können, dass sich irgendwo in diesem kleinen Bereich, zwischen dem Fluss und den Docks, über die Flugzeuge hinwegdonnerten, der Raum befand, in den Chloë gebracht worden war. Sie stand dort auf der Straße, hinter sich die baufälligen Lagerhallen, vor sich die unregelmäßige Reihe viktorianischer Häuser. Was war hier privat, und wo hatte man Zugang, sodass jemand eine unter Drogen gesetzte junge Frau ein ganzes Wochenende lang verstecken konnte, ohne fürchten zu müssen, entdeckt zu werden? Wer auch immer sie entführt haben mochte, hatte sie bestimmt in einem Wagen transportiert. Frieda ließ den Blick schweifen: erst in Richtung des breit dahinströmenden Flusses, wo am Horizont zwischen schimmernden Gebäuden hohe Kräne aufragten, dann zu dem unvollendeten Wohnbauprojekt, den alten, bröckelnden Fabriken, den kahlen neuen Bungalows, die noch auf ihre Bewohner warteten. Ihr fiel auf, dass sie bisher kaum jemanden zu sehen bekommen hatte, weder zu Fuß noch in einem Wagen. Trotz all der Entwicklungen, die hier im Gange waren, handelte es sich nach wie vor um eine verlassene Gegend.

Sie blinzelte in den hellen Himmel hinauf, zu der Lagerhalle hinter dem Maschendrahtzaun. Das Gebäude war auf einer Seite eingerüstet. Die unteren Fenster hatte man alle mit Brettern vernagelt, um Eindringlinge abzuhalten, aber weiter oben war das nicht der Fall. Frieda registrierte etliche kaputte Scheiben. Sie versuchte sich all die leeren Räume vorzustellen, die umherhuschenden Mäuse und Ratten. Vielleicht hielten sich dort Menschen auf, heimliche Bewohner. War Chloë ebenfalls dort gewesen?

Alex Zavou kam zu spät zu seiner Sitzung. Als er schließlich eintraf, stürmte er im Laufschritt in Friedas Sprechzimmer, atemlos und leicht aufgelöst.

»Ich konnte mich kaum dazu überwinden, das Haus zu verlassen«, stieß er hervor, noch ehe er sich setzte.

»Aber Sie haben es verlassen. Sie sind hier, und das ist gut.«

»Es kommt mir vor, als hätte ich inzwischen eine richtige Panikmacke entwickelt. Als hätte diese Panik gar keine konkreten Gründe mehr, sondern sich einfach fest in mir eingenistet.«

»Eine Panikmacke. Das ist interessant«, meinte Frieda. »Darauf werden wir zurückkommen.«

»Ich stecke einfach fest. In einer Dauerschleife.«

»Sie sind hier, um sich daraus zu befreien«, erklärte Frieda, die gleichzeitig daran denken musste, dass sie einen Privatdetektiv auf ihn angesetzt hatte. »Wie wir letztes Mal besprochen haben, werden Sie einen Schritt nach dem anderen machen. Als Erstes möchte ich Sie jetzt bitten, mir Ihre Geschichte noch einmal genau zu erzählen, mit allen Einzelheiten, an die Sie sich erinnern können. Möglicherweise werde ich Sie mit Fragen unterbrechen.«

»Gut.« Er schluckte heftig. »Dann lege ich mal los.«

Die Leute sind dumm. Wie Schafe folgen sie einander und blöken dabei blöd vor sich hin. Sie wissen nicht, was sie denken sollen, bis man es ihnen sagt. Sie halten sich für gute Menschen, obwohl sie in Wirklichkeit nur gehorchen. Sie bilden sich ein, verliebt zu sein, während sie bloß ihren körperlichen Gelüsten folgen. Sie halten sich für frei, sind aber nur Teil eines Systems. Ameisen in einem Ameisenhaufen.

Doch Dean Reeve ist nicht dumm. Frieda Klein ist nicht dumm. Er selbst auch nicht. Sie drei gehören zu einem anderen Stamm.

Verrückte Zeiten, wenn die Welt auf diese Weise ins rechte Lot kommt. Verrückte, gute Zeiten. Gut für ihn. Er schiebt die Hände in die Taschen und ballt sie zu Fäusten. Er kneift die Augen zu schmalen Schlitzen zusammen und öffnet sie dann wieder. Vor Aufregung bekommt er kaum Luft.

31

Sie arbeiten schnell«, stellte Frieda fest.

Erneut saß sie in Rudkins Büro. Der einzige Unterschied zu den letzten beiden Malen war, dass sein Hund hellwach durch den Raum wieselte und in sämtliche Winkel schnüffelte.

»Sie haben um Zwischenberichte gebeten. Hier kommt wieder einer«, erklärte Dennis Rudkin. »Ohne meinen Beruf entmystifizieren zu wollen, aber das meiste davon habe ich allein an meinem Bildschirm herausgefunden. Wobei natürlich vieles auf der Hand lag.«

»Was konnten Sie in Erfahrung bringen?«

»Also, fangen wir mit Ihrer Schwägerin und ihren neuen Freunden an.«

Frieda rutschte unbehaglich auf ihrem Stuhl herum. Der Hund steuerte auf sie zu und legte ihr die Schnauze auf den Schoß.

»Ja?«

»Da herrscht ein ziemliches Durcheinander«, meinte Rudkin. »Aber das wussten Sie wahrscheinlich schon.«

»Inwiefern?«

»Zum einen sind sie alle verheiratet.«

»Alle.«

»Beginnen wir mit Robert Astley.«

»Dem Steuerprüfer?«

»Der ist schon zum zweiten Mal verheiratet. Drei Töchter, zwischen elf und siebzehn. Und Steuerprüfer ist er genau genommen auch nicht mehr.«

»Was dann?«

»Ein ehemaliger Steuerprüfer. Mittlerweile arbeitslos. Meinen Recherchen zufolge hat er ein Suchtproblem. Er ist Spieler. Nicht gut für einen Steuerprüfer.«

»Oh.«

»Und Oliver Volkov ist auch kein Immobilienmakler.«

»Damit habe ich schon halb gerechnet. Er ging von Tür zu Tür, auf diese Weise haben er und Olivia sich kennengelernt. Was macht er wirklich?«

»Schwer zu sagen. Dieses und jenes. Ein bisschen Anstreichen, ein bisschen Gartenarbeit. Er war neun Monate im Gefängnis.«

»Weswegen?«

»Schwerer Körperverletzung.«

»Das klingt aber nicht gut«, meinte Frieda.

»Die anderen beiden machen einen eher harmlosen Eindruck. Geschwindigkeitsüberschreitungen, Strafzettel wegen Falschparkens, solche Sachen. Nichts, was besonders ins Auge sticht.«

»Wohnt einer von ihnen in der Nähe des Stadtflughafens?«

Rudkin blätterte durch die Seiten, die er vor sich liegen hatte.

»Soweit ich sehen kann, nicht«, antwortete er. »Wobei Dominic Gordon in Beckton wohnt, also nicht allzu weit entfernt.«

»Stimmt.«

»Aber ein Freund von Jack Dargan hat eine Adresse in Flughafennähe.«

»Wer?«

»Sagt Ihnen der Name Tom Sylvester etwas?«

»Nein.«

»Er und Jack kommunizieren seit ein paar Wochen oft auf Facebook. Offenbar waren sie Klassenkameraden, die sich aus den Augen verloren hatten, bis Mister Sylvester wieder Kontakt mit Jack aufnahm und sich unbedingt mit ihm treffen wollte. Was die beiden dann auch bald getan haben. Wenn ich zwischen den Zeilen lese, komme ich zu dem Schluss, dass Ihr Freund in der Schule von diesem Sylvester schikaniert wurde und dieser sich nun entschuldigen wollte – sozusagen alte Sünden wiedergutmachen. Sie kennen so was ja bestimmt.«

»In der Tat.« Frieda dachte an Jacks Unsicherheit, seine linkische Art, seine Anfälle quälenden Selbstzweifels.

»Tom Sylvester ist erst siebenundzwanzig, aber er arbeitet in der City und hat offensichtlich schon genug Geld verdient, um sich ein Haus mit drei Schlafzimmern in der Nähe der East India Docks zu kaufen.«

»Muss ich über ihn sonst noch etwas wissen?«

»Im Grunde nicht.«

»Was heißt das? Sagen Sie mir einfach, was Sie wissen.«

»Sowohl seine Eltern als auch seine jüngere Schwester sind vor fünf Jahren bei einem Verkehrsunfall ums Leben gekommen. Ihr Auto wurde von einem Bus gerammt. Er selbst war auch im Wagen, kam aber mit leichteren Verletzungen davon.«

»Eine schreckliche Geschichte.« Vorsichtig tätschelte sie den Kopf des Hundes. »Aber nicht verdächtig«, fügte sie nach einem Moment des Schweigens hinzu.

»Wenn man meinen Job macht«, entgegnete Rudkin, »dann findet man alles verdächtig.«

»Kommen wir zu Reuben.«

»Sie werden erleichtert sein zu hören, dass ich im Zusammenhang mit seinem Bekanntenkreis auf nichts gestoßen bin, weswegen Sie sich Sorgen machen müssten. Auch wenn das natürlich daran liegen könnte, dass er schwer krank ist und daher schon seit Längerem mehr oder weniger ans Haus gefesselt.«

Frieda nickte. Trotzdem hatte das nicht verhindert, dass er brutal zusammengeschlagen worden war. Sie wartete ein paar Sekunden, bis sie schließlich fragte: »Und meine Patienten?«

»Was die betrifft, werden Sie sich bis zum nächsten Zwischenbericht gedulden müssen.«

»Ich habe mich über das Thema Therapie informiert«, verkündete Morgan Rossiter.

»Warum?«, fragte Frieda.

»Ich dachte, das würde Sie freuen. Es kommt mir vor, als machte ich auf diese Weise so was wie Hausaufgaben – zeigte mich als eifriger Schüler.«

»Ich bin mir nicht sicher, ob das eine gute Idee ist.«

»Warum nicht?«

»Es lenkt Sie vom Wesentlichen ab. Sie sollten darüber nachdenken, was Ihnen wichtig ist.«

»Wollen Sie denn nicht hören, worüber ich etwas gelesen habe?«

»Sie können mir alles erzählen, was Sie loswerden möchten.«

»Ich habe mich über ein Phänomen namens ›Übertragung‹ informiert.«

Frieda war alles andere als erfreut. Sie wusste, was gleich folgen würde, verkniff sich aber jeden Kommentar.

»Dabei geht es darum, dass Patienten dazu neigen, sich in ihre Therapeuten zu verlieben. Kommt das wirklich vor?«

Rossiter betrachtete sie mit einem amüsierten, leicht herausfordernden Lächeln.

»Ich glaube, das betrifft alle Autoritätspersonen«, entgegnete Frieda. »Lehrer, Ärzte, Vorgesetzte. Manche Leute finden solche Personen faszinierend und entwickeln ein besonderes Interesse für sie oder sogar eine Obsession. Wichtig ist, dass man darüber spricht.«

Rossiter lächelte sie weiter an.

»Haben Sie hin und wieder ein Problem damit?«

Frieda betrachtete ihn. Sie rechnete damit, dass er gleich auf das Phänomen der Gegenübertragung zu sprechen käme: Fälle, bei denen der Therapeut starke Gefühle für den Patienten entwickelt. Im Moment aber dachte Frieda an ein ganz anderes Problem im Rahmen dieser wechselseitigen Beziehung:

wenn der Therapeut anfängt, eine starke Antipathie gegen den Patienten zu entwickeln. Manchmal war es schwer, sich ins Gedächtnis zu rufen, dass selbst das eine Art Erkenntnis war, mit der man arbeiten konnte.

»Als Sie von Doktor Singh an mich überwiesen wurden, sagte man mir, Sie hätten, noch bevor Sie auf einen Termin bei mir persönlich drängten, darauf bestanden, von einer Frau therapiert zu werden.«

»Ist das ein Problem?«

»Wie alles in diesem Raum ist es ein Thema, über das es sich zu sprechen lohnt.«

»Ich dachte mir einfach, es wäre angenehmer, mit einer Frau zu reden.«

Frieda überlegte einen Moment.

»Erzählen Sie mir von Ihrer Mutter«, sagte sie schließlich.

Rossiters breites Lächeln erstarb.

»Was soll ich Ihnen von ihr erzählen?«

»Beschreiben Sie sie mir.«

Mittlerweile hatte sich Rossiters ganzes Gebaren verändert. Sein Blick zuckte nervös hin und her.

»Ich weiß nicht, worauf Sie hinauswollen«, sagte er. »Aber an meiner Beziehung zu meiner Mutter ist überhaupt nichts Ungewöhnliches.« Frieda schwieg. Sie wartete einfach ab. »Ich habe Ihnen doch von Anfang an gesagt, dass ich ein Problem mit meinen Beziehungen zu Frauen habe. Dass ich von einer zur anderen wechsle. Wenn Sie glauben, Sie können das auf irgendein billiges, Freud'sches Unterbewusstseinsproblem mit meiner Mutter zurückführen, dann ...«

Er brach ab.

»Dann was?«, hakte Frieda nach.

»Dann ... Es ist einfach nicht das, weswegen ich hier bin.«

Aha, dachte Frieda bei sich. Nun war klar, worüber es zu sprechen galt.

Rossiter verließ die Praxis durch das Wartezimmer. Dort saß der nächste Patient, ganz auf sein Handy konzentriert. Plötzlich aber spürte er die Anwesenheit des anderen Mannes und hob den Kopf.

»Ich schätze, jetzt sind Sie an der Reihe«, meinte Rossiter und blieb stehen.

Zavou warf einen Blick auf sein Telefon.

»Erst in ein paar Minuten«, antwortete er.

Die beiden Männer musterten sich verlegen, als bestünde zwischen ihnen eine Verbindung, mit der sie jedoch nichts anzufangen wussten.

»Wir sollen wahrscheinlich nicht darüber sprechen«, meinte Zavou.

»So viele Regeln«, entgegnete Rossiter und setzte sich wieder in Bewegung.

32

Als Dennis Rudkin Frieda das nächste Mal anrief, erklärte er, er müsse sowieso in die Innenstadt und könne bei ihr vorbeischauen. Bei der Vorstellung empfand sie einen Anflug von Entsetzen – ein Gefühl, das sie zunächst nicht einordnen konnte. Frieda hatte früher stets die Regel beherzigt, zu Hause niemals Patienten zu empfangen, weil dadurch eine unangebrachte Neugier hinsichtlich ihres Privatlebens geweckt worden wäre. Doch sogar diese Regel hatte sie gebrochen, als Sasha von einer Patientin zu einer Freundin geworden war. Trotzdem war es für sie jetzt eine unerträgliche Vorstellung, dass Rudkin ihre Wohnräume sehen würde, ihre Habseligkeiten, ihren privaten Bereich. Es widerstrebte ihr sogar, einen Ort als Treffpunkt vorzuschlagen, den sie auch sonst häufig aufsuchte. Sie hatte den Verdacht, dass der Detektiv ihre eigene Vergangenheit unter die Lupe nehmen würde, entweder im Rahmen seiner übrigen Recherchen oder einfach nur aus Neugier. Da sie ihm keine weiteren Anhaltspunkte liefern wollte, schlug sie ein nahe gelegenes Pub vor, The Duke of Rutland, das sie nicht persönlich kannte.

»Ist das Ihre Stammkneipe?«, hatte Rudkin am Telefon gefragt.

»Zumindest befindet sie sich gleich bei mir um die Ecke«, war ihre Antwort gewesen.

Als Frieda in dem Pub eintraf, saß Rudkin bereits mit einem Glas Bitter, einem Glas Scotch und einer offenen Tüte Chips in der Ecke. Frieda holte sich an der Theke ein Glas gewürzten Tomatensaft und ein großes Wasser.

»Eigentlich wollte ich Sie einladen«, erklärte Frieda, als sie sich mit ihren Getränken bei Rudkin niederließ.

»Sie bezahlen sowieso«, antwortete er fröhlich, ehe er einen Schluck von seinem Bier nahm. Dann zog er ein kleines schwarzes Notizbuch aus der Tasche und legte es auf den Tisch.

»Sie haben gemischte Gefühle, was mich betrifft, stimmt's?«

»Ich habe gemischte Gefühle, was mich selbst betrifft. Sie tun für mich, was ich lieber selbst täte, wenn ich dazu in der Lage wäre.«

»Trotzdem wollen Sie mich nicht in Ihrem Haus haben.«

»Ich will Sie nicht in meinem Haus haben, weil ich weiß, wie gut Sie in Ihrem Beruf sind. Sie haben wahrscheinlich schon jetzt viel mehr über mich in Erfahrung gebracht, als mir lieb ist.«

»Ich weiß gern, für wen ich arbeite«, antwortete Rudkin.

»Das meiste, was Sie wissen müssen, steht im Internet. Leider.«

Rudkin griff nach seinem schwarzen Notizbuch, blätterte kurz darin und legte es wieder zurück auf den Tisch.

»Über welchen von beiden wollen Sie zuerst etwas hören?«

»Ich glaube, das überlasse ich Ihnen.«

»Na gut, dann formuliere ich es anders: Haben Sie einen von beiden besonders im Verdacht?«

»Hören Sie, mir ist klar, dass es ein bisschen spät kommt, wenn ich jetzt sage – vor allem zu Ihnen –, dass diese beiden Männer meine Patienten sind. Also erzählen Sie mir nur, was Sie für relevant halten, nichts weiter.« Sie wiederholte die letzten beiden Worte mit Nachdruck: »Nichts weiter.«

»Gut«, meinte Rudkin, »dann fange ich mit Alex Zavou an, ihrem beherzten Helden. Der Mann hat Format.«

»Sie meinen, ein Vorstrafenregister?«

»Nein. Aber er ist jemand …« Er zögerte. »Ich versuche gerade vergeblich, mir den Ausdruck aus der Bibel ins Gedächtnis zu rufen. Jedenfalls ist Alex Zavou kein Mensch, der dazu neigt, auf der anderen Straßenseite vorbeizugehen.«

»Sie meinen, er ist ein barmherziger Samariter?«

»Na ja, es ist zwar schon eine Weile her, dass ich den Religionsunterricht besucht habe, aber soweit ich mich erinnere, hat der barmherzige Samariter es nicht eigenhändig mit den Räubern aufgenommen, sondern bloß hinterher geholfen.«

»Was genau hat Zavou gemacht?«

»Vor zwei Jahren war er in Walthamstow schon mal in eine Kneipenschlägerei verwickelt. Allem Anschein nach hatte jemand einen Freund von ihm respektlos behandelt. Es waren Flaschen im Spiel, sodass ernsthafter Schaden entstand. Mehrere Leute wurden verhaftet.«

»Wurde er angeklagt?«

»Es wurde keine Anklage erhoben.« Rudkin lächelte Frieda an. »Aber wie Sie ja wissen – sogar aus persönlicher Erfahrung –, bedeutet die Tatsache, dass keine Anklage erhoben wird, nicht automatisch, dass keine schwere Gewalttat vorlag.«

»Sonst noch was?«

»Ein paar Monate danach kam es in einem anderen Lokal zu einer weiteren Auseinandersetzung. Anscheinend ging es dabei um ein Mädchen, das mit einem Freund von Zavou da war. Worte wurden gewechselt, Schläge ausgetauscht, und mehrere Leute – Ihr Mister Zavou eingeschlossen – landeten in der Notaufnahme. Erneut wurde keine Anklage erhoben. Aber Zavou ist ein Mensch, der das Bedürfnis hat, sich einzumischen.«

»Vielleicht beweist es einfach nur, dass er einen Sinn für Gerechtigkeit hat.«

»Dazu habe ich keine Meinung. Ich sage lediglich, dass es nur eine Frage der Zeit war, dass bei einer seiner Schlägereien jemand ein Messer zog.«

»Aber es war nicht er.«

»Nein. Er benutzt nur seine Fäuste. Und was ihm gerade in

die Hände kommt. Er scheint trotzdem kein schlechter Kerl zu sein, aber seine Vorgeschichte zeigt, dass er von Gewalt angezogen wird. Oder dass es zu Gewalt kommt, wenn er anwesend ist.« Rudkin lächelte wieder. »Ich nehme an, das ist etwas, worüber Sie mit ihm sprechen können.«

Obwohl ihr jede Erwähnung der Tatsache, dass Alex Zavou ein Patient von ihr war, ein leichtes Gefühl von Übelkeit hervorrief, gab sie ihm darauf keine Antwort.

»Was ist mit Rossiter?«, wechselte sie das Thema.

Rudkin griff nach seinem Notizbuch, blätterte erneut ein paar Seiten durch und legte es wieder hin.

»Vor zehn Jahren war Rossiter an der Universität von Cardiff. Eine junge Frau namens Delith Talling ging zur Polizei und behauptete, sie sei von Rossiter nach einer Party sexuell belästigt worden. Mit ›sexuell belästigt‹ meine ich in diesem Fall vergewaltigt.«

»Wie ist es dazu gekommen?«

»Rossiter hat ausgesagt, sie sei einverstanden gewesen. Die junge Dame hatte sehr viel Alkohol intus und dadurch einen Filmriss. Die Sache kam nie vor Gericht.«

Frieda schwieg lange Zeit. Dann trank sie einen großen Schluck Wasser. Am liebsten hätte sie sich damit den Mund ausgespült.

»Gibt es sonst noch relevante Informationen zu der Sache?«, fragte sie schließlich.

»Wie immer in solchen Fällen stand sein Wort gegen ihres. Sie war sehr betrunken, und er hatte hervorragende Referenzen.«

»Und das war's?«

»Eine Sache wäre da noch.«

»Nämlich?«

»Er hatte es schon mal getan. Ich meine: angeblich.«

»Was hatte er getan?«

»Sechs Monate zuvor hat er eine andere Frau sexuell genötigt. Oder wurde zumindest beschuldigt, es getan zu haben.«

»Was ist passiert? Kam diese Sache vor Gericht?«

»Die Frau ist damit nicht mal zur Polizei gegangen. Aber sie hat sich gemeldet, als der zweite Fall untersucht wurde. Die Staatsanwaltschaft hoffte, sie in den Zeugenstand rufen zu können – um ein Verhaltensmuster nachzuweisen. Aber Rossiters Anwältin sorgte dafür, dass die Aussage der früheren Betroffenen nicht zugelassen wurde. Sie argumentierte, es bestehe die Gefahr einer Vorverurteilung. Die Staatsanwaltschaft kam dann zu dem Schluss, dass der Fall ohne die Zeugin nicht weiter verfolgt werden könne. Interessant finde ich übrigens, dass es sich bei Rossiters Rechtsbeistand um eine Frau handelte.«

»Was spielt denn das für eine Rolle?«, fauchte Frieda.

»Mir kam es vor wie Ironie.«

Frieda zwang sich, ruhig zu bleiben. Es hatte keinen Sinn, eine Diskussion darüber zu führen, warum Rossiter eine Anwältin engagiert hatte.

»Tut mir leid, dass ich Sie gerade so angefahren habe«, entschuldigte sie sich. »Ich nehme an, Sie sind es gewöhnt, dass die Leute wütend auf Sie werden, wenn Sie ihnen verstörende Neuigkeiten unterbreiten.«

Rudkin griff in eine Innentasche seiner Jacke, zog einen Umschlag heraus und schob ihn ihr über den Tisch.

»Weil wir gerade von verstörenden Neuigkeiten sprechen«, sagte er.

Frieda griff nach dem Umschlag. Er war mit ihrem Namen versehen. Sie erkannte Rudkins Handschrift.

»Ist das etwas, weswegen ich mir Sorgen machen sollte?«

»Es handelt sich um meine Rechnung.«

»Gut.« Frieda riss den Umschlag auf, zog ein Scheckbuch aus ihrer Tasche und begann ein Formular auszufüllen. »Sie haben erstklassige Arbeit geleistet. Ich wünschte, ich könnte außerdem sagen, dass Sie meine Ängste gemildert haben.«

»Komplimente werden immer gern entgegengenommen.«

»Ich bin ein bisschen neugierig, wie Sie das alles in Erfahrung bringen konnten, aber eigentlich sollte ich es besser nicht wissen.«

»Es dreht sich alles um Kontakte und Zugang zu Informationen. Man muss wissen, wen man fragen kann.«

»Das ist bestimmt nicht einfach.«

»Ich habe nichts von einfach gesagt. Gibt es sonst noch jemanden, über den Sie Informationen brauchen?«

Frieda fand die Frage fast komisch.

»Ich schätze, Sie sollten lieber aufhören – bevor Sie mir auch noch meine letzten Illusionen rauben.«

»Sie machen auf mich nicht den Eindruck, als hätten Sie viele Illusionen.«

33

Jack hatte Spaghetti gekocht.

»Möchtest du welche?«, fragte er hoffnungsvoll. »Ich habe genug für eine ganze Kompanie gemacht.«

»Sehr gerne«, antwortete Frieda – nicht weil sie hungrig war, sondern um den Ausdruck von Freude auf seinem Gesicht zu sehen.

»Ich muss mein Repertoire vergrößern«, erklärte Jack. »Ich beherrsche ein paar Nudelgerichte, und mein Risotto ist auch nicht übel. Aber die Auswahl ist ziemlich begrenzt.« Er gab Pasta in eine Schüssel und goss die Sauce darüber.

»Wie läuft es im Käseladen?«

»Ich komme besser mit Leuten klar, die Käse kaufen, als damals mit meinen Patienten, die Hilfe brauchten.«

»Lass dir Zeit. Vielleicht überlegst du es dir doch noch anders. Wie lebt es sich denn hier?«

»Ein bisschen seltsam. Chloë wohnt wieder in ihrem alten Zimmer, ich im Gästezimmer. Das wird doch kein Dauerzustand, oder?«

»Ich hoffe nicht. Gibt es sonst noch etwas, worüber du mit mir reden möchtest?«

Jack verteilte gerade Pasta auf zwei Teller.

»Das reicht!«, bremste ihn Frieda.

»Fragst du als Analytikerin oder als Freundin?«

»Ich frage als ein Mensch, der sich Sorgen um dich macht.«

»Möchtest du wissen, ob es in meinem Leben wieder eine Frau gibt?«

»Zum Beispiel.«

»Denkst du da an Chloë?«

»Ist Chloë als Freundin denn wieder aktuell?«

»Sie ist immer meine Freundin geblieben – aber nicht auf die Art, wie du meinst, nein.«

»Es gibt jemand anders?«

»Im Leben begegnen einem immer wieder neue Menschen. Die einen kommen, andere gehen.«

»Im Moment interessieren mich mehr diejenigen, die kommen.«

»Also gut. Beispielsweise hat sich jemand, den ich aus der Schule kenne, wieder bei mir gemeldet.«

»Ach?« Sie bemühte sich um einen neutralen Ton.

»Ich hatte ihn schon eine Ewigkeit nicht mehr gesehen – ein Jahrzehnt oder sogar noch länger. Und während dieser ganzen Zeit habe ich mich auch immer bemüht, möglichst nicht an ihn zu denken.«

»Warum?«

»Weil er mir etwa zwei Jahre lang das Leben zur Hölle gemacht hat?«

»Er hat dich schikaniert?«

»Und zwar sehr gekonnt. Er hat mich nicht nur selbst schikaniert, sondern auch alle anderen dazu gebracht, mich zu schikanieren. Es war fast schon beeindruckend.«

»Hast du jemandem davon erzählt?«

»Niemandem. Nicht einmal, als ich in Therapie war, oder zumindest nicht richtig. Irgendwie konnte ich das nicht. Deswegen war ich ein bisschen überrascht, als er sich plötzlich bei mir gemeldet hat.«

»Du hast dich mit ihm getroffen?«

»Ein paarmal. Er sieht noch genauso aus, nur älter – rundes Gesicht, rosige Wangen. Er war der Liebling aller Lehrer, weil er nach außen hin so normal wirkte. Unser Treffen verlief seltsam. Er wollte, dass ich ihm verzeihe. Ich glaube, er hatte seinerseits eine Therapie gemacht und beschlossen, sämtliche Leute abzuklappern, die er verletzt hatte.«

»Und hast du?«

»Was?«

»Ihm verziehen.«

»Er hat inzwischen sein eigenes Trauma erlebt. Vor ein paar Jahren sind seine Eltern bei einem Verkehrsunfall ums Leben gekommen. Er sagt, seit dem Unfall sehe er sein ganzes Leben aus einem völlig neuen Blickwinkel. Vielleicht sind wir alle auf unsere Art gestört.«

»Vielleicht. Willst du mit ihm in Kontakt bleiben?«

»Keine Ahnung. Um ehrlich zu sein, wird mir jetzt, nachdem ich nicht mehr wütend auf ihn bin, allmählich klar, dass ich ihn tatsächlich nicht mag. Leiden macht einen nicht automatisch netter.«

»Nein.«

»Aber durch das Ganze ist alles wieder hochgekommen, was ich jahrelang verdrängt hatte. Zum ersten Mal seit Monaten denke ich über die Vorteile einer Therapie nach statt über die Nachteile.«

»Man sollte über beides nachdenken. Immer.«

Frieda hatte überlegt, ihre nächste Sitzung mit Morgan Rossiter abzusagen, es dann aber letztendlich doch nicht getan. Allein schon die Vorstellung, dass er sich draußen in der Welt herumtrieb und als Dozent mit jungen Frauen zu tun hatte, bereitete ihr Unbehagen. Rudkin hatte zwei frühere Fälle ausgegraben, die an einer anderen Universität passiert waren. Gab es womöglich weitere gravierende Vorfälle, auf die er im Rahmen seiner Recherchen nicht gestoßen war? Wie ging es mit Rossiter weiter, nachdem er die Universität gewechselt hatte? Oder lag das mittlerweile alles hinter ihm? Auf jeden Fall sprach einiges dafür, den Termin mit ihm wahrzunehmen und weitere zu vereinbaren. Wenn im Raum eine Wespe herumschwirrt, sollte man besser wissen, wo sie sich gerade aufhält, ging Frieda durch den Kopf.

Als er zur nächsten Sitzung erschien, nahm er einfach Platz und begann zu reden. Anfangs konnte Frieda sich kaum auf das konzentrieren, was er von sich gab. Sie sah nur seine sich bewegenden Lippen und die Fältchen rund um seine Augen, die ihr verrieten, dass er lächelte. Er lümmelte auf seinem Stuhl, als versuchte er so viel Platz wie möglich einzunehmen und auf diese Weise den Raum zu dominieren. Seine Beine waren gespreizt.

»Es tut mir leid«, fiel Frieda ihm ins Wort. »Ich fürchte, an dieser Stelle muss ich Sie unterbrechen.«

Es folgte ein Moment des Schweigens.

»Sprechen Sie weiter«, sagte Rossiter dann, fast als wäre er derjenige, der das Gespräch leitete – als müsste sie um Erlaubnis bitten, das Wort ergreifen zu dürfen. Unter anderen Umständen hätte Frieda vielleicht mit einem Patienten darüber gesprochen. Therapiesitzungen konnten zu einem Kampf um Territorien ausarten, wenn der Patient versuchte, die Regie zu übernehmen. An diesem Tag war das nicht ihr Problem.

»Der Sinn dieser Anfangssitzungen ist eine erste Einschätzung …«

»Entschuldigung, gibt es ein Problem?«

»Bitte lassen Sie mich ausreden. Der Sinn dieser Anfangssitzungen ist eine erste Einschätzung, um festzustellen, ob hier der richtige Ort für Sie ist – ob ich die richtige Therapeutin bin. In diesem Fall bin ich zu dem Schluss gelangt, dass ich nicht die Richtige für Sie bin.«

»Wieso?«, fragte Rossiter. »Was stimmt nicht?«

»Ich werde Doktor Singh schreiben und ein paar Empfehlungen aussprechen.«

»Was soll das heißen, Sie werden Doktor Singh schreiben?

Wenn etwas nicht funktioniert, können wir das dann nicht einfach besprechen und ändern?«

Frieda konnte es kaum ertragen, ihn auch nur anzusehen. Gleichzeitig machte es sie auf eine beschämende Weise verlegen, dass sie all diese Dinge über ihn wusste. Sie fragte sich besorgt, welche Konsequenzen es haben würde, wenn sie ihn so in die Welt hinausschickte, aber ihr fiel keine Alternative ein. Sie hatte das dumpfe Gefühl, dass man die Leute vor diesem Mann warnen sollte, aber wen genau sollte sie warnen, und wie ließ sich eine solche Warnung formulieren und begründen? Trotzdem musste sie etwas sagen.

»Ich bin der festen Überzeugung, dass Sie eine Therapie machen sollten«, erklärte sie. »Aber mich hat überrascht, dass Sie im Lauf unserer letzten Sitzung erwähnten, Sie wollten diese Therapie unbedingt bei einer Frau machen und hätten sich speziell mich ausgesucht. Mittlerweile bin ich absolut sicher, dass Sie einen männlichen Therapeuten brauchen.«

Rossiter hielt die Armlehnen seines Stuhls so fest umklammert, dass an beiden Händen die Venen hervortraten.

»Ich wollte unbedingt Sie«, entgegnete er.

»So läuft das nicht. Wir sind hier nicht in einem Supermarkt.«

»Aber was, wenn es wichtig für mich ist, die Therapie bei einer Frau zu machen? Was, wenn ich der Überzeugung bin, dass Sie die Einzige sind, die mir helfen kann?«

»Dann ist das ein Thema, über das Sie sprechen sollten«, antwortete Frieda, »und zwar mit einem männlichen Therapeuten. Es versteht sich von selbst, dass ich Ihnen für diese Sitzung nichts berechnen werde.«

»Das versteht sich in der Tat von selbst, denn als Therapie wird mir das heute nicht viel nützen.«

Morgan Rossiter blieb sitzen. Was, wenn er sich weigerte zu gehen? Als er schließlich noch einmal das Wort ergriff, klang sein Ton wieder sanfter.

»Wahrscheinlich war ich zu sehr darauf erpicht, Sie zu beeindrucken«, erklärte er. »Sie wissen schon: Frieda Klein so weit zu bringen, dass sie sich für mich interessiert. Ich nehme an, Sie sind nicht bereit, mir eine zweite Chance zu geben?«

Plötzlich musste Frieda an die beiden jungen Frauen an Morgan Rossiters letzter Universität denken. Sie wusste nicht mal ihre Namen. Wohin es sie wohl verschlagen hatte? Waren sie inzwischen frei von ihm? Frei von dem, was er ihnen angetan hatte?

»Wenn Sie bei Ihrem neuen Therapeuten sind«, sagte Frieda langsam, »dann sollten Sie über die Schwierigkeiten sprechen, die Sie damit haben zuzuhören, was andere sagen, und darauf zu reagieren.«

Rossiter erhob sich.

»Ich brauche keinen gottverdammten Therapeuten!« Mit diesen Worten stürmte er aus dem Raum und knallte die Tür hinter sich zu.

Auf einmal war es die einfachste Sache der Welt. Einfacher als beim ersten Mal. Einfacher als die Nichte. Einfacher als Reuben McGill. Es war so gewesen, wie er es sich selbst immer gesagt hatte: Du musst lernen zu improvisieren, immer bereit sein und auf den perfekten Moment warten.

Der kam, als er nicht damit rechnete, aber er war trotzdem vorbereitet.

Wenn die Leute wütend sind, wollen sie reden. Sie wollen einem ihre Version der Geschichte erzählen. Bald standen sie in der Wohnung des Mannes. Er brauchte nicht einmal zu fragen. Er hatte sein freundliches Gesicht aufgesetzt, mitfühlend und interessiert. Währenddessen wurde das Lächeln in ihm immer größer. Er spürte, wie es an seinen Mundwinkeln zupfte. Deswegen legte er eine Hand über den Mund und tat, als müsste er husten, damit sein Gegenüber nicht merkte, in welcher Hochstimmung er war.

Und dann war da immer noch die andere Person. Ihre Uhr tickte.

34

Karlsson saß in der Küche von Crawford, dem ehemaligen Polizeipräsidenten, der mittlerweile in Frühpension war und dessen Karriere von ihrem unschönen Ende überschattet wurde. Karlsson wusste nicht recht, was er hier in diesem kleinen Haus in Hammersmith eigentlich sollte, und fühlte sich unbehaglich.

Sein ehemaliger Chef war gerade damit beschäftigt, Kaffee zu machen. Die riesige Maschine, die den Großteil der Küchentheke einnahm, dampfte, zischte und gurgelte vor sich hin. Crawford sah aus, als würde er mit dem Ding kämpfen. Sein Gesicht war röter denn je, und seine Augen erschienen Karlsson noch kleiner als früher. Der Bauch hing ihm über die Hose. Es war seltsam, ihn in Freizeitkleidung zu sehen, bei sich zu Hause. Er wirkte zu groß für den kleinen Raum und das kleine Haus.

»Wie ist es Ihnen denn inzwischen ergangen?«, fragte Karlsson.

Crawford zerrte an einem Hebel, woraufhin Kaffee in eine Tasse zu tröpfeln begann.

»Ich gebe Ihnen die Schuld, Mal.«

»Wofür?«

»Sie haben sie in mein Leben gebracht. Wäre das nicht passiert, würde ich immer noch in dem Job arbeiten, in dem ich gut bin, und die Politiker hätten keinen so starken Einfluss auf unsere Arbeit. Alles wäre in Ordnung.«

Karlsson wusste nicht, was er ihm darauf antworten sollte.

»Selbst war ich allerdings auch schuld«, fuhr Crawford fort.

»Ich weiß, dass ich Mist gebaut habe.« Er reichte Karlsson den Kaffee. »Schauen Sie nicht so düster. Ich weiß, dass sie eine ganz spezielle Freundin von Ihnen ist.«

»Nur eine Freundin.«

»Wenn Sie meinen.«

»Sie wollten mich sprechen.«

»Ich wollte Sie um einen Gefallen bitten.«

Er trat mit seiner Kaffeetasse an den Tisch, ließ mehrere Zuckerwürfel hineinfallen und rührte dann hektisch um, ehe er einen kleinen Schluck nahm. »Sie kennen doch Hal Bradshaw.«

Den kannte Karlsson in der Tat: Hal Bradshaw, den Psychologen und Profiler, der von der Londoner Polizei des Öfteren zurate gezogen wurde. Er tauchte jedes Mal auf, wenn die Medien einen Kommentar zu einem besonders scheußlichen Verbrechen wollten, und hatte bei zahlreichen Gelegenheiten mit Frieda die Klingen gekreuzt. Hinzu kam, dass Dean Reeve mal sein Haus in Brand gesteckt hatte.

»Ja, den kenne ich.« Mehr sagte er dazu nicht.

»Er macht gerade eine Fernsehserie. Den Titel habe ich vergessen. ›Verbrechen im Kopf‹ oder so was in der Art. Ich habe mich zu einem Interview bereit erklärt.«

»Ach?«

»Ja. Aber jetzt bekomme ich kalte Füße. Ich wollte Sie fragen – als alten Freund –, ob Sie das für eine schlechte Idee halten.«

Karlsson war bemüht, sich seine Überraschung nicht anmerken zu lassen. Crawford hatte versucht, ihn zu feuern. Frieda hatte er mit einer Feindseligkeit behandelt, die zum Schluss fast krankhaft geworden war. Stand der Mann so allein da, dass er Karlsson tatsächlich als seinen Freund betrachtete?

»Ich nehme an, Sie sollten vorher festlegen, welche Themen in dem Interview zur Sprache kommen werden.«

»Es geht um verschiedene Fälle, mit denen ich im Lauf der

Jahre zu tun hatte«, erklärte Crawford. »Kann ich Hal vertrauen? Was meinen Sie?«

»Nun ja, jeder verfolgt seine eigenen Ziele.«

»Natürlich.«

»Und er hasst Frieda.«

Ein kleines Lächeln breitete sich über Crawfords breites, gerötetes Gesicht aus.

»An Ihrer Stelle wäre ich vorsichtig«, meinte Karlsson in sanftem Ton. »Womöglich benutzt er Sie nur.«

Es war der Geruch.

Sofie Kyriakos machte gerade einen Backkurs, und wenn sie zu Hause war, im obersten Geschoss eines Wohnhauses im Stadtteil Dalston, dann verbrachte sie den Großteil ihrer Zeit in ihrer winzigen Küche, damit beschäftigt, erst den Vorteig zuzubereiten, dann die Hefe hinzuzufügen und anschließend den Teig zu kneten, bis sie am Ende zusehen konnte, wie er zu einem weichen Kissen aufging. Mit der Zeit aber nahm sie unter dem intensiven Hefeduft des Teiges noch etwas anderes wahr – einen Geruch nach Fäulnis und Verwesung, versetzt mit einer leicht süßlichen Note, die das Ganze nur noch schlimmer machte. War irgendwo eine Ratte verendet? Sie hatte von solchen Fällen gehört. Eine Ratte fraß Gift, wurde davon krank und verkroch sich in eine Nische unter den Bodendielen oder hinter einer Wandvertäfelung, wo sie dann starb und verweste. Da blieb einem oft nichts anderes übrig, als zu warten, bis der Gestank von selber wieder nachließ. In diesem Fall aber war er einfach nicht zu ignorieren.

Sie trat hinaus auf den Gang. Auf ihrem Stockwerk lagen noch drei andere Wohnungen, und drei weitere im Stockwerk darunter. Dort stank es noch bestialischer. Sie klopfte an eine der Türen. Keine Reaktion. Sie versuchte es an den beiden anderen, mit demselben Ergebnis. Alle waren in der Arbeit oder anderweitig unterwegs. Sie kannte keinen ihrer Mitmieter. Die Leute kamen und gingen, Wohnungen wurden untervermietet, Freunde zogen ein. Manchmal sah sie vertraute Namen auf den Briefumschlägen, die sich unten im Eingangsbereich stapelten, aber die meisten von diesen Leuten waren längst nicht mehr da.

Nach einem weiteren Tag hielt sie es einfach nicht mehr aus. Sie traf den Mann aus Wohnung drei, der mutmaßte, es müsse an den Abflüssen liegen. Sofie widersprach. Aus den Abflüssen kam dieser Gestank ganz bestimmt nicht. Nachdem sie vergeblich versucht hatte, den Vermieter telefonisch zu erreichen, schickte sie ihm eine E-Mail und eine Textnachricht. Aber er lebte irgendwo außerhalb von London. Er meldete sich bloß, wenn ein Bewohner mit der Miete in Verzug war, und auch dann nur per Brief, verfasst von einem Anwalt. Also rief sie bei der Stadt an, schaffte es aber nicht einmal, einen menschlichen Gesprächspartner an die Strippe zu bekommen. Am Ende meldete sie es dann der Polizei. Woraufhin sie erst einmal diverse Fragen über sich ergehen lassen musste. Hatte sie schon bei sämtlichen Mietern nachgefragt? Hatte sie im Gesundheitsamt angerufen? Konnte es nicht an der Kanalisation liegen?

Irgendwann trafen zwei junge Beamte ein. Sie wirkten halb gelangweilt, halb genervt, als Sofie sie unten in Empfang nahm und ihnen erklärte, dass sie nach oben müssten, drei Stockwerke hinauf. Schließlich standen sie heftig keuchend vor der Wohnungstür.

»So«, sagte Sofie. »Können Sie es jetzt riechen?«

Die beiden konnten. Sie sahen sich an, und ab da ging alles ganz schnell. Sie machten ein paar Meldungen mit ihren Funkgeräten. Sofie begann sich unauffällig zu entfernen, doch einer der Beamten bekam es mit und forderte sie auf, sich nicht von der Stelle zu rühren.

»Sie sind unterwegs«, erklärte sein Kollege.

Die beiden fingen an, Sofie zu befragen, doch sie konnte

ihnen nicht sagen, wann sie den Bewohner zuletzt gesehen hatte, weil sie ihn ja gar nicht kannte. Sie wusste nicht einmal, ob es sich um einen Mann oder eine Frau handelte. Hatte sie etwas gehört? Sie hörte ständig etwas, konnte jedoch nicht zuordnen, aus welcher Wohnung der Lärm jeweils kam.

Die Beamten gingen nach unten. Kurz darauf polterten Stiefel die Treppen herauf, und dann füllte sich der Gang plötzlich mit uniformierten Männern – so vielen, dass Sofie sie gar nicht mehr zählen konnte. Ein kräftig gebauter, grauhaariger Mann steuerte auf sie zu.

»Sind Sie die Nachbarin, die angerufen hat?«

»Ja.«

»Bleiben Sie hier. Aber besser mit ein bisschen Abstand.«

Zwei Beamte traten vor. Sie trugen einen langen Rammbock aus Metall. Der Gang war zu eng dafür, sodass sie nicht im richtigen Winkel an die Tür herankamen. Eine Weile beriet man sich murmelnd, dann wurden ein paar Stimmen lauter.

»Versucht es einfach schräg«, entschied der grauhaarige Mann schließlich.

Vier Männer, zwei auf jeder Seite, griffen nach dem Rammbock und schwangen ihn. Es waren mehrere Anläufe nötig, ehe ein splitterndes Geräusch zu hören war und die Tür nach innen aufschwang. Aus der Wohnung drang eine Welle heißer Luft, die Sofie sogar aus mehreren Metern Entfernung spürte. Zwei Beamte traten ein. Sofie hörte sie nach Luft ringen und dann fluchen. Einer der beiden erschien blass und schwitzend an der Tür und wandte sich an den grauhaarigen Mann.

»Das sollten Sie sich ansehen, Sergeant.«

»Kann ich gehen?«, fragte Sofie.

»Vorerst nicht«, antwortete er, ehe er die Wohnung betrat.

Ein anderer Beamter kam wieder heraus. Er steuerte auf Sofie zu und lehnte sich neben sie an die Wand, sichtlich bemüht, tief und langsam zu atmen.

»Was ist los?«, fragte Sofie, aber er hob nur die Hand. Offenbar war er nicht in der Lage zu sprechen.

Nach ein paar Minuten kam auch der grauhaarige Sergeant wieder zum Vorschein.

»Verfluchte Scheiße!«, schimpfte er. »Wir müssen die Kripo verständigen.«

»Was ist los?«, fragte Sofie erneut.

Der Sergeant starrte sie an, als sähe er sie zum ersten Mal. »Da drin liegt eine Leiche. In einem ziemlich üblen Zustand. Alle Gashähne waren aufgedreht und sämtliche Heizungen.« Er hielt einen Moment inne. »Sie kannten ihn nicht?«

»Nein.«

»Frieda Klein«, sagte der Sergeant.

»Wie bitte?«

»Kennen Sie jemanden namens Frieda Klein?«

35

Petra Burge hasste es zu warten. Der Verkehr nervte, die Sonne brannte durchs Wagenfenster. Ihr war heiß, und zusätzlich platzte sie vor Ungeduld. An der Ampel sagte sie ihrem Fahrer, sie werde den Rest zu Fuß gehen. Sie stieg aus und hastete im Laufschritt die belebte Straße entlang, wobei sie in ihrer Eile etliche andere Fußgänger anrempelte. Endlich erreichte sie den Zugang zu der kleinen Kopfsteinpflastergasse, wo sie kurz durchatmete und ihre Gedanken ordnete. Frieda wusste, dass sie kam, aber nicht, warum.

Als Frieda ihr die Tür aufmachte, fiel Petra sofort auf, wie dunkel ihre Augen wirkten und wie bleich sie war, trotz der heißen Wochen, die hinter ihnen lagen. Petras eigenes Gesicht war mit Sommersprossen übersät. Sie kamen von den vielen Stunden, die sie damit verbrachte, durch Parks und an Kanälen entlangzulaufen, Kilometer für Kilometer, bis ihr Körper schmerzte und ihre Gedanken sich beruhigten.

»Kommen Sie herein«, sagte Frieda. »Darf ich Ihnen etwas anbieten? Tee?«

»Nur Wasser.«

Sie gingen in die Küche. Petra sah Frieda dabei zu, wie sie das Wasser laufen ließ, bis es kalt war, ein großes Glas füllte, einen Eiswürfel hineinfallen ließ und sich dann die Hände an einem Geschirrtuch abtrocknete, ehe sie ihr das Glas reichte. Auf dem Fensterbrett stand ein Töpfchen mit Basilikum, auf dem Tisch eine Vase mit gelben Rosen. Frieda trug ein graues Hemd, bei dem sie die Ärmel hochgekrempelt hatte, dazu eine Baumwollhose. Ihr Haar war am Hinterkopf locker zusammengebunden. Sie wirkte kühl und beherrscht. Alles, was sie tat, war so geordnet, und trotzdem gab es in ihrem Leben so viel Gewalt und Chaos, ging Petra durch den Kopf.

Sie nahmen beide Platz. Frieda nickte ihr zu.

»Kennen Sie einen Mann namens Morgan Rossiter?«

Petra sah Frieda an, während sie ihr diese Frage stellte, und hatte das Gefühl, dass sie ganz leicht zusammenzuckte. Ihre Miene wirkte plötzlich angespannt.

»Er war bis vor Kurzem ein Patient von mir.«

»Bis vor Kurzem?«

»Ich war nicht die richtige Person für ihn. Warum fragen Sie mich das?«

»Er ist tot.«

»Was?«, keuchte Frieda erschrocken.

»Er wurde ermordet. Seine Leiche wurde gestern Abend gefunden. Sie fragen sich vielleicht, warum ich deswegen zu Ihnen komme.« Sie wartete, doch Frieda schwieg. »Wir sind auf Ihren Namen gestoßen.«

»Ich war seine Therapeutin«, gab Frieda mit belegter Stimme zu bedenken.

»Ist es üblich, dass jemand den Namen seiner Therapeutin in großen Lettern an die Wand malt?«

Frieda legte eine Hand an die Kehle. Die Stille im Raum bekam etwas Beklemmendes.

»Eine Botschaft«, flüsterte sie schließlich.

»Auf irgendeine Art, ja.«

»Wissen Sie, ob er den Namen selbst geschrieben hat?«

»Daran arbeiten wir noch, aber ich schätze, wir können davon ausgehen, dass dem nicht so war.«

»Also war es die Person, die ihn getötet hat.«

Die beiden Frauen sahen sich einen Moment über den Tisch hinweg an, dann stand Frieda abrupt auf.

»Können wir ein Stück gehen?«, fragte sie.

»Gehen?«

»Ja. Ich muss mich jetzt bewegen.«

»Wo wollen Sie denn hin?«

»Egal.«

»Natürlich.«

Gemeinsam verließen sie das Haus. Frieda marschierte scheinbar aufs Geratewohl darauf los, bog mal nach links, mal nach rechts in irgendwelche Nebenstraßen ab, bis sie einen großen Platz erreichten. Sie betraten den Park in seiner Mitte. Am hinteren Ende spielten zwei Männer Tennis. Frieda steuerte auf eine Bank im Schatten einer großen Platane zu und ließ sich darauf nieder.

»Zuerst wurde meine Nichte entführt«, begann sie. »Sie wurde ein ganzes Wochenende festgehalten. Man hat sie fotografiert, während sie bewusstlos auf einer Matratze lag, und mir hinterher die Aufnahme zukommen lassen. In der Zwischenzeit wurde Reuben in seinem eigenen Haus so schlimm zusammengeschlagen, dass ihm das Gehen immer noch wehtut – und vergessen Sie nicht, dass wir von einem Mann sprechen, der Krebs hat und ohnehin schon sehr krank und schwach ist. Und nun hat die betreffende Person einen Mann getötet, der mein Patient war.«

Petra nickte.

»Ich hatte ihm erst kürzlich gesagt, dass ich nicht mehr seine Therapeutin sein kann.«

»Warum?«

»Wir haben nicht harmoniert«, antwortete Frieda knapp. »Das kommt hin und wieder vor.«

»Verstehe. Sie können mir nichts Besonderes über ihn sagen?«

Frieda wandte das Gesicht ab. Petra registrierte, dass sie die Hände im Schoß verschränkte und wieder löste.

»Nein, ich fürchte nicht.«

»Hmm.«

»Ich glaube …« Frieda brach ab.

»Ja?«

»Das ist nicht Dean Reeve. Er hat uns seine Nachricht bereits durch Alexei zukommen lassen. Aber er ist es auch deswegen nicht, weil die besagten Taten etwas so Unkontrolliertes, Chaotisches haben. Karlsson hat mir mal verraten, dass Dean gerne fischt. Er sitzt stundenlang am Wasser und wartet darauf, dass einer anbeißt. Frustriert ist er dabei nie. Dean ist ein sehr geduldiger Mann, sehr beherrscht. Dagegen ist der Kerl, der all diese Dinge tut, gar nicht geduldig, ganz im Gegenteil. Er hat es eilig, seine Gewaltorgie fortzusetzen. Oder *sie*. Oder vielleicht sind es ja auch mehrere Täter. Drei Opfer in drei Wochen, und das dritte ist gestorben. Meinetwegen.« Sie wandte sich an Petra. »Wer kommt als Nächstes? Olivia?«

»Oder Sie selbst?«

»Ich bin sein Publikum.« Sie schwieg einen Moment. Als sie weitersprach, war ihre Stimme so leise, dass Petra sie nur mit Mühe verstand. »Vielleicht würde er aufhören, wenn ich als Zuschauerin nicht mehr da wäre.«

In der Hitze lag der Park still vor ihnen. Man hörte nur das Ploppen des Tennisballs, der hin und her geschlagen wurde, gelegentliche Ausrufe der beiden Männer, vereinzelte Vogelstimmen in den Bäumen. Am blauen Himmel zog ein Flugzeug seinen Kondensstreifen hinter sich her.

»Das ist nur die eine Möglichkeit«, sagte Petra in mitfühlendem Ton.

»Und was ist die andere?«

»Wenn es sich bei dieser Person tatsächlich um einen Nachahmungstäter handelt, wie wir glauben, dann hat er Dean zu seinem Publikum erkoren, nicht Sie.«

»Und was tun wir in der Zwischenzeit?«, fragte Frieda. »Einfach nur warten, bis diese Person die nächste Chance bekommt?«

»Ich habe einen Vorschlag, der Ihnen aber nicht gefallen wird.«

»Nämlich?«

»Wir gehen damit an die Öffentlichkeit.«

Friedas Bauchgefühl war, Nein zu sagen, aber da sie keine bessere Idee zu bieten hatte, ließ sie Petra fortfahren.

»Letztes Mal haben wir Sie von drei Journalisten interviewen lassen. Jetzt sollten wir die Sache breiter anlegen: Fernsehen, Radio, Zeitungen, was auch immer. Wir werden auf die Verbindung zwischen Ihnen und den Gewalttaten hinweisen, die nun in diesem Mord eskaliert sind, und Sie werden sich für Interviews zur Verfügung stellen.«

»Meinetwegen«, sagte Frieda in resignierendem Ton.

»Ich weiß, wie sehr Ihnen das zuwider ist.«

»Es ist mir in der Tat zuwider, aber das heißt nicht, dass ich mich weigere.«

»Dann organisiere ich das Ganze.«

Seufzend rieb Frieda sich die Stirn.

»Ich muss mit Chloë sprechen. Selbst wenn wir sie nicht namentlich nennen, wird die Öffentlichkeit bald Bescheid wissen, nicht wahr?«

»Es wird kaum möglich sein, es geheim zu halten.«

»Ich rufe sie gleich an.«

Frieda sah ihr nach, wie sie durch den Park davonmarschierte, leichtfüßig und ein bisschen o-beinig, eine kleine drahtige Gestalt, die gleichzeitig jünger und älter wirkte, als sie war. Eine seltsame Frau. Hätte sie ihr von Rudkin und seinen Erkenntnissen bezüglich Morgan Rossiter erzählen sollen? Beinahe hätte sie es getan.

Sie rief Chloë an und informierte sie. Nach einem Moment des Schweigens sagte Chloë, natürlich sei sie einverstanden, wenn Frieda es für nötig halte. Frieda beendete das Gespräch.

Durch das schlaffe grüne Laub der Platane schien die Sonne auf sie herab. Sie wusste, mit wem sie als Nächstes sprechen musste.

Ein Lied geht ihm nicht mehr aus dem Kopf. Ein Ohrwurm. Was für ein schrecklicher Name. Nun muss er sich ständig vorstellen, wie ein Wurm sich langsam durch sein Ohr in seinen Kopf windet. It was on a Monday morning that I beheld my darling, she looked so neat and charming in every fine degree. *Oder so ähnlich.* Dashing away with the smoothing iron. Day after day. *Er kann nicht aufhören, die Worte vor sich hin zu summen, auch wenn ihm der Rest des Textes entfallen ist.*

Er braucht keinen Schlaf, und ihm ist auch nicht nach Essen zumute. Er schiebt den Teller weg: Berge von Kartoffelbrei, mehrere Scheiben Fleisch. Er bekommt das nicht hinunter. Er fühlt sich hohl und leichtfüßig. Sein Kopf ist klar.

36

Frieda goss Whisky in zwei Gläser. Sie stellte einen kleinen Krug Wasser zwischen sie und gab Karlsson mit einer Handbewegung zu verstehen, dass er sich davon selbst nehmen sollte, so viel er wollte. Die Katze kam in den Raum stolziert und forderte ihre Streicheleinheiten ein, indem sie um Friedas Beine strich. Draußen war es inzwischen dunkel, und der Raum wurde bei heruntergelassenen Jalousien nur von einer Stehlampe schummrig beleuchtet.

Karlsson hob sein Glas, nahm einen kleinen Schluck, spürte den Whisky in Mund und Kehle brennen. Er hatte Frieda selten so niedergeschlagen erlebt. Ihr Gesicht bestand nur noch aus Kanten und Schatten. Ihre dunklen Augen glühten.

»Schieß los«, sagte er.

Frieda betrachtete ihn. Ihr war anzusehen, dass sie gerade eine Entscheidung fällte.

»Ich spreche mit dir als meinem Freund«, sagte sie schließlich.

»Warum macht mich diese Ankündigung nervös?«

»Du weißt, dass ich einen Privatdetektiv engagiert habe.«

»Rudkin.«

»Ich habe ihn gebeten, die Leute unter die Lupe zu nehmen, die in letzter Zeit ins Leben von Olivia, Chloë, Reuben und Jack getreten sind.«

»Klingt vernünftig.«

»Josefs Bekanntenkreis habe ich nicht durchleuchten lassen, was vielleicht ein Fehler war. Es ist schwer zu entscheiden, wo man die Grenze ziehen sollte.«

»Das kann ich mir vorstellen.«

Frieda legte eine Hand an die Kehle, eine Geste, die sie erst seit Kurzem machte.

»Vermutlich war es eine Schnapsidee. Ich hatte das Gefühl, dass die Person, die all diese Dinge tut, sich irgendwie unter uns befindet, in unserem Leben. Deswegen musste ich einfach aktiv werden.« Sie saß inzwischen weit nach vorne gebeugt.

»Hat Rudkin etwas Brauchbares herausgefunden?«

»Ich weiß nicht, ob es brauchbar ist. Herausgefunden hat er jedenfalls eine Menge.«

»Was zum Beispiel?«

»Zum Beispiel die Tatsache, dass Chloë mit einem Mann zusammenarbeitet, der als Kind missbraucht wurde und später gelegentlich auf der falschen Seite des Gesetzes stand. Olivia kennt viele Männer, alles Widerlinge, die behaupten, solo zu sein, obwohl sie in Wirklichkeit verheiratet sind. Oder die behaupten, gute Jobs zu haben, obwohl es überhaupt nicht stimmt. Und Jack hat einen Typen wiedergetroffen, der ihn auf übelste Weise schikaniert hat, als die beiden noch zur Schule gingen. Mittlerweile ist er durch irgendwelche Bank- oder Börsengeschäfte sehr reich geworden. Seine Eltern sind vor ein paar Jahren bei einem Verkehrsunfall ums Leben gekommen.«

»Du weißt jetzt also Dinge, die dich eigentlich nichts angehen.«

»Ich habe meine Freunde ausspionieren lassen.«

»Zu ihrem eigenen Besten.«

Frieda verzog einen Moment vor Selbstekel das Gesicht, dann schenkte sie Karlsson Whisky nach.

»Aber ich wollte dir noch etwas anderes erzählen.«

»Lass hören.«

»Ich habe Rudkin auch gebeten, zwei meiner Patienten auf den Zahn zu fühlen. Sie sind beide neu. Besser gesagt, waren es.« Sie wartete, ob Karlsson etwas erwidern würde. Er verzog keine Miene. »Ich brauche dir wohl nicht zu sagen, dass das nicht erlaubt ist. Außerdem ist es falsch. Ich meine, moralisch falsch. Rudkin hat herausgefunden, dass einer der beiden ein paar schwarze Flecken in seiner Vergangenheit aufweist: schwere sexuelle Übergriffe. Obwohl er nie vor Gericht stand. Nachdem ich das wusste, konnte ich ihn als Patienten nicht behalten und behauptete deswegen ihm gegenüber, ich sei nicht die richtige Therapeutin für ihn. Er war sehr wütend.«

»Verstehe.«

»Gestern wurde seine Leiche gefunden.«

Karlsson starrte sie an.

»Morgan Rossiter war dein Patient?«

»Ja. Und mein Name prangte in seiner Wohnung an der Wand.«

»Mein Gott, Frieda.«

»Tja.«

»Ich weiß gar nicht, wo ich da anfangen soll.«

»Dann lass mich anfangen: Soll ich Petra Burge darüber informieren, dass ich Rudkin auf ihn angesetzt hatte?«

Karlsson schwieg eine Weile. Draußen hörte Frieda den Verkehr auf der Euston Road.

»Nein«, brach er schließlich das Schweigen.

»Du sagst das nicht bloß, weil du glaubst, dass es das ist, was ich hören will?«

Er schüttelte den Kopf. »Ich kann dir genau beschreiben, was dann passiert: Durch irgendeine undichte Stelle würde es zu den Zeitungen durchsickern, deine Karriere wäre ruiniert, und zur Aufklärung des Falls würde es auch nicht beitragen. Die Polizei braucht gerade mal fünf Minuten, um alles Wissenswerte über seine Vergangenheit herauszufinden.«

»Du musst mir nicht einreden, dass ich richtig gehandelt habe.«

»Du weißt, Frieda, dass ich auch zu dir stehen würde, wenn

du im Unrecht wärst. Das habe ich in der Vergangenheit weiß Gott schon getan. Aber dieses Mal hattest du wahrscheinlich recht, wenn auch auf eine chaotische Weise. Du solltest dir Gedanken darüber machen, wie es nun weitergehen soll. Apropos, wie geht es denn nun weiter?«

»Wir wenden uns an die Öffentlichkeit. Morgen früh werden sämtliche Zeitungen darüber berichten. Petra Burge meint, es könnte hilfreich sein.«

Karlsson nickte. »Klingt plausibel.«

»Kein Verstecken mehr.« Frieda blickte sich im Raum um. »Aber auch keine Privatsphäre mehr.«

»Graut dir davor?«

»Das spielt keine Rolle. Irgendjemand muss etwas wissen.«

Karlsson erhob sich. »Eins noch«, sagte er.

»Was?«

»Hast du mich auch durchleuchten lassen?«

Zum ersten Mal an diesem Abend lächelte Frieda. »Nein.«

»Warum nicht?«

»Du findest, ich hätte es tun sollen?«

»Ich bin doch auch ein Freund von dir.«

»Das bist du in der Tat.«

37

Jetzt war alles anders. Es hatte bereits verschiedene Vorfälle gegeben, aber nun war jemand tot. Das Gesicht von Morgan Rossiter prangte auf jeder Zeitung, und auch in den Fernsehnachrichten wurde über die Tat berichtet: ein Mann aus der Mittelklasse, brutal abgeschlachtet, noch dazu ohne ersichtliches Mordmotiv. Keiner der Berichte erwähnte Frieda, aber ihr war klar, dass sich das bald ändern würde.

Während der Interviews, die sich den ganzen Vormittag hinzogen, hatte sie das Gefühl, als passierte das jemand anderem – nicht Frieda Klein, sondern einer Fremden, die nur Frieda Klein spielte. Die gleichen Fragen und die gleichen Antworten, Sätze in einer Endlosschleife, bis Frieda sich schließlich nicht mehr erinnern konnte, ob sie sie wiederholt oder ausgelassen hatte: die Inszenierung von etwas, das eigentlich harte Realität war.

In der schier unerträglichen Wärme der Fernsehstudios erzählte sie ihre Geschichte, auf wenige Minuten gekürzt, eine strenge Chronologie des Chaos. Frieda hörte selbst, wie ruhig ihre Stimme klang. Anschließend machte sie das Gleiche für den Rundfunk. Jedes Mal wurde ihr ein Glas Wasser eingeschenkt und ein Mikrofon dicht vor dem Mund platziert. Petra befand sich an ihrer Seite. Sie wurde ebenfalls interviewt. Frieda fiel auf, dass sie sich gut ausdrückte, souverän, aber nie gestelzt. Begleitet wurden sie außerdem von einer Frau der PR-Abteilung, die Frieda immer am Ellbogen nahm, wenn sie sie in ein Auto verfrachtete oder in ein Gebäude geleitete. Chloës Namen blieb unerwähnt. Sie wurde lediglich als nahe Verwandte bezeichnet. Reuben hingegen wurde namentlich genannt. Im

Mittelpunkt aber stand Morgan Rossiter: Ein Mann war getötet worden, nur weil er der Patient von Frieda Klein war.

Schließlich gab es noch eine Pressekonferenz, einen Raum voller Reporter und blitzender Kameras. Frieda entdeckte bekannte Gesichter. Liz Barron natürlich, in der ersten Reihe, mit frischem Gesicht und funkelnden Augen. Blieb ihr diese Frau denn nie erspart? Daniel Blackstock, den sie zuletzt gesehen hatte, als er ihr jenes Foto von Chloë überreichte, nachdem sie ihn vorher angefaucht hatte. Gary Hillier vom *Chronicle*, im schwarzen Anzug, als käme er gerade von einer Beerdigung. Außerdem etliche andere, mit denen sie im Lauf der Jahre zu tun gehabt hatte. Aus dem Augenwinkel entdeckte sie ein Gesicht, mit dem sie nicht gerechnet hatte: Walter Levin, mit ernster, fragender Miene, im grellen Licht blinzelnd. Ihre Stimmung besserte sich ein wenig, als sie Karlsson entdeckte. Er lehnte hinten an der Wand. Als ihre Blicke sich trafen, lächelte er zwar nicht, begrüßte sie aber mit einem kleinen Nicken.

Petra sprach zuerst kurz über den Stand der Ermittlungen im Fall Dean Reeve, dann über die neue und sehr beunruhigende Serie von Angriffen, deren negativer Höhepunkt nun ein Mord bildete. Das Motiv schien jeweils die Freundschaft oder Bekanntschaft mit Doktor Frieda Klein zu sein, und alles wies auf einen Nachahmungstäter hin. An dieser Stelle deutete Petra auf Frieda, die zu ihrer Linken saß. Frieda spürte, wie sich sämtliche Blicke im Raum auf sie richteten. Sie saß ganz still, die Hände vor sich auf dem Tisch, während Petra ihren Bericht fortsetzte: Obwohl Dean Reeve als Verdächtiger nicht ausgeschlossen werden könne, erklärte sie, gehe die Polizei von der Arbeitshypothese aus, dass es sich bei alledem um das Werk eines anderen Täters handle. Petra sprach über die polizeilichen Ermittlungen und appellierte an die Bürger, sich zu melden, wenn sie etwas wüssten, das Licht in die Sache bringen könnte. Dann wandte sie sich an Frieda und bat sie, ihrerseits ein paar Worte zu äußern.

Frieda ließ den Blick über das Meer aus Gesichtern schweifen.

»Irgendjemand muss etwas wissen«, begann sie. Im Raum wurde es sehr still, aber Frieda sprach nicht weiter. Sie wusste einfach nicht, was sie noch hinzufügen sollte. Gary Hillier, der im vorderen Bereich saß, betrachtete sie, als wäre sie ein komplizierter Knoten, den es zu lösen galt. Frieda spürte Petras Hand auf ihrem Arm und konnte endlich fortfahren: »Bei diesem Täter, der nicht davor zurückschreckt, einen sehr kranken Mann anzugreifen oder einer jungen Frau Drogen ins Getränk zu kippen und sie anschließend zu entführen, und der nun sogar einen Mann ermordet hat – allem Anschein nach nur, weil er Kontakt mit mir hatte –, handelt es sich um eine gestörte und sehr gefährliche Person. Es gilt, den oder die Täter aufzuhalten, und zwar nicht nur wegen der bisher begangenen Verbrechen, sondern auch, um zukünftige zu verhindern.«

Es gab eine Menge Fragen, einen Wirrwarr aus erhobenen Stimmen, die alle etwas über Morgan Rossiter und Friedas Beziehung zu ihm wissen wollten. Liz Barron erkundigte sich nach ihren Empfindungen, ihrem emotionalen Zustand, aber Frieda gab ihr darauf keine Antwort. Ebenso verfuhr sie mit einer Reporterin, die ganz hinten saß und wissen wollte, ob womöglich ein Fluch auf Frieda liege. Andere Fragen galten Petra und betrafen das Versagen der polizeilichen Ermittlungen.

»Haben Sie Angst?«, rief jemand, als die PR-Frau gerade im Begriff war, die Konferenz für beendet zu erklären.

»Ja«, antwortete Frieda, die nicht zuordnen konnte, wer die Frage gestellt hatte. Es waren einfach zu viele Menschen im Raum. »Natürlich. Wer hätte da keine Angst?«

DRITTER TEIL

Die Leiche hinter der Tür

38

Haben Sie Angst?«, fragte Daniel Blackstock.

»Ja. Natürlich. Wer hätte da keine Angst?«

Obwohl sie in seine Richtung blickte, hatte er nicht das Gefühl, dass sie ihn tatsächlich ansah. Vielleicht bekam er in den nächsten Tagen ja mal ein Einzelinterview mit ihr. Schließlich schuldete sie ihm noch einen Gefallen.

Dann war es vorbei, und sie war weg – von einer Frau am Ellbogen aus dem Raum geführt, gefolgt von Petra. Daniel Blackstock stand auf und schulterte seine Segeltuchtasche. Auf dem Weg nach draußen lief er Liz Barron in die Arme.

»Was halten Sie von der ganzen Geschichte?«, fragte sie ihn aufgekratzt. Ihre Augen funkelten. Sogar ihr Haar schien noch mehr zu glänzen als sonst.

»Schrecklich«, antwortete er knapp.

»Stimmt, aber …«

Er wartete nicht, bis sie den Satz zu Ende gesprochen hatte. Die Frau war eine Landplage, und schreiben konnte sie auch nicht besonders, gehörte aber trotzdem zur Starreporterriege der *Daily News*. Das Leben war ungerecht.

Ein Kollege, der sich wie er auf den Bereich Verbrechen spezialisiert hatte, klopfte ihm kumpelhaft auf den Rücken.

»Sie haben die Frau mal interviewt, stimmt's? Vielleicht sind Sie ja der Nächste.«

Daniel Blackstock trat wortlos hinaus in die Sommerhitze. Der Himmel leuchtete strahlend blau. Im Café gegenüber holte er sich einen Kaffee zum Mitnehmen, den er trank, während er sich durchs Getümmel kämpfte. Er beschloss, zu Fuß bis zur

Haltestelle Bank zu gehen. Auf diese Weise hatte er ein bisschen Zeit, seine Gedanken zu ordnen. Während er so dahinmarschierte, verfasste er im Geiste bereits seinen Artikel. Der würde morgen bestimmt auf der Titelseite prangen, gefolgt von einer ganzen Doppelseite zu dem Thema, die vermutlich ebenfalls von ihm stammen würde. Er entwickelte sich langsam zum Frieda-Klein-Experten. Vielleicht konnte er seine Story sogar an andere Zeitungen verkaufen. Die Auslandspresse begann Interesse zu zeigen. Er würde viel zu tun haben.

Der erste Absatz war der wichtigste. Es sollte nichts Sensationslüsternes werden, schließlich wollte er nicht schreiben wie Liz Barron, die vor jedes Substantiv ein, zwei Adjektive klatschte. »Düster«, diesen Ausdruck würde er benützen, wenn er beschrieb, wie Frieda Klein auf dem Podest gewirkt hatte. Düster. Und voller Angst. Ja, sie hatte selbst gesagt, dass sie Angst habe. Natürlich, wie sollte es auch anders sein? Trotzdem hatte sie gar nicht ängstlich gewirkt. Er erreichte den Eingang zur U-Bahn-Station Bank, wo er den Rest seines Kaffees hinunterkippte und dann den leeren Becher in einen Abfallbehälter warf, ehe er mit der Rolltreppe nach unten fuhr.

Dieser Streckenabschnitt war ihm so vertraut, dass er die Namen der Haltestellen im Schlaf aufsagen konnte: Shadwell, Limehouse, Poplar, Blackwall, East India … Er wusste, wie schnell London in eine Gegend überging, die erst noch im Werden begriffen war, geprägt von zerfallenden Lagerhäusern und riesigen, halb fertigen Baustellen. Er stieg in West Silvertown aus, nur ein paar Minuten von zu Hause entfernt – und auch nur ein paar Minuten von jenem anderen Ort, seinem geheimen Versteck.

Eine kreischende Hupe ertönte. Mehrmals hintereinander. Er blickte sich um. Es war, als hätte ihn jemand aus dem Schlaf gerissen. Er stand mitten auf der North Woolwich Road, und ein weißer Lieferwagen war nur wenige Meter von ihm entfernt zum Stehen gekommen. Ein schreiender, fluchender Mann lehnte sich aus dem Fenster. Blackstock machte sich nicht die Mühe, ihm zu antworten, sondern setzte einfach seinen Weg über die Straße fort.

Kaum hatte er den Gehsteig erreicht, klingelte sein Telefon. Er warf einen Blick auf die Nummer. Es handelte sich um seinen Redakteur. Beziehungsweise einen seiner Redakteure. Es gab so viele von ihnen, und sie wechselten ständig. Eines aber hatten sie alle gemeinsam: Sie konnten ihm sagen, was er zu tun hatte, und er musste es tun. Dieses Mal war es Brian.

»Wo, zum Teufel, bist du?«

»Ich war auf der Pressekonferenz.«

»Welcher Pressekonferenz?«

»Zum Frieda-Klein-Fall.«

»Ist die noch im Gange?«

»Nein.«

»Wo bist du dann?«

»Auf dem Weg nach Hause, um meinen Artikel zu schreiben.«

»Du fährst jetzt schon nach Hause? In welchem Jahrhundert lebst du eigentlich? Was ist denn mit den anderen Storys, an denen du arbeitest? Meinst du, die schreiben sich von selbst?«

Mit einer gewissen Faszination hörte Daniel Blackstock zu, wie der andere Daniel Blackstock – der, den die Leute sahen, der öffentliche, gespielte, unechte – am Telefon murmelte, er komme mit den anderen Storys gut voran und es tue ihm wirklich leid, dass er nicht mehr in die Redaktion gefahren sei, dafür werde er morgen schon in aller Frühe da sein. Daniel Blackstock hielt nicht viel von dem Daniel Blackstock, dem er gerade zuhörte. Er hätte es schrecklich gefunden, wirklich so zu sein.

Im Anschluss an das Telefongespräch atmete er erst einmal tief durch. Wenn die anderen nur wüssten, wer er war, wozu er fähig war und was er getan hatte! Er blickte sich um. Die vertrauten Straßen wirkten auf ihn heute ganz anders, die Farben klarer, die Konturen schärfer. Vor seinem geistigen Auge tauchte der Raum auf, sein geheimes Versteck.

Ein Flugzeug, das gerade vom Stadtflugplatz aufstieg, donnerte über seinen Kopf hinweg. Es kam ihm vor, als wollte es ihn zu Hause willkommen heißen.

»War alles in Ordnung?«

Daniel Blackstock blickte quer über den Tisch zu seiner Frau. In Ordnung? Was meinte sie damit? Ach ja, das Essen. Vorher hatte sie von ihrem Tag erzählt, und er hatte nicht zugehört. Ihr Geplapper war für ihn so eine Art Hintergrundgeräusch, als ob im Nebenraum noch das Radio lief. In der Regel beschränkte er sich darauf, hin und wieder etwas zu murmeln oder zu nicken, aber ihre letzte Frage erforderte irgendeine Art von Antwort. Er betrachtete die Essensreste auf seinem Teller. Er konnte sich kaum daran erinnern, etwas davon verspeist zu haben. Da war der Knochen eines Lammkoteletts, ein Rest Kartoffelbrei, ein wenig Gemüse. Was konnte man dazu schon sagen?

»Ja, gut.«

Er sah seine Frau an. Lee Blackstock, geborene Bass. Wenn sie nach Hause kam, zog sie sich immer um. Statt der Sachen, die sie zur Arbeit anhatte, trug sie zu Hause lieber Kleidung, die ihr für die Freizeit passender erschien – an diesem Abend ein geblümtes Shirt und darüber eine hellblaue Strickjacke. Als sie seinen Blick bemerkte, stieg ihr ein Hauch von Röte in die Wangen. Normalerweise hatte sie ein sehr blasses Gesicht. Ein blasses Gesicht, stumpfes Haar, helle Augen.

»Wie war dein Tag?«, fragte sie.

»Gut.«

»Was hast du gemacht?«

»Soll ich es dir in allen Einzelheiten schildern?«

»Es interessiert mich nur.«

»Ich war auf der Frieda-Klein-Pressekonferenz.«

»Ach«, sagte Lee. »Frieda Klein.«

»Was soll das heißen? Ach, Frieda Klein«, äffte er sie nach.

»Das soll gar nichts heißen.«

»Warum hast du es dann gesagt? Du wolltest damit doch irgendetwas andeuten.«

»Es scheint mir nur ein Fall zu sei, der dich interessiert, das ist alles.«

»Er ›interessiert‹ mich nicht. Es ist mein Job.«

»Ich will doch nur ein bisschen was über deine Arbeit wissen.«

Wieder betrachtete er sie. In dem Moment erinnerte sie ihn an einen kleinen, kläffenden Hund, der nach seinen Fußknöcheln schnappte. Am liebsten hätte er nach ihr getreten – sie zum Schweigen gebracht. Ihre beflissene Miene machte ihm bewusst, dass er sich ihr gegenüber unfair verhielt, aber es stand einfach außer Frage, dass sie je verstehen würde, was mit ihm los war. Niemand konnte das verstehen. Er verstand es ja selbst kaum. In seinem Kopf passierte gerade so viel. Er musste seine Gedanken ordnen. Entschlossen stand er auf.

»Ich muss arbeiten«, verkündete er.

»Aber wir essen doch noch.«

»Es eilt.«

»Ich dachte …«, begann sie, brach dann aber ab, als sie seinen Gesichtsausdruck sah.

»Du möchtest etwas über meine Arbeit wissen?«, gab er zurück. »Dann erzähle ich dir jetzt mal was: Bei uns in der Redaktion wird jede Kleinigkeit kontrolliert, jedes Büro, jede Büroklammer, jeder Artikel. So eine Geschichte könnte einen Reporter berühmt machen, und ich bin da dran. Und ich brauche ein bisschen Raum.«

»Ich wollte doch nur helfen.«

»Im Moment hilfst du mir am besten, indem du mich in Ruhe lässt und nicht mit Fragen nervst.«

Mit diesen Worten wandte er sich endgültig zum Gehen und ließ seine Frau vor ihrem noch halb vollen Teller am Tisch zurück. Er verschwand nach oben in sein kleines Büro, das auf der Rückseite des Hauses lag. Er hatte den Raum so schlicht wie möglich eingerichtet. Sein Computer stand auf dem Schreibtisch am Fenster, durch das man auf den kleinen betonierten Hof hinuntersah. Jenseits der rückwärtigen Mauer ragte das Gebäude in der nächsten Straße auf, von dem nur ein einziges Fenster sichtbar war, vermutlich das Badezimmerfenster, denn es handelte sich um eine Milchglasscheibe. Dahinter bewegte sich manchmal ein verschwommener Schatten.

Abgesehen von dem Schreibtisch beschränkte sich das Mobiliar auf einen Bürostuhl und einen braun lackierten Aktenschrank. Die Wände waren frei von Bildern. Einmal hatte Lee ihn gefragt, ob sie nicht welche aufhängen könne. Danach hatte sie ihm diese Frage nie wieder gestellt. Auf dem Schreibtisch stand nur der Computer. Ansonsten durfte sich dort nichts befinden, das nicht gerade benutzt wurde, nicht einmal ein Stift. Alle Unterlagen kamen in den Aktenschrank, Stifte und ein Vorrat an Tintenpatronen in die Schublade.

Nun ließ er sich auf dem Stuhl nieder und starrte auf den Bildschirm seines Computers, ohne etwas wahrzunehmen. Vor seinem geistigen Auge sah er eine bewusstlose junge Frau auf dem Boden liegen. Er hatte darauf geachtet, ja keine Spuren an ihr zu hinterlassen, erinnerte sich aber genau an ihren Geruch und ihre Wärme. Er hatte sein Gesicht an die weiche Hautfalte unter ihrem Kinn gedrückt. Das war nichts Sexuelles gewesen, absolut nicht. Aber sie war ihm völlig ausgeliefert gewesen. Er hätte sie ausziehen können, mit ihr machen, was er wollte. Trotzdem war er nicht mal in Versuchung geraten. Das hätte er erbärmlich gefunden. Diesen Weg wollte er nicht gehen – nicht einmal jetzt, wo es so einfach gewesen wäre.

Der Nächste vor seinem geistigen Auge war ein Mann mittleren Alters, hilflos unter seinen Schlägen. Das war unbefriedigend gewesen – ein wichtiger Schritt, aber überstürzt und voller Angst. So vieles hätte schiefgehen können. Jemand hätte ihn entdecken können. Trotzdem hatte es ihn ihr nahegebracht. Er hatte in der Zeitung etwas über den Mann gelesen: Er war ein Freund von Frieda. Eine Vaterfigur. Wahrscheinlich mehr als das.

Mittlerweile begannen die Bilder zu verblassen, das Mädchen ebenso wie der Mann, wobei er von der Nichte zumindest das Foto hatte, das war ja schon mal was. Aber Morgan Rossiter sah er noch ganz deutlich vor sich. Sobald Daniel Blackstock an ihn dachte, fühlte er sich schlagartig in die Wohnung zurückversetzt. Er sah wieder den verblüfften Blick vor sich, der mit dem ersten Schlag einherging, und dann das Erlöschen des Lichts in Rossiters Augen, während sich die Fenster zur Seele eines Menschen in bloße Materie verwandelten, zwei leblose Schleimklumpen. Das war ich, dachte Daniel Blackstock, das war tatsächlich ich. Ich habe diese Veränderung in der Welt herbeigeführt.

Und dann gab es da noch die andere Person – aber dieses Kapitel war noch nicht abgeschlossen.

Ein weiteres Gesicht kam ihm in den Sinn. Frieda Klein. Als er ihr zum ersten Mal begegnet war – richtig begegnet, von Angesicht zu Angesicht –, ging sein Puls plötzlich so schnell, dass er das Gefühl hatte, keinen klaren Gedanken mehr fassen zu können, geschweige denn zusammenhängende Fragen zu stellen. Irgendwie war es ihm dann doch gelungen. Als er sich ihre Begegnung nun ins Gedächtnis rief, blitzte eine Abfolge von Bildern und Fragmenten auf. Die Art, wie sie sprach, leise, aber klar, mit einem Hauch von Dialekt, den er aber nicht einordnen konnte. Ihre glatten Hände mit den langen Fingern. Ihre markanten Wangenknochen. Eine widerspenstige Haarsträhne, die sie sich aus dem Gesicht strich. Sie hatte sich dabei auf die Unterlippe gebissen, vielleicht vor Ungeduld. Vor allem aber erinnerte er sich an ihre dunklen, klugen Augen, die ihn mehrfach so eindringlich gemustert hatten, dass er jedes Mal erschrocken dachte: Sie weiß es! Sie weiß es!

Hinter alledem gab es noch eine weitere, undeutlichere Gestalt. Dean Reeves Gesicht kannte Daniel Blackstock nur von einem einzigen Foto, jener Aufnahme, die sie immer in den Zeitungen verwendeten. Es handelte sich dabei wohl um ein altes Passfoto. Dean Reeve schien den Betrachter direkt anzustarren. Ohne zu lächeln. Auf Passfotos darf man nicht lächeln. Aber wie bei Frieda hatte Daniel Blackstock auch bei Dean das Gefühl, dass er ihn ansah und durchschaute. Wobei er in diesem Fall gesehen und durchschaut werden wollte. Dass er als einer der ersten Journalisten am Tatort gewesen war, als man Bruce Stringers Leiche gefunden hatte, war ihm wie ein Wink des Schicksals erschienen. Als er erfuhr, was in Frieda Kleins Haus passiert war, hätte er am liebsten laut losgeprustet und applaudiert. Es war so clever und lustig. Was für eine Art, eine Botschaft zu übermitteln! Im Vergleich dazu waren seine eigenen Botschaften krakelige Notizen. Aber er lernte langsam dazu.

Plötzlich kam ihm das Büro eng und beklemmend vor. Er musste raus. Leise stieg er die Treppe hinunter und zog seine Jacke an. Als er gerade die Haustür öffnete, kam seine Frau aus dem Wohnzimmer.

»Wo gehst du hin?«

»Milch kaufen.«

»Soll ich mitkommen?«

»Das schaffe ich gerade noch allein.«

Draußen fühlte er sich wie befreit. Er ging an dem geheimen Ort vorbei, aber nicht hinein, obwohl er sich davon angezogen fühlte wie von einem Magneten. Dann marschierte er in Richtung Norden zum Victoria Dock und ließ dort den Blick übers Wasser schweifen. Plötzlich erschien ihm alles richtig. Er hatte sich über Dean Reeves Leben informiert. Wenn er über die Brücke ging, wäre es nur ein kurzer Fußmarsch bis nach Canning Town, wo Dean Reeve gewohnt hatte, als er noch in der alten Welt lebte. Er war einer der wenigen, die nachvollziehen konnten, wie Daniel Blackstock jetzt empfand. Er schloss die Augen und rief sich immer wieder den Moment in Erinnerung, als das Leben aus Morgan Rossiter gewichen war wie ein erlöschendes Licht. Alles andere – die Recherche, das Ausspionieren von Frieda und ihren Freunden, die Entführung, der Überfall –, das war alles vergleichsweise trivial und billig gewesen. Nun aber hatte er den Schritt in eine neue Welt getan. Es war so, wie es angeblich sein sollte, wenn man seine Unschuld verlor. Bloß dass der Verlust der Unschuld für Daniel Blackstock keine große Sache gewesen war – ein bisschen Gefummel mit fünfzehn, durch das sich die Welt kein bisschen verändert hatte. Doch jetzt war das anders. Er war in den Klub eingetreten: Menschen, die getötet haben. Womöglich wusste Dean Reeve bereits über ihn Bescheid. Wahrscheinlich wäre er amüsiert und geschmeichelt. Dabei war das erst der Anfang.

Daniel Blackstock blickte sich um. An einem Tisch draußen vor einem Café saß eine Gruppe von Leuten. Eine Frau zeigte den anderen etwas auf ihrem Handy, woraufhin alle lachten. Falls sie ihn überhaupt bemerkten, fanden sie ihn bestimmt nichtssagend. Wenn die wüssten! Das war Teil seiner Macht, in der Lage zu sein, das zu tun, was er getan hatte, und trotzdem nicht das Bedürfnis zu verspüren, es jemandem mitzuteilen. Er konnte ertragen, wie respektlos er in der Arbeit behandelt wurde. Nichts davon spielte für ihn eine Rolle. Er wusste, wer er war.

Er schaute in Richtung des Viertels, wo Dean Reeve gelebt hatte. Dabei kam es ihm fast vor, als könnte er dessen Anerkennung wie Sonnenlicht auf seiner Haut spüren. Widerstrebend wandte er sich ab und ging langsam zurück nach Hause.

»Hast du die Milch bekommen?«

»Ach, die habe ich vergessen.«

»Das macht doch nichts. Wir haben noch einen vollen Karton.«

»Wolltest du mich gerade vorführen?«

Lee wurde ganz blass. »Warum sollte ich das tun?«

»Vergiss es.«

Er ging wieder hinauf in sein Büro. Schließlich hatte er einen Artikel zu schreiben, auch wenn er nicht gleich damit anfing. Er musste erst nachdenken. Das war eben nicht besonders professionell von ihm gewesen. Er hatte sich bei einer dummen, völlig unnötigen Lüge ertappen lassen. Oder würde Lee ihm abnehmen, dass er aus dem Haus gegangen war, um Milch zu holen, und dann vergessen hatte, welche zu kaufen? Er würde ernsthaft über seine Frau nachdenken müssen. Stellte sie ein Risiko dar? Konnte es sein, dass ihr an ihm etwas Ungewöhnliches aufgefallen war? Er fühlte sich anders. Sah er auch anders aus?

Wenigstens stand nicht zu befürchten, dass jemand den Raum mit der Matratze auf dem Boden entdecken würde. Und in seinem Büro gab es auch nichts, weswegen er sich Gedanken machen musste. Seine Akten enthielten nichts Verfängliches, mal abgesehen von Notizen, Zeitungsausschnitten und Presseerklärungen, über die jeder andere Journalist auch verfügte. Sein Computer war eine andere Geschichte. Deswegen schützte er ihn neuerdings mit einem besonders langen Passwort. Es war schon vorher ziemlich lang gewesen, doch mittlerweile umfasste es zweiundzwanzig Zeichen, bestehend aus den Mädchennamen seiner beiden Großmütter, der Postleitzahl der Viertels, in dem er als Student gelebt hatte, und schließlich dem wichtigsten Element: dem Datum, an dem er Frieda Klein töten würde.

39

Am nächsten Tag sollte er für die Zeitung über die geplante Gartenbrücke über die Themse schreiben (pro und kontra) und außerdem ein kurzes telefonisches Interview mit einem Londoner Unternehmer führen, der mit Altmetall ein Vermögen gemacht hatte und nun eine karitative Institution gründete. Während er zu Hause in seinem kleinen Büro stand und durchs Fenster auf den betonierten Hof hinunterblickte, hatte er Mühe, seinem Redakteur gegenüber einen ruhigen Ton zu bewahren.

»Meint ihr nicht«, sagte er, »dass es wichtiger wäre, die Frieda-Klein-Story weiterzuverfolgen?«

»Gibt es da denn etwas Neues?«

»Es ist im Moment die einzig wichtige Story.«

»Was hast du zu bieten, das die anderen Zeitungen nicht auch haben?«

»Genau deswegen brauche ich Zeit. Immerhin habe ich von Anfang an darüber berichtet.«

»Ich hatte eigentlich vor, Suzie darauf anzusetzen. Aus dem Blickwinkel einer Frau.«

Blackstock spürte, wie es in ihm zu brodeln begann. Seine Augen brannten. Im gleißenden Sonnenlicht wirkte der Hof fast silbrig, und der Himmel leuchtete intensiv blau.

»Ich weiß alles, was es über Frieda Klein zu wissen gibt«, erklärte er. »Ich war von Anfang an dabei. Deswegen bin ich derjenige, der darüber schreiben sollte. Und wenn ich etwas Neues erfahre, könnt ihr es an die ganze internationale Presse verkaufen.«

Am anderen Ende herrschte Schweigen. Geld zog immer.

»Ich gebe dir bis Montag früh.«

»Wo willst du hin?«

»Zur Arbeit. Oder hast du vergessen, dass ich einen Job habe? Irgendjemand muss doch die Rechnungen bezahlen und das Essen auf den Tisch bringen.«

»Ich arbeite auch«, gab Lee schüchtern zu bedenken.

Blackstock sah seine Frau an. Sie arbeitete in einer Einrichtung für betreutes Wohnen. Oft hatte sie beim Nachhausekommen – vor allem nach einer Nachtschicht – einen ganz eigenen Geruch an sich, irgendwie süßlich und zugleich beißend. Wenn er sich vorstellte, was sie machte – die körperliche Pflege –, ließ ihn das jedes Mal schaudern. Die Bezahlung war erbärmlich. Seinen Kollegen in der Zeitung verschwieg er, was sie tat. Ihnen gegenüber behauptete er immer, sie sei Lehrerin.

»Ja, natürlich. Bis später.«

»Weißt du, wann …?«

Aber er war bereits in den warmen Morgen hinausgetreten, wo sich seine Stimmung sofort besserte. Er schaute auf sein Handy: Ihm blieb gerade noch genug Zeit, um seinem geheimen Versteck einen kurzen Besuch abzustatten, dem einzigen Ort, wo er ganz er selbst sein konnte, und danach würde er einen Blick auf Frieda werfen.

In der Saffron Mews lungerten noch ein paar Fotografen herum, die ihm jedoch berichteten, Frieda Klein habe bereits am frühen Morgen das Haus verlassen. Sie sei an ihnen vorbeigelaufen, ohne auch nur den Kopf zu heben für ein Foto. Blackstock überlegte einen Moment, ehe er sich wieder zum Gehen wandte. Von ihrem Haus aus waren es nur zehn Minuten bis zu dem großen Gebäude, in dem sie ihre Praxis hatte, mit Blick auf eine von Kratern durchsetzte Baustelle.

Im Laden an der Ecke nahm er sich einen großen Becher Kaffee mit, den er mit drei Würfeln Zucker süßte. Sein ganzer Körper pulsierte vor Vorfreude und Aufregung, deswegen hatte er das Gefühl, einen Energieschub zu brauchen. Er war erst vor ein paar Tagen dort gewesen und hatte genau wie jetzt das Haus beobachtet. An jenem Tag hatte er Rossiter hineingehen und bald darauf wieder herauskommen sehen, und zwar mit wutverzerrtem Gesicht. Da hatte er sofort gewusst, einfach *gewusst*, dass er einer von Friedas Patienten war – und reif, gepflückt zu werden. Immer wieder sah er Rossiters Gesichtsausdruck vor sich, als er stürzte, als er starb, und auch seine eigene Gestalt, wie er über ihm stand. Es war, als spielte er im Geiste immer wieder denselben Film ab.

Nun ließ er sich gegenüber dem Gebäude auf einer Bank nieder, von wo er einen guten Blick auf den Ausgang hatte. Er wusste, dass sie jeden Morgen ihre Praxis aufsuchte, war aber der Meinung gewesen, dass sie sich nach Rossiters Tod eine Auszeit nehmen würde. Leise lachte er in sich hinein: Typisch für Frieda Klein, gleich wieder die Arbeit aufzunehmen. Ganz anders als seine Frau. Selbst wenn Lee nur eine kleine Erkältung hatte, legte sie sich sofort ins Bett, ausgestattet mit Unmengen von Papiertaschentüchern und einem Stapel Zeitschriften.

Er trank seinen Kaffee. Ein paar Meter von ihm entfernt spielte ein schäbig gekleideter Mann auf seiner Geige, den Instrumentenkoffer aufgeklappt vor sich. Daniel Blackstocks Handy klingelte, und er warf einen Blick auf das Display. Jemand aus der Arbeit, deswegen ging er nicht ran. Sie hatten ihm schließlich bis Montag früh Zeit gegeben. Eine Viertelstunde später klingelte es erneut. Dieses Mal war es Lee. Er schob das Telefon zurück in seine Tasche. Kurz vor Mittag entdeckte er eine Gestalt, die ihm bekannt vorkam. Klein, mager, rotblond und flachbrüstig. Sie trug Turnschuhe, als wäre sie ein Teenager und keine erwachsene Frau. Die Kriminalbeamtin. Petra Burge.

Er war fast schon im Begriff, sich zu verdrücken, als ihm einfiel, dass er jedes Recht hatte, vor Ort zu sein. Immerhin war er Journalist, ein Frieda-Klein-Reporter. Wie penetrant er sie auch verfolgte, es würde niemandem verdächtig vorkommen. Er setzte sich gerader hin, weil er damit rechnete, gleich von der Polizistin bemerkt zu werden, doch sie hatte keinen Blick für ihre Umgebung, sondern steuerte zielstrebig auf die Tür zu und verschwand dahinter.

»Die Öffentlichkeit ist bemüht zu helfen«, berichtete Petra.

»Das ist gut, oder?«

Frieda saß in ihrem roten Sessel, Petra ihr gegenüber, wo normalerweise die Patienten Platz nahmen. Zwischen ihnen stand ein niedriger Tisch mit einer Schachtel Papiertaschentücher. An der Wand hing eine Zeichnung, und auf dem Fensterbrett thronte eine blühende Topfpflanze. Im Raum war es kühl und ruhig. Ein wahres Refugium, verglichen mit der dröhnenden Hitze der nur wenige Gehminuten entfernten Oxford Street und der riesigen Baustelle draußen vor dem Fenster.

»Hunderte Leute rufen an. Nein, wahrscheinlich eher Tausende. Wir kommen überhaupt nicht mehr nach. Bisher kostet es uns einfach nur viel Zeit. Übrigens hat sich Professor Hal Bradshaw bei mir gemeldet. Er dachte, ich könnte sein Fachwissen gebrauchen.«

Frieda spürte, dass Petra auf ihre Reaktion lauerte.

»Warum erzählen Sie mir das?«

»Ich weiß, dass Sie beide in der Vergangenheit Probleme miteinander hatten.«

»Wie haben Sie auf sein Angebot reagiert?«

»Ich habe es dankend abgelehnt. Er startet demnächst eine große Fernsehserie über Mörder des einundzwanzigsten Jahrhunderts, einschließlich Dean Reeve und all der jüngsten Entwicklungen. Ich dachte mir, ich sollte Sie vorwarnen.«

»Danke.«

»Man wird ein Interview mit Ihnen machen wollen.«

»Ich glaube, davon habe ich jetzt endgültig die Nase voll.«

»Er ist dabei, sich mit Leuten in Verbindung zu setzen, die Sie kennen.«

Frieda erschrak. Sie stand auf und ging ans Fenster. »Als ich hier anfing, standen da Häuser. Ich habe gesehen, wie die Abrissbirne sie alle zertrümmerte. Es ging so schnell – den einen Tag waren sie noch da und am nächsten plötzlich weg, nur noch Geröllschutt am Boden. Dann wurden die Bauarbeiten eine Weile eingestellt. Kinder und Jugendliche tauchten auf und nahmen das Gelände als eine Art Spiel- und Sportplatz in Beschlag. Die Jungs trugen dort ihre Fußballspiele aus. Teenager gingen zum Rauchen hin oder um Drogen zu nehmen, oder einfach nur eine Weile abzuhängen. Liebespaare kamen. Einsame Menschen. Nachts tummelten sich dort eine Menge Füchse. Und jetzt fangen sie auf einmal wieder mit dem Graben und Bauen an. Das ist typisch London – ständig ändert sich alles.«

»Wenn wir beide das Ganze noch einmal durchgegangen sind, werde ich ein weiteres ausführliches Gespräch mit Ihrer Nichte Chloë führen.«

»Sie sagt, sie wird von der Presse belästigt. Ihr Name ist also doch durchgesickert?«

»So läuft es meistens.«

»Was versprechen Sie sich von einer weiteren Befragung?«

»Ich muss irgendwo anfangen.«

»Wieso ausgerechnet bei ihr?«

»Es gibt da eine Theorie, der zufolge das erste Verbrechen, das ein Täter begeht, das impulsivste ist. Danach gehen sie systematischer vor. Deswegen kann dieses erste Verbrechen unter Umständen mehr Hinweise liefern.«

»Eine Theorie«, wiederholte Frieda. Sie runzelte die Stirn.

Petra nickte. »Die Statistiken belegen beispielsweise, dass bei Serienmorden die Distanz zwischen dem Wohnort des Täters und dem Fundort der ersten Leiche meist am geringsten ist.«

»Das klingt für mich ein bisschen dubios.«

»Trotzdem werde ich im Anschluss an unser Gespräch nach Walthamstow aufbrechen, um mit Chloë zu reden.«

»Aber sie erinnert sich inzwischen auch nicht an mehr als beim letzten Mal.«

»Sie ist dem Täter begegnet. Vielleicht kennt sie ihn – oder Leute, die ihn kennen. Es hilft weder ihr noch sonst jemandem von Ihnen, wenn Sie sie zu beschützen versuchen. Wir müssen jeden unter die Lupe nehmen, einfach alles analysieren.«

Frieda betrachtete sie nachdenklich. »Sie haben natürlich recht.«

»Aber?«

»Ich werde das Gefühl nicht los, dass ich etwas übersehe. Da ist etwas, das ich nicht erkenne.«

»Das Gefühl kommt mir bekannt vor.« Petra blickte sich um. »Hier empfangen Sie also Ihre Patienten.«

»Ja.«

»Und verwandeln ihr neurotisches Elend in ganz normales Unglück.«

»Wie bitte?«

»Ich habe gesagt …«

»Ich weiß, was Sie gerade gesagt haben. Sie haben Freud gelesen.«

»Ein bisschen«, antwortete Petra vage.

»Meinetwegen?«

Petra zuckte mit den Achseln. »Ich dachte, es könnte mir bei meinen Ermittlungen helfen.«

»Und? Hat es geholfen?«

»Nicht direkt. Aber es ist interessant.«

»Was?«

»Wie seltsam jeder Mensch ist – oft sogar sich selber fremd. Wie geheimnisvoll.«

Beim Verlassen des Hauses sah Petra Burge, dass einer der Journalisten, die Frieda interviewt hatten, auf der anderen Straßenseite herumhing. Wahrscheinlich wartete er darauf, dass sie herauskam. Wie war noch mal sein Name? Daniel irgendwas. Er tauchte immer bei den Pressekonferenzen auf. Bisher hatte er recht gute Arbeit geleistet, zumindest wahrheitsgetreu berichtet. Er war eher klein, hatte einen ausgeprägten Brustkorb und eine Hakennase. Für Petras Geschmack trug er seine Hose immer viel zu weit oben. Sie ignorierte ihn.

40

Gegen elf Uhr abends, als Frieda gerade im Wohnzimmer saß und las, klopfte jemand an ihre Haustür. Sie hob die Katze von ihrem Schoß und ging aufmachen.

»Ist etwas passiert? Wo kommst du her?«

Chloë sah nicht gut aus. Ihre Wangen waren fleckig, und ihr Gesichtsausdruck wirkte verzweifelt.

»Keine Sorge. Ich bin mit dem Taxi gekommen, und der Eingang zu deiner Gasse wird von zwei Polizisten bewacht – nur für den Fall, dass du das noch nicht mitgekriegt hast.«

»Doch, das weiß ich. Komm rein und setz dich.« Frieda führte sie ins Wohnzimmer und deutete auf einen Sessel neben dem Kamin, wo im Winter jeden Abend ein gemütliches Feuer brannte. »Ist irgendetwas Besonderes passiert? Ich weiß, dass Petra Burge zu dir wollte, um dich noch einmal zu befragen.«

»Das ist nicht das Problem.« Ungeduldig fuhr sich Chloë durch ihr kurz geschorenes Haar. »Ich versuche ja sowieso dauernd, mich zu erinnern.«

Frieda nickte verständnisvoll.

»Wenn es das nicht ist, was dann?«

»Es geht um William. Ich habe dir doch von ihm erzählt. William McCollough. Das ist der neue Kollege bei mir in der Werkstatt.«

»Ja, ich erinnere mich«, antwortete Frieda. Sie wusste auch noch ganz genau, was Rudkin über ihn in Erfahrung gebracht hatte: Dass er in einem Heim aufgewachsen, als Kind missbraucht worden und wegen Diebstahls und Drogen vorbestraft war.

»Ich habe ihr von ihm erzählt. Natürlich nicht nur von ihm, sondern von allen, mit denen ich zusammenarbeite. Aber für ihn interessieren sie sich besonders. Ein paar Stunden später sind zwei Polizisten gekommen und haben ihn im Streifenwagen mitgenommen.«

»Das hat nicht notwendigerweise etwas zu bedeuten.«

»Er hat mich angesehen, als hätte ich ihn verraten.«

»Du hast doch nur die Fragen beantwortet, die man dir gestellt hat – wie es deine Pflicht ist.«

»Du glaubst doch nicht, dass er es war, oder?«

»Ich habe keine Ahnung.«

»Er ist nett. Ein bisschen seltsam vielleicht. Er hat langes, graues Haar, das er immer zu einem Pferdeschwanz zusammenbindet, und er kann einem nicht in die Augen sehen. Und wenn er etwas sagt, dann murmelt er es nur ganz leise. Er tut mir leid.«

»Die Polizei muss jeden unter die Lupe nehmen.«

»Ich weiß. Aber meine anderen Kollegen werden nicht befragt. Außerdem ist das noch nicht alles.«

»Lass hören.«

»Ich bin nach der Arbeit noch in der Werkstatt geblieben. Wir waren alle ein bisschen durch den Wind, und Robbie … das ist einer von den Jungs. Wir waren mal kurz zusammen, aber jetzt sind wir nur noch Freunde. Er hat Bier besorgt, und wir saßen beieinander und unterhielten uns. Ich habe den anderen alles erzählt, was passiert ist.« Sie sah Frieda an. Ihr Gesicht wirkte fleckig, ihr Blick ängstlich. »Das hat gutgetan. Alle haben ganz toll reagiert. Ich weiß gar nicht, warum ich es bis dahin nicht geschafft hatte, mit ihnen darüber zu reden.«

»Und deswegen bist du jetzt so durcheinander?«

»Nein, tut mir leid. Ich komme immer wieder vom Thema ab. Plötzlich ist eine Journalistin aufgetaucht und hat angefangen, uns Fragen zu stellen. Warum sie William McCollough zum Verhör abgeholt und ob wir einen Verdacht hätten.«

Frieda sagte nichts.

»Woher, zum Teufel, wusste die das überhaupt?«

»Manchmal geben Polizeibeamte solche Informationen an die Presse weiter.«

»Sie hat die ganze Zeit gelächelt und war überfreundlich und unglaublich hartnäckig.«

»Lass mich raten. Liz Barron.«

»Du kennst sie?«

»Wir sind uns schon des Öfteren über den Weg gelaufen.« Sie musste an Liz Barrons frisches, strahlendes Gesicht denken, ihre unerbittliche Mädchenhaftigkeit.

»Sie hat alles Mögliche über Will erzählt. Angeblich ist er als Kind missbraucht worden. Später soll er dann drogensüchtig gewesen sein und wegen Diebstahls im Gefängnis. Es war furchtbar. Sie hat recht mitfühlend getan, dabei aber die ganze Zeit angedeutet, dass Menschen, die als Kind missbraucht worden sind, als Erwachsene dann selber andere missbrauchen. Das stimmt doch nicht, oder?«

»In diesem Fall wahrscheinlich nicht«, antwortete Frieda. »Aber es kann so sein.«

»Das kommt jetzt alles in die Zeitung, stimmt's?«

»Ja, vermutlich.«

»Und alles nur meinetwegen! Ich glaube nicht, dass es Will war. Ich bilde mir ein, dass ich das spüren würde.«

»Ich dachte, du hättest gesagt, du seist der Frieda-Klein-Experte.«

»Was?«

Daniel Blackstock war vom Läuten seines Telefons aufgewacht, stellte nun aber fest, dass es noch nicht mal sechs war, auch wenn es draußen schon hell wurde. Benommen setzte er sich im Bett auf. Lee arbeitete den Rest der Woche Nachtschicht, sodass er allein im Haus war. Zum Glück.

»Ich habe gerade mit dem Nachtredakteur gesprochen. Ihm gegenüber hast du behauptet, alles zu wissen, was es über Frieda Klein zu wissen gibt«, fuhr sein Chef fort.

»Ja.«

»Wie kann es dann sein, dass Liz Barron spektakuläre Neuigkeiten hat, während von dir gar nichts kommt?«

»Was für spektakuläre Neuigkeiten?«

»Sagt dir der Name William McCollough etwas?«

»William McCollough?«

»Ein Schreiner, der mit der Nichte zusammenarbeitet. Optisch ziemlich gruselig. Der Typ wurde gestern Nachmittag zum Verhör abgeholt. Da spricht wohl einiges dafür, dass sie den Richtigen an der Angel haben. Warum weiß Liz Barron davon, während du keinen blassen Schimmer hast?«

Daniel Blackstocks Gehirn kam erst langsam in Schwung. Er kämpfte sich aus dem Bett, zog die Vorhänge auf und blinzelte, geblendet vom Morgenlicht. Er hatte tatsächlich keinen blassen Schimmer, was diesen McCollough betraf.

»Ich lese erst mal, was sie schreibt, und melde mich dann«, sagte er.

»Ich möchte spätestens um neun etwas von dir zu lesen kriegen. Dann reden wir weiter.«

Er ließ sich in seinem kahlen kleinen Arbeitszimmer nieder und schaltete den Computer an. Liz Barrons Artikel nahm die gesamte Titelseite der *Daily News* ein, und über dem Text prangte ein Foto von McCollough, auf dem er ungepflegt und verschlagen wirkte. Sein langes Haar hatte er zu einem schlampigen Pferdeschwanz gebunden, die Augen halb geschlossen. Es folgte eine Doppelseite mit weiteren Fotos von McCollough, aber auch jener Aufnahme von Frieda, die er schon so viele Male gesehen hatte, und einer kleineren von ihrer Nichte, Chloë Klein. Er hielt einen Moment inne, um die beiden Frauen zu betrachten. Er empfand ihnen gegenüber eine tiefe Vertrautheit, eine Verbindung. Er musste an den Tag denken, als er Frieda den Umschlag überreicht hatte. Dabei hatten sich ihre Finger kurz berührt, und sie hatte ihm in die Augen gesehen.

Was sollte er jetzt machen? Bestimmt würde es nun einen großen Medienrummel geben. Diesem McCollough war die Rolle wie auf den Leib geschrieben. Er war genau der Typ Mensch, der nach Meinung der Öffentlichkeit dafür prädestiniert war, zum Mörder zu werden: ein gestörter Einzelgänger. Doch schon bald würde das Interesse abflauen. Er musste einen Weg finden, sich das zunutze zu machen. Mittlerweile konnte er wieder klarer denken. Ihm war gerade eine Idee gekommen, eine sehr gute Idee. Er spürte, dass er immer besser wurde in dem, was er neuerdings tat.

William McCelloughs Türklingel läutete ununterbrochen. Dasselbe galt für sein Telefon. Er zog den Vorhang einen Spalt weit auf und spähte hinaus. Unten auf dem Gehsteig stand eine kleine Menschenmenge und starrte zu ihm empor. Als die ersten Blitzlichter aufflammten, wich er erschrocken zurück. Benommen ließ er sich aufs Bett sinken und schlug die Hände vors Gesicht. Er versuchte, die Geräusche der Welt auszublenden, aber das Telefon klingelte weiter, klingelte und klingelte. Sie würden ihn nie in Ruhe lassen. Voller Scham und Furcht gestand er sich ein, dass er niemals frei sein würde von der Vergangenheit – ganz egal, wie weit er vor ihr davonlief. Wie viel Zeit auch vergehen mochte, selbst wenn er alt war oder schon im Sterben lag, sie würde immer an ihm kleben.

Frieda saß im Büro von Petra Burge, das Gesicht weiß vor Wut.

»Sie sagen doch, er gilt nicht als tatverdächtig.«

Petra stützte das Gesicht auf eine Hand und spielte mit einem

Stift. Sie wirkte todmüde. »Ich habe nur gesagt, dass gegen William McCollough bisher keine Anklage erhoben wurde.«

»Wieso hat sich die Presse dann derart auf ihn gestürzt? Haben Sie gesehen, was in den Zeitungen alles über ihn geschrieben wird?«

»Natürlich.«

»Es ist eine regelrechte Hetzjagd gegen ihn im Gange. Wer hat Liz Barron informiert?«

»Das weiß ich nicht. Ich versuche gerade, es herauszufinden. Wir haben eine Pressemitteilung herausgegeben, in der wir die Medien darauf hinweisen, dass er nicht als tatverdächtig gilt.«

»Aber sie lassen ihn trotzdem nicht in Ruhe.«

»Nein.« Petra sank auf ihren Stuhl zurück und fuhr mit beiden Händen durch ihr rotblondes Haar. »Sie wissen ja, wie das ist. Er hat ein Vorstrafenregister und sieht noch dazu ein bisschen seltsam aus.«

»Er ist im Heim aufgewachsen. Er wurde missbraucht. Und genau deswegen ruiniert man ihm sein Leben jetzt noch einmal.«

»Es tut mir leid. Sie können sich darauf verlassen, dass ich herausfinden werde, wer die Informationen hat durchsickern lassen.«

»Und dann? Geben Sie McCollough dann sein Leben zurück?«

Eiligen Schrittes verließ Frieda das Polizeipräsidium. In ihrem Zorn achtete sie kaum darauf, welche Richtung sie einschlug. Nachdem sie am Straßenrand kurz stehen geblieben war, um eine Lücke im Verkehr abzuwarten, hörte sie hinter sich eine Stimme.

»Doktor Klein?«

Als sie sich daraufhin umdrehte, sah sie sich einem der Journalisten gegenüber, von denen sie interviewt worden war, genauer gesagt dem, der ihr das Foto von Chloë übergeben hatte.

»Daniel Blackstock, nicht wahr?«

»Ja.« Er trat einen Schritt auf sie zu. »Sie haben ein gutes Gedächtnis.«

»Ich möchte mit keinem von Ihnen sprechen«, sagte sie.

Er verzog das Gesicht. »Wegen der Art, wie gerade mit William McCollough umgesprungen wird?«

»Wieso tun Sie alle nur so was?«

»Sehen Sie mich an«, sagte er. »Ich bin hier – nicht dort, wo meine Zeitung mich haben will. Glauben Sie mir, ich finde es auch widerlich. Ich bin nicht so. Sie habe ich doch auch immer fair behandelt, oder etwa nicht?«

Frieda blickte ihn an. »Das stimmt«, räumte sie widerstrebend ein. Sie musste an einen anderen Journalisten denken, Jim Fearby, der sich von seiner Suche nach der Wahrheit nie hatte abbringen lassen. Sie rief sich sein totes Gesicht ins Gedächtnis, seine blicklosen Augen, die sie dennoch anzustarren schienen. »Ich weiß, dass nicht alle Journalisten gleich sind. Aber ich bin trotzdem wütend.«

»Ich auch. Kein Wunder, dass die Leute uns nicht trauen.«

Frieda wandte sich halb zum Gehen.

»Ich könnte ein bisschen Wiedergutmachung leisten«, fuhr er fort. »Damals vor Ihrem Haus haben Sie gesagt, wenn Sie jemals mit jemandem von der Presse reden würden, dann mit mir.«

Er erinnerte sie daran, dass sie ihm einen Gefallen schuldete. Sie musterte ihn nachdenklich. Seine Miene wirkte ernst, seine braunen Augen hielten ihrem Blick stand.

»Was schlagen Sie vor?«

»Ich könnte darüber berichten, wie entsetzt Sie über das alles sind, und ein entsprechendes Zitat von Ihnen bringen. Außerdem frage ich mich …« Er hielt inne, fuhr sich mit der Zunge über die Unterlippe.

»Ja?«

»Meine Idee wird Ihnen wahrscheinlich nicht gefallen, aber ich schätze, sie wäre sehr wirkungsvoll.«

»Lassen Sie hören.«

»Vielleicht könnte ich Ihre Nichte interviewen.«

»Chloë?«

»Sie kennt William McCollough. Ein Interview mit ihr, einem der Opfer, hätte eine viel positivere Wirkung als tausend Pressemitteilungen der Polizei.«

»Ich bin mir wirklich nicht sicher, ob das eine gute Idee ist. Ich möchte Chloë nicht ins Rampenlicht zerren. Sie hat auch so schon genug durchgemacht.«

»Genau wie McCollough.« Das unausgesprochene ›durch Ihre Schuld‹ hing zwischen ihnen in der Luft.

Frieda runzelte die Stirn. Er ließ sie nicht aus den Augen.

»Ich spreche mit Chloë«, sagte sie schließlich.

»Sie haben mein Wort, dass ich sehr behutsam mit ihr umgehen werde. Außerdem könnten Sie beide einen Blick auf den Artikel werfen, bevor er in Druck geht. Natürlich ist es nur eine Londoner Zeitung, aber ich verspreche Ihnen, dass die Nachricht die Runde machen wird, und zwar in null Komma nichts.« Er verlieh seinen Worten Nachdruck, indem er dicht vor ihrem Gesicht mit den Fingern schnippte. »Das könnte enorm viel bewirken.«

»Wir werden sehen.«

»Hier haben Sie meine Visitenkarte.« Er zog sein Portemonnaie aus der Hosentasche, nahm ein Kärtchen heraus und reichte es ihr. »Sie können mich jederzeit anrufen. Aber warten Sie nicht zu lang. Denken Sie an McCollough.«

41

Frieda saß am Küchentisch und ihr gegenüber Chloë, die aussah, als hätte sie sich für einen neuen Arbeitsplatz in Schale geworfen, schick und dezent. Verschwunden waren die schweren Stiefel und das übergroße Männerhemd, der übertriebene Kajalstrich, die Stecker in Nase und Augenbraue. Als sie nach ihrer Ankunft die Jacke ausgezogen hatte, war darunter eine blaue Bluse zum Vorschein gekommen, die Frieda sofort als eine der ihren erkannte – eine, die sie schon seit Monaten nicht mehr hatte finden können. Dazu trug Chloë einen Baumwollrock und schlichte Ledersandalen. Ihr von Make-up und Piercings befreites Gesicht wirkte sehr verletzlich und jung.

»Bist du sicher, dass du das packst?«, fragte Frieda. »Es ist nicht zu spät, um einen Rückzieher zu machen.«

»Nein, ich möchte das durchziehen.« Chloë wirkte fest entschlossen. »Ich *muss*. Du würdest es auch tun, wenn du ich wärst.«

»Du brauchst ihm nichts zu erzählen, worüber du nicht sprechen möchtest.«

»Ich weiß. Das hast du mir schon hundertmal gesagt.«

»Auf keinen Fall darfst du das mit den Flugzeuggeräuschen erwähnen.«

»Ich weiß.«

»Außerdem werde ich die ganze Zeit dabei sein.«

»Das hast du mir auch schon gesagt. Keine Sorge, ich kriege das bestimmt hin. Er wird mir Fragen stellen, und ich werde sie beantworten. Ich habe nichts zu verbergen. Es gibt nichts, wofür ich mich schämen müsste.« Ihre Stimme schwankte plötzlich. Einen Moment wirkte sie verloren. »Und dann spreche ich über das, was gerade mit Will passiert.«

»Gut.«

»Wie ist er?«

»Wer?«

»Daniel Blackstock. Am Telefon klang er in Ordnung.«

Frieda zögerte. Sie musste daran denken, wie er ihr das Foto von Chloë gegeben hatte. Das war anständig gewesen und unerwartet. Andererseits war ihr in seinen braunen Augen ein seltsames Glitzern aufgefallen, als er sie gefragt hatte, ob er ihre Nichte interviewen könne. Aber natürlich arbeitete er als Journalist für eine Zeitung, die ständig ums Überleben kämpfte. Da sorgte er sich bestimmt um seine Existenz. Ihr war klar, dass dieses Interview für ihn so etwas wie eine Trumpfkarte darstellen musste.

»Ich kenne ihn nicht näher«, antwortete sie. »Aber er hat sich bisher anständig verhalten und macht mir einen verlässlichen Eindruck.«

»Sehe ich gut aus?«

Frieda lächelte. »Sehr gut sogar.«

»Nein, das stimmt nicht. Ich sehe gar nicht aus wie ich selbst. Ich kann diese Klamotten nicht ausstehen.«

»Warum hast du sie dann angezogen?«

»Um zart und verletzlich zu wirken, nehme ich an. Oder zumindest respektabel. Aber das war keine gute Idee. Moment.«

Sie verschwand. Frieda hörte sie die Treppe hinaufstürmen. Als Chloë kurze Zeit später wieder auftauchte, trug sie ein altes schwarzes T-Shirt von Frieda über dem Rock, und ihre Füße steckten in Friedas klobigen Wanderstiefeln, wodurch ihre Beine sehr blass wirkten und der Bluterguss entlang ihres rechten Schienbeins stärker auffiel. Die Augen hatte sie dick mit Kajal umrandet.

»So«, sagte sie, »das ist besser. Jetzt fühle ich mich wieder mehr wie ich selbst.«

»Er wird keine Fotos machen.«

»Ich weiß. Es geht mir nur darum, ich selbst zu sein. Ich möchte mich nicht verbiegen.«

Frieda nickte. »Das ist gut. Hast du noch einmal darüber nachgedacht, eine Gesprächstherapie zu machen, um das, was dir passiert ist, besser zu verarbeiten?«

»Ich werd's mir überlegen, wenn das alles vorbei ist.«

»Es ist nie vorbei. Es wird nie der Zeitpunkt kommen, der auf irgendeine magische Art genau richtig ist. Wenn du das Bedürfnis hast, mit jemandem darüber zu sprechen, dann solltest du das möglichst bald tun.«

»Müsste er nicht schon da sein?«, wechselte Chloë das Thema.

»In etwa fünf Minuten. Ich habe ihm gesagt, dass er eine halbe Stunde mit dir haben kann.«

Chloës sarkastischer Gesichtsausdruck beruhigte Frieda. »Du klingst wie meine Presseagentin. Bestimmt wirst du dafür sorgen, dass er mir keine peinlichen Fragen über mein Privatleben stellt.«

»Ich kann euch auch allein lassen, wenn dir das lieber ist.«

»Um Gottes willen, nein. Du musst auf jeden Fall dabeibleiben, aber …« Chloë kam nicht mehr dazu, ihren Satz zu beenden, weil es in dem Moment an der Tür klingelte.

Daniel Blackstock nahm auf Friedas Stuhl Platz, sodass er Chloë direkt gegenübersaß. Frieda bezog seitlich von den beiden Stellung, sozusagen als Zuschauerin. Der Beginn des Interviews verzögerte sich ein wenig. Frieda bot Blackstock Tee an, rechnete aber fest damit, dass er es vorziehen würde, gleich loszulegen. Stattdessen nahm er dankend an. Frieda ging in die Küche und machte ihm eine Tasse. Da er außerdem um zwei Würfel Zucker gebeten hatte, musste sie erst einmal in einem Schränkchen herumstöbern, bis sie diesen fand.

Blackstock machte auf sie einen nervösen Eindruck. Er hatte sich für den Anlass sichtlich in Schale geworfen: Sein graues Hemd war bis oben zugeknöpft, sodass es aussah, als würde es ihm die Luft abschnüren, und darüber trug er eine Jacke, die für den heißen Tag zu warm war. Sein Gesicht wirkte frisch rasiert, glatt und rosig. Frieda fiel auf, dass er sich immer wieder über die trockenen Lippen leckte.

»Als Erstes möchte ich Ihnen sagen, wie sehr ich es zu schätzen weiß, dass ich heute dieses Gespräch mit Ihnen führen darf. Außerdem möchte ich Sie darauf hinweisen, dass ich Ihnen beiden den Artikel, sobald ich ihn geschrieben habe, zur Ansicht vorlegen werde, ehe ich ihn einreiche.«

»Das wäre großartig«, meinte Chloë. Sie lächelte ihm aufmunternd zu und straffte ihren Rücken. Die Hände hielt sie im Schoß gefaltet.

»Das ist sonst nicht üblich, oder?«, fragte Frieda.

»Ich betrachte das hier nicht als normalen Journalismus«, erklärte Blackstock. »Soweit es mich betrifft, geht es bei diesem Interview in erster Linie um die Frage, ob es irgendwie hilfreich sein kann. Aber verraten Sie das bitte nicht meinem Redakteur.«

Er holte sein Mobiltelefon aus der Tasche und legte es auf den Tisch.

»Sie haben doch nichts dagegen, wenn ich das Gespräch aufzeichne, oder?«

Chloë hatte nichts dagegen. Sie wirkte blass, aber gefasst.

»Als Erstes«, begann Daniel Blackstock mit einem nervösen Hüsteln, »würde ich mit Ihnen gern die schlimme Sache durchsprechen, die Ihnen passiert ist. Aber wenn Sie das zu sehr aufwühlt, dann sagen Sie es bitte.«

»Das Problem ist«, antwortete Chloë, »dass ich mich kaum an etwas erinnern kann. Das ist ja das Schreckliche daran. Es gibt da diese verlorenen Tage, und ich weiß nicht, was während dieser Zeit mit mir passiert ist.«

»Es muss Ihnen vorkommen wie ein Albtraum«, meinte Blackstock.

»Stimmt. Was ist das für ein Widerling, der so etwas macht?«

»Sie wissen also nur noch, dass Sie mit Ihren Freundinnen in der Kneipe waren, und dann … was? Dass Sie irgendwo wieder aufgewacht sind?«

»Ja, auf einem Friedhof. Innerhalb der Absperrung rund um den großen alten Baum dort. Aber selbst das fühlt sich irgendwie verschwommen an, wie eine ganz vage Erinnerung. Es ist, als hätte ich Matsch im Hirn.«

»Matsch im Hirn«, wiederholte Blackstock. Er notierte sich etwas auf seinem Block. »Dann waren Sie also sehr lang bewusstlos …« Er schien zu rechnen. »Fast sechzig Stunden!«

»Der Kerl hat mir etwas gespritzt«, erklärte Chloë in nüchternem Ton. Sie streckte ihm ihren Unterarm hin. »Mehrere Male. Man kann noch ganz schwach die Einstichstellen sehen.«

Er beugte sich vor.

»Sie müssen sich wie vergewaltigt fühlen.«

»Muss ich das?«

Chloës Antwort ließ Frieda in sich hineinlächeln. Sie schlug sich wacker.

»Nun ja, wenn man bedenkt, wie Sie dalagen und wie Sie hindrapiert waren …«

Blackstock beobachtete Chloës Reaktion. Er registrierte, wie sie überrascht die Augen aufriss, den Mund leicht öffnete und hörbar schneller atmete.

»Wie meinen Sie das? Es weiß doch niemand, wie ich hindrapiert war.«

Er setzte eine überraschte Miene auf.

»Hat man Ihnen das Foto denn nicht gezeigt?«

»Moment mal!«, mischte Frieda sich in scharfem Ton ein.

»Es tut mir leid«, sagte Daniel Blackstock. »Ich bin einfach davon ausgegangen ... Aber wie ich jetzt sehe, lag ich da falsch.«

»Welches Foto?«, fragte Chloë. Blackstock schwieg. »Was für ein Foto, Frieda?«

»Eine Aufnahme, die Mister Blackstock per Post zugeschickt wurde. Er hat sie mir gegeben, und ich habe sie an die Polizei weitergeleitet.«

»Warum hast du sie mir nicht gezeigt?«

»Weil ich dich nicht aufregen wollte.«

»Nicht zu fassen, dass du mir das verschwiegen hast!«

»Ich musste da einfach eine Entscheidung treffen.«

»Ich will das Foto sehen.«

»In meinen Unterlagen habe ich eine Kopie davon«, warf Blackstock ein. »Aber vielleicht ist Doktor Klein der Meinung, dass Sie es besser nicht sehen sollten.«

Blackstock betrachtete Chloë, während diese mit bekümmerter Miene zu Frieda schaute. Er bekam kaum Luft und spürte, wie es ihm kalt den Rücken hinunterlief, und genauso an den Armen und Beinen. Sein Herz raste. Wie war es möglich, dass die beiden das nicht merkten?

»Zeigen Sie es mir«, sagte Chloë zu Blackstock und wandte sich dann an Frieda.

»Wenn du das wirklich willst«, sagte diese langsam.

»Ich will es.«

Blackstock blickte Frieda fragend an. Als sie nickte, griff er in seine Umhängetasche, zog eine Kopie der Aufnahme heraus und reichte sie Chloë. Seine Hand war dabei vollkommen ruhig, als würde ihn das Ganze überhaupt nicht berühren. Chloës Hand jedoch zitterte so heftig, dass sie das Foto auf dem Tisch ablegen musste, bevor sie es sich richtig ansehen konnte.

»Sagen Sie mir, was Sie dabei empfinden«, forderte Daniel Blackstock sie in sanftem Ton auf.

Als Chloë daraufhin den Kopf hob, hatte sie Tränen in den

Augen und atmete keuchend, wie nach extremer körperlicher Anstrengung.

»Er hat dagestanden«, stieß sie hervor, »und dieses Foto von mir gemacht. Mich angestarrt.«

Während Blackstock sie wie gebannt musterte, hatte er das Gefühl, wieder mit ihr in dem Raum zu sein und auf ihren ausgestreckten Körper hinabzustarren. Er erinnerte sich genau daran, wie sie sich angefühlt hatte – ihr Haar, ihr Körper – und wie sie gerochen hatte.

»Und …?«, hakte er nach.

»Ich fühle mich … durcheinander. Er hätte mich umbringen können. Er hätte … mir alles Mögliche antun können. Aber er hat nur dieses Foto von mir gemacht und mich dann wieder gehen lassen.«

»Was wünschen Sie sich jetzt, Chloë?«

»Ich möchte wissen, was passiert ist. Ich wünsche mir, dass der Kerl, der das getan hat, geschnappt wird, damit er es nicht noch jemandem antun kann.«

Blackstock nickte.

»Ich habe aber nicht das Gefühl, dass ich dadurch großen Schaden genommen habe«, fuhr Chloë fort, plötzlich mit lauter Stimme. »Ich schäme mich nicht dafür, und ich fühle mich auch nicht erniedrigt oder traumatisiert. Nur wütend. Sogar sehr wütend.«

Er schrieb wieder etwas auf seinen Block.

»Im Moment konzentrieren sich die Medien mehr auf Ihren Arbeitskollegen, William McCollough.«

»Diese Schweine«, schimpfte Chloë. »Eigentlich habe ich mich nur deswegen zu dem Interview bereit erklärt, damit ich klarstellen kann, und zwar ein für allemal, dass Will McCollough mit der ganzen Sache nicht das Geringste zu tun hat.«

»Ich bin wirklich froh, dass Sie das sagen, noch dazu so vehement. Bestimmt haben Sie recht. Was kann ich in meinem

Artikel schreiben, um skeptische Leser davon zu überzeugen, dass Ihr Freund unschuldig ist?«

Chloë schlug mit der Faust auf den Tisch.

»Dass er es verdammt noch mal nicht gewesen sein kann!«

»Warum? Ich frage das nicht für mich selbst.«

Chloë wirkte inzwischen fast hektisch.

»Ich kann Ihnen die Gründe aufzählen: Er wohnt in einer WG, besitzt kein Auto, hat noch nicht mal einen Führerschein. Wie, zum Teufel, soll er es da geschafft haben, mich zu entführen, durch halb London zu karren, mehrere Tage gefangen zu halten und anschließend auch noch da abzulegen, wo ich am Ende gefunden wurde?«

»Wie kommen Sie darauf, dass er Sie ›durch halb London‹ gekarrt hat? Woher wollen Sie das wissen?«

»Wieso fragen Sie mich das?«

»Haben Sie eine Ahnung, wo Sie gefangen gehalten wurden?«, fragte Blackstock. »Das könnte für den Artikel sehr hilfreich sein. Womöglich würde es den Leuten helfen, sich zu erinnern. Der eine oder andere hat vielleicht doch etwas mitbekommen.«

Chloë warf einen raschen Blick zu Frieda hinüber, die kaum merklich den Kopf schüttelte.

»Ich habe keine Ahnung«, antwortete sie. »Ich kann mich nicht erinnern.«

»An gar nichts?«

»Da ist nur Nebel in meinem Kopf. Aber wo war ich stehen geblieben?«

»Sie hatten gerade erklärt, warum William McCollough diese Verbrechen nicht begangen haben kann.«

»Die Polizei hat ihn nicht unter Anklage gestellt. Man hat ihn wieder gehen lassen. Er gilt nicht als tatverdächtig.«

Daniel Blackstock wirkte skeptisch.

»Ich berichte nun schon seit Jahren über Verbrechen, deswegen weiß ich, dass man das, was die Polizei sagt, nicht immer für bare Münze nehmen darf. Fest steht, dass William McCollough aufgrund seiner Lebensgeschichte psychisch gestört ist.«

Chloë schlug einen Moment die Hände vors Gesicht, ließ sie dann aber gleich wieder sinken. »Genau das finde ich ja so unerträglich«, fuhr sie fort. »Er hat so viel durchgemacht und überstanden. Ich wusste bis dahin nichts von seiner Vergangenheit, niemand wusste davon. Er ist sehr verschlossen. Wegen meiner Entführung ist das jetzt publik geworden, und er muss das alles über sich ergehen lassen.«

Daniel Blackstock wandte sich an Frieda. »Wie sehen Sie das?«

»Hier geht es nicht um mich«, antwortete Frieda. »Ich bin nur zu Chloës Unterstützung da.«

»Ich frage nur wegen William McCollough. Teilen Sie Chloës Einschätzung?«

»Ja.«

»Wenn Sie damit richtigliegen, warum hatte die Polizei ihn dann so auf dem Kieker?«

»Weil es da eine Theorie gibt.«

»Was für eine Theorie?«

Frieda überlegte einen Moment. Sollte sie das tun? Ja, beschloss sie. Ja, das sollte sie.

»Die Idee stammt aus dem Bereich des Täterprofils und hat sich inzwischen zu einer Art Klischee entwickelt. Demnach ist das erste Verbrechen in gewisser Weise das entscheidende, das impulsivste. Deswegen ist die Wahrscheinlichkeit größer, dass es dabei richtig ans Eingemachte geht. Angeblich lenken die späteren Verbrechen dann eher vom Wesentlichen ab.«

»Sie halten nichts von dieser Regel?«

»Regeln können hilfreich sein, aber nicht, wenn die Leute sie als Vorwand benutzen, um sich das Denken zu sparen.«

»Darf ich Sie zitieren?«

»Wenn Sie wollen. Der Angriff auf Chloë war geplant und gut organisiert. Was aber nicht heißen soll, dass der Angreifer irgendwelche besonderen Fähigkeiten besitzt.«

»Muss man nicht ziemlich clever sein, um so etwas durchzuziehen?«, fragte Daniel Blackstock.

Frieda schüttelte den Kopf. »Solche Taten sind ein Zeichen von Schwäche, nicht von Stärke. Natürlich ist das ganz schrecklich, was Chloë und Reuben und vor allem meinem Patienten passiert ist. Trotzdem hat es grundsätzlich etwas sehr Erbärmliches an sich.«

Daniel Blackstock wollte wieder etwas notieren, doch der Stift rutschte ihm ab und fiel zu Boden. Er beugte sich hinunter, um ihn aufzuheben. Mittlerweile war sein Rücken schweißnass, sodass sich auf seinem Hemd ein breiter, dunkler Fleck abzeichnete.

»Das ist interessant«, sagte er.

»Es ist nicht interessant, sondern offensichtlich. Dean Reeve ist ein Mensch, der sich gefühlsmäßig durch Gewalt definiert. Man kann sich das vorstellen wie einen emotionalen Kurzschluss. Das ist schlimm genug. Aber diese neueren Verbrechen sind eine andere Geschichte. Da versucht jemand, Dean nachzuahmen, als könnte er auf diese Weise eine Lücke füllen, irgendein Defizit ausgleichen.«

»Ein Defizit, das ihn dazu bringt, Menschen zu töten«, fügte Daniel Blackstock hinzu.

»Ja. Als wäre das Zufügen von Schmerz ein Beweis dafür, wie wichtig man ist.«

»Hey!«, warf Chloë ein. »Ich dachte, das Interview ist mit mir.«

Nur eine gute Stunde später saßen Chloë und Frieda in William McColloughs Küche. Auf dem Weg zu ihm hatte Frieda eine Flasche Whisky besorgt. McCollough machte sie auf und schenkte ihnen allen davon ein. Als sie miteinander anstießen, registrierte Frieda, dass seine Hände leicht zitterten. Er trug eine Leinenhose, bei der ein Bein aufgerissen war, und darüber ein weites T-Shirt, das trotzdem nicht kaschierte, wie dünn er war – noch dünner als auf den schrecklichen Zeitungsfotos, auf denen er fast wie eine Leiche ausgesehen hatte. Auch jetzt war sein langes graues Haar wieder zu einem Pferdeschwanz gebunden. Frieda bemerkte, dass seine Zähne Nikotinflecken aufwiesen und leicht schief wirkten.

»Ich weiß nicht, welche Journalisten schlimmer sind«, erklärte er mit seiner heiseren Raucherstimme. »Diejenigen, die mich bedrohen, oder diejenigen, die beteuern, sie wollten mich meine Version der Geschichte erzählen lassen.«

»Es tut mir schrecklich leid, dass Sie da hineingezogen wurden«, erklärte Frieda.

»Ich habe gerade ein Interview gegeben«, fügte Chloë hinzu. Sie streckte die Hand aus und rieb ihm mit einer seltsam mütterlichen Geste über den Rücken. Der ältere Mann sah sie blinzelnd an. »Wir haben uns dazu nur bereit erklärt, um deinen Namen reinzuwaschen.«

»Ich hoffe, ihr seid dafür gut bezahlt worden.«

»Wir sind überhaupt nicht bezahlt worden. Wir haben es nur gemacht, um zu helfen.«

McCollough trank einen Schluck von seinem Whisky. »Glaubt ihr, es wird etwas bringen?«

»Die Leute haben ein kurzes Gedächtnis«, antwortete Frieda.

»Aber das Internet hat ein langes. Wenn von jetzt an jemand meinen Namen erwähnt, werde ich immer der Typ sein, der von der Polizei abgeholt wurde, weil er wegen Mordes und Entführung unter Verdacht stand.« Er nahm einen weiteren Schluck. »Vielleicht wird dann sogar jemand sagen, dass der Kerl es am Ende ja doch nicht war, und jemand anders wird antworten, stimmt, aber war er nicht trotzdem ein seltsamer

Typ? War da nicht noch irgendwas mit sexuellem Missbrauch? Bis dahin werden sich die Leute nicht mehr daran erinnern können, ob ich der Missbrauchte oder der Täter war oder vielleicht ein bisschen was von beidem. Auf jeden Fall muss die Polizei irgendetwas in der Hand gehabt haben, stimmt's?«

»Bestimmt wächst irgendwann Gras über die Sache«, entgegnete Chloë in beschwörendem Ton. »Ganz bestimmt. Oder sie finden heraus, wer der wirkliche Täter ist.«

Er sah sie an. Seine Gesichtszüge entspannten sich ein wenig.

»Manchmal denke ich mir, wenn ich keinen Pferdeschwanz hätte, wäre das alles nicht passiert. Vielleicht sollte ich ihn abschneiden.«

Chloë musterte ihn prüfend. »Eine gute Idee«, meinte sie. »Richtig kurzes Haar würde dir gut stehen.«

»Möchtest du es machen?«

»Ich?«, fragte Chloe.

»Warum nicht?«

»In Ordnung.« Chloë grinste. »Warum nicht?«

Es klingelte an der Tür. Innerhalb von ein paar Minuten trafen etliche Leute ein, Mitbewohner und Freunde. Sie gesellten sich zu ihnen in die Küche, begrüßten William und holten nebenbei Bier und Zigaretten aus ihren Rucksäcken. McCollough wirkte ein bisschen benommen, fast gehetzt, als der Raum immer voller wurde. Frieda begriff, dass Chloë das organisiert haben musste: ein Treffen von solidarischen Freunden, während draußen noch die Journalisten warteten. Die Idee war mal wieder ein Beweis für Chloës großes Herz, hatte aber vielleicht nicht ganz die gewünschte Wirkung, denn schon bald wimmelte es in der Wohnung nur so von Tätowierungen, Bärten und Piercings, sodass Frieda sich plötzlich alt und fremd fühlte. Sie stand auf.

»Wenn Sie Hilfe brauchen«, sagte sie zu McCollough, »dann melden Sie sich bitte bei mir. Chloë kann Ihnen sagen, wo ich zu finden bin.«

McCollough erhob sich ebenfalls und schüttelte ihr die Hand. Er roch nach Tabak und Whisky.

»Ich dachte, ich wäre der Vergangenheit entkommen«, sagte er, während er Frieda mit seinen hellgrauen, wässrigen Augen ansah. »Aber letztendlich entkommt man nie.«

»Es tut mir so leid.«

Er zuckte die Achseln. »Sie haben getan, was Sie konnten, mehr als alle anderen, Sie und Chloë.«

»Schere«, befahl Chloë. »Und Kamm.«

42

Am nächsten Morgen um sieben bekam Frieda eine E-Mail von Daniel Blackstock: »Anbei schicke ich Ihnen den Text. Bitte um schnelle Rückmeldung.« Rasch überflog sie den Artikel. Normalerweise hasste sie jede Art von Publicity, aber dieses Mal fühlte es sich anders an. Es diente einem Zweck. Außerdem musste sie zugeben, dass es sich wirklich um ein solides Stück Arbeit handelte, gut strukturiert und den Tatsachen entsprechend auf den Punkt gebracht. Dennoch verzog sie angesichts seiner Formulierungen ein paarmal das Gesicht. So war Chloë ihm zufolge eine »lebhafte« junge Frau, die sich als sehr tapfer erwiesen habe, und Frieda selbst eine »Promipsychiaterin«. Sie schrieb ihm zurück, sie sei Psychotherapeutin, nicht Psychiaterin, aber ansonsten könne der Artikel so in Druck gehen.

Trotzdem stimmte irgendetwas nicht. Sie saß ganz still da und wartete auf die Erleuchtung. In solchen Fällen war es besser, sich nicht krampfhaft das Gehirn zu zermartern, sondern einfach abzuwarten, bis die Erinnerung von selber kam. Und plötzlich wusste sie es.

Da es noch sehr früh war, trank Frieda erst einmal Kaffee und ging ihre Notizen für die Nachmittagssitzungen durch. Um halb neun rief sie Petra Burge an.

»Sie haben vielleicht Nerven.«

»Was?«

»Ich habe Blackstocks Interview mit Ihrer Nichte gelesen. Die Theorie, auf der unsere Ermittlungen basieren, ist also ein Klischee, ja?«

»Hat er Ihnen den Artikel geschickt?«

»Nein, hat er nicht. Er hat ihn auf die Website der Zeitung gestellt, wo alle ihn lesen können.«

»Das ging aber schnell.«

»Wegen seiner Schnelligkeit bin ich nicht schockiert.«

»Wir müssen uns unterhalten«, sagte Frieda.

»Uns unterhalten? Für wen halten Sie sich eigentlich?«

»Es ist wichtig.«

»Wir unterhalten uns doch schon.«

»Über solche Dinge spricht es sich besser von Angesicht zu Angesicht.« Frieda überlegte einen Moment. »Vor dem Imperial War Museum.« Sie warf einen Blick auf ihre Armbanduhr. »Ich kann in einer halben Stunde dort sein.«

Am anderen Ende der Leitung herrschte einen Moment Schweigen.

»Also gut«, sagte Petra.

Als Frieda auf das Museum zusteuerte, erwartete Petra sie dort bereits – in Jeans, Turnschuhen und schwarzer Bomberjacke. Dieses Mal gab es für Frieda kein Lächeln zur Begrüßung.

»Also, was gibt's?«, fragte Petra kurz angebunden.

»Ist es in Ordnung, wenn wir ein paar Schritte gehen? Ich kann besser denken, wenn ich in Bewegung bin.«

»Falls Sie sich einbilden, dass Sie vor mir sicher sind, nur weil wir uns an einem öffentlichen Ort befinden, täuschen Sie sich. Ich weiß nur noch nicht, worauf ich mehr Lust habe: Ihnen eine reinzuhauen oder Sie wegen Behinderung polizeilicher Ermittlungen zu verhaften.«

»Bitte«, sagte Frieda. »Sollen wir in diese Richtung gehen?«

Sie wanderten in Richtung Park, weg vom Museumsgebäude. Es war ein sonniger Morgen. Kinder liefen auf dem Rasen herum und spielten Ball.

»Hat es irgendeinen besonderen Grund, dass wir uns ausgerechnet hier treffen?«, fragte Burge.

»Vor hundertfünfzig Jahren war das hier Sumpfland. Schlamm, durchzogen von Bächen – bis der Sumpf dann trockengelegt und aufgeschüttet wurde.«

»Ich bereue schon, dass ich gefragt habe.«

»Es ist eine seltsame Gegend. Früher lag sie außerhalb der alten Stadt und zog daher Leute an, die nicht hineinpassten: Landstreicher, Zirkusleute, Prostituierte, Kriminelle.«

»Ich weiß. Ich bin in der Nähe aufgewachsen, nur einen Katzensprung von Elephant and Castle entfernt.«

»Es gab hier auch Prediger. Frauen mit Visionen. Demonstrationen. Alles, was innerhalb der Stadtmauern nicht erlaubt war.«

Ein paar Minuten gingen sie schweigend nebeneinanderher.

»Dann sind Sie also nicht gekommen, um sich zu entschuldigen?«, ergriff Petra wieder das Wort.

»Ich habe mich in dem Interview aus gutem Grund so geäußert.«

»War es wirklich nötig, das hinter dem Rücken der Leute zu tun, die Sie zu beschützen versuchen?«

»Sie wissen, dass ich nicht damit einverstanden war, wie Sie sich auf William McCollough gestürzt haben.«

»Wir haben uns nicht auf ihn gestürzt, sondern ihn lediglich befragt.«

»Und irgendwie ist dabei sein Name an die Medien durchgesickert.«

»Wie haben Sie es noch mal ausgedrückt? Dass wir die Regeln als Vorwand benutzen, um uns das Denken zu sparen? Wenn Sie Beschwerden bezüglich der Ermittlungen haben, dann wenden Sie sich in Zukunft doch bitte an mich oder einen meiner Vorgesetzten, und nicht an die Medien!«

Mittlerweile hatten sie Elephant and Castle erreicht, wo sie eine riesige Baustelle umgehen mussten.

»Ich schätze mal, es hat sich ziemlich viel verändert, seit Sie hier gewohnt haben«, meinte Frieda.

»Das Problem ist nicht, was sie abreißen, sondern was sie stehen lassen. Wenn ich da was zu melden hätte, würde ich das Ganze komplett planieren und ganz neu anfangen.«

Während sie in die New Kent Road einbogen, fuhr Petra fort: »Als Fünfzehnjährige bin ich hier mit meiner Gang durch die verlassenen Wohnungen gezogen. Eine Weile stand ich wirklich auf der Kippe. Aber dann habe ich mir das hier eingefangen.« Sie zog ihren Jackenkragen zurück, um Frieda eine Narbe zu zeigen, die sich von ihrem Ohr zum Hals zog.

»Ein Messer?«

»Eine zerbrochene Flasche.«

»Sie hatten Glück. Das ging knapp an der Halsschlagader vorbei.«

Petra schüttelte den Kopf. »Von wegen knapp vorbei. Ich lag zwei Monate im Krankenhaus. Meine beste Freundin ist gestorben. Ellie. Sie war ein paar Monate jünger als ich, erst vierzehn, eine Ausreißerin. Damals begriff ich, dass ich da rausmusste. Also ging ich wieder zur Schule und sorgte ab dem Zeitpunkt dafür, dass ich in allem, was ich anpackte, die Beste war. Trotzdem habe ich nicht vergessen, welche Lektion ich damals gelernt habe: Man wendet sich nicht gegen seinesgleichen.«

»Von bedingungsloser Gruppenloyalität habe ich noch nie viel gehalten«, entgegnete Frieda.

»Ich weiß. Ich habe die Zeitung gelesen. Sie glauben offenbar, Sie wissen es besser als alle anderen.«

»Ich konnte nicht einfach zusehen, wie Sie die Meute auf William McCollough hetzen und sein Leben ruinieren.«

»Es liegt doch auf der Hand, warum wir ihn verdächtigt haben. Er gehört zu Chloës näherem Umfeld. Er hatte die Gelegenheit, und er hatte das Vorstrafenregister. Wir mussten mit ihm reden. Das wissen Sie ganz genau.«

»Er war es nicht.«

»Ich sage ja gar nicht, dass er es war. Wir haben ihn lediglich befragt und dann wieder gehen lassen.«

Frieda blieb stehen, den Blick auf das Gebäude gegenüber gerichtet.

»Sehen Sie mal, da oben.« Sie deutete auf die bemalte Fassade des Gebäudes. *Neckinger Mills.*«

»Ich kann lesen.«

»Sagt Ihnen der Namen etwas?«

»Ich hatte früher Freunde, die im Neckinger-Block wohnten. Und die Neckinger Street kenne ich auch.«

»Und den Fluss – den Neckinger River?«

»Nein. Gibt es den überhaupt? Wo soll denn der sein?«

»Wir stehen darauf. Deswegen gab es hier eine Gerberei. Damals haben sie zum Gerben Wasser und Hundekot benutzt. Tonnenweise Hundescheiße. Können Sie sich den Gestank vorstellen?«

»Was ist mit dem Fluss passiert?«

»Verdreckt, verstopft, zugebaut. Und vergessen. Aber er ist da noch irgendwo. Die Gegend hier war Branchen vorbehalten, die London zwar brauchte, ansonsten aber lieber verdrängte, weil man sie weder sehen noch riechen wollte. Es ist gut, dass solche alten Gebäude daran erinnern.«

Sie überquerten die Jamaica Road.

»Hier lag Jacob's Island«, erklärte Frieda. »Da war es damals so gefährlich, dass nicht einmal die Polizei sich hinwagte – vor hundertfünfzig Jahren. Und heutzutage ist es eine teure Wohngegend, die Sie und ich uns gar nicht leisten könnten.«

»Wäre es Ihnen lieber so wie früher, als die Leute auf der Straße verhungerten?«

»Es ist beides nichts, weder das eine noch das andere.«

Inzwischen wanderten sie an ehemaligen Lagerhallen vorbei, die mittlerweile in Wohnanlagen umgewandelt waren.

»Als Kind«, erzählte Petra, »bin ich am Sonntagvormittag

immer hier herumgelungert. Damals waren diese Hallen leer und baufällig. Wir sind reingegangen und drinnen herumgestromert, haben hin und wieder ein paar Fenster zerschmettert.«

Als sie aus dem Schatten einer kleinen Gasse traten, standen sie plötzlich – und für Petra völlig unerwartet – am Fluss, mit Blick auf die Tower Bridge und die Reihen der schimmernden City-Gebäude auf der anderen Seite. Die beiden Frauen liefen am Ufer entlang, bis sie St. Saviour's Dock erreichten. Es war Ebbe, und der Fluss bestand nur noch aus Schlamm.

»Mehr ist vom Neckinger nicht mehr übrig«, meinte Frieda. »Wobei er auch früher nicht allzu beeindruckend war.«

»Typisch für diese gottverdammte Gegend. Nicht einmal einen anständigen Fluss bringt sie zustande.« Petra wandte sich an Frieda. »Demnach haben Sie diesen Spaziergang mit mir nur unternommen, um mich wissen zu lassen, dass William McCollough unschuldig ist – was Sie mir aber schon vorher gesagt haben, und der Presse ebenfalls. Richtige Beweise dafür haben Sie übrigens noch nicht geliefert.«

»Nein«, entgegnete Frieda, während sie in den Schlamm des Flusses hinunterstarrte und darauf wartete, sich selbst die Worte laut aussprechen zu hören und es dadurch real werden zu lassen. »Darum geht es nicht. Es gibt jemand anders, den Sie unter die Lupe nehmen sollten.«

»Noch einen von Ihren Freunden?«

Frieda wandte sich Burge zu.

»Nein, keinen von meinen Freunden, sondern den Verfasser des Artikels. Daniel Blackstock.«

»Sie machen Witze.«

»Nein.«

»Daniel Blackstock.«

»Ja.«

»Der schon von Anfang an über den Fall berichtet.«

»Ja.«

Petra starrte sie an. Plötzlich wurden ihre Augen schmal, und sie begann zu lachen – so laut und hemmungslos, dass sich ihr kleines Gesicht verzog und ihre Schultern zuckten.

»Warum?«, stieß sie schließlich hervor, hob aber gleich darauf eine Hand – eine kleine, schmale Hand mit abgekauten Fingernägeln. »Nein, sagen Sie es mir nicht! Ihr Bauchgefühl, stimmt's?«

»Nicht nur das. Als er Chloë gestern fragte, woran sie sich bis zum Zeitpunkt der Entführung erinnern könne, erwähnte er, dass sie in einer Kneipe war. Aber woher weiß er das? Das weiß doch niemand, oder?«

»Nein«, antwortete Petra langsam. Das Lachen war ihr mittlerweile vergangen. Sie sah plötzlich viel älter aus und sehr müde. »Ich denke nicht, dass das jemand weiß.«

»Noch dazu war er derjenige, der mir das Foto gegeben hat. Er könnte es an sich selbst geschickt haben, an die Adresse der Zeitung. Das würde ins Bild passen.«

»In welches Bild bitte?«

»Hinzu kommt, dass er Chloë im Lauf des Interviews das Foto gezeigt hat. Ich habe ihn dabei beobachtet, wie er sie beobachtet hat. Ich glaube, das Ganze geilt ihn auf – die Verbrechen selbst zu begehen und dann zu kontrollieren, wie in den Medien darüber berichtet wird. Aus seinem Blickwinkel schreibt er eine Geschichte, in der er selbst als Star auftritt.«

»Wie schnell Sie Ihre Schlüsse ziehen.« Petra klang fast bewundernd. »Eine kleine Bemerkung, und schon haben Sie den Fall gelöst.«

»Meine Lösung erscheint mir durchaus stimmig. Er hat den perfekten Vorwand, um überall dort zu sein, wo ich mich gerade aufhalte.«

»Oder er ist einfach nur ein Journalist, der über den Fall berichtet. Zufällig ist er nämlich wirklich Reporter und bei seiner Zeitung für den Bereich Kriminalität zuständig.«

»Werden Sie ihn überprüfen?«

Petra nickte. »Ja. Aber machen Sie sich bloß keine allzu großen Hoffnungen.«

43

Daniel Blackstock bemühte sich um einen gelassenen Gesichtsausdruck. Er spürte, dass an seinem linken Augenwinkel ein Nerv zuckte, und seine Zunge fühlte sich seltsam dick an. Ihm war auch bewusst, dass er zu viel blinzelte, aber er konnte einfach nicht anders. Krampfhaft versuchte er, möglichst gefasst und freundlich dreinzublicken.

»Natürlich möchte ich auf jede erdenkliche Weise helfen«, sagte er zu Petra Burge, die ihm gegenübersaß. »Aber ich kann mir nicht vorstellen, dass ich über Informationen verfüge, die Ihnen noch nicht bekannt sind. Derartige Informationen würde ich sofort an Sie weiterleiten.« Er bemühte sich um einen Tonfall, der nach gekränkter Unschuld klang. Sein Gesicht fühlte sich an wie aus Gummi, so krampfhaft lächelte er. Seine Stimme kam ihm selbst fremd vor. »Immerhin habe ich Doktor Klein sogar das Foto ihrer Nichte übergeben, obwohl es in meinem eigenen Interesse besser gewesen wäre, damit bei meinem Redakteur zu punkten.«

Die Miene von Petra Burge wirkte völlig ausdruckslos, sodass er nicht beurteilen konnte, welchen Eindruck er auf sie machte. Sowohl seine Achselhöhlen als auch sein Rücken waren schweißnass. Auf der Stirn stand ihm ebenfalls der Schweiß.

»Nur noch ein paar Fragen, Mister Blackstock«, sagte sie.

Ihm gefiel nicht, wie sie ihn musterte – als wäre er eine Probe in einem Labor.

»Schießen Sie los!« Zu aufgesetzt, dachte er. Zu laut.

»Nur fürs Protokoll würde ich gerne wissen, wo Sie an dem

Wochenende waren, an dem Chloë Klein entführt wurde, und was Sie zu dieser Zeit getan haben.«

»*Ich*. Was ich getan habe?« Er starrte sie bewusst ein paar Sekunden lang an.

»Eine einfach Frage.«

»Sie glauben doch wohl nicht, dass ich etwas damit zu tun hatte?« Er legte eine Pause ein, doch Petra Burge sagte nichts, sondern wartete nur. »Also gut, ich war zu Hause, bei meiner Frau. Am Freitagabend haben wir uns etwas zu essen kommen lassen und zusammen ferngesehen. Das wird sie Ihnen bestimmt bestätigen.«

Das wird sie, dachte er – o ja. »Am Samstag waren wir einkaufen, wenn ich mich richtig erinnere. Anschließend haben wir einen langen Spaziergang am Fluss entlang gemacht und an der Themsesperre Kaffee getrunken. Später habe ich dann noch einen Artikel geschrieben, über eine Einbruchserie in der Stadt. Das war's dann in etwa.«

»Wo wohnen Sie?«

»Zwischen West Silvertown und den Pontoon Docks. Kilkenny Road Nummer 17.«

»Dann bräuchte ich noch den Namen Ihrer Frau.«

»Lee Blackstock.« Inzwischen hatte er sich etwas beruhigt. Sein Gesicht zuckte nicht mehr unkontrolliert. Seine Stimme klang ganz normal. Ihm fiel ein, dass er ein bisschen protestieren musste. »Aber warum stellen Sie mir all diese Fragen? Ich mache doch nur meinen Job als Reporter!«

»Wo waren Sie am Montag, dem 22. August? Mich interessiert vor allem der Abend.«

Daniel Blackstock konnte fast spüren, wie sein Gehirn arbeitete, als würden dort tatsächlich Zahnrädchen ineinandergreifen. Das musste das Datum sein, an dem Reuben McGill überfallen wurde. Am besten war es, nicht allzu sicher zu wirken. Ein Unschuldiger hatte nicht gleich ein Alibi parat.

»Das weiß ich nicht mehr«, antwortete er.

»An diesem Tag kam es zu dem zweiten Vorfall.«

»Da müsste ich in meinem Terminkalender nachsehen. Ich nehme mal an, ich war ebenfalls zu Hause bei Lee. Wir führen ein ruhiges Leben«, fügte er hinzu, »und genießen unsere Zweisamkeit.«

»Verstehe. Sehen Sie bitte nach, und lassen Sie es mich wissen. Hatten Sie je mit Doktor McGill zu tun?«

»Nein.« Er spielte kurz mit dem Gedanken nachzufragen, wer denn das sei, entschied sich aber dagegen. Immerhin war er der Journalist, der alles über Frieda Klein wusste. Deswegen wusste er natürlich auch, wer Reuben McGill war.

»Was ist mit letztem Mittwoch?«

Morgan Rossiter. Einen Moment gestattete er sich, an jenes Gesicht zu denken – jene Augen, die vor Schock glänzten, bis das Licht in ihnen langsam erlosch.

Er rieb sich das Gesicht. Seine Finger fühlten sich rau an, die Haut im Gesicht trocken und brüchig. Angriff ist die beste Verteidigung, dachte er. »Ich weiß, was an dem Abend passiert ist, aber ich begreife wirklich nicht, warum Sie mich das fragen. Das ist doch lächerlich!« Er hob beide Hände, ballte sie zu Fäusten und ließ sie mit einem dumpfen Knall auf den Tisch niedersausen. »Ich habe Frieda Klein das Foto übergeben. Ich habe mich nicht zu der Meute gesellt, die sich auf diesen William McCollough gestürzt hat. Ganz im Gegenteil, ich habe sogar ein Interview mit der Nichte geführt, um ihm zu helfen.«

»Mister Blackstock …«

Ein Gedanke schoss ihm durch den Kopf, kalt und hart.

»Wer hat Sie auf mich angesetzt?«

»So läuft das nicht.«

»War das zufällig Doktor Klein?«

»Warum sollte sie das tun?«

»Keine Ahnung. Aber ich hoffe sehr, dass Sie sich Ihr professionelles Urteil nicht von jemand anders beeinflussen lassen.«

»Eine Sache noch. Woher wussten Sie, dass Chloë Klein aus einer Kneipe entführt wurde?«

»Wie bitte?«

Seine Gedanken schwirrten durcheinander. Er musste sich konzentrieren.

»Sie haben in dem Interview gesagt, Chloë Klein sei aus einer Kneipe entführt worden. Woher wussten Sie das?«

»Woher?« Er holte tief Luft und spürte dabei, wie beengt sich sein Brustkorb anfühlte. »Ich sage Ihnen, woher. Jemand aus Ihren eigenen Reihen hat es mir erzählt.«

»Ein Polizeibeamter?«

»Genau.«

»Verstehe. Wer war dieser Polizeibeamte?«

»Sie erwarten doch wohl nicht, dass ich Ihnen das sage.«

»Doch, das erwarte ich.«

»Dann werde ich Sie enttäuschen müssen.«

Er sah, dass sich ihre Kinnpartie ein wenig verhärtete. Ansonsten reagierte sie nicht. Er sagte seinerseits auch nichts mehr.

»Ich ermittle hier in einem Mordfall«, brach sie schließlich das Schweigen. »Es ist eine sehr ernste Sache, der Polizei Informationen vorzuenthalten.«

»Ich gebe meine Quellen nicht preis. Das gehört zu meinem Berufsethos.«

»Sehr nobel«, entgegnete sie trocken. »Aber damit ist die Sache nicht aus der Welt.«

»Haben Sie sonst noch Fragen, oder kann ich wieder an meine Arbeit zurückkehren?«

»Sie können gehen. Zumindest vorerst. Sie lassen mich wissen, was Sie zu den betreffenden Zeiten getan haben?«

»Natürlich.«

»Außerdem sollten Sie darüber nachdenken, ob sonst noch jemand Ihre Aussagen bestätigen kann – abgesehen von Ihrer Frau, meine ich.«

»Ich lasse es Sie wissen.«

Was war passiert? Daniel Blackstock gab mehr Zucker in seinen Tee. Dabei zitterten seine Hände so heftig, dass die Flüssigkeit über den Rand des Pappbechers schwappte. Seine Beine fühlten sich ebenfalls zittrig an. Er musste sich irgendwo hinsetzen. Und er musste nachdenken. Hatte es nur an der Bemerkung über die Kneipe gelegen? Wie hatte er nur so dumm sein können? Das kam bestimmt von Frieda Klein. Anders konnte es gar nicht sein. Er rief sich ins Gedächtnis, wie sie ihn mit ihren Blicken durchbohrt hatte.

Sein Kopf schmerzte, und das grelle Sonnenlicht tat ihm in den Augen weh. Er hatte sich unsichtbar gefühlt, doch nun war er vollkommen exponiert.

Petra Burge rief Frieda an.

»Ja?«

»Ich habe mit ihm gesprochen.«

»Und?«

»Und ich habe ihn wieder gehen lassen?«

»Warum?«

»Weil ich keinen Grund sehe, ihn länger festzuhalten.«

»Und das war's?«

»Nein. Wir überprüfen ihn. Aber bisher liegt nichts gegen ihn vor.«

»Was ist mit der Tatsache, dass er von der Kneipe wusste?«

»Er hat behauptet, er wisse es aus einer Polizeiquelle.«

»Das ist doch Blödsinn.«

»Möglich wäre es. Liz Barron ist ja ebenfalls durch ein Leck an Informationen gekommen.«

»Hat er einen Namen genannt?«

»Er sagt, dass er seine Quellen grundsätzlich nicht preisgibt.«

»Sehr praktisch.«

»Würden Sie Informationen über Patienten weitergeben?«

Das ließ Frieda einen Moment zögern.

»Wenn sie das Gesetz brechen würden – ja. Hat er ein Alibi?«

»Nicht so richtig – was aber natürlich nichts bedeutet. Die Tage, die Chloë vermisst war, hat er zusammen mit seiner Frau zu Hause verbracht. Die beiden haben sich ein ruhiges Wochenende gemacht. Sie waren einkaufen, haben miteinander ferngesehen und einen Spaziergang am Themse-Sperrwerk gemacht.«

»Am Themse-Sperrwerk?«

»Ja.«

»Auf welcher Seite?«

»Wie meinen Sie das, auf welcher Seite?«

»Nördlich oder südlich vom Fluss?«

»Wieso sollte das irgendeine Rolle spielen? Außerdem weiß ich es nicht. Er lebt in Silvertown, also wahrscheinlich auf der Nordseite.«

Frieda blieb fast die Luft weg. »Silvertown.«

»Ja.«

»In der Nähe des Stadtflughafens.«

»Es gibt keinerlei Beweise dafür, dass Ihre Nichte in der Gegend festgehalten wurde.«

»Er ist es. Ich weiß es einfach. Es ist Daniel Blackstock.«

44

Jack steuerte auf Olivias Haus zu. Er hatte besonders lang im Käseladen gearbeitet und freute sich nun darauf, mit einem schönen Bad den Staub des Tages wegzuwaschen und sich dann etwas zu essen zu kochen. Das Haus würde ihm ganz allein gehören, denn Chloë war mit Frieda und Olivia bei Reuben zum Abendessen. Jack gefiel der Gedanke, mal wieder einen Abend allein zu verbringen und sich mit einem Bier vor die Glotze zu hocken. Als Abendessen plante er ein Risotto. Die Zutaten hatte er in seinem Rucksack: rote Zwiebeln, getrocknete Pilze, Parmesan und sogar ein kleines Glas Trüffelsauce, das ihm jemand auf dem Markt im Austausch gegen eine Scheibe Weichkäse gegeben hatte.

Er ließ den Schlüssel ins Türschloss gleiten. Beim Aufsperren war ein bisschen Fingerspitzengefühl nötig: Man musste leicht am Schlüssel ziehen und dann sanft rütteln. Er schob die Tür auf und trat in die Diele. Draußen war es fast schon dunkel, aber nur fast. Im letzten Rest des Dämmerlichts konnte er Chloës Stiefel ausmachen und das Bild an der Wand.

Hinter sich hörte er ein Geräusch – wobei er später nicht mehr sagen konnte, was es war: ein Atmen, ein Husten oder ein Flüstern. Als er daraufhin im Türrahmen herumfuhr, sah er eine Gestalt aus dem Schatten treten, eine Gestalt mit dunkler Kleidung und einer Strumpfmaske über dem Gesicht. In den Sekunden, bevor Bewegung in ihn kam, rauschten die Gedanken in einem dichten Strom durch Jacks Gehirn, dass in der rechten Hand der Gestalt etwas aufblitzte, dass er jetzt womöglich sterben musste, dass Chloë vielleicht die Tür gegen seine Leiche schieben würde, wenn sie zurückkam, und dass ein Hauch von Rosmarinduft in der Luft lag, wahrscheinlich von dem Strauch neben der Haustür.

Jack behauptete immer, ein Feigling zu sein. Er schreckte vor jeder Form von Gewalt oder Konfrontation zurück. Doch bevor er Zeit hatte, darüber nachzudenken, was er da eigentlich tat, ging er bereits auf die Gestalt los und stieß dabei einen heiseren Schrei aus. Dann traf ihn etwas Dunkles, ein Gefühl, das sich später in Schmerz verwandeln würde, vorerst aber eher als Abfolge von Farben durch sein Gehirn zuckte, verschiedenen Tönen von Rot und Violett. Gleichzeitig hörte er ein knirschendes Geräusch. Während er zu Boden ging, begriff er, dass seine Nase gebrochen war. Dann hörte er etwas bersten. Das Glas mit der Sauce, ging ihm durch den Kopf. Die Tür fiel ins Schloss. Sie befanden sich nun in der kleinen dunklen Diele. Nur ein paar Zentimeter von ihm entfernt sah er ein Paar spitze Schuhe von Olivia, wenn auch nur schemenhaft. Und es roch nach Trüffeln, penetrant und unangenehm. Ein Stiefel traf seine Wange. Er hörte sich selbst nach Luft ringen. Die Gestalt über ihm atmete ebenfalls schwer, als wäre das Ganze harte Arbeit. Mit vollem Körpereinsatz ließ der Kerl eine Eisenstange auf Jacks Beine und Rücken niedersausen.

Dann hörte er plötzlich abrupt auf. Er beugte sich zu ihm hinunter. Jack konnte nichts mehr sehen, nicht einmal, wenn er die Augen öffnete, aber er spürte, dass der Mann seine Taschen durchwühlte, mit den Fingern nach ihrem Inhalt tastete. Er konnte ihn riechen, seinen Schweiß und noch etwas anderes, einen Duft, vielleicht Rasierwasser. Sein Handy wurde herausgezogen. Einen Moment herrschte Stille, dann hörte er ein Piepen, als eine Textnachricht gesendet wurde.

Plötzlich war eine Stimme dicht neben seinem Ohr, ein Flüstern in der Dunkelheit.

»Links- oder Rechtshänder?«

Jack stöhnte.

»Links- oder Rechtshänder?«

»Links«, brachte er heraus.

Mit schrecklicher Behutsamkeit griff die Gestalt nach seiner linken Hand und platzierte sie mit der Handfläche nach unten auf dem staubigen Boden. Ein paar Sekunden lang passierte gar nichts. Dann donnerte der Schmerz durch seinen Körper. Er schoss aus der Hand den Arm hinauf und flutete von dort den ganzen Körper, einschließlich seines Gehirns – sein komplettes Selbst, sodass er sich nirgendwo mehr verstecken konnte. Wieder. Und wieder. Ein Stiefel stampfte auf seiner Hand herum. Es war nichts mehr übrig außer Schmerz und den tierischen Lauten, die er ausstieß.

Der Stiefel hielt inne. Das schwere Atmen über ihm wurde leiser. Er hörte ein Geräusch, das er nicht einordnen konnte, ein leises Ächzen. Dann verstummte auch das. Eine Tür ging auf. Eine Tür schloss sich. Jack war wieder allein.

Frieda saß mit Olivia zusammen, die abwechselnd weinte und über ihr Leben jammerte, wenn sie nicht gerade einen großen Schluck von ihrem Wein nahm. Es war mittlerweile halb zehn. Draußen im Garten saßen Josef und Reuben nebeneinander auf der Bank und genossen die warme Nacht. Frieda konnte sie durchs Fenster sehen, und jedes Mal, wenn Olivia eine Pause einlegte, drang von draußen das Gemurmel der beiden herein. Frieda ging durch den Kopf, was für ein seltsames Gespann sie waren: ein Psychotherapeut aus der Londoner Bohème und ein Bauarbeiter aus der Ukraine. Von oben kamen die blechernen Geräusche eines Computerspiels, die immer gleiche hektische Musik, begleitet von Maschinengewehrsalven und Bombenexplosionen. Chloë und Alexei steckten dort oben die Köpfe zusammen.

Friedas Handy piepte. Sie warf einen Blick auf das Display. Eine Nachricht von Jack. *Ihr Freund braucht Ihre Hilfe.*

Jack lag in der Diele. Sein einziger Wunsch war, das Bewusstsein zu verlieren, doch sein Gehirn weigerte sich beharrlich, die Kontrolle abzugeben. Der Schmerz kam in Wellen, zog ihn in die Tiefe und spuckte ihn wieder aus. Als er vorsichtig mit der Zunge über seine Unterlippe fuhr, schmeckte er Blut. Sein Telefon klingelte die ganze Zeit, aber er wusste nicht, wo es war, außerdem konnte er sich sowieso nicht rühren. Als er es versuchte, krümmte sich sein Körper zwar ein paar Sekunden lang jämmerlich, bewegte sich dabei aber nicht nennenswert von der Stelle.

Plötzlich hörte er ein kratzendes Geräusch, einen Schlüssel im Schloss. Ihm schoss durch den Kopf, dass die Person nun zurückkam, um ihr Werk zu vollenden. Wenigstens hätte dann der Schmerz ein Ende. Doch stattdessen hörte er eine leise Stimme seinen Namen rufen. Einen Moment später spürte er eine kühle Hand auf seiner Stirn. Jetzt konnte er endlich loslassen, denn er war in Sicherheit. Frieda war da.

45

Don Kaminsky drückte auf den Knopf des Aufnahmegeräts. Daniel Blackstock lächelte. Dieses Mal fühlte er sich besser. Er hatte die Situation im Griff. Nun lief das Spiel nach seinen Regeln.

»Ich kann gar nicht fassen, dass Sie noch Kassetten verwenden«, erklärte er.

Petra verkündete Uhrzeit, Datum und die Namen der Anwesenden.

»Früher habe ich bei Interviews auch solche Dinger benutzt«, fuhr er fort. »Aber das ist schon Jahre her. Wahrscheinlich arbeiten Sie auch noch mit Faxgeräten.«

»Sie können die Aussage verweigern«, begann Petra. »Aber es könnte Ihrer Verteidigung schaden, wenn Sie bei dieser Befragung etwas verschweigen, worauf Sie sich später vor Gericht berufen wollen. Alles, was Sie sagen, kann vor Gericht gegen Sie verwendet werden.«

Es folgte eine Pause.

»Könnten Sie das noch einmal wiederholen?«, bat Blackstock.

»Ist das Ihr Ernst?«

»Ich habe diese Worte schon so oft im Fernsehen gehört. Das ist wie mit dem Vaterunser. Man hört es immer wieder, achtet aber gar nicht mehr auf den Sinn. ›Dein Reich komme.‹ Was soll denn das heißen? Wie kann ein Reich kommen? Wer sagt dem Reich, dass es kommen soll? Deswegen würde ich gern noch einmal bewusst darauf achten, was die Worte eigentlich bedeuten.«

Petra wiederholte die Belehrung übertrieben langsam.

»Verteidigung?«, fragte er. »Ich brauche keine Verteidigung.«

»Sie haben außerdem ein Recht auf einen Anwalt. Wenn Sie über keinen verfügen, können wir Ihnen einen besorgen.«

»Darüber weiß ich bestens Bescheid. Ich hab mal einen Artikel darüber geschrieben. Ein Recht auf Verteidigung. Das ist doch alles Schwachsinn. Oder meinen Sie damit mehr als nur einen schnellen Anruf bei einem Pflichtverteidiger, der eigentlich Besseres zu tun hat?«

»Normalerweise sind die Leute nervöser«, stellte Petra fest, »wenn sie in einem Verhörraum sitzen und das Aufnahmegerät läuft. Außer, es handelt sich um Verbrecher.«

»Oder Journalisten«, meinte Daniel Blackstock. »Sie vergessen, dass das mein Job ist.«

»Trotzdem waren Sie beim letzten Mal nervöser. Jetzt scheinen Sie das Ganze fast zu genießen.«

»Ich genieße es nicht, und ich brauche auch keinen Verteidiger. Ich beantworte gern alle Fragen, die Sie mir stellen. Sagen Sie mir einfach, was Sie wissen wollen.«

»Wo waren Sie gestern Abend?«

»Um welche Uhrzeit?«

Petra dachte an die Textnachricht, die von Jacks Handy an Frieda geschickt worden war.

»Zwischen acht und neun«, antwortete sie.

Blackstock überlegte einen Moment.

»Erst war ich zu Hause bei meiner Frau und dann im Krankenhaus.«

»Im Krankenhaus«, hakte Petra nach. »Warum?«

Blackstock legte die Hände auf den Tisch. Seine Rechte war dick verbunden.

»Hatten Sie einen Unfall?«, fragte Petra.

»Na, das sieht man doch wohl.«

»Würde es Ihnen etwas ausmachen, mir zu erzählen, was passiert ist?«

»Ich war gerade damit beschäftigt, mit einem Teppichmesser eine Linoleumfliese zuzuschneiden. Da bin ich abgerutscht und habe mir quer über die andere Hand geschnitten. Überall war Blut. Deswegen bin ich ins Krankenhaus gefahren. Die Wunde musste genäht werden.«

»Um welche Uhrzeit ist das passiert?«

»Warum spielt das eine Rolle?«

»Es hat gestern Abend wieder einen Vorfall gegeben.«

»Was für einen Vorfall?«

»Ich hätte gern, dass Sie zuerst meine Frage beantworten.«

Daniel Blackstock ließ sich Zeit, ehe er erklärte: »Sie machen das falsch herum. Erst müssen Sie mir sagen, was Sie mir vorwerfen, und dann kann ich mich verteidigen – falls mir ein gutes Argument einfällt.«

»Also gut«, gab sie nach. »Gestern Abend wurde ein Mann namens Jack Dargan in einem Haus in Islington überfallen. Der Täter trug eine Maske. Im Verlauf des Überfalls schickte der Täter eine Textnachricht ab, für die er Dargans Telefon benutzte.«

»Aus welchem Grund hat er das denn getan?«

»Der Überfall ging nicht mit einem Raubüberfall einher. Er war wohl eher als Statement oder eine Art Botschaft gedacht.«

»An wen ging die Nachricht?«

»An Frieda Klein.«

»Oh.« Er stieß einen Pfiff aus. »Verstehe. Das muss für sie ein ziemlicher Schock gewesen sein.«

»Interessiert Sie das?«

»Natürlich interessiert mich das, ich bin schließlich Journalist. Ich habe von Anfang an über die Frieda-Klein-Story berichtet. Aber Sie können doch nicht allen Ernstes annehmen, dass ich zu so etwas fähig wäre.«

»Die Sprachnachricht ging um 21.32 Uhr raus. Wenn Sie also belegen können, wo Sie sich um diese Zeit aufhielten, können Sie gleich wieder nach Hause.«

Blackstock schwieg eine Weile.

»Das ist doch verrückt. Ich habe keine Ahnung, wie Sie überhaupt auf die Idee kommen, mich zu verdächtigen. Aber wenn Sie dieses Spiel unbedingt spielen wollen, mache ich eben mit. Das Ganze muss etwa um die Zeit passiert sein, als ich mich geschnitten habe und ins Krankenhaus gefahren bin.«

»Können Sie mir da genaue Uhrzeiten nennen?«

»Ich glaube kaum, dass ich das kann. Ich führe in meinem Alltag doch nicht ständig Buch, wann ich was mache.«

»Trotzdem gibt es schätzungsweise Möglichkeiten, das zu überprüfen.«

»Als es passiert ist, habe ich versucht, die Blutung zu stillen, und meine Frau hat währenddessen die Notrufnummer gewählt und um Hilfe gebeten. Die zeichnen das vermutlich auf.«

»Die zeichnen das definitiv auf.«

»Meine Frau hat mit den Leuten gesprochen und ihnen geschildert, was geschehen ist. Man hat uns geraten, in die Notaufnahme zu fahren. Deswegen hat mich meine Frau ins St. Jude's gefahren.«

»Wann sind Sie da eingetroffen?«

»Das weiß ich nicht genau. Etwa eine halbe Stunde oder vielleicht auch vierzig Minuten, nachdem es passiert ist.« Er machte eine zornige Handbewegung. »Hören Sie, was wollen Sie eigentlich von mir? Soll ich mir den Verband runterreißen und Ihnen meine Wunde zeigen? Das kann ich gern machen, wenn Sie das wollen.«

»Möglicherweise wurde derjenige, der Jack Dargan überfallen hat, dabei ebenfalls verletzt.«

»Ist es da zu einer Messerstecherei gekommen?«, fragte Blackstock wütend. »Sie können die Wunde ja untersuchen lassen. Dann werden Sie feststellen, dass so etwas dabei herauskommt, wenn einer, der als Heimwerker zwei linke Hände hat, mit einem Teppichmesser hantiert.«

»Wie sind Sie ins Krankenhaus gekommen?«

»Meine Frau hat mich gefahren.«

»Und wie lange waren Sie dort?«

»Wir sind kurz nach Mitternacht wieder nach Hause gekommen.«

»Eines muss Ihnen klar sein: Wenn ich sage, wir überprüfen das, dann überprüfen wir es wirklich.«

»Überprüfen Sie, was Sie wollen«, antwortete Daniel Blackstock. »Und wenn Sie weitere Informationen brauchen, dann melden Sie sich.«

Petra nickte zu Don Kaminsky hinüber, der sich daraufhin vorbeugte und das Aufnahmegerät ausschaltete.

»Gut«, sagte sie. »Wir sind fertig.«

Frieda sagte erst mal eine Weile gar nichts, aber Petra Burge fand die Art, wie sie die Augen zusammenkniff, schon alarmierend genug.

»Das kann nicht sein«, brach Frieda schließlich ihr Schweigen. »Sie müssen etwas übersehen haben.«

»Ich weiß, wie Sie sich jetzt fühlen«, meinte Petra. »Aber ich habe nichts übersehen.«

»Kommen Sie doch rein«, sagte Frieda.

»Ich muss noch wohin.«

»Nur fünf Minuten. Ich würde gern kurz mit Ihnen reden.«

Petra Burge trat ein. Frieda führte sie in die Küche.

»Möchten Sie etwas trinken?«

»Nein danke. Sagen Sie mir, was Sie besprechen möchten.«

Sie setzten sich einander gegenüber an den Küchentisch, wo Petra sich vorkam, als wäre sie wieder im Verhörraum, diesmal allerdings als Verhörte.

»Haben Sie das Alibi genau überprüft? Handelt es sich wirklich um eine ernsthafte Verletzung?«

»Natürlich. Ich habe mir das Telefongespräch angehört, das

seine Frau mit dem Notdienst geführt hat. Der Anruf kam um 21.38 Uhr. Er wurde von ihrem Haus aus getätigt. Kurz nach 22.20 Uhr ist er in der Notaufnahme von St. Jude's eingetroffen. Ich habe mit dem diensthabenden Arzt gesprochen. Die Wunde war tief und hat stark geblutet. Der Arzt meinte, sie hätten eigentlich einen Krankenwagen kommen lassen sollen. Ihm zufolge hatte Blackstock Glück, dass keine Arterie oder Sehne verletzt wurde.«

Frieda trommelte mit den Fingern auf der Tischplatte herum. »Für meinen Geschmack kommt ihm das allzu gelegen.«

»Natürlich kommt es ihm gelegen. Es liefert ihm ein Alibi. Wenn ein Alibi nicht den Zeitpunkt des Verbrechens abdeckt, nennt man es nicht Alibi.«

»Warum ist er rein zufällig ausgerechnet an diesem Abend, um genau diese Uhrzeit an einem Ort, wo seine Anwesenheit aufgezeichnet wird? Warum sitzt er nicht einfach mit seiner Frau zu Hause, wie er es normalerweise tut?«

»Also gut, Frieda, nehmen wir doch mal an, Blackstock wäre wie üblich zu Hause gesessen, mit seiner Frau als einziger Zeugin. Hätten Sie ihm dann geglaubt? Das wäre eher unter ›kein Alibi‹ gelaufen.«

»Es liegt doch auf der Hand, dass er sich die Verletzung im Kampf mit Jack zugezogen hat und dann …«

Sie brach ab.

»Und dann was?«, hakte Petra nach. »Es mag ja vielleicht auf der Hand liegen, aber wie stellen Sie sich das genau vor? Glauben Sie, er hat seine Frau angerufen und sie dazu gebracht, das Gespräch mit dem Notdienst zu führen? Um dann mit einer schlimmen Wunde, die so stark blutete, dass sie mit etlichen Stichen genäht werden musste, durch halb London zu fahren und sich unterwegs irgendwo mit seiner Frau zu treffen? Außerdem habe ich mit Jack Dargan gesprochen. Es gab keinen nennenswerten Kampf. Und keine Spur von einem Messer.

Ihr Freund hat gesagt, er halte es für ausgeschlossen, dass der Angreifer vor Ort eine Verletzung davongetragen hat, von einer schweren ganz zu schweigen. Hinzu kommt, dass am Tatort kein anderes Blut als das von Dargan gefunden wurde.«

Frieda sah Petra stirnrunzelnd an, und Petra erwiderte ihren Blick ebenso stirnrunzelnd.

»Was?«, fragte Petra. »Geben Sie mir einen Hinweis, und ich überprüfe ihn.«

»Sie haben den Kerl doch erlebt«, sagte Frieda. »Die Art, wie er sich in die Ermittlungen zu wanzen versucht und wie er das alles genießt! Kommt Ihnen das nicht verdächtig vor?«

»Als Journalist wird er genau dafür bezahlt. Das mag Ihnen nicht gefallen, und mir vielleicht auch nicht, aber wir werden damit leben müssen.«

»Ich habe Ihnen gesagt, ab wann ich ihn in Verdacht hatte. Dabei wusste ich zu dem Zeitpunkt noch nicht mal, dass er in Silvertown lebt, also genau da, wo Chloë gefangen gehalten wurde, direkt am Stadtflughafen.«

»Das können Sie doch gar nicht mit Sicherheit wissen. Es gibt andere kleine Rollfelder rund um London. Kurz hinter Chigwell ist auch eines. Wenn man die M11 nimmt, ist man da in zwanzig Minuten.«

»Ich kenne das Rollfeld. Dort fliegt doch nur ein kleiner Flugklub. Wenn Chloë solche kleinen Zweisitzer gehört hätte, dann hätte sie es gesagt.«

»Demnach sind Sie jetzt also beide Expertinnen für Kleinflugzeuge? Ihre ganze Theorie beruht auf der Aussage einer jungen Frau, der man Drogen verabreicht und die Augen verbunden hatte. Sie war doch die ganze Zeit halb bewusstlos, und außerdem traumatisiert. Trotzdem halten Sie diese Aussage für beweiskräftiger als ein Alibi, das sich durch absolut hieb- und stichfeste Fakten belegen lässt. Wir wissen, dass der Unfall um 21.38 Uhr gemeldet wurde. Wir wissen außerdem, dass er um 22.25 Uhr mit einer schlimmen Verletzung im Krankenhaus eingetroffen ist. Während der Ausbildung erzählt man uns Kriminalbeamten immer wieder von den Fällen, bei denen die Ermittlungen aus dem Gleis liefen, weil der leitende Detective eine fixe Theorie hatte und diese nicht aufgeben wollte.«

Petra betrachtete Frieda, die sich stirnrunzelnd auf die Unterlippe biss und aussah, als litte sie Schmerzen.

»Ich werde dafür sorgen, dass Ihre Freunde Personenschutz bekommen«, fuhr sie in sanfterem Ton fort.

Frieda nickte. »Mein neuester Plan ist, dass vorerst alle zusammen bei Reuben wohnen.«

»Klingt nach einer guten Idee.«

Frieda starrte an ihr vorbei aus dem Fenster. »Sie sollten sein Haus durchsuchen.«

»Wir können sein Haus nicht durchsuchen. Es besteht kein ausreichender Tatverdacht.«

»Wie sieht dann Ihr Plan aus?«

»Mein Plan ist, ganz von vorne anzufangen.«

46

Karlsson stürmte fast im Laufschritt in Friedas Haus. »Sieh dir das an!«, rief er und warf eine Zeitung auf den Tisch.

»Was denn?«, fragte Frieda.

Wütend blätterte er sie durch und klappte dann die Doppelseite in der Mitte auf. Dort prangte als große Schlagzeile: »MEIN LEBEN ALS TATVERDÄCHTIGER«. Darunter war ein Porträtfoto von Daniel Blackstock abgedruckt, auf dem er finster in die Kamera starrte.

»Das will ich eigentlich gar nicht sehen!« Frieda verzog das Gesicht.

Karlsson schnappte sich die Zeitung wieder und begann laut aus dem Artikel vorzulesen: »›Die ins Stocken geratenen Ermittlungen der Polizei haben eine neue Wendung genommen. Sie richten sich nun gegen die Presse. Ein klassisches Beispiel dafür, dass man als Überbringer schlechter Nachrichten oft zum Sündenbock abgestempelt wird.‹ Was für ein mieser kleiner Scheißer!«

»Karlsson, das ist es doch nicht wert, dass man sich aufregt.«

»Moment, Frieda, das hier musst du dir unbedingt noch anhören: ›Ich wurde in einen Verhörraum der Polizei gebracht und einem gnadenlosen Verhör durch Detective Inspector Petra Burge unterzogen. Die ermittelnden Beamten fragen sich offenbar, warum die Presse über den Fall so viel mehr weiß als die Polizei selbst. Vielleicht, so versuchte ich ihnen zu erklären, liegt es daran, dass wir unseren Job machen.‹ So ein Mistkerl!«

»Ich wär dir wirklich dankbar, wenn du mir nicht den gesamten Artikel laut vorlesen würdest.«

Kopfschüttelnd faltete Karlsson die Zeitung zu einem etwas handlicheren Format und humpelte dann hektisch im Raum herum, während er weiter zitierte.

»Du wirst noch stürzen«, warnte ihn Frieda. »Bestimmt willst du dir dein Bein nicht noch ein zweites Mal brechen.«

»Einen kleinen Abschnitt musst du dir noch anhören. Der hat mich so richtig auf die Palme gebracht. Warte, ich muss ihn erst suchen. Da haben wir ihn ja.« Karlsson stieß ein einleitendes Hüsteln aus. »›Ich habe Profiling-Fachmann Professor Hal Bradshaw zurate gezogen. Was steckt seiner Meinung nach hinter diesen Verbrechen? ‚In den letzten Jahren hat Frieda Klein sich bewusst zu einer Berühmtheit hochstilisiert und in polizeiliche Ermittlungen eingemischt. Es ist Sache der Behörden herauszufinden, inwieweit dadurch wichtige polizeiliche Abläufe beeinträchtigt wurden, und ich möchte mir nicht anmaßen, dazu einen Kommentar abzugeben …'‹« Karlsson hörte einen Moment zu lesen auf, um die Zeitung wütend zu schütteln. »Warum kommentierst du es dann trotzdem, du gottverdammter Vollidiot …?«

»Warum setzt du dich nicht?«

»Hör dir das an: ›Als Psychologe interessiere ich mich insbesondere für den Impuls, der eine Person, die eigentlich Ärztin und Heilerin sein sollte, zu einer nach Aufmerksamkeit heischenden Promitherapeutin mutieren lässt. In der Folge hat sie nicht nur sich selbst in Gefahr gebracht. Das wäre ihre eigene Sache. Manche Menschen stehen auf Bungee-Jumping, andere springen lieber mit Gleitschirmen von Bergen, und wieder andere mischen sich in polizeiliche Ermittlungen ein. Besagte Person aber bringt auch andere in Gefahr, das Leben von Unschuldigen. Ich will damit nicht sagen, dass Psychologen bei polizeilichen Ermittlungen nichts zu suchen haben. In meiner zukünftigen Serie *Verbrechen im Kopf* werde ich zeigen, wie durch die besonderen Fähigkeiten eines Experten ungelöste

Fälle aufgedeckt werden können. Frieda Klein dagegen ging es immer nur darum, eine Fangemeinde um sich zu scharen. Nun, es heißt, man soll achtgeben, was man sich wünscht.‹« Karlsson warf die Zeitung auf den Tisch. »Meinst du nicht, irgendjemand könnte dafür sorgen, dass Dean Reeve sich um Hal Bradshaw kümmert?«

»Hör auf!«, warnte ihn Frieda.

Sie verließ den Raum und ging in die Küche.

»Ist es noch zu früh für einen Drink?«, rief ihr Karlsson hinterher.

»Ja, ist es.«

Ein paar Minuten später kehrte sie mit zwei großen Tassen Kaffee zurück.

»Ich weiß nicht, wie du es erträgst, dass dein Name derart durch den Schmutz gezogen wird, damit ja jeder darauf herumtrampeln kann«, bemerkte Karlsson. »Hier so hereinzurauschen und dir den ganzen Mist laut vorzulesen, war da bestimmt auch nicht sehr hilfreich. Wahrscheinlich habe ich mehrere wunde Punkte getroffen, aber ich hatte einfach das Gefühl, dass du erfahren solltest, was Scharlatane wie Hal Bradshaw im Schilde führen.«

Frieda starrte auf ihre Tasse hinunter.

»Das macht mir nichts aus«, erklärte sie. »So etwas lasse ich einfach draußen vor der Tür. Genau wie das Wetter.« Sie nahm einen Schluck von ihrem Kaffee. »Aber er hat recht.«

»Womit denn, um Gottes willen?«

»Ich habe Menschen in Gefahr gebracht. Das mag nicht mein Plan oder Wunsch gewesen sein, aber ich muss dennoch die Verantwortung dafür übernehmen.«

»Frieda, das stimmt doch nicht. Regel Nummer eins lautet, dass die Schuld immer bei den Tätern liegt, nie bei den Opfern.«

Sie blickte zu ihm hoch.

»Tja, eine sehr praktische Regel, und ich kann mir auch einreden, dass sie zutrifft. Aber währenddessen sitzen wir bloß hier und warten ab, was die Person da draußen als Nächstes zu tun gedenkt.«

»Immerhin sind polizeiliche Ermittlungen im Gange.«

»O ja.« Frieda nickte. »Es sind polizeiliche Ermittlungen im Gange.«

Alex Zavou starrte zu Boden, schaute kurz Frieda an, dann wieder zu Boden. Er biss sich auf die Unterlippe. Frieda erkannte die Zeichen.

»Wenn Sie etwas loswerden wollen«, sagte sie, »dann ist hier ein sicherer Ort dafür.«

Ein sicherer Ort. Frieda hatte immer gehofft, dass dieses Sprechzimmer für ihre Patienten eine Zuflucht darstellte, eine Art Refugium. Inzwischen kam es ihr selbst auch so vor. Im Moment erschien ihr dieser Raum wie ein Loch im Boden, in das sie sich am liebsten verkrochen hätte, um sich dort für immer vor der Welt zu verstecken und nie wieder herauszukommen. Solche Gedanken gingen ihr durch den Kopf, während sie auf Zavous Antwort wartete. Manchmal schwieg ein Patient minutenlang. Es war auch schon vorgekommen, dass jemand fast die ganze Sitzung hindurch geschwiegen hatte. Schweigen konnte auch eine Art von Therapie sein.

»Ich hatte mir eigentlich geschworen«, begann Zavou stockend, »bei dieser Therapie absolut ehrlich zu sein. Ich hatte nicht vor, irgendetwas zu verschweigen.« Er hielt inne, als erwartete er von Frieda eine Reaktion, vielleicht so etwas wie Zustimmung, doch da von ihr nichts kam, sprach er weiter. »Trotzdem habe ich es wohl so hingedreht, als wäre dieser Vorfall, die Schlägerei und die Gewalt, etwas völlig Neues in meinem Leben. Aber dem ist nicht so. Das wollte ich bloß klarstellen.«

Plötzlich schämte sich Frieda ganz fürchterlich. Sie wusste bereits, was Zavou ihr gleich gestehen würde, und war nun gezwungen, ihm etwas vorzuspielen, indem sie die Überraschte mimte. In dem Moment schien es ihr so, als hätte sie ein ganz übles Virus der Korruption in ihr Sprechzimmer eingeschleppt.

»Erzählen Sie mir davon.« Sie bemühte sich um einen möglichst neutralen Ton.

»Ich war schon öfter in Schlägereien verwickelt«, begann er. »Ich fange sie zwar nicht an, halte mich aber auch nicht raus. Es fällt mir schwer, es in Worte zu fassen, aber ich war schon immer der Meinung, dass man sich nichts gefallen lassen soll. Wenn die Situation erfordert, dass man sich wehren muss, dann wehrt man sich eben. Ich reagiere nicht so heftig, wenn jemand mich persönlich beleidigt oder anrempelt oder mein Getränk verschüttet. Sie wissen ja, was für alberne Lappalien Schlägereien auslösen können. Aber wenn ein Mitglied meiner Gruppe blöd angemacht wird, dann habe ich das Gefühl, für die betreffende Person eintreten zu müssen. Ich kann da einfach nicht anders. Deswegen …«

Er brach ab. Frieda empfand ein starkes Gefühl von Erleichterung. Endlich war er damit herausgerückt. Nun war es möglich, offen darüber zu sprechen.

»Ja?«, hakte sie nach.

»Ich bin nicht der, für den Sie mich bisher gehalten haben. Sie dachten bestimmt, dass ich überhaupt nichts dafür konnte. Dass ich nur zufällig in die Situation geraten war und sie zu retten versuchte, wenn auch ohne Erfolg. Dagegen glauben Sie jetzt wahrscheinlich, dass ich derjenige war, der mit der Schlägerei anfing oder zumindest noch Öl ins Feuer goss, sodass das Ganze eskalierte.«

»War das der Grund, warum Sie es mir bisher verschwiegen haben?«, fragte sie. »Weil Sie sich wegen meiner Reaktion Sorgen gemacht haben?«

»Ich hatte Angst, Sie könnten denken, dass ich beteiligt, dass ich kein unschuldiges Opfer war.«

»Eines müssen Sie mir wirklich glauben: Sie dürfen mir alles sagen. Ich werde Ihnen jetzt nicht mit der Floskel kommen, dass es mir nicht zusteht, Sie zu beurteilen, denn schließlich beurteilen wir Menschen einander ständig, mit allem, was wir sagen. Aber Sie brauchen mir wirklich keine geschönte Version von sich zu präsentieren. Keiner geht durchs Leben, ohne sich jemals die Hände schmutzig zu machen. Überall gibt es Grauzonen, undefinierbare Bereiche zwischen Schwarz und Weiß. Am meisten Sorgen machen mir diejenigen Leute, deren Geschichten allzu sauber wirken – wenn sich die Puzzleteilchen zu leicht ineinanderfügen.«

Als Frieda sich hinterher Notizen machte, blieb sie an diesem Punkt hängen. *Wenn sich die Puzzleteilchen zu leicht ineinanderfügen.* Etwas Ähnliches hatte sie zu Petra über Daniel Blackstock gesagt. Petra hatte eine Antwort parat gehabt, doch das ungute Gefühl war geblieben. Er hatte ein perfektes Alibi. Das war genau das Problem. Normale Menschen hatten kein perfektes Alibi.

47

Von ihren Praxisräumen marschierte sie zügig zum St.-Dunstan's-Krankenhaus in Clerkenwell. Am Vorabend hatte sie Jack dorthin begleitet. Sie war im Krankenwagen mitgefahren und bis zum OP-Saal an seiner Seite geblieben. Zu dem Zeitpunkt hatte man ihm bereits starke Schmerzmittel verabreicht, ihn mit Morphinen vollgepumpt, doch er hatte es trotzdem noch geschafft, etwas zu ihr zu sagen, bevor sie ihn hineinrollten.

»Ich habe ihn angelogen«, hatte er gekrächzt.

»Wie meinst du das?«

»Er hat mich gefragt, ob ich Rechts- oder Linkshänder bin. Ich habe gesagt, Linkshänder.« Frieda hatte daraufhin fragend auf seine dick verbundene Linke hinuntergeblickt. »Bin ich aber nicht.«

Sie hatte ihn noch anlächeln können, bevor ihm die Augen zufielen. Dann hatte sie sich über ihn gebeugt und ihm einen Kuss auf die Stirn gedrückt.

»Bis später«, hatte sie gesagt.

Während sie nun durch den leichten Sommerregen in Richtung Krankenhaus lief, tätigte sie mehrere Telefonate. Als Erstes rief sie Reuben an.

»Ich bin's.«

»Gott sei Dank.«

»Bei dir alles in Ordnung?«

»Das ist doch jetzt unwichtig. Wie geht es Jack?«

Sie sprachen schnell, als hätten sie keine Zeit mehr für normale Konversation, sondern nur noch für das Wesentliche. Vor ihrem geistigen Auge sah sie Reuben kahlköpfig und dürr in seinem Arbeitszimmer sitzen, während draußen der leichte Regen auf seinen Rasen fiel.

»Ich bin gerade unterwegs zu ihm.«

»Halt mich auf dem Laufenden.«

»Natürlich. Wie geht's denn bei euch?«

»Ach, weißt du... Ich bin die meiste Zeit am Kotzen, und Josef backt Kuchen und kocht Eintopf, als könnte der Duft ukrainischen Essens die Welt retten. Alexei spricht kaum ein Wort, spielt aber in voller Lautstärke seine Computerspiele. Olivia heult vor sich hin und trinkt sich nebenbei durch meinen Weinkeller.«

»Klingt nach Überfüllung.«

»Das kannst du laut sagen.«

»Siehst du irgendeine Chance, noch jemanden reinzuquetschen?«

Am anderen Ende herrschte kurzes Schweigen.

»Ich spreche von Chloë«, fügte Frieda hinzu. »Sie kann dort nicht allein bleiben.«

»Sie ist sowieso die meiste Zeit hier.«

»Reuben...«

»Du brauchst nichts zu sagen.«

»Gut. Dann bitte ich Josef, später vorbeizukommen und abzuholen, was sie braucht. Sie sollte am besten gar nicht mehr dorthin zurück. Ach, und übrigens, Reuben, in nächster Zeit werden zwei Polizisten vor deinem Haus wachen, und zwar Tag und Nacht. Womöglich sind sie schon da.«

Als sie sich dem St. Dunstan's näherte, sah sie eine vertraute Gestalt vor der Drehtür stehen.

»Chloë! Ich dachte, du bist in der Arbeit.«

»Ich musste einfach herkommen.« Chloë wandte Frieda ihr tränenüberströmtes Gesicht zu.

Frieda nahm sie an der Hand. »Komm, lass uns gemeinsam zu ihm gehen.«

»Das habe ich schon versucht. Es ist sinnlos.«

»Wie meinst du das?«

»Sie haben mich nicht reingelassen. Es ist keine Besuchszeit.«

»Ach, tatsächlich«, meinte Frieda. »Das werden wir ja sehen.«

Der Eingang zu Jacks Abteilung im dritten Stock war abgeschlossen. Nachdem sie sich beide die Hände mit einem alkoholisch riechenden Gel desinfiziert hatten, klopfte Frieda laut an die Tür. Durch die Glasstreifen konnten sie Krankenschwestern vorübereilen sehen. Von hinten näherte sich ihnen ein Hausmeister mit einem Rollwagen. Er tippte den Sicherheitscode ein und schob die Doppeltür auf. Frieda marschierte hinter ihm durch und forderte Chloë mit einer Handbewegung auf, rasch zu folgen.

»Entschuldigung!« Eine Schwester versperrte ihnen den Weg.

»Wir möchten Jack Dargan besuchen. Bett Nummer 17.«

»Es ist keine Besuchszeit.«

Die Schwester warf einen Blick auf die Uhr, die an ihrer Schürze baumelte. »Sie können in zweieinhalb Stunden wiederkommen. Dann dürfen Sie zu ihm hinein.«

»Nein.«

»Wie bitte?«

»Nein.«

»Frieda«, flüsterte Chloë in drängendem Ton. »Mach keinen Aufstand!«

»Keinen Aufstand?« Frieda bedachte ihre Nichte mit einem strengen Blick. »Die Sache ist ganz einfach. Wir rühren uns hier nicht von der Stelle, bis wir ihn gesehen haben.«

Neben ihr stieß Chloë ein nervöses Kichern aus.

»Ich rufe den Sicherheitsdienst.«

»Nur zu!«, meinte Frieda.

»Was ist denn los, Theresa?«, fragte eine Frau, deren Schwesternuniform weiß war, nicht blau. »Gibt es ein Problem?«

»Ich habe den beiden Damen gesagt, dass im Moment keine Besuchszeit ist, aber sie weigern sich zu gehen.«

»Sie weigern sich?«

»Unser Freund Jack Dargan wurde gestern Nacht überfallen und schwer verletzt. Er hat keine Angehörigen, die ihn besuchen können, deswegen sind wir hier, um nach ihm zu sehen und ihn ein bisschen aufzumuntern. Bestimmt werden Sie mir zustimmen, dass es unsinnig ist, uns wieder wegzuschicken.«

»Die Regeln …«

»Wenn Ihre Regeln besagen, dass wir nicht zu ihm reindürfen, dann verdienen sie es, gebrochen zu werden.«

Die Schwester in Weiß sah erst Frieda an, dann Chloë, die endlich zu kichern aufgehört hatte, und schließlich Theresa.

»Dann gehen Sie eben rein.«

Bei Jacks Anblick brach Chloë erneut in Tränen aus. Mit einem großen Kissen im Rücken lag er im Bett, die Hand in einem dicken Gips, der auf einer Art Hebevorrichtung ruhte. Über seine Stirn zog sich eine Naht, ein Auge war komplett zugeschwollen, die Haut rundherum blutunterlaufen. Seine Nase war ebenfalls geschwollen und violett verfärbt. An seinem unverletzten Arm hing eine Infusion. Außerdem war er mit einem Apparat verbunden, der ständig piepte.

Jack gab sich sichtlich Mühe, seine beiden Besucherinnen anzulächeln, doch sein Gesicht war zu wund und lädiert. Während er mit seinem guten Auge zu ihnen hochblickte, lief ihm eine Träne über die Wange.

»Hallo«, brachte er undeutlich hervor. »Habe mir doch gedacht, dass ich euch höre.«

»Du brauchst nicht zu reden«, sagte Frieda. »Hast du Durst?«

Er nickte. Frieda griff nach dem Trinkbecher, der auf dem

Nachttisch stand, und schob Jack den biegsamen Strohhalm in den Mund.

»Tut es weh?«, fragte Chloë.

»Schmerzmittel. Unmengen.«

»Hattest du große Angst? Ach, darauf brauchst du mir gar nicht zu antworten, das kann ich mir ja selber denken. Ich plappere nur so blöde Sachen, weil ich nicht weiß, was ich sagen soll. Deine arme Hand. Du bist ja kaum noch zu erkennen. Mein Gott, das muss so beängstigend gewesen sein! Wahrscheinlich dachtest du, du musst sterben.«

»Brauchst du irgendetwas?«, warf Frieda ein.

Jack schüttelte den Kopf.

»Frieda hat mir erzählt, dass du behauptet hast, du seist Linkshänder«, fuhr Chloë fort. »Das war unglaublich clever von dir! Ich wäre bestimmt nicht so geistesgegenwärtig gewesen, wenn jemand mich überfallen hätte.«

»Hör zu, Jack«, erklärte Frieda. »Ich komme später wieder. Bis du entlassen wirst, werden wir alle so viel Zeit hier verbringen, wie du möchtest. Wenn du irgendetwas brauchst, sag es uns bitte. Nach deiner Entlassung kommst du dann auch zu Reuben. Das erscheint mir am sichersten. Aber jetzt habe ich noch eine Frage an dich: Kannst du dich an weitere Einzelheiten erinnern?«

»Geruch.«

»Du erinnerst dich an seinen Geruch?«

»Schweiß.«

»Das ist gut. Jede Information kann von Nutzen sein.«

Hilflos starrte er sie mit seinem einen Auge an. Selbst sein rotes Haar wirkte verzweifelt.

»Du hast dich tapfer geschlagen«, lobte ihn Frieda.

»Liebling«, sagte Daniel Blackstock in zärtlichem Ton. Während seine Frau gerade damit beschäftigt war, das Abendessen zuzubereiten, war er hinter sie getreten und massierte mit seiner unverletzten Hand ihren Nacken. »Wie kann ich dir helfen?«

»Helfen?« Die Vorstellung schien Lee Blackstock zu beunruhigen.

»Ja. Du arbeitest so hart, und um mich kümmerst du dich auch noch. Ich sage dir viel zu selten, wie dankbar ich dir bin.«

Lee Blackstock wandte den Kopf. Sein Gesichtsausdruck wirkte herzlich. Sie erwiderte sein Lächeln und ließ sich von ihm weiter den Nacken massieren, obwohl er ein bisschen zu fest drückte.

»Ich muss nur noch den Kartoffelbrei machen.«

»Den mag ich so gern!«

»Tut deine Hand schlimm weh?«

»Nicht der Rede wert.«

»Daniel«, begann sie vorsichtig.

»Ja.«

»Ich werde dir immer helfen, das weißt du ja.« Sie legte eine Pause ein, aber Daniel sagte nichts, sondern fuhr schweigend fort, seine Finger in ihre Haut zu graben. »Ich habe mich nur gefragt, ob du mir vielleicht erzählen möchtest …« Stockend verstummte sie.

»Geht es um gestern?«

Sie nickte.

»Vertraust du mir, Lee?«

»Natürlich vertraue ich dir.«

»Ich arbeite sehr hart, und zwar Tag und Nacht, um dafür zu sorgen, dass wir genug Geld und ein sicheres Leben haben. Das ist dir doch klar, oder?«

»Es war ja nur so eine Überlegung von mir. Wenn du nicht darüber sprechen willst, dann ist das auch in Ordnung.«

»Für mich läuft es gerade recht gut.«

»Das freut mich, Daniel. Du hast es verdient.«

»Ich bekomme Chancen, und die muss ich nutzen.«

»Natürlich.«

»Man will mich interviewen. Vielleicht hörst du mich dann im Radio. Das willst du mir doch nicht verderben, oder?«

»Nein!«

»Gut. Ich weiß, dass du mir vertraust, und du weißt, dass ich dir vertraue. Ich kann dir doch vertrauen, oder?«

»Ja.«

»Weil wir nämlich Partner sind. Alles, was wir tun, tun wir füreinander. Hab ich recht?«

»O ja.«

»Dann brauchen wir nicht weiter darüber zu sprechen.«

Als Frieda Reubens Haustür öffnete, hörte sie lautes Geschrei, ein Kreischen von Olivia, dann ein klatschendes Geräusch. Sie stürmte ins Wohnzimmer, konnte mit dem Bild, das sich ihr dort bot, zunächst aber nichts anfangen.

Alle kauerten vornübergebeugt auf dem Boden, mehr oder weniger im Kreis, und fuchtelten wild mit den Händen.

»Was ist denn hier los?«, fragte sie sehr laut, um den Lärm zu übertönen.

»Die Runde geht an mich!«, rief Reuben, ohne hochzublicken, während er eine Karte auf den Boden knallte. Er trug eine neue Art Morgenmantel, eine bodenlange, gelb und lila gestreifte marokkanische Tunika. Sein Gesicht war gerötet.

»Karten«, stellte Frieda fest. »Ihr macht beim Kartenspielen einen solchen Lärm?«

»Wir spielen ›Racing Demon‹!«, rief Chloë. »Komm, mach mit!«

»Jetzt nicht.«

Sie ließ den Blick über die Runde schweifen. Jeder hatte einen Kartenstapel vor sich und war voll bei der Sache. Sogar Alexei spielte mit, auch wenn Frieda von ihrem Beobachtungsposten aus den Eindruck gewann, dass er von den Regeln keinen blassen Schimmer hatte.

Während sie weiter ihre Lieben betrachtete, musste sie an die Familie denken, in der sie aufgewachsen war: mit einem Vater, der sich umgebracht hatte, einer Mutter, die nie Kinder gewollt und das sogar auf dem Totenbett noch einmal wiederholt hatte, und einem Bruder, der seine Schwester ablehnte und kritisierte und den sie sowieso nie zu sehen bekam. Verfluchte Blutsbande. Das hier war ihre richtige Familie, dieser wild zusammengewürfelte Haufen in diesem überhitzten, lauten Raum.

48

Am nächsten Morgen traf Frieda schon um halb sieben in Silvertown ein. Es war bereits schwülwarm und der Himmel diesig grau. Sie hoffte auf einen kräftigen Wolkenbruch, der zumindest einen Teil des Staubes und Sandes von den Straßen spülen würde. Außerdem brauchte die ausgedörrte Erde dringend Wasser. Daniel Blackstock lebte in einer modernen Wohnsiedlung, die im Vergleich zu den alten, baufälligen Lagerhallen auf der einen Seite und den Hochhäusern auf der anderen verhältnismäßig klein wirkte. Das Haus der Blackstocks lag in einer Sackgasse. Es verfügte über einen kleinen, ordentlichen Vorgarten und einen Carport für ihren roten Honda. Die Vorhänge waren zu.

Frieda bezog Stellung neben einem Müllcontainer, wo sie das Haus im Blick hatte, selbst aber nicht zu sehen war, und wartete. Sie wollte nicht zu Daniel Blackstock, sondern zu seiner Frau, die beim Notdienst angerufen und ihren Mann ins St.-Jude's-Krankenhaus gefahren hatte. Um zwanzig nach sieben wurden die Vorhänge eines Fensters im ersten Stock aufgezogen. Zehn Minuten später folgten die im Erdgeschoss. Im Raum bewegte sich eine Gestalt.

Kurz nach acht ging die Haustür auf, und Daniel Blackstock kam heraus. Er tastete seine Jacke ab, vermutlich, um sich zu vergewissern, dass er seinen Schlüssel dabeihatte, bevor er die Tür zuzog und auf den Gehsteig zusteuerte. Demnach fuhr er an diesem Tag nicht mit dem Wagen. Er trug eine Aktentasche, die er im Rhythmus seiner Schritte schwang. Selbst aus Friedas Entfernung wirkte er recht frisch und munter. Sie sah ihm nach, bis er außer Sichtweite war. Dann steuerte sie auf das kleine Haus mit seinem kleinen, aber gepflegten Garten zu und klingelte.

»Ja?« Die Frau, die vor ihr stand, trug noch ihren Morgenmantel. Sie war eher klein und kompakt. Ihr rundes Gesicht wurde von einem braunen Pagenkopf mit strengem Pony umrahmt.

»Lee Blackstock?«

»Worum geht es?« Ihre Stimme klang hoch und mädchenhaft. Einen Moment später bekam ihre eben noch höflich fragende Miene einen ängstlichen Zug.

»Ich bin Frieda Klein.«

»Ich weiß. Ich kenne Sie von den Fotos.« Nach einer kurzen Pause fügte sie hinzu: »Daniel ist nicht hier.«

»Ich wollte sowieso zu Ihnen. Darf ich reinkommen?«

Einen Moment blickte sie Frieda an, dann über deren Schulter hinweg. Nervös zupfte sie am Ausschnitt ihres Morgenmantels herum.

»Zu mir? Warum?«

»Ich würde Sie gern etwas fragen.«

»Das verstehe ich nicht. Wenn überhaupt, dann sollten Sie doch mit Daniel sprechen.«

»Es geht um eine ganz einfache Sache.«

»Ich bin noch nicht angezogen.«

»Das macht nichts.«

Frieda trat ins Haus.

»Ich habe noch gar nicht aufgeräumt«, sagte Lee Blackstock entschuldigend, während sie Frieda in die Küche führte.

Dabei herrschte dort eine penible Ordnung. Lediglich ein Teller und eine Tasse standen auf dem Tisch. Das einzig Farbenfrohe und Lebendige in dem keimfreien Raum war ein riesiger Blumenstrauß auf einem Sideboard. Frieda beobachtete, wie Lee ein paar unsichtbare Krümel wegfegte, über ihren

Morgenmantel strich und den Gürtel fester zuzog. Sie wirkte nervös.

»Ich wollte Sie nach vorgestern Abend fragen.«

»Wie meinen Sie das?«

»Da hatte Ihr Mann doch einen scheußlichen Unfall.«

»Ja, das stimmt.«

»Können Sie mir mehr darüber sagen?«

»Warum?« Die Frage schien sie kühner zu machen. »Was geht Sie das an?«

»Eine ganze Menge, glaube ich.«

»Da müssen Sie schon Daniel fragen, nicht mich. Ich kann mich nicht so gut ausdrücken.«

»Sie brauchen sich nicht gut auszudrücken, und Sie brauchen auch keine Angst zu haben«, erklärte Frieda. Sie sah, wie die Frau das Gesicht verzog. Ihr Gesicht und ihr Hals liefen rot an. »Ich möchte nur die Wahrheit hören.«

»Ich habe nichts zu verbergen.« Wieder strich Lee Blackstock mit den Handflächen über ihren Morgenmantel. Dann ließ sie sich an dem kleinen, kahlen Tisch nieder und verschränkte die Hände ineinander – wahrscheinlich, damit sie nicht mehr so zitterten. »Ich werde Daniel sagen, dass Sie hier waren.«

»Natürlich. Könnten Sie mir erzählen, was passiert ist? So, wie Sie sich daran erinnern?«

Lee Blackstock wich Friedas Blick aus. Sie holte tief Luft, und als sie dann zu sprechen anfing, klang es seltsam monoton.

»Wir waren zusammen hier. Wir haben zu Abend gegessen. Anschließend habe ich mir im Fernsehen eine Quizsendung angesehen. Daniel hat im Hinterzimmer eine Linoleumfliese zugeschnitten. Als ich ihn schreien hörte, bin ich sofort zu ihm. Er war mit dem Teppichmesser abgerutscht und hatte sich die Hand aufgeschnitten. Es blutete stark. Ich habe den Notruf gewählt. Man hat mir geraten, ihn ins Krankenhaus zu bringen. Also habe ich ihn hingefahren. Nachdem die Wunde versorgt war, sind wir wieder nach Hause.« Inzwischen schaffte sie es, Friedas Blick standzuhalten. »Das war's.«

»Um welche Zeit hat er sich denn geschnitten?«

»Um halb zehn«, antwortete sie wie aus der Pistole geschossen.

»Sie haben sofort den Notruf gewählt?«

»Ja.«

»Und dann sind Sie gleich los ins Krankenhaus?«

»Erst habe ich ihn verbunden und das Blut aufgewischt. Dann habe ich ihn hingefahren.«

»Wann sind Sie dort angekommen?«

»Gegen Viertel nach zehn.«

»Hatte er Schmerzen?«

Die Frage schien sie zu überraschen. »Bestimmt.«

»Wie haben Sie reagiert?«

»Ich?«

»Ja.«

»Das habe ich Ihnen doch schon gesagt. Ich habe den Notarzt angerufen und dann Daniel ins St. Jude's gebracht.«

»Ich meinte, waren Sie sehr schockiert?«

»Oh. Ja, ich war schockiert.«

»Haben Sie Ihre Nachbarn um Hilfe gebeten?«

»Nein.«

»Hat Sie jemand gesehen?«

»Sie meinen, mich?«

»Sie beide.«

»Das weiß ich nicht.«

»Allem Anschein nach sind Sie recht ruhig geblieben.« Frieda erhob sich. »Sind Sie berufstätig?«

»Ich arbeite als Pflegehelferin in einem Altersheim.«

»Das ist ein guter Beruf.«

»Finden Sie?« Lee Blackstock musterte sie skeptisch.

»Ja.«

»Aber nicht gut bezahlt.«

»Die sogenannten Frauenberufe sind alle nicht gut bezahlt – was aber nicht heißt, dass diese Arbeit nicht wichtig ist. Ich schätze mal, Sie machen viele Nachtschichten.«

»Ja.«

»Das ist bestimmt sehr anstrengend.«

»Ja, ist es. Auch wenn Daniel immer sagt, dass ich nur …« Sie brach ab.

»Was?«

»Ach, nichts.«

»Wie lange sind Sie schon verheiratet?«

»Dreizehn Jahre. Ich war sehr jung, gerade mit der Schule fertig, als wir geheiratet haben. Ich habe ihn schon mit fünfzehn kennengelernt.« Einen Moment leuchteten ihre Augen. »Es war Liebe auf den ersten Blick«, erklärte sie.

Demnach war sie mittlerweile Ende zwanzig oder Anfang dreißig. Sie sah viel älter aus, fand Frieda, fast schon wie eine Frau mittleren Alters.

»Aber Sie haben keine Kinder.«

»Nein. Noch nicht.«

»Das sind schöne Blumen. Hat Ihr Mann sie Ihnen geschenkt?«

»Ja.«

»Zum Geburtstag? Oder zum Hochzeitstag?«

»Nein, einfach so.« Ein Ausdruck von Befriedigung huschte über Lee Blackstocks Gesicht. Wie Frieda fasziniert feststellte, sah sie plötzlich ganz anders aus. Dann kehrte die verlegene Röte zurück, und sie wirkte in ihrem fleckigen Morgenmantel wieder unförmig und linkisch. »Mir ist noch immer nicht ganz klar, warum Sie eigentlich hier sind.«

»Ich wollte mir ein möglichst klares Bild von dem machen, was passiert ist.«

»Das ist schon lustig.«

»Was?«

»Er ist unterwegs, um Ihnen nachzuspionieren, und Sie spionieren hier ihm nach.«

»Ja«, antwortete Frieda. »Wirklich lustig.«

Daniel Blackstock stand in der Saffron Mews, starrte auf Frieda Kleins schmales Haus mit der blauen Tür und pfiff leise durch die Zähne. Die Jalousien waren heruntergelassen. Er fragte sich, wo sie war und was sie wohl gerade tat. Er würde es herausfinden.

49

Frieda lief zurück zur Hauptstraße. Sie wollte sie gerade überqueren und in Richtung Bahnhof weitergehen, als sie ein Taxi kommen sah. Da hatte sie eine Idee. Kurz entschlossen winkte sie den Wagen heran.

»St. Jude's Hospital«, sagte sie beim Einsteigen zum Fahrer. »Wie lang dauert das?«

Der Mann schnaubte.

»Etwa zehn Minuten, je nach Verkehr. Haben Sie es eilig?«

»Nein.«

Nachdem das Taxi sie vor dem Krankenhaus abgesetzt hatte, warf sie einen raschen Blick auf den Haupteingang. Es stand fest, dass Daniel und Lee Blackstock dort um 22.25 Uhr eingetroffen waren. Ein schlimmer Schnitt an seiner Hand war genäht worden. Frieda überlegte, ob es etwas bringen würde, mit dem Arzt zu sprechen, der Blackstock behandelt hatte. Lohnte es sich, Näheres über sein Verhalten zu erfragen, über den Zustand der Wunde und das Ausmaß der Blutung? Außerdem war das ohnehin kaum in die Tat umzusetzen. Sie blickte auf ihre Uhr. Der Arzt, der Daniel Blackstock behandelt hatte, war jetzt vermutlich gar nicht da. Und sollte er sich zufällig doch im Haus aufhalten, wäre er wahrscheinlich nicht glücklich darüber, von einer Fremden befragt zu werden, selbst wenn es sich um eine Ärztin handelte. Vielleicht zu einem späteren Zeitpunkt. Petra Burge konnte bestimmt eine offizielle Befragung veranlassen, aber was sollte das eigentlich bringen?

Frieda wandte sich ab. Im Krankenhaus gab es für sie nichts

zu tun. Aber das machte nichts, deswegen war sie nicht hergekommen. Daniel Blackstock war um 22.25 Uhr hier eingetroffen, Jack in Islington kurz nach 21.30 Uhr überfallen worden. Sie würde zu Fuß von hier nach dort laufen. Wie immer, wenn sie einen solchen Fußmarsch vor sich hatte, schloss sie einen Moment die Augen, um die möglichen Routen im Geist durchzugehen. Dieses Mal war das gar nicht so einfach, denn es gab viele Hindernisse: etliche große Hauptstraßen, ein Gaswerk, einen Busbahnhof und ein Labyrinth aus Lagerhallen. Jenseits davon schlängelte sich der Fluss Lea durch Canning Town und Bow. Sie kannte die Flusseinmündung bei Twelve Trees Crescent, weil sie mal ganz in der Nähe gearbeitet hatte, im St.-Andrew's-Krankenhaus. Ein Geräusch riss sie aus ihren Gedanken. Sie wandte den Kopf. Vom City Airport stieg ein Flugzeug auf wie eine mahnende Erinnerung.

Sie marschierte los. Es war, als wäre die Strecke extra dafür entwickelt worden, einen Fußgänger zu frustrieren – zum einen wegen der großen Hauptstraßen, zum anderen wegen der Wohnsiedlungen mit den vielen Sackgassen und Ringstraßen. Einmal musste Frieda sogar ihr Handy zücken und auf dem Stadtplan ihren Standort suchen. Nachdem sie sich zum Schluss auch noch erfolgreich durch das Industriegebiet gekämpft hatte, erreichte sie den Fluss Lea. An einem normalen Tag wäre sie jetzt nach rechts in den Treidelpfad eingebogen und durch den Olympiapark nach Hause gewandert. Doch es war kein normaler Tag. Blackstock war bestimmt nicht den Treidelpfad entlanggegangen – nicht so spät abends und unter Zeitdruck. Sie musste sich in ihn hineinversetzen, um auf die Route zu kommen, die er gewählt hatte.

Sie überquerte den Fluss, ging durch die Unterführung, die unter der Hauptstraße hindurchführte, und lief dann weiter, durch die Straßen von Bow und an der Westseite des Victoria Parks entlang in Richtung Haggerston. Allmählich war ihr die

Gegend wieder vertraut, und sie brauchte sich wegen der Strecke keine Gedanken mehr zu machen. Jetzt konnte sie über andere Dinge nachdenken.

Das Alibi. Seine ernsthaft verletzte Hand war Teil dieses Alibis, was ihrer Meinung nach bedeutete, dass das Ganze kein Unfall gewesen war. Demnach hatte er sich die Wunde selbst zugefügt, auch wenn es bestimmt nicht leicht war, sich mit einem Teppichmesser absichtlich in die eigene Hand zu schneiden.

Die nächsten wichtigen Punkte waren der Notruf aus dem Haus der Blackstocks, ihre gemeinsame Ankunft im Krankenhaus und schließlich die Nachricht, die von Jacks Handy an sie, Frieda, gesendet worden war. Letzteres diente dem Zweck, sie zu verhöhnen, war aber zugleich ein entscheidender Teil des Plans. Der Zeitpunkt des Notrufs hätte keine Aussagekraft gehabt, wenn Jack nicht in der Lage gewesen wäre, hinsichtlich des Zeitpunkts des Überfalls präzise Angaben zu machen.

Frieda blickte sich um. Sie war dahinmarschiert, ohne auf ihre Umgebung zu achten, sodass sie einen Moment überlegen musste, wo sie sich befand. In Hoxton. Im Vergleich zu Newham kam es ihr vor wie eine andere Welt – eine Welt voller Cafés und junger Männer mit ordentlichen Bärten und Fahrrädern.

Irgendetwas nagte schon die ganze Zeit an ihr, aber bisher hatte sie nicht recht festmachen können, was es war. Es hatte mit dem Timing zu tun. Im Gespräch mit Lee Blackstock hatte sie sich auf die Zeitdauer der Fahrt ins Krankenhaus konzentriert. Sie erschien ihr zu lang. Wie der Taxifahrer bestätigt hatte, brauchte man dafür nur rund zehn Minuten. Noch dazu ging es in diesem Fall um einen Mann, der sich angeblich so schlimm verletzt hatte, dass seine Frau den Notdienst anrufen musste. Trotzdem war nicht ganz auszuschließen, dass die beiden länger gebraucht hatten, und auch gar nicht so unplausibel. In Krisensituationen verhielten sich Menschen oft seltsam. Womöglich hatten sie zunächst einige Zeit darauf verwendet, die Wunde selbst zu verbinden, und waren erst ins Krankenhaus gefahren, als sie feststellten, dass sie die Blutung nicht stillen konnten. Manchmal ging bei einem Notfall alles eher langsamer als schneller. In einer solchen Situation kann es schwieriger sein, Entscheidungen zu treffen und Aufgaben zu bewältigen, die einem normalerweise keine Probleme bereiten. Nein, das allein wäre nicht notwendigerweise ein Grund gewesen, die beiden zu verdächtigen.

Was Frieda mittlerweile am meisten beschäftigte, war das Timing des Notrufs und der von Jacks Handy abgeschickten Textnachricht. Letztere war um 21.32 Uhr gesendet worden, der Anruf von Lee Blackstock aber um 21.38 beim Notdienst eingegangen. Wäre es andersherum gewesen, hätte Frieda weniger Probleme gehabt, die Geschichte der beiden anzuzweifeln. Sie versuchte nachzuvollziehen, wie sich das Ganze abgespielt haben musste. Ihrer Meinung nach hatte Daniel Blackstock zuerst Jack überfallen, dann den Text gesendet und zuletzt seine Frau angerufen – vermutlich mit einem Prepaidhandy, das seinen Standort nicht verriet. Irgendwann hatte er sich dann auch noch die Hand aufgeschnitten. Den Zeitpunkt von Lees Anruf konnten die beiden nicht im Voraus festgelegt haben, da ja die Möglichkeit bestand, dass Jack nicht zu Hause oder in Gesellschaft war. Demnach hatte Blackstock seiner Frau erst nach dem Überfall Bescheid gegeben. Wäre die an sie, Frieda, gesendete Textnachricht erst nach Lees Anruf eingegangen, hätte sie zwangsläufig annehmen müssen, dass der Überfall von jemand anders begangen worden war.

Nun stand sie vor Olivias Haus und warf einen Blick auf ihre Armbanduhr. Sie hatte für ihren Fußmarsch anderthalb Stunden gebraucht. Blackstock war also nicht zu Fuß gegangen. Wie war er dann zum St. Jude's gelangt? Da ihre Freundin Sasha in der Gegend wohnte, wusste Frieda, dass es in unmittelbarer Nähe des Krankenhauses keine U-Bahn-Haltestelle gab. Mit anderen öffentlichen Verkehrsmitteln hätte er mehrfach umsteigen und zwischendurch auch weitere Abschnitte zu Fuß bewältigen müssen. Nein, dachte sie. Mit dem Bus wäre er viel zu lange unterwegs gewesen und von unzähligen Leuten gesehen worden. Ganz zu schweigen von den Überwachungskameras. Selbst mit dem Rad hätte er zu lange gebraucht. Also mit dem Auto, folgerte sie. Er war mit dem Auto gefahren. Tagsüber hätte die Gefahr bestanden, im Verkehr stecken zu bleiben, aber um halb zehn Uhr abends war es kein Problem, durch Ostlondon zu fahren. Dass er sich ein Taxi genommen hatte, schloss sie aus. Taxifahrten wurden irgendwie registriert, hinterließen Spuren. Nein, bestimmt hatte er seinen eigenen Wagen benutzt, ihn irgendwo in der Nähe von Olivias Haus abgestellt und dann die letzten paar hundert Meter zu Fuß zurückgelegt. Hinterher war er mit dem Wagen zurückgefahren und hatte irgendwo in Krankenhausnähe Lee aufgelesen, vielleicht an einem vorher vereinbarten Treffpunkt, der für sie zu Fuß gut erreichbar war.

Dieses Szenario hing nicht nur von Daniel Blackstock selbst ab, sondern auch von seiner Frau. Frieda spielte das Ganze in Gedanken immer wieder durch. Es führte kein Weg daran vorbei: Er konnte sie nicht wie ein naives Dummchen für seine Zwecke missbraucht haben, ohne dass sie es merkte. Er musste ihr etwas erzählt haben, entweder die Wahrheit oder irgendein Ammenmärchen. Doch egal, welche Geschichte er ihr aufgetischt hatte, er musste ihr vertrauen. Sie musste den Anruf tätigen und sich anschließend mit ihm treffen. Höchstwahrscheinlich hatte sie auch mit angesehen, wie er sich die Wunde an seiner Hand zufügte. Frieda wusste, was eine solche Verletzung bedeutete – das viele Blut, der Geruch. Anschließend musste sie Daniel ins Krankenhaus begleiten und mit den Ärzten und Krankenschwestern sprechen und später dann mit der Polizei. War es möglich, dass die linkische, ängstliche Frau, mit der sie vorhin gesprochen hatte, das alles geschafft hatte? Frieda dachte an den Blumenstrauß in der Küche, an den Ausdruck von Befriedigung, der über Lee Blackstocks Gesicht huschte, als sie die Blumen erwähnte. Wer wusste schon, wozu Menschen fähig waren?

»Frieda Klein war bei mir«, berichtete Lee Blackstock ihrem Mann, kaum dass er das Haus betreten hatte.

»Hier im Haus?«

»Ja. Wir haben kurz geredet. War das richtig?«

»Was wollte sie?«

»Sie hatte ein paar Fragen zu deinem Unfall.«

»Und was hast du gesagt?« Daniel Blackstock trat so nah vor sie hin, dass sie seinen Atem riechen und die kleinen Schweißperlen an seiner Stirn sehen konnte.

»Ich habe ihr gesagt, dass du dich geschnitten hast und wir zusammen ins Krankenhaus gefahren sind.«

»Hat sie dir geglaubt?«

»Ich schätze schon.«

»Gut.«

»Sie ist eine attraktive Frau, findest du nicht auch?«

Er musste sich sichtlich zusammenreißen, ihr keine patzige Antwort zu geben. Mit seiner unverletzten Hand griff er nach der ihren.

»Du brauchst dir wegen anderer Frauen keine Gedanken zu machen«, sagte er.

»Daniel.«

»Ja?«

»Es ist doch alles in Ordnung, oder?«

»Wie meinst du das?«

»Ich meine nur – es gibt nichts, weswegen ich mir Sorgen machen müsste, oder?«

»Nicht das Geringste.«

50

Das hat fast etwas von einer Versammlung«, stellte Reuben fest.

Frieda blickte sich in Reubens Wohnzimmer um. Josef saß neben Olivia auf dem Sofa, Reuben in seinem persönlichen Lehnsessel. Chloë kam mit einem Tablett voller Teetassen herein. Sie reichte sie herum.

»Es ist tatsächlich so was wie eine Versammlung«, erklärte Frieda.

»Möchte jemand Kekse?«, fragte Chloë.

»Würdet ihr mir bitte einen Moment zuhören?«, wandte sich Frieda an die ganze Runde.

Chloë zog eine Schnute, setzte sich dann aber zu den anderen.

In den nächsten Minuten erläuterte Frieda ihnen in allen Einzelheiten ihre Verdachtsmomente in Bezug auf Daniel Blackstock. Während sie sprach, herrschte im Raum Totenstille, mal abgesehen von Olivia, die anfangs hörbar nach Luft schnappte und dann gelegentlich ein kleines Stöhnen ausstieß, und Josef, der mit einer Faust langsam auf seinem rechten Knie herumklopfte. Als sie fertig war, folgte ein weiterer Moment gebannten Schweigens und dann ein plötzliches Durcheinander aus Stimmen und Bewegung. Frieda ließ den Blick von einem zum anderen schweifen.

»Du bist dir sicher?«, fragte Reuben.

»Ja, bin ich.«

»Er hat mich interviewt.« Chloës Stimme klang hart und ausdruckslos. »Und dabei einen auf freundlich und mitfühlend gemacht. Er hat mir Fragen gestellt zu dem, was passiert ist, und wollte wissen, wie ich mich dabei gefühlt habe.«

»Ich weiß«, sagte Frieda.

»Er hat mir das Foto gezeigt. Und jetzt erzählst du mir allen Ernstes, dass er derjenige war, der die Aufnahme gemacht hat? Der mich unter Drogen gesetzt, entführt und dann in meinem bewusstlosen Zustand gefangen gehalten hat?«

»Ja.«

»Mir wird schlecht.«

Josef stand mittlerweile mit verschränkten Armen und finsterer Miene neben der Tür. Frieda fragte sich, warum er nichts sagte.

»Er spielt mit uns«, wandte sich Reuben an Frieda.

Olivia beugte sich vor und ließ das Gesicht in die Hände sinken, sodass ihr Haar nach vorne fiel.

»Und?«, fragte Chloë. »Warum hältst du diese Ansprache dann nicht bei der Polizei? Ist das nicht der Punkt, wo sie ihn schleunigst festnehmen sollten, damit wir alle nach Hause fahren und unser Leben weiterführen können?«

»Ich habe sie über Daniel Blackstock informiert. Mehr konnte ich nicht tun.«

»Wenn du glaubst, dass er es war, warum glauben die es dann nicht?«, fragte Chloë.

»Es geht nicht nur ums Glauben. Zum einen sind sie noch nicht so ganz von seiner Schuld überzeugt. Doch selbst wenn sie glauben würden, was ich glaube, wäre das nicht ausreichend. Sie müssen beweisen können, dass er es war. Momentan versucht er ihnen seinerseits gerade zu beweisen, dass er es *nicht* war. Er hat ein Alibi. Es handelt sich um ein falsches Alibi, aber es könnte trotzdem reichen.«

»Was sollen wir dann deiner Meinung nach tun?«, fuhr Chloë fort. »Einfach nur dasitzen und abwarten, bis er wieder zuschlägt? Immerhin kann Jack nicht an dieser Versammlung teilnehmen, weil er in einem gottverdammten Krankenhausbett liegt!«

Olivia murmelte irgendetwas Unverständliches.

»Reuben wurde ebenfalls überfallen, einer deiner Patienten sogar ermordet und ein Kollege von mir wie ein Verbrecher von der Polizei abgeholt, sodass sein Leben auch ruiniert ist. Angefangen hat das alles mit einer Leiche, die in deinem eigenen Haus unter dem Fußboden gefunden wurde. Und jetzt sagst du, dass diese neueren Vorfälle damit gar nichts zu tun haben?«

»Nein, das sage ich nicht. Ich sage nur, dass sie nicht auf das Konto derselben Person gehen.«

»Was soll denn das genau heißen?«, stöhnte Chloë.

»Ich glaube, der Mord an Bruce Stringer war für Blackstock der Auslöser.«

»Der Auslöser?«, wiederholte Olivia.

»Sozusagen seine Inspiration.«

»Dann ist er also eine Art Fan?«, fragte Chloë.

»So könnte man es ausdrücken.«

»Von dir oder von Dean Reeve?«, erkundigte sich Reuben.

»Ich glaube, es ist so ähnlich, als ob jemand ein Kunstwerk sieht und es kopieren möchte.«

»Aber die Kopien sind nie ganz so gut wie das Original«, gab Reuben zu bedenken.

Frieda schüttelte den Kopf. »Gewalt ist Gewalt. Es spielt keine Rolle, warum jemand sie ausübt. Wenn du das Opfer bist, meine ich.«

»Was sollen wir also tun?«, fragte Olivia.

»Ich weiß, was wir tun«, meldete sich Josef zum ersten Mal zu Wort.

»Was denn?«, fragte Frieda.

Er sah sie nur wortlos an.

»Nein«, sagte sie.

»Ich rede mit einem Freund. Der redet auch mit einem Freund. Mehr brauchen wir hier nicht zu sagen. Sag einfach nichts mehr.«

»Nein«, wiederholte Frieda.

»Ich mache das. Ihr alle wisst von nichts. Dann könnt ihr es leugnen.«

»Nein, wirklich nicht, Josef!«, entgegnete Frieda entsetzt. »Das ist ein definitives Verbot. Du tust nichts dergleichen, verstanden?«

»Du sagst, du bist sicher«, insistierte Josef. »Du sagst, du weißt, was er getan hat. Denk doch daran, was er mit Chloë gemacht hat. Mit Jack. Mit Reuben.«

»Frieda wird dir gleich den nächsten Vortrag halten«, mischte Letzterer sich ein. »Sie wird dir erklären, dass wir ohne Gesetz nichts sind. Oder wie das Leben aussähe, wenn wir uns alle so verhalten würden. Oder was wäre, wenn sie unrecht hätte.«

»Das wollte ich keineswegs sagen«, widersprach Frieda.

»Was denn dann?«, fragte Reuben.

»Ich weiß es doch selbst nicht.« Ihre Gesichtszüge wirkten angespannt, ihre Augen dunkel. »Nur dass das so nicht läuft. Mir ist schon klar, dass das keine tolle Antwort ist – wahrscheinlich nicht so gut wie das, was du mir eben in den Mund gelegt hast. Aber mehr habe ich nicht zu bieten. Wir können das nicht machen.« Sie sah die anderen fast flehend an. »Stimmt ihr mir da zu?«

»Was sollen wir denn dann tun?«, fragte Josef. »Einfach auf ihn warten?«

»Nein. Ihr bleibt zusammen. Passt gegenseitig auf euch auf. Keiner verlässt das Haus allein, und keiner bleibt allein im Haus zurück. Ihr geht nirgendwohin, ohne dass die Polizei weiß, wo ihr seid. Die werden übrigens draußen Wache schieben, und zwar Tag und Nacht. Und vielleicht finden sie ja etwas – Beweise, die ihn belasten.«

Daniel kam an diesem Abend spät ins Bett. Seine Haut fühlte sich heiß an, und er atmete heftiger als sonst.

Während Lee neben ihm lag, musste sie immer wieder daran denken. Für sie fühlte es sich an wie das erste Mal, als ihr Mann sie geküsst hatte. An diesen ersten Kuss erinnerte sie sich so lebhaft, dass sie ihn fast noch riechen und schmecken konnte. Sie hatte damals endlos darauf gewartet, und dann war da diese plötzliche Nähe gewesen, sein Mund auf ihrem, die Wärme seiner Zunge, seine Hand auf ihrer Brust. Ein warmer Krampf war durch ihren Körper gezuckt, sodass dieses Lustgefühl fast ein wenig Übelkeit hervorrief.

Genau so hatte sich das vorgestern Abend auch angefühlt. Als sie den Spielplatz erreichte, war sie ein bisschen außer Atem gewesen. Der Fußmarsch hatte etwas länger gedauert, als Daniel meinte. Vom Freizeitzentrum hatte sie sich ferngehalten. Daniel hatte gesagt, dort gebe es Kameras.

Sie wartete fünf Minuten, dann zehn. Konnte es sein, dass etwas schiefgegangen war? Endlich tauchte der Wagen auf und bog in die Seitenstraße ein, in der sie stand. Sie stieg neben ihm ein. Seine Augen leuchteten vor Energie und Aufregung.

»Du hast angerufen?«

Sie nickte.

»Du wirst fahren müssen.«

»Entschuldige, daran habe ich jetzt nicht gedacht.«

Sie stieg wieder aus und wechselte auf die Fahrerseite. Er breitete das Badehandtuch über seinen Schoß. Das würde eine ziemliche Sauerei geben. Sie öffnete das Handschuhfach und nahm das Teppichmesser heraus. Sie hatte es ewig geschrubbt. Jetzt starrte sie es an wie gebannt.

»Wir müssen uns beeilen«, sagte er und musterte sie. Sie fühlte sich immer noch ein wenig mitgenommen, weil sie so schnell gegangen war, fast schon im Laufschritt. »Schaffst du das?«

Seine Hand ruhte auf dem Handtuch. Sie packte das Messer mit festem Griff und hielt es an seine linke Hand. Es musste die Linke sein. Sie drückte ihm die Klinge ins Fleisch und spürte, wie sie ein Stück eindrang. Rasch hob sie das Messer wieder an. Selbst im schwachen Licht der Straßenlampe konnte sie die kleine dunkle Blase auf seiner Haut sehen. Sie griff nach seiner Hand, hob sie an ihren Mund und berührte die dunkle Blase mit der Zunge. Sie schmeckte nach Salz und Eisen.

»Das reicht nicht«, sagte ihr Mann. »Das reicht bei Weitem nicht.«

Sanft platzierte sie die Hand wieder auf dem Handtuch.

»Bereit?«, fragte sie.

»Bringen wir es einfach hinter uns.«

Sie schob und zog die Klinge, bis er den Kopf zurücklegte und ein leises Wimmern ausstieß und dann ein lauteres Stöhnen.

Das war das Geräusch, das sie hörte, während sie neben ihm in der Dunkelheit lag. Sie konnte es in ihrem Kopf beliebig oft abspielen, immer wieder von Neuem.

51

Das Telefon klingelte. Es war Karlsson.

»Schalte den Fernseher ein«, sagte er. »Es wird dir nicht gefallen, aber du solltest es dir trotzdem ansehen.«

»Wir essen gerade zu Abend«, entgegnete Frieda.

»Schalt ein.«

Frieda blickte in die Runde.

»Karlsson meint, ich muss mir was im Fernsehen anschauen. Wahrscheinlich geht es dabei um mich, ihr könnt also ruhig sitzen bleiben und weiteressen.«

»Und dich im Fernsehen verpassen?«, gab Chloë zurück.

»Wahrscheinlich gibt es gar nichts zu sehen«, erwiderte Frieda.

»Schnappt euch alle eure Gläser!«, rief Reuben. »Josef, du nimmst die zweite Rotweinflasche aus dem Regal mit rüber.«

Unter wildem Gläsergeklirre folgten Reuben, Josef, Olivia, Chloë und Alexei Frieda ins Wohnzimmer. Sie quetschten sich zusammen aufs Sofa und den Teppich davor, während Josef den Fernseher anmachte. Ein Mann mit sonnengebräuntem Gesicht hielt eine grüne Flasche in der Hand.

»Was meinen Sie, wie viel die bei einer Auktion einbringen könnte?«, wandte er sich an die Frau neben ihm.

»Ich glaube nicht, dass das der richtige Sender ist«, meinte Frieda.

Josef schaltete um. Eine junge Frau mit gelber Schürze knetete gerade einen Teig.

»Es ist wirklich wichtig«, erklärte sie leicht keuchend, »dass man den richtigen Vorteig hat.«

»Da kann ich nur zustimmen«, meinte Olivia. »Glaubst du, dein Freund Karlsson ist der Meinung, wir sollten unser eigenes Brot backen, Frieda?«

»Er wird uns doch wohl nicht anrufen, damit wir uns eine Kochsendung ansehen«, ereiferte sich Josef und schaltete erneut um.

»Das ist es«, sagte Frieda sofort.

Ein Mann ging einen Fluss entlang. Frieda erkannte sofort, dass es sich um die Themse handelte. Als sie hinter dem Mann die Themse-Sperre entdeckte, war ihr bereits klar, was gleich kommen würde. Schicksalsergeben starrte sie auf den Bildschirm. Der Mann trug einen blauen Anzug und dazu ein rostrotes Hemd ohne Krawatte. Der dunkle Rand seines Brillengestells verlief nur entlang der Oberkante der Gläser. Als Frieda ihn das letzte Mal gesehen hatte, war er glatt rasiert gewesen, doch inzwischen trug er einen ordentlich getrimmten, modischen Bart.

»London ist eine Stadt der Geister«, verkündete er gerade. »Voller Geheimnisse.«

»Wer ist das?«, fragte Olivia.

»Hal Bradshaw«, antwortete Reuben. »Der Fernsehprofiler.«

»Er hasst Frieda«, fügte Chloë hinzu.

»Das kann ich mir nicht vorstellen«, meinte Olivia.

»Er ist davon überzeugt, dass sie sein Haus niedergebrannt hat.«

»Was?«

»Still!«, mahnte Frieda. »Ich muss das hören.«

»Für mich ist London wie das menschliche Gehirn«, fuhr Bradshaw fort. »Voller verborgener Menschen, verborgener Orte, verborgener Flüsse.«

»Was für ein Schwachsinn«, schimpfte Olivia.

»So schwachsinnig nun auch wieder nicht«, widersprach Frieda.

»Hast du wirklich sein Haus niedergebrannt?«

»Still!«, zischte Frieda erneut und fügte dann an ihre Schwägerin gewandt hinzu: »Natürlich nicht!«

»Einige von uns«, sprach Bradshaw mit ernster Miene in die Kamera, »versuchen ihre beruflichen Fähigkeiten dafür einzusetzen, diese Geheimnisse aufzudecken, Unrecht wiedergutzumachen, die Schuldigen aufzuspüren und die Unschuldigen zu schützen. Aber unser Beruf geht mit Verantwortung einher. In den falschen Händen kann er großes Unheil anrichten, ja sogar Leben zerstören. Diese Woche möchte ich Ihnen von einem Mann erzählen, dessen Geschichte zeigt, was passieren kann, wenn die kostbaren Werkzeuge des Kriminalprofilings in die falschen Hände geraten.«

»Wichser!«, bemerkte Chloë.

Es folgte ein Schnitt, und man sah einen anderen Mann den Themsepfad entlanggehen. Es handelte sich um Daniel Blackstock. Er blieb stehen und stützte sich am Geländer ab, den Blick auf den Fluss gerichtet, während Hal Bradshaws Stimme ihn aus dem Hintergrund vorstellte und berichtete, wie ein hartnäckiger Kriminalreporter einer Reihe angeblicher Verbrechen verdächtigt worden war. »Daniel Blackstock«, schloss Bradshaw, »ist ein wertvoller Zeuge. Als ehrenwerter Kriminalreporter und späterer Tatverdächtiger hat er – wenn auch nur kurzfristig und unter absurden Umständen – den Prozess der Strafverfolgung von beiden Seiten erlebt.« Bradshaw trat ins Bild und schüttelte Blackstock die Hand. Anschließend bewegten sich die beiden Männer gemeinsam von der Kamera weg. Nach einem weiteren Schnitt sah man beide von vorne, während sie wieder den Fluss entlangwanderten.

»Daniel«, sagte Bradshaw, »lassen Sie mich mit einer persönlichen Frage beginnen: Wie geht es Ihnen nach allem, was Sie durchgemacht haben?«

Blackstocks Miene verfinsterte sich.

»Natürlich fühle ich mich völlig am Ende. Einerseits bin ich mit Leib und Seele Reporter, andererseits natürlich mehr als nur das. Ich wollte wirklich bei den Ermittlungen helfen. Als mir Beweismaterial zugeschickt wurde, verzichtete ich darauf, es zu drucken. Stattdessen ging ich damit schnurstracks zu …«

Er hielt inne.

»Schnurstracks zu wem?«, hakte Bradshaw nach. Die beiden waren stehen geblieben, und Bradshaw legte Blackstock sanft eine Hand auf die Schulter.

»Ich ging damit schnurstracks zu Frau Doktor Frieda Klein.«

»Vielleicht sollten Sie uns erklären, wer Frieda Klein ist.«

»Ich glaube, ich muss gar nicht allzu viel über sie sagen, weil sie inzwischen ziemliche Berühmtheit erlangt hat. Sie ist die Psychoanalytikerin, die vor ein paar Jahren mit dem Dean-Reeve-Fall zu tun hatte, bei dem es um Entführung und Mord ging. Seitdem hat Reeve allem Anschein nach eine seltsame Beziehung zu ihr.«

»In der Tat seltsam«, bekräftigte Bradshaw. »Aber hatte sie nicht immer wieder ihre eigenen Probleme mit dem Gesetz, oder habe ich das irgendwie falsch in Erinnerung?«

»Was ist denn das für ein Mist!«, rief Chloë in Richtung Bildschirm.

»Sie ist eine schwierige Frau«, antwortete Blackstock. »Ich glaube, sie wurde selbst schon ein paarmal verhaftet. Einmal war sie sogar eine Weile auf der Flucht vor der Polizei.«

»Und ausgerechnet diese Frau hat die Polizei auf Sie angesetzt.« Bradshaw warf einen Blick gen Himmel und zog sich die Jacke enger um den Körper. »Ich habe das Gefühl, es wird ganz schön kalt. Was halten Sie davon, wenn wir einen Kaffee trinken gehen?«

Die Szenerie wechselte. Man sah Bradshaw und Blackstock in einem Café sitzen, wo eine Kellnerin große Tassen vor ihnen abstellte.

»Sind Sie wütend, wenn Sie daran denken, was Ihnen passiert ist?«, fragte Bradshaw. »Und haben Sie das Gefühl, dass Ihnen die Erfahrung Schaden zugefügt hat? Verhaftet zu werden und unter einem solchen Verdacht zu stehen, ist schließlich eine schreckliche Sache.«

Blackstock setzte eine nachdenkliche Miene auf. »Traumatisiert war ich nicht, denn ich wusste ja, dass ich unschuldig bin. Was mich wütend machte, war lediglich die Tatsache, dass kostbare Zeit vergeudet wurde, während der wahre Verbrecher irgendwo da draußen noch auf freiem Fuß ist.«

»Nicht jeder würde so bereitwillig verzeihen, was eine Person wie Frieda Klein anrichtet«, bemerkte Bradshaw.

»Kannst du die Mistkerle denn nicht verklagen?«, fragte Reuben.

»Nein«, mischte Josef sich ein. »Ich kümmere mich um sie.«

»Hör auf«, warnte Frieda ihn. »Keiner unternimmt etwas. Aber ich würde das gern hören.«

»Schon klar«, meinte Olivia. »Es ist ja auch ziemlich aufregend, wenn sie im Fernsehen über einen reden.«

»Halt den Mund, Mum!«, rief Chloë genervt.

»Das ist doch nur, weil ich bisher noch niemand Berühmten kannte ...«

»Bitte!«, flehte Frieda.

»Genug von dieser Dame«, erklärte Bradshaw gerade. »Wir besitzen ja beide unsere eigenen Fähigkeiten in diesem Bereich. Sie sind ein erfahrener Kriminalreporter, und ich versuche meinerseits schon seit Jahren zu zeigen, dass psychologische Täterprofile ein entscheidendes Werkzeug bei der Verbrechensaufklärung sind.«

»Hört, hört!«, rief Chloë.

»Schsch!«, zischte Frieda.

»Bedauerlicherweise«, fuhr Bradshaw fort, »sind Amateure, denen es nur um Aufmerksamkeit geht, der Sache gar nicht dienlich. Aber lassen Sie uns über unsere eigene Einschätzung dieses tragischen Falles sprechen. Mein Eindruck ist, dass Frieda Klein im Moment den Wirbelsturm ihrer eigenen Berühmtheit erntet. Es steht außer Frage, dass die Person, die Freunde und Kollegen von ihr angegriffen hat, ihr auf diese Weise eine Botschaft übermitteln lässt. Ich finde es bezeichnend, dass es sich bei dem einzigen Todesfall um einen Patienten von ihr handelt – als wollte der Mörder Doktor Klein darauf hinweisen, dass sie Gefahr läuft, ihre eigentlichen Aufgaben aus den Augen zu verlieren.«

»Aber was ist mit dem Mörder selbst? Oder vielleicht auch der Mörderin?«, fragte Blackstock. »Haben Sie da schon ein Profil entwickelt?«

»Ich bin noch dabei, meine Ideen zu formen«, antwortete Bradshaw. »Doch aufgrund meiner vorläufigen Überlegungen würde ich sagen, die Polizei sollte nach einem Mann weißer Hautfarbe Ausschau halten, der allmählich in seine mittleren Jahre kommt, kräftig gebaut und relativ gebildet ist. Er besitzt einen Wagen, eventuell einen Lieferwagen. Er wohnt in London.«

»Das ist eine ziemlich umfangreiche Kategorie.«

»Wie gesagt, ich bin noch in den Startlöchern. Aber wie sehen Sie mit Ihrer ganzen Erfahrung als Kriminalreporter die Sache, Daniel? Nach wem sollten wir Ausschau halten?«

Blackstock ließ sich mit seiner Antwort Zeit. »Ich mache diesen Job nun schon über zehn Jahre. Ich habe über Vergewaltigungen, Entführungen und Überfälle geschrieben und auch über ein paar Morde. Dabei habe ich festgestellt, dass es am Ende, wenn endlich jemand gefasst wird, oft ein bisschen enttäuschend ist. Die Betreffenden sind auch nur ganz normale Menschen. Allerdings glaube ich, dass es sich in diesem Fall anders verhält.«

»Wie meinen Sie das?«

»Ich denke, Sie haben recht, wenn Sie sagen, dass diese Verbrechen eine Botschaft beinhalten. Allerdings glaube ich nicht, dass diese Botschaft Frieda Klein gilt. Meiner Meinung nach richtet sie sich an jemand anders.«

»An wen?«

»Das weiß ich nicht.«

»Dean Reeve?«

»Im Gegensatz zu mir sind Sie der Experte für Täterprofile. Aber das klingt nach einer interessanten Möglichkeit.«

»Nach meiner Erfahrung eskalieren solche Verbrechen irgendwann. Halten Sie es für möglich, dass diese spezielle Orgie mit dem Mord ein Ende hat?«

Blackstock formulierte seine Antwort sehr langsam und ließ den Blick dabei von der Kamera zu Bradshaw und wieder zurück zur Kamera schweifen, als wüsste er nicht recht, an wen er sich wenden sollte. Frieda hatte plötzlich das Gefühl, dass er mit ihr persönlich sprach. Aber meinte er wirklich sie, oder konnte es jemand anders sein?

»Ich habe ein seltsames Gefühl, was diese Verbrechen betrifft. Deswegen war es für mich auch eine sehr eigenartige Erfahrung, in Untersuchungshaft zu sitzen. Ich glaube, dieser Täter, wer auch immer er sein mag, tut nicht das, womit die Leute rechnen. Meiner Einschätzung nach ist er immer einen Schritt voraus.«

»Was heißt das konkret?«, fragte Bradshaw.

»Ich weiß es nicht. Aber wir werden es alle herausfinden.«

Bradshaw wandte sich der Kamera zu.

»Das war Daniel Blackstock«, sagte er abschließend, »Reporter und unschuldiges Opfer. Bis zum nächsten Mal, gute Nacht.«

Frieda beugte sich vor und schaltete den Fernseher aus. Dann ließ sie den Blick in die Runde schweifen. Reuben, Josef, Olivia und Chloë starrten sie fragend an.

»Was?«

»Du solltest dich bei der Ärztekammer über ihn beschweren.«

»Ich werde mich über niemanden beschweren.«

Sofort wurde Protest laut, alle redeten durcheinander, doch Frieda schenkte ihnen keine Beachtung. Sie war in ihre eigenen Gedanken vertieft.

»Hey«, sagte eine Stimme neben ihr. Es war Reuben. »Es tut mir leid, dass du das über dich ergehen lassen musst.«

Frieda betrachtete ihren alten Freund und Tutor.

»Das macht mir nichts aus. Aber was Daniel Blackstock gesagt hat, war interessant. Es kam mir vor, als würde er mich persönlich ansprechen.«

Reuben musste lachen. »Wenn die Leute anfangen, sich einzubilden, dass ihr Fernseher mit ihnen persönlich spricht, dann ist das für gewöhnlich der Moment, ab dem sie keinen Psychoanalytiker mehr brauchen, sondern einen Psychiater.«

Frieda schüttelte den Kopf.

»Da war irgendwas«, sagte sie.

Als Frieda in Petra Burges Büro geführt wurde, telefonierte die Kriminalbeamtin gerade, deutete bei Friedas Anblick jedoch auf einen Stuhl. Allem Anschein nach bestritt die Person am anderen Ende der Leitung den Großteil des Gesprächs. Nach etlichen Minuten endete das Telefonat.

»Mist.«

»Neuer Fall?«

»Neues Budget.«

»Das tut mir leid.«

»Ich weiß, dass Sie mit Ihren eigenen Problemen beschäftigt sind. Ich habe schon mit Ihrem Besuch gerechnet.«

»Haben Sie die Sendung gesehen?«

»Ja.«

»Was war Ihr Eindruck.«

»Ich habe mir darüber keine großen Gedanken gemacht. Allerdings ist es mir grundsätzlich lieber, Hal Bradshaw verkackt Fernsehsendungen und keine polizeilichen Ermittlungen.«

»Aber wie fanden Sie die Sendung an sich?«

»Hören Sie«, antwortete Petra, »mir ist klar, dass es für Sie noch schlimmer ist. Die Polizei wurde nur im Allgemeinen angegriffen, Sie dagegen persönlich. Das bedaure ich.«

»Mir ist das egal. Wenn ich Hal Bradshaw wäre, würde ich mich auch hassen. Aber das ist alles nicht so wichtig.«

»Warum sind Sie dann hier?«

»Ich fand es interessant.«

»Inwiefern?«

Frieda erhob sich. In einer Ecke des Büros stand ein Wasserkühler. Frieda ging hinüber, füllte zwei Plastikbecher und kehrte damit an den Tisch zurück.

»Zu den Dingen, die ich in meinem Beruf gelernt habe«, erklärte sie, »gehört die Tatsache, dass Menschen, denen eine Frage gestellt wird, auf diese Frage auch antworten. Es mag ihnen nicht bewusst sein, dass sie antworten, aber sie tun es. Vielleicht sind sie selbst der Meinung zu lügen, doch auch eine Lüge kann vieles verraten.«

»Inwiefern hat Daniel Blackstock gelogen?«

»Ich glaube nicht mal, dass er gelogen hat. Als Bradshaw ihn nach dem Mörder fragte, sagte er, seiner Meinung nach tue der Mörder nicht das, womit die Leute rechnen würden, sondern sei immer einen Schritt voraus. Das fand ich sehr eigenartig – irgendwie seltsam vage und gleichzeitig auch konkret.«

»Den vagen Teil sehe ich, aber was ist das Konkrete?«

»Ich glaube, wir haben das Ganze von der falschen Seite her betrachtet«, antwortete Frieda. »Wir warten die ganze Zeit darauf, dass er wieder zuschlägt. Was, wenn er es schon getan hat?«

»Was getan hat?«

»Das ist das Problem. Ich habe keine Ahnung, worum es sich handeln könnte.«

»Es gibt da natürlich noch ein weiteres kleines Problem, nämlich die Tatsache, dass Daniel Blackstock nicht unser Mann sein kann. Vielleicht denken Sie mal daran, dass er für eine der Taten ein Alibi hat.«

»Ja, darüber wollte ich auch mit Ihnen sprechen.«

Frieda blickte sich um. Petra hatte einen Plan der Londoner Innenstadt an ihrer Wand hängen. Frieda trat vor ihn und erklärte, wie sie vom Krankenhaus in Poplar zu Olivias Haus in Islington marschiert war und dass Blackstock vom zeitlichen Ablauf her doch als Täter infrage komme, weil er es mit dem Wagen rechtzeitig ins Krankenhaus geschafft hätte, allerdings nur mithilfe seiner Frau.

»Na, habe ich Sie überzeugt?«, fragte sie, als sie fertig war.

»Kann ja sein, dass es physisch möglich ist. Aber würde sich wirklich jemand selbst derart verletzen?«

»Ich glaube, die einzige denkbare Möglichkeit wäre, dass seine Frau das für ihn übernommen hat.«

»Möglichkeiten sind keine Beweise.«

»Aber Ihnen ist schon klar, dass es eilt? Gestern Abend hat Daniel Blackstock uns – speziell mich – wissen lassen, dass er bereits etwas getan hat. Wir können nicht einfach abwarten.«

»Doch, das können wir.«

»Sie ganz bestimmt nicht. Sie müssen die Blackstocks zum Verhör vorladen. Beide. Setzen Sie sie unter Druck, vor allem die Frau.«

»Unter Druck?«, wiederholte Petra. »Was soll das hier werden, Guantanamo Bay? Wir können ihnen Fragen stellen, sie können die Antwort verweigern, und das war's dann.«

»Nein.« Frieda schüttelte den Kopf. »Irgendwo da draußen passiert gerade etwas. Sie müssen jetzt handeln.«

Es folgte eine lange Pause.

»Ich bin nicht davon überzeugt, dass Daniel Blackstock tatverdächtig ist«, erklärte Petra. »Und ehrlich gesagt bin ich auch nicht davon überzeugt, dass er durchs Fernsehen speziell Sie ansprechen wollte.«

»Petra, Sie müssen ihn zum Verhör vorladen.«

»Ich glaube nicht, dass die beiden innerhalb von vierundzwanzig Stunden zusammenbrechen werden.«

»Ich dachte, im Fall eines Mordes wären es sechsundneunzig Stunden.«

»Unter sehr besonderen Umständen, die in diesem Fall nicht vorliegen.«

»Aber Sie werden es tun.«

Petra trommelte mit den Fingern nervös auf dem Tisch herum. »Ich denke darüber nach.«

52

Déjà-vu«, sagte Daniel Blackstock. Seine Nase war rot von der Sonne, seine Wangen leuchteten rosig. Er lächelte Petra an, bedachte auch Don Kaminsky mit einem Lächeln, ließ sich auf seinem Stuhl zurücksinken und verschränkte die Hände im Nacken. Vielleicht war er gar nicht so ruhig, wie er tat, dachte Petra beim Anblick der Schweißflecken unter seinen Achseln. Sie las ihm ein weiteres Mal seine Rechte vor.

»Ich habe es verstanden.« Mit diesen Worten setzte er sich auf und zog ein Notizbuch sowie einen Stift aus der Jackentasche. »Ist es für Sie beide in Ordnung, wenn ich mir Notizen mache?«

»Es wird sowieso alles festgehalten.« Petra deutete auf das Aufnahmegerät, das leise vor sich hin surrte.

»Für meinen nächsten Artikel. Teil zwei sozusagen.«

»Sie haben außerdem ein Recht auf einen Anwalt. Wenn Sie über keinen verfügen, können wir Ihnen einen besorgen.«

»Ich glaube, Sie benutzen tatsächlich genau die gleichen Worte wie beim letzten Mal.« Geschäftig notierte er sich etwas.

»Wollen Sie einen Anwalt?«

Daniel Blackstock klopfte mit seinem Stift ein paarmal auf das vor ihm liegende Notizbuch.

»Vielleicht wäre das gar keine so schlechte Idee«, sagte er schließlich. »Ich arbeite schon zu lange als Kriminalreporter, um noch viel Vertrauen in die Polizei zu haben.«

»Ganz wie Sie wollen. Sollen wir Ihnen einen besorgen?«

»Tun Sie das.«

»Gut. In der Zwischenzeit werden wir mit Ihrer Frau sprechen.« Sie ließ ihn nicht aus den Augen, doch er verzog keine Miene. Allerdings wippte er mit dem rechten Knie. Auf Petra wirkte er sowohl nervös als auch dreist.

»Kein Kommentar«, sagte Lee Blackstock. Sie saß sehr gerade auf ihrem Stuhl, die Hände im Schoß gefaltet. Sie trug ein hellblaues T-Shirt-Kleid. Ihr Haar war ein wenig fettig, sodass es platt anlag und ihr der Pony fast in die Augen fiel, was zur Folge hatte, dass sie ständig blinzelte. Außerdem fuhr sie sich mit der Zunge ständig über die blassen, trockenen Lippen. Ihre Stimme klang so ausdruckslos wie die eines Schulmädchens, das etwas auswendig Gelerntes aufsagte. Sie ließ zwischen den Worten eine kleine Pause und sah Petra nicht an, sondern knapp an ihr vorbei.

»Ihnen ist doch klar, Misses Blackstock, dass die Komplizenschaft in einem Verbrechen ein schweres Vergehen darstellt, das mit einer langen Gefängnisstrafe geahndet werden kann.«

»Kein Kommentar.«

»Wir interessieren uns für den Abend, an dem Ihr Mann sich an der Hand verletzt hat. Erinnern Sie sich an den Abend?«

»Kein Kommentar.«

»Das ist doch eigentlich eine ganz einfache Frage.« Lee Blackstock starrte weiter knapp an ihr vorbei. »War er an dem Abend, als er sich die Hand aufschnitt, bei Ihnen zu Hause?«

»Kein Kommentar.«

»Am 29. August haben Sie gegen halb zehn Uhr abends den Notruf gewählt und den Unfall gemeldet.« Lee gab ihr keine Antwort. Petra registrierte, wie sie die Hände voneinander löste und sich die Handflächen an ihrem Kleid abwischte. »War Ihr Mann bei Ihnen, als Sie mit dem Notdienst telefonierten?« Sie wartete ein paar Sekunden. »Oder haben Sie den Anruf allein getätigt und sind dann zu einem vereinbarten Treffpunkt gefahren?« Sie musste an das denken, was Frieda gestern gesagt hatte. »Lee, haben Sie vielleicht selbst Ihrem Mann die Wunde zugefügt, um ihm ein Alibi zu verschaffen?«

»Kein Kommentar«, wiederholte Lee Blackstock. Ihre Stimme klang heiser. Sie hüstelte und nahm dabei eine Hand vor den Mund.

»Ich weiß, dass es sehr schmerzhaft ist, gegen den eigenen Partner auszusagen, Lee. Aber wenn Ihr Mann etwas Schlimmes getan hat, dann dürfen Sie ihn nicht decken. Das wäre sehr falsch, und Sie würden sich selbst damit in große Schwierigkeiten bringen.«

Die Stille im Raum hatte etwas Bedrückendes. Nur das leise Surren des Aufnahmegeräts war zu hören, und gelegentlich rutschte Don Kaminsky ein wenig auf seinem Stuhl herum. Petra studierte aufmerksam Lees Miene.

»Es geht hier um eine Reihe von brutalen Überfällen«, fuhr sie schließlich fort, »und einen Mord. Jemand ist ums Leben gekommen. Also wenn Sie irgendetwas wissen, können Sie mir das jetzt sagen. Es ist noch nicht zu spät.«

Lee blickte auf ihren Schoß hinunter, sodass Petra ihr Gesicht nicht mehr sah, sondern nur noch ihren krummen Scheitel.

»Kein Kommentar«, sagte sie erneut.

Der Pflichtverteidiger, Simon Neaves, war etwa Mitte sechzig. Sein graues Haar lichtete sich bereits stark, und er hatte ausgeprägte Tränensäcke unter den Augen. Alles an ihm wirkte schäbig, angefangen bei seinem Anzug über seine abgewetzte Aktentasche bis hin zu seinem ausgezehrt und müde wirkenden Gesicht.

»Wir interessieren uns für Ihr Alibi am Abend des 29. August«, begann Petra, nachdem sie und Don Kaminsky wieder Platz genommen hatten. Sie schaltete das Aufnahmegerät ein und verlas ihm erneut seine Rechte. »Ich weiß, dass Sie uns diesen Abend bereits einmal geschildert haben«, fuhr sie fort, griff dann nach der vor ihr liegenden Akte und nahm das Protokoll seiner Aussage heraus. »So, da haben wir es ja. Ich würde es nur gerne noch einmal durchgehen.«

Simon Neaves nickte Daniel Blackstock zu. Daniel Blackstock nickte Petra zu.

»Ich werde nichts anderes sagen«, erklärte er in freundlichem Ton. »Ich habe Linoleumfliesen zugeschnitten. Dabei bin ich abgerutscht und habe mir mit dem Teppichmesser die Hand aufgeschnitten. Meine Frau hat den Notdienst angerufen. Dann hat sie mich ins Krankenhaus gefahren, wo die Wunde genäht wurde. Ich bin mir sicher, Sie haben sich das alles vom Krankenhaus bestätigen lassen.«

»Um welche Uhrzeit ist der Unfall passiert?«

»Gegen halb zehn.«

»Und wann sind Sie im Krankenhaus eingetroffen?«

»Gegen Viertel nach zehn. Bestimmt können Sie den genauen Zeitpunkt aus den Krankenhausunterlagen ersehen.«

»Sie haben also genau für die Zeit, in der Mister Dargan überfallen wurde, ein verifizierbares Alibi.«

»Genau«, meldete sich Simon Neaves zu Wort. »Und deshalb erscheint es mir ziemlich seltsam, dass Mister Blackstock überhaupt hier ist.«

»Es gibt keinerlei Beweis dafür, dass Sie zum Zeitpunkt des Unfalls tatsächlich in Ihrem Haus waren. Wir haben nur die Aussage Ihrer Frau.«

»Meine Hand...«, begann Blackstock, brach dann jedoch ab, was ihn sichtlich Mühe kostete.

»Sie können sich die Wunde überall zugezogen haben. Zum Beispiel vor dem Krankenhaus.«

Blackstocks Gesicht lief rot an. Er beugte sich vor, doch als der Anwalt ihm kurz eine Hand auf die Schulter legte, richtete er sich wieder auf.

»Kein Kommentar«, sagte er.

»Wir können nicht ausschließen«, fuhr Petra fort, »dass Sie von Islington aus zurückgefahren sind, sich mit Ihrer Frau getroffen haben und dann gemeinsam weitergefahren sind ins Krankenhaus. Das würde zumindest Ihr unrealistisch gutes Timing erklären und auch die Tatsache, dass sich das Alibi erst nach Ihrer ersten Vernehmung ergeben hat. Als hätten Sie Mister Dargan überfallen, um zu beweisen, dass Sie in seinem Fall und somit auch in allen anderen Fällen *nicht* als Täter infrage kommen.«

»Haben Sie vor, mir irgendwann eine Frage zu stellen?« Blackstock bemühte sich um einen möglichst spöttischen Tonfall.

»Wir sprechen natürlich auch mit Ihrer Frau. Vielleicht möchte sie ihre Aussage ja ändern. Außerdem sind wir dabei, die Aufzeichnungen der Überwachungskameras zu überprüfen.« Sie beobachtete seine Reaktion. Er sah aus, als wäre ihm sehr heiß, und seine braunen Augen funkelten wachsam. »Aber in der Zwischenzeit«, fuhr sie fort, »möchte ich Sie nach anderen Zeiten und Daten fragen. Können Sie mir sagen, wo Sie am 22. August waren?«

»Nein.«

»Wie Sie wahrscheinlich wissen, war das der Abend, an dem Reuben McGill in seinem eigenen Haus brutal zusammengeschlagen wurde. Haben Sie für diesen Abend auch ein Alibi?«

»Kein Kommentar.«

»Wo waren Sie am Wochenende des 13. und 14. August?«

»Woher soll ich das noch wissen? Wahrscheinlich habe ich mit meiner Frau ferngesehen und …« Er setzte ein seltsames Lächeln auf. »Keine Ahnung. Man hat ja auch häusliche Pflichten. Wie zum Beispiel das Zuschneiden von Linoleumfliesen.«

Petra rief Frieda an.

»Und?«, fragte diese.

»Ich weiß es nicht, Frieda. Er ist ein selbstgefälliger Mistkerl, aber das sind ja viele. Ich habe nichts gegen ihn in der Hand.«

»Was ist mit ihr?«

»Das Einzige, was sie gesagt hat – abgesehen davon, dass sie uns ihren Namen bestätigt hat –, war: ›Kein Kommentar‹. Sie kommt mir völlig weggetreten vor, als würde sie nicht mal hören, was ich frage.«

»Sie haben vierundzwanzig Stunden?«

»Jetzt noch ungefähr fünfzehn.«

»Länger können Sie die beiden nicht festhalten?«

»Ich brauche einfach Beweise.«

»Können Sie die Regeln nicht ein bisschen ...«

»Nein.«

Es folgte eine Pause.

»Darf ich kommen und mit ihnen sprechen?«

»Sie?«

»Vielleicht braucht Daniel Blackstock mich als Publikum. Womöglich gibt er dann etwas preis.«

»Ich weiß nicht so recht.«

»Bitte!«, sagte Frieda. Dabei klang ihr Ton nicht bittend, sondern entschieden, fast wie ein Befehl.

Beide schwiegen einen Moment. Petra musste an die gescheiterten Ermittlungen im Fall Bruce Stringer denken, die Reihe von Überfällen auf Friedas Freunde, den Tod von Morgan Rossiter. Sie sah Daniel Blackstock vor sich, wie er mit seiner sonnenverbrannten Nase und den funkelnden braunen Augen im Verhörraum saß und diese seltsame Mischung aus Nervosität und Erregung ausstrahlte. Sie dachte an sein Notizbuch und die Geschichte, die er schreiben würde, wenn sie ihn wieder ohne Anklage entließen. Ihr Magen zog sich zusammen.

»In Ordnung. Warum nicht? Die beiden machen gerade eine Pause.«

Sie beendete das Gespräch.

»Hallo, Frieda.«

Sie gab ihm keine Antwort, während sie sich ihm gegenüber niederließ, Petra an ihrer Seite. Ihre Blicke trafen sich. Seine spürbare Erregung verursachte bei ihr einen Anflug von Übelkeit. Warum erfüllte ihn eine so erwartungsvolle Unruhe, wenn er in einem Verhörraum der Polizei saß und nebenan seine Frau?

»Sie halten es wohl gar nicht mehr ohne mich aus, was?«, fragte Daniel. Er hatte ein aufgeschlagenes Notizbuch vor sich liegen. Nachdem er Frieda einen Augenblick eindringlich gemustert hatte, notierte er sich ein paar Worte. »Graues Hemd«, sagte er. »Das Haar streng zurückgebunden. Die Leser interessieren sich für so was.« Wieder schrieb er etwas auf. »Wirkt müde, blass, gestresst. Sie sehen wirklich fertig aus, müssen Sie wissen.«

»Glauben Sie allen Ernstes«, erwiderte Frieda, »dass es Ihnen gelungen ist, einen Mann zu töten, zwei andere zu verletzen und eine junge Frau zu entführen, ohne Spuren zu hinterlassen?«

Daniel warf Simon Neaves einen raschen Blick zu, hob die Augenbrauen und lächelte. »Kein Kommentar«, sagte er.

»Ihr Alibi ist falsch.«

»Kein Kommentar.«

»Sie haben Ihre Frau dazu gebracht, Sie zu decken. Meiner Meinung nach haben Sie sich auch die Verletzung von ihr zufügen lassen.«

»Kein Kommentar.«

»Was für ein Ehemann tut so was?«

»Kein Kommentar.«

»Ich habe Ihre Frau kennengelernt. Glauben Sie wirklich,

dass sie bei ihrer Geschichte bleiben wird, wenn sie erst einmal begreift, in welchen Schwierigkeiten sie steckt?«

»Sie haben nichts in der Hand«, entgegnete Daniel Blackstock. »Die berühmte Frieda Klein, nichts in der Hand. Wie fühlt sich das denn an?«

»Wen versuchen Sie zu beeindrucken, Daniel? Mich?« Frieda starrte in sein gieriges Gesicht. »Dean Reeve?«

»Nichts«, wiederholte Daniel Blackstock.

»Es ist vorbei«, sagte Frieda. »Selbst wenn Sie hier noch einmal als freier Mann herauskommen, haben Sie keine Chance mehr. Am Ende wird man Sie anklagen, Sie landen im Gefängnis. Und wenn Sie erst einmal dort sind und all die leeren Tage und Jahre vor sich haben, glauben Sie denn wirklich, jemand wird sich noch an Ihren Namen erinnern?«

Er starrte sie einen Moment wortlos an und beugte sich dann vor.

»Nichts«, wiederholte er.

»Mein Klient hat nichts zu sagen, und wir beantragen jetzt erneut eine Pause.« Simon Neaves legte eine Hand an Blackstocks Ellbogen, als wollte er ihm aus dem Stuhl hochhelfen.

»Nein. Sie werden nur ein weiterer erbärmlicher kleiner Wicht hinter Gittern sein. Sie hinterlassen kein Erbe.«

Daniel erhob sich.

»Sie haben ja keine Ahnung«, sagte er. »Nicht die geringste Ahnung.«

Lees Gesicht wirkte teigig, ihr Blick umwölkt. Obwohl sie Frieda zugewandt saß, schien sie sie nicht wirklich wahrzunehmen.

»Ich weiß, dass Sie loyal sind. Aber manchmal ist etwas anderes wichtiger als Loyalität«, erklärte Frieda in sanftem Ton. Sie spürte Petras Blick, die neben der Tür stand und sie aufmerksam beobachtete. »Manchmal kann es ganz falsch sein, wenn eine Ehefrau ihrem Mann gegenüber loyal ist.« Sie wartete ein paar Sekunden. »Sie sind doch ein eigenständiger Mensch und können für sich selbst eintreten. Das wäre in diesem Fall sehr tapfer.« Nach einer weiteren Pause fügte sie hinzu: »Er hat sich die Hand nicht bei Ihnen im Haus verletzt, stimmt's?«

Mit leiser, dumpfer Stimme entgegnete Lee: »Kein Kommentar.«

»Sie haben das für ihn gemacht, nicht wahr? In der Nähe des Krankenhauses?«

Die Frau gab ihr keine Antwort. Hinter sich hörte Frieda die Tür aufgehen.

»Sie müssen das nicht durchziehen, Lee«, fuhr Frieda fort, ohne sich umzudrehen. Sie versuchte, konzentriert zu bleiben. »Sie können dem Ganzen jetzt ein Ende bereiten.«

»Ich fürchte, ich muss *dem* hier ein Ende bereiten«, meldete sich eine Stimme zu Wort. Als Frieda den Kopf wandte, sah sie eine hochgewachsene Frau mit grauem Haar und einem langen, zornig dreinblickenden Gesicht in der Tür stehen. »DCI Burge, ich muss kurz mit Ihnen sprechen. Und mit Ihnen auch, Doktor Klein«, sagte sie zu Frieda.

»Wer …?«, begann Frieda, während sie auf die Tür zusteuerte.

»Seit gestern bin ich die stellvertretende Polizeipräsidentin. Und im Moment nicht übermäßig glücklich.« Sie richtete ihre Aufmerksamkeit auf Petra. »Wir haben schon genug Regeln verletzt oder gebrochen. Ist Ihnen klar, wie sehr wir im Moment unter Beschuss stehen?«

»Das ist aber kein Grund …«

»Wenn ich richtig informiert bin, haben Sie eine Verlängerung der Untersuchungshaft beantragt.«

»Ja.«

»Mit welcher Begründung?«

Petra hielt ihrem Blick stand. »Ich glaube, dass Daniel Blackstock Morgan Rossiter ermordet, Chloë Klein entführt und sowohl Reuben McGill als auch Jack Dargan überfallen hat.«

»Ich weiß, was Sie glauben. Aber *warum* glauben Sie es? Welche Beweise haben Sie dafür?«

»Sein Alibi wackelt, und …«

»Welche Beweise, DCI Burge?«

»Er war es«, mischte Frieda sich ein.

Die Frau bedachte sie mit einem prüfenden, scharfen Blick und stieß einen Seufzer aus.

»Ich weiß, was Sie durchgemacht haben, Doktor Klein. Aber Sie müssen einsehen, dass unsere Regeln durchaus ihren Sinn haben. Außerdem darf ich nicht zulassen, dass hier eine Privatperson Verdächtige befragt.«

»Dann lassen Sie es Petra machen. Aber geben Sie ihr ein bisschen mehr Zeit. Er war es.«

»Nein, das geht nicht.«

»Er ist gefährlich.«

»Es gibt Gefühle, und es gibt Indizien. Man kann etwas glauben, oder man kann es beweisen. Liefern Sie mir Beweise, dann haben wir die Möglichkeit, ihn länger festzuhalten. Ansonsten müssen er und seine Frau wieder auf freien Fuß gesetzt werden.«

»Er hat noch eine weitere Tat begangen«, sagte Frieda abrupt.

»Nämlich?«

»Das kann ich Ihnen nicht sagen.«

»Ihnen muss doch klar sein, dass mir das nicht weiterhilft.«

»Sie dürfen ihn nicht einfach gehen lassen.«

»Ich habe keine andere Wahl, als ihn gehen zu lassen.«

Ihre strenge Miene wurde eine Spur milder. »Wir lassen ihn beschatten.« Mit einer Handbewegung erstickte sie jeden Einwand. »Mehr kann ich nicht tun.«

Frieda steuerte auf Reubens Haus zu. Es war früher Abend, und sie hatte schon von unterwegs aus angerufen, um ihn wissen zu lassen, dass man Daniel und Lee Blackstock auf freien Fuß gesetzt hatte, ohne Anklage gegen sie zu erheben.

Reuben kam an die Tür. Er trug einen alten Sommeranzug, der ihm inzwischen viel zu weit war, und eine neue, randlose Brille. Nachdem er Frieda mit einer sanften Umarmung begrüßt hatte, führte er sie in den Garten hinaus. Auf dem Tisch standen ein Tablett mit Gläsern und eine Flasche Weißwein.

»Setz dich«, forderte er sie auf und deutete auf einen Stuhl.

Sie ließ sich nieder, zog ihre Jacke und ihre Sandalen aus und schloss kurz die Augen. Sie hörte den Weißwein in die Gläser plätschern. Der Garten roch nach frisch gemähtem Gras. »Wie gesagt, sie haben sie beide wieder auf freien Fuß gesetzt«, berichtete sie. »Wegen Mangels an Beweisen.«

»Trink erst mal einen Schluck.«

Er reichte ihr ein Glas und prostete ihr dann mit dem seinen zu.

»Du siehst übrigens schick aus.«

»Womit du sagen willst, dass ich ausnahmsweise mal nicht im Schlafanzug herumlaufe.«

»Na ja, vielleicht.«

»Es hat etwas Tröstliches, als Invalide durchs Haus zu schlurfen, aber mit der Zeit wird es langweilig. Heute habe ich ein bisschen an einem halb fertigen Aufsatz gearbeitet und ein paar Leute angerufen, mit denen ich in letzter Zeit nicht reden wollte.«

»Das ist gut.«

»Es ist zumindest schon mal ein Anfang.«

»Wo sind denn alle?«

»Alle?«

»Vergiss nicht, dass du momentan fünf Mitbewohner hast.«

»Genau genommen nur vier, bis Jack aus dem Krankenhaus

entlassen wird. Zum Glück hat Josef letztes Jahr den neuen Boiler eingebaut.«

»Macht es dir etwas aus?«

»Ich nehme mal an, es wird nicht ewig dauern.«

»Reuben ...« Sie hielt inne. Er sah sie einen Moment an und legte dann einen Finger an die Lippen.

»Um deine Frage zu beantworten: Josef und Alexei kochen etwas. Josef scheint seinen Job als Bauarbeiter komplett aufgegeben zu haben und zu einem gottverdammten Chefkoch zu mutieren. Er und Olivia sind in der Küche ständig am Zanken. Sie gibt ihm praktische Tipps, die er nicht zu schätzen weiß, und futtert ihm seine Zutaten weg, bevor er dazu kommt, sie zu verwenden. Jetzt ist sie allerdings im Bad. Und Chloë besucht gerade Jack, glaube ich.«

»Chloë ist hier«, ertönte eine Stimme. Als sie sich umdrehten, trat sie gerade aus der Küche. »Wie ist es gelaufen, Frieda?«

»Sie haben ihn gehen lassen.«

Chloë starrte sie bestürzt an.

»Oh. Ich dachte ... Ich hatte gehofft ...« Ihre Augen füllten sich mit Tränen. Sie schluckte heftig und rieb sich mit dem Handrücken über die Augen. »Mist«, sagte sie. »So ein Mist. Wir sitzen hier wie Gefangene, und er läuft frei herum.«

»Möchten die Gefangenen vielleicht ein bisschen Wein?«, fragte Reuben.

Sie griff nach dem Glas, das er ihr reichte, und nahm einen großen Schluck. Ihre Hand zitterte.

»Was sollen wir denn jetzt machen?«

»Die Polizei lässt ihn observieren.«

»Dann sitzen wir also weiterhin alle hier beieinander und drehen Däumchen? Wir warten einfach, bis er wieder zuschlägt?«

Sie stellte Frieda die gleichen Fragen wie Frieda vorhin Petra und bekam ebenso wenig eine Antwort.

»Und dazu auch noch der andere Mist!«, schimpfte Chloë.

»Was denn?«

»William.«

»Was ist mit ihm?«

»Er wird schikaniert.«

»Die Presse setzt ihm immer noch zu?«

»Nein. Inzwischen macht ihm eine Teenagergang das Leben zur Hölle.« Wieder hatte sie Tränen in den Augen. »Er traut sich kaum noch vor die Tür. Sie geben ihm schreckliche Namen, rempeln ihn an und schubsen ihn herum. Das ist so gemein.«

»Hat er es der Polizei gemeldet?«

»Glaubst du wirklich, dass er zu denen noch Vertrauen hat? Nein, er sitzt bloß verschreckt in seinem Zimmer.«

»Oje.« Frieda überlegte. Sie konnte Petra darauf ansetzen – aber im Moment hätte das bei ihr bestimmt nicht oberste Priorität. Widerstrebend beschloss sie, Karlsson um Hilfe zu bitten.

Doch dann hatte sie noch eine andere Idee.

»Warte mal einen Moment«, sagte sie und ging ins Haus, um ihre Tasche zu suchen. In ihrer Geldbörse steckte ein Zettel, auf dem Yvette ihr ihre Handynummer notiert hatte. Frieda musste an den Gesichtsausdruck denken, mit dem sie ihr den Zettel in die Hand gedrückt und gesagt hatte, sie solle anrufen, wenn sie mal Hilfe brauche: verlegen, beflissen, drängend. Sie würde Yvette bitten, sich um die Peiniger von William McCollough zu kümmern. Yvette würde das Problem umgehend und auf effektive Weise lösen und sich außerdem freuen, dass man sie um Hilfe bat. Es würde ihr das gute Gefühl geben, gebraucht zu werden.

Sie wählte die Nummer, doch die Leitung war tot. Stirnrunzelnd überprüfte sie die Nummer und versuchte es noch einmal. Wieder kam keine Ansage, sondern nur Stille.

Seltsam, dachte sie. Tief in Gedanken versunken, ging sie wieder hinaus in den Garten.

»Was ist los?«, fragte Chloë beim Anblick ihrer besorgten Miene.

»Ich versuche Yvette zu erreichen.«

»Sie ruft bestimmt zurück.«

»Ich kann nicht mal was draufsprechen.«

Sie versuchte es bei Karlsson, doch da hatte sie sofort die Mailbox an der Strippe. Während sie Chloë und Reuben anstarrte, ergriff ein ungutes Gefühl von ihr Besitz.

»Was ist?«, fragte Reuben. »Was hast du?«

Ihr Handy klingelte. Es war Karlsson.

»Frieda? Ist mit dir alles in Ordnung?«

»Hast du in letzter Zeit mal mit Yvette gesprochen?«

»Yvette? Nein. Sie hat sich doch auf unbestimmte Zeit beurlauben lassen.«

»Sie hat sich gar nicht bei dir gemeldet?«

»Nein. Warum?«

»Ich versuche gerade, sie zu erreichen. Ihr Telefon ist tot.«

»Und?«, fragte Karlsson zögernd.

»Ich melde mich nachher noch einmal bei dir.«

53

Nein«, sagte Petra.

»Hören Sie mir einfach zu.«

»Nein.«

»Sie müssen doch nur Yvettes Wohnung durchsuchen. Nur zur Sicherheit.«

»Frieda … Nein, ich glaube, ich nenne Sie lieber wieder Doktor Klein. Platze *ich* eigentlich mitten in eine Ihrer Therapiesitzungen, um Ihnen zu sagen, wie Sie Ihre Arbeit machen sollen?«

»Daniel Blackstock führt etwas im Schilde, und Yvette ist unauffindbar.«

»Yvette Long hat sich eine Auszeit genommen, die sie auch dringend nötig hatte.«

»Sie hat mich nicht zurückgerufen.«

Es herrschte einen Moment Schweigen.

»Sie rufen mich an, weil Yvette auf einen einzigen Anruf nicht reagiert?«

»Ich habe es viele Male bei ihr versucht. Es gibt nicht mal eine Mailbox. Nur Stille.«

»Was sind Sie? Eine Dreizehnjährige, die auf einen Anruf Ihres Freundes wartet? Als ich das letzte Mal mit Yvette gesprochen habe, war sie sehr erschöpft, völlig am Ende. Sie wollte für eine Weile aussteigen. Gönnen Sie ihr das doch.«

Frieda war gerade im Begriff, etwas zu sagen, als sie plötzlich feststellte, dass Petra bereits aufgelegt hatte. Wütend funkelte sie ihr Telefon an, als wäre es mit schuld daran. Dann wählte sie eine andere Nummer.

»Kannst du vorbeikommen und mich abholen?«

»Sie hat Nein gesagt, oder?«

»Wer?«

»Spiel keine Spielchen mit mir.«

»Ich habe keine Zeit für Spielchen.«

»Schon gut, schon gut.«

Karlsson und Frieda saßen in seinem Wagen.

»Bei meinem letzten Treffen mit Yvette hat sie gemeint, ich soll sie einfach anrufen, wenn ich etwas brauche«, erklärte Frieda. »Nun habe ich sie angerufen, aber es geht keiner ran.«

»Es geht keiner ran. Seit wann? Seit einer Woche? Einem Monat?«

»Ihr Telefon ist tot. Ich mache mir Sorgen.«

Karlsson überlegte einen Moment. »Da hatte Petra wohl eine einfache Erklärung parat, dass Yvette weggefahren ist und ihre Ruhe haben möchte.«

»So in etwa, ja.«

»Dachte ich mir. Manchmal habe ich das Gefühl, du arbeitest dich durch die ganze Londoner Polizei, erledigst einen nach dem anderen, indem du sie zur Verzweiflung treibst. Am Ende werde ich der Letzte sein, der noch aufrecht steht, der Letzte, der tut, was du willst. Übrigens hat Petra recht.«

»Schaden kann es ja trotzdem nichts.«

»Was?«

»Ihre Wohnung zu durchsuchen.«

Mit einem Ruck fuhr Karlsson zu ihr herum – zum ersten Mal an diesem Tag mit richtig besorgter Miene.

»Weißt du irgendetwas? Etwas, das du mir verschweigst?«

»Ich weiß, dass etwas nicht stimmt.«

»Wie planst du denn, in ihre Wohnung zu kommen?«

»Ich schätze mal, wir könnten ein Fenster einschlagen oder so was in der Art.«

»Und wenn dich jemand sieht? Uns, sollte ich wohl besser sagen.«

»Dann behaupten wir einfach, wir hätten Gas gerochen. Oder einen Einbrecher gesehen.«

Kopfschüttelnd ließ Karlsson den Motor an und fuhr los. »Gas gerochen? Wie kommst du bloß auf solche Ideen? Du klingst schon selbst wie eine Einbrecherin, allerdings eine ziemlich dilettantische.«

»Wir sprechen hier von Yvette«, entgegnete Frieda ohne die Spur eines Lächelns.

»Ja. Yvette, die gesagt hat, sie brauche mal wieder einen klaren Kopf und müsse deswegen eine Weile raus aus dem Ganzen – weg von dem ständigen beruflichen Druck.«

»Wir werden sehen.«

In der Seven Sisters Road kamen sie nur quälend langsam voran.

»Ich hätte doch besser die U-Bahn nehmen sollen«, meinte Frieda, mehr zu sich selbst.

»Es tut mir leid, wenn der Taxiservice nicht zu deiner Zufriedenheit ist.«

Sie kämpften sich weitere zwanzig Minuten – schweigend – durch den zähen Verkehr, bis Karlsson endlich von der Hauptstraße in eine Wohnsiedlung einbiegen konnte, dort noch ein paarmal abbog und dann seinen Wagen parkte. Sie stiegen aus.

»Ich war noch nie bei ihr«, bemerkte Frieda.

»Sie lebt sehr zurückgezogen«, antwortete Karlsson.

Er öffnete das Gartentor eines kleinen Reihenhauses und führte Frieda die Stufen zum Tiefparterre hinunter. Sowohl das Fenster als auch die Tür waren mit massiven Eisenstangen gesichert.

»Wir sind hier in Tottenham«, erklärte er. »Dein Einbruchsplan hätte in dieser Gegend nie funktioniert.«

»Was machen wir jetzt?«

Karlsson zog einen Schlüsselring mit zwei Schlüsseln aus der Tasche. Er hielt Frieda den Ring vor die Nase und schüttelte ihn, dass die Schlüssel klirrten.

»Yvette hat mir einen Ersatzschlüssel gegeben, nur für den Notfall.«

»Warum hast du das denn nicht gesagt?«

»Ich wollte deinen Plan hören. In der Originalfassung, meine ich. Pass drinnen bitte auf, was du anfasst«, fügte er hinzu. »Wobei ich selbst nicht weiß, wieso ich mir überhaupt die Mühe mache, das zu erwähnen. Als ob du darauf achten würdest!«

Er sperrte auf. Als sie eintraten, holte Frieda erst einmal Luft und empfand sofort ein Gefühl von Erleichterung. Sie hatte sich vor dem säuerlich-süßen Geruch gefürchtet, der ihr mittlerweile auf schreckliche Art vertraut war – dem Geruch, der damals von ihren Bodendielen aufgestiegen war. Aber hier gab es nichts dergleichen, nur den abgestandenen, etwas muffigen Geruch einer Wohnung, die schon eine Weile nicht bewohnt wurde. Karlsson winkte Frieda hinein. Sie trat in ein kleines Wohnzimmer und drehte von dort aus eine schnelle Runde durch die ganze Wohnung. Schlafzimmer, Badezimmer, nach hinten hinaus eine winzige gepflasterte Terrasse. Auf Anhieb fiel ihr nichts Besonderes auf.

»Keine Hinweise auf einen Kampf«, bemerkte Karlsson.

Frieda fragte sich im ersten Moment, ob er einen Scherz machte, kam dann aber zu dem Schluss, dass dem nicht so war. Yvette lag ihm am Herzen, das wusste sie.

»Ist das eine Eigentums- oder eine Mietwohnung?«, fragte sie, nachdem sie sich ein wenig genauer umgesehen hatte.

»Sie gehört ihr«, antwortete Karlsson. »Zumindest irgendwie. Sie zahlt sie noch ab.«

Die Küche wirkte sehr aufgeräumt. Als Frieda einen Schrank öffnete, stieß sie auf einen ordentlichen Stapel Teller, vier Weingläser, vier Wassergläser.

Im Wohnzimmer standen an der Wand gegenüber der Tür ein kleiner Flachbildfernseher und ein DVD-Player und gleich neben der Tür ein großer Topf mit den verdorrten Überresten einer Pflanze. Zum Mobiliar gehörten außerdem ein niedriger Glastisch mit einem Sessel daneben und auf der anderen Seite, an der linken Wand, ein zum Sessel passendes Sofa, über dem – nur knapp oberhalb der Rückenlehne – das einzige Bild im Raum hing, eine Fotografie von einem auffallend roten Fuchs auf einem zugefrorenen See.

»Mir kommt es hier vor wie in einer Mietwohnung«, bemerkte Frieda, »oder als wäre Yvette gerade erst eingezogen.«

»Sie ist vor drei Jahren eingezogen«, erwiderte Karlsson. »Vielleicht sind es auch schon vier.«

»Für mich fühlt sich das hier nicht nach einem Ort an, wo jemand glücklich sein kann.«

»Vielleicht erinnerst du dich noch daran, was ich vorhin über Yvette gesagt habe – dass sie sehr zurückgezogen lebt? Ich stelle mir lieber nicht vor, wie unglücklich sie wäre, wenn sie wüsste, dass wir beide hier herumschnüffeln und du ihr Leben nach dem Aussehen ihrer Wohnung beurteilst.«

»Wie gut kennst du die Wohnung?«

»Ich war schon mal hier, aber nur ein einziges Mal, als sie eingezogen ist. Da habe ich ihr ein paar Sachen herübergefahren.«

»Also kennst du die Wohnung kaum.«

»Wie gesagt, ich war nur das eine Mal hier.«

»Dann würde es dir nicht auffallen, wenn irgendetwas ungewöhnlich wäre oder nicht an seinem Platz?«

»Nein. Obwohl es für mich nicht so aussieht, als wäre hier etwas ungewöhnlich.«

»Eine Sache schon.«

»Und welche?«

Frieda deutete auf die verdorrte Pflanze.

»Was ist daran so besonders?«

»Wenn man in Urlaub fährt, beauftragt man jemanden damit, die Pflanzen zu gießen.«

»Du solltest mal meine Wohnung sehen.«

»Die habe ich doch schon gesehen. Viele Male.«

»Dann weißt du ja, dass sie voller toter oder sterbender Pflanzen ist. Ich kaufe immer wieder neue und mache alle möglichen Experimente. Mal gieße ich sie zu viel, mal zu wenig. Ich dünge sie oder eben nicht, mit dem Ergebnis, dass sie immer alle eingehen.«

»Du empfindest das mit der Pflanze also nicht als beunruhigend?«

»Für mich sieht die aus, als wäre sie schon vor einer Ewigkeit eingegangen.«

Gemeinsam betraten sie das Badezimmer. Frieda öffnete den Spiegelschrank.

»Alles da«, sagte sie.

»Was?«

»Zahnpasta, Zahnbürste, Parfüm, Gesichtscreme, Wattepads, Shampoo, Deo, Tampons, Make-up, Zahnseide, Abführtabletten.«

»Das ist ein logischer Irrtum.«

»Was für ein logischer Irrtum?«

»Man kann nicht sehen, was nicht da ist. Die Sachen, die sie mitgenommen hat: die neue Zahnpasta, die Reisezahnbürste, ihr Lieblingsparfüm und so weiter und so fort.«

»Da kannst du recht haben.«

Sie kehrten in die Küche zurück. Frieda warf einen Blick in den Kühlschrank, während Karlsson Schranktüren öffnete.

»Werden wir Yvette gestehen, dass wir hier waren?«, fragte er.

»›Gestehen‹ ist nicht das richtige Wort.«

»Wie würdest du dich denn fühlen, wenn Yvette und ich

während deiner Abwesenheit das Gleiche in deinem Haus machen würden?«

»Ich schätze mal, was irgendjemand mit meinem Haus anstellt, kann mich inzwischen nicht mehr schocken.«

»Das glaube ich dir nicht.«

»Schau mal«, sagte Frieda und hielt einen kleinen Kunststoffkarton mit H-Milch hoch. »Lässt du Milch im Kühlschrank, wenn du in Urlaub fährst?«

»Ja«, antwortete Karlsson. »Milch und fast alles Verderbliche, was du dir vorstellen kannst. Bei meiner Heimkehr finde ich in meinem Kühlschrank für gewöhnlich einen richtigen Zoo aus Schimmelkulturen vor. Das gehört zu …« Er brach ab. »Ich weiß nicht, ob ich dir überhaupt zeigen möchte, was ich gerade gefunden habe.«

Karlsson hielt einen Pass hoch. Er klappte ihn auf. »Bevor du etwas sagst – ja, es ist der von Yvette. Aber das ändert auch nichts. Ich bin immer davon ausgegangen, dass sie ein britisches Reiseziel im Auge hatte. Wales oder Schottland oder so. Irgendwas mit vielen abgelegenen Wanderrouten.«

»Die Pflanze. Die Milch. Der Pass. Fügt sich das für dich nicht zu irgendwas zusammen?«

»Ich weiß nicht. Vielleicht fügt es sich ja zu einem Menschen zusammen, der gerade ein bisschen durch den Wind war, oder einfach nur spät dran. Ich habe deinen Instinkten immer getraut. Na ja, von Ausnahmen abgesehen. Aber ganz ehrlich: Wenn du nach so etwas wie einer rauchenden Waffe suchst, dann fällt das Genannte nicht darunter.«

Frieda war mit dieser Antwort unzufrieden, sagte aber nichts. Sie gingen ins Schlafzimmer, wo Frieda Schubladen aufzog und nach Kleidungsstücken griff.

»Ich habe das dumpfe Gefühl, ich sollte das alles nicht sehen!«, stöhnte Karlsson. »Falte um Himmels willen alles wieder so zusammen, wie Yvette es hinterlassen hat.«

Nach einer weiteren halben Stunde erfolglosen Suchens erklärte er die Aktion für beendet.

»Du schaust an Stellen nach, wo du vorhin schon gesucht hast«, erklärte er. »Zeit zu gehen.«

Frieda ließ den Blick noch einmal durch Yvettes Wohnzimmer schweifen. Die Vorstellung, unverrichteter Dinge wieder abzuziehen, war ihr unerträglich.

»Da ist irgendwas«, sagte sie. »Bestimmt weißt du, wie sich das anfühlt, wenn man eine örtliche Betäubung bekommt und den Schmerz nicht mehr spürt, aber trotzdem weiß, dass er irgendwo sitzt. Genau so fühle ich mich gerade.«

»Wir sind hier fertig. Da ist nichts.«

»Du hast recht«, antwortete Frieda widerstrebend. »Und danke. Danke, dass du mit mir hergekommen bist und nicht sagst: Ich habe es dir doch gleich gesagt.«

»Das sage ich nie, oder? In Versuchung bin ich natürlich schon. Aber ich halte mich zurück.«

»Alles in Ordnung?«, fragte Karlsson, bereits im Begriff, den Motor anzulassen.

Sie schüttelte den Kopf. »Stell den Motor wieder ab.«

»Was?«

»Bitte.«

»Wir haben getan, was du wolltest, oder? Können wir nicht endlich nach Hause fahren?«

Friedas Gesicht war zu einem Ausdruck erstarrt, den Karlsson kannte. »Mit Yvettes Wohnzimmer stimmt etwas nicht«, erklärte sie.

»Es könnte noch ein paar Bilder vertragen«, meinte Karlsson. »Eine persönlichere Note.«

»Es ist der Fernseher«, sagte Frieda langsam, als wäre sie gar nicht richtig da, sondern in Gedanken woanders. »Erinnerst du dich an die Raumeinteilung?«

»Natürlich erinnere ich mich. Wir waren doch gerade da drin.«

»Der Fernseher steht an der Rückwand, das Sofa an der linken Wand, und an der anderen Wand, dem Sofa gegenüber, der Sessel mit dem kleinen Tisch daneben. Richtig?«

»Ja, richtig. Wo liegt das Problem?«

»Wie sieht man fern?«

»Wie meinst du das?«

»Ich meine, von wo?«

Karlsson zuckte mit den Achseln. Er wirkte verwirrt, aber auch leicht genervt. »Vom Sessel aus. Oder vom Sofa.«

»Aber beide stehen in einem Neunzig-Grad-Winkel zum Fernseher.«

»Dann verdreht man eben leicht den Kopf.«

»Kurzfristig könnte man das schon mal machen, aber seine Möbel stellt man nicht so auf.«

»Ich fass es nicht, dass wir allen Ernstes darüber diskutieren, wie Yvette ihre Möbel aufgestellt hat, aber vielleicht rückt sie sich ja ein bestimmtes Möbelstück jedes Mal zurecht, wenn sie fernsehen möchte.«

»Du meinst, sie zerrt ein schweres Sofa quer durch den Raum, um sich mal schnell die Nachrichten anzusehen?«

»Vielleicht den Sessel.«

»Wir müssen noch mal rein.«

»Ach bitte, Frieda!«

»Nur zwei Minuten. Oder eine.«

Er holte tief Luft.

»Ich zähle jetzt erst leise bis zehn«, verkündete er. »So. Geschafft. Jetzt bin ich wieder ruhig, und wir können jetzt ein, zwei Minuten in Yvettes Wohnung gehen.«

»Danke, Karlsson.«

»Gerne, Frieda.«

Doch während sie wieder ausstiegen, er den Wagen verriegelte und dann nach dem Schlüsselring kramte, um erneut Yvettes Wohnungstür aufzusperren, sagte er kein Wort mehr. Sobald sie drin waren, ließ sich Frieda im Wohnzimmer auf die Knie sinken und untersuchte den Teppich.

»Da«, sagte sie plötzlich. »Ich kann gar nicht glauben, dass ich so blind war.«

Karlsson betrachtete die Stelle, auf die sie deutete. Der Teppich hatte dort eine kleine, kreisrunde Vertiefung mit einem Durchmesser von etwa fünf Zentimetern.

»Stimmt«, sagte er, »da stand das Sofa oder der Sessel. Ich hatte recht.«

»Nein«, widersprach Frieda. »Du hattest unrecht. Es war übrigens das Sofa. Hilf mir, es zurück an seinen alten Platz zu ziehen.«

»Ja, Ma'am«, sagte er in sarkastischem Ton.

Er packte mit beiden Händen die Armlehne und zog das Möbelstück von der Wand weg. Fast im selben Moment wich er erschrocken zurück.

»Ach du Scheiße!«, stieß er hervor. »Ach du heilige Scheiße!«

Frieda trat neben ihn, und beide starrten auf die Worte, die mit breiten Strichen an die Wand gemalt waren: »Frieda Klein.«

54

Danach ging alles ganz schnell, auch wenn es gleichzeitig in Zeitlupe abzulaufen schien: Karlsson verständigte die Polizei, rief zusätzlich bei Petra persönlich an und stellte sicher, dass Frieda nichts anfasste. Allerdings hatte Frieda gar nicht vor, irgendetwas anzufassen oder sich auch nur von der Stelle zu rühren. Sie stand ganz still da, wie gelähmt von den Gedanken, die in ihrem Kopf kreisten, während sie auf die Wand mit den hingeschmierten Worten starrte. Sie versuchte sich daran zu erinnern, wann sie Yvette zuletzt gesehen hatte, und zählte dann die Wochen und Tage, die seit jenem letzten Gespräch vor ihrer Haustür vergangen waren, als Yvette ihr den Zettel mit ihrer Telefonnummer in die Hand gedrückt hatte und dabei sehr emotional geworden war. Und dann war Daniel Blackstock mit jenem schrecklichen Foto von Chloë aufgetaucht. Ja, er und Yvette waren sich begegnet, daran erinnerte sich Frieda, und Yvette hatte ihm von ihrem angeschlagenen Zustand berichtet, dem Grund für ihre Auszeit. Fast unmittelbar danach war der Überfall auf Reuben passiert, der Mord an Morgan Rossiter, der Überfall auf Jack. Zwei Wochen – auf dieses Ergebnis kam Frieda, als sie zurückrechnete –, zwei Wochen und drei Tage.

Im Grunde keine lange Zeit, aber doch unendlich lang, falls Yvette damals schon verschwunden war.

Verschwunden. Aber war sie tot? Frieda hörte, wie Karlsson in ruhigem Ton mit jemandem telefonierte, präzise Angaben machte und Anweisungen erteilte, doch unter seiner scheinbaren Ruhe spürte sie etwas anderes. Entsetzen. Sie zwang sich nachzudenken. Wenn Yvette tot war, warum lag dann ihre Leiche nicht hier neben diesen gemalten Buchstaben? Vor ihrem geistigen Auge sah sie Daniel Blackstock im Verhörraum der Polizei sitzen, ein triumphierendes Funkeln in den Augen. Die ganze Zeit, ging ihr durch den Kopf, die ganze Zeit, bei jeder ihrer Begegnungen, bei jedem Augenkontakt hatte er an Yvette gedacht, sein großes Geheimnis. »Sie haben ja keine Ahnung«, hatte er gesagt.

Yvette war nicht tot, sondern wurde von ihm festgehalten, da war Frieda sich plötzlich sicher. Sie musste sich an diese Sicherheit klammern. Aber wo? Sie dachte an Chloë in jenem Raum, stellte sich vor, wie das Licht auf die schmuddelige Matratze fiel. Sie schloss die Augen und konzentrierte sich – krampfhaft bemüht, alle anderen Geräusche und Gedanken auszublenden. Es fühlte sich an, als würde sich ein Spitzhammer in die Tiefen ihres Gehirns vorarbeiten, bis er am Ende irgendeinen dunklen, verborgenen Ort erreichte und sie die Antwort wüsste. Was übersah sie? Was hatte sie schon die ganze Zeit übersehen?

Draußen hämmerte jemand an die Tür. Karlsson ging, um aufzumachen. Das hereinflutende Licht schmerzte Frieda in den Augen. Eine Schar von Leuten stürmte ins Haus, Männer und Frauen, alle mit versteinerten Gesichtern, denn nun war eine von ihnen betroffen, das war mit nichts anderem vergleichbar. Karlsson nahm Frieda sanft am Ellbogen und führte sie hinaus.

»Karlsson«, sagte sie.

Aber Petra traf bereits ein, zierlich und drahtig wie immer.

»Sie hatten recht!«, rief sie Frieda im Vorbeigehen zu. »Was hat er bloß mir ihr gemacht?«

Eiligen Schrittes verschwand sie im Haus. Weitere Wagen trafen ein. Der schöne Tage verwandelte sich in einen Albtraum.

»Ich glaube, sie ist noch am Leben«, sagte Frieda zu Karlsson. »Er hält sie irgendwo fest.«

Karlsson sah sie nur wortlos an.

Petra kam wieder heraus, streifte ihre Handschuhe ab und beugte sich hinunter, um auch die Papierüberschuhe zu entfernen.

»Also«, begann sie, »wir machen es folgendermaßen: Ihr kommt jetzt sofort mit mir ins Präsidium. Wir kassieren die beiden ein, verhören sie nach Strich und Faden und rufen dann eine Pressekonferenz ein, das volle Programm.«

»Nein.« Frieda hielt Petra am Arm fest, als diese bereits am Gehen war.

»Was soll das heißen?«, fuhr Petra sie an. »Genau das wollten Sie doch!«

»Verstehen Sie denn nicht? Wenn er sie festhält, brauchen wir ihn auf freiem Fuß, damit er uns zu ihr führen kann.«

»Nein.« Petra schüttelte ihre Hand ab. »Wir verhaften ihn.«

»Wenn er in Untersuchungshaft sitzt, wer wird ihr dann Wasser und Essen bringen? Es ist im Moment sehr heiß. Sie wird innerhalb weniger Tage sterben. Das dürfen Sie nicht tun.«

»Die Entscheidung liegt bei mir«, erwiderte Petra.

»Nein.« Sie wandten sich alle drei um. Die stellvertretende Polizeipräsidentin stand auf dem Gehsteig, trotz der Hitze in einem anthrazitgrauen Hosenanzug, eine hochgewachsene, beeindruckende Erscheinung. Ihre Miene wirkte streng. »Ich gebe Frau Doktor Klein recht.«

Petra starrte sie an. Ihre Augen funkelten vor Wut darüber, dass sie überstimmt wurde.

»Steht er unter Beobachtung?«, fragte die Polizeipräsidentin.

»Selbstverständlich«, antwortete Petra.

»Sorgen Sie dafür, dass er es nicht merkt.«

»Selbstverständlich.«

»Er darf auch nichts von der Suche mitbekommen.«

»Was bedeutet, dass wir sie nicht groß anlegen dürfen, sondern nur in einem begrenzten Rahmen.«

»Das werden wir vorerst riskieren.«

»Wir dürfen seine Frau nicht vergessen«, gab Frieda zu bedenken. »Sie muss ebenfalls beschattet werden.«

Die Polizeipräsidentin nickte Petra zu. »Sorgen Sie dafür. Rufen Sie mich in einer Stunde an, und informieren Sie mich über den Stand der Dinge.« Sie machte auf dem Absatz kehrt und eilte davon.

Petra sah Frieda an. »Ich hoffe für Sie, dass Sie sich Ihrer Sache sicher sind.«

Die Sonne schien hell und heiß durch das Fenster von Petras Büro. Frieda stand neben dem großen Stadtplan an der Wand und legte ihren Finger auf eine Straßenkreuzung.

»Da«, sagte sie. »Da wohnt er. Ganz in der Nähe befindet sich ein Areal Ödland, das schon darauf wartet, saniert zu werden, ein riesiges verlassenes Lagerhaus, etliche Stockwerke leerer Räume. Ich habe mich oft gefragt, ob Chloë dort festgehalten wurde.«

»Damit setzen Sie einfach voraus, dass auch Yvette dort gefangen gehalten wird, wo er angeblich Ihre Nichte festgehalten hatte, nämlich in der Nähe eines Flughafens, bei dem es sich Ihrer Meinung nach um den City Airport handelt.«

»Ja.«

»Sie könnte überall sein, womöglich nicht einmal in London.«

»Ich weiß.«

»Sie könnte tot sein.«

»Ja.«

»Also gut«, gab Petra nach. »Wir beginnen dort mit unserer Suche.«

Daniel Blackstock konnte nicht aufhören zu grinsen. Sosehr er sich auch bemühte, die Lippen fest aufeinanderzupressen, es gelang ihm nicht: Seine Mundwinkel zuckten, und er musste schon wieder grinsen. Gleichzeitig lief ihm der Schweiß übers Gesicht. Die Sonne brannte auf seiner Haut. Langsam ging er die Straße entlang, blieb vor irgendwelchen Schaufenstern stehen, band sich die Schuhe. Er war schließlich nicht blöd: erst die junge Frau mit den Kopfhörern und jetzt dieser Mann in Jeans und einem gammeligen T-Shirt, beide krampfhaft bemüht, sich locker zu geben. Er entdeckte einen Eiswagen, kaufte sich eine einzelne Kugel in einer Waffel und setzte sich damit auf die Bank neben der kleinen Rasenfläche. Er ließ sich Zeit. Später würde er den Artikel über die zweite Verhaftung schreiben, den er seinem Redakteur versprochen hatte. Jeder wollte ein Stück von seiner Geschichte. Sein Telefon klingelte ununterbrochen, und es ging eine Nachricht nach der anderen ein: Man lud ihn ein zu schreiben, zu reden, seine Meinung zu äußern, seinen Schmerz zu teilen.

Er leckte an seinem schmelzenden Eis. Hinter ihm lag der Fluss, und vor ihm ragten die alten Lagerhallen auf, deren geborstene Fensterscheiben in der Sonne glitzerten. Er gestattete sich, an die Gesichter der beiden Frauen zu denken, wie sie ihn über den Tisch hinweg angestarrt hatten, die eine mit scharfen, hellen Augen, die andere mit dunklen, stechenden. Beide hassten ihn, aber Hass lag nahe bei Liebe, Dean Reeve wusste das. Nach so vielen Jahren der Unsichtbarkeit, in denen ihn Leute, die nicht so clever waren wie er, herumkommandiert hatten, war Daniel Blackstock nun aus dem Schatten getreten.

Er leckte weiter sein Eis. Als nichts mehr übrig war, verspeiste er die Waffel, und zwar ganz langsam, indem er sich bis zur Spitze vornagte, wie er es schon als Junge getan hatte. Hinterher leckte er seine Finger sauber und wischte sich mit einer zusammengeknüllten Papierserviette über die Stirn. Dann stand er auf und ging im Zickzackkurs nach Hause. Auf diese Weise konnte er denen ein bisschen sportliche Betätigung bescheren und sie gleichzeitig mit Hoffnung narren.

Lee Blackstock saß in ihrer makellosen Küche am Tisch und weinte. Sie versuchte aufzuhören, putzte sich die Nase und tupfte sich das Gesicht mit einem Papiertuch ab, doch dann musste sie wieder an das Verhör bei der Polizei denken – daran, was sie alles zu ihr gesagt hatten –, und schon brach sie erneut in Tränen aus.

Als sie seinen Schlüssel im Schloss hörte, sprang sie auf und machte sich am Herd zu schaffen, sodass sie ihm den Rücken zuwandte, als er hereinkam.

»Apfelstreuselkuchen mit Vanillesauce«, sagte sie. »Passt das?«

»Egal.«

»Früher hast du immer behauptet, es sei deine Lieblingsmehlspeise.«

»Ist das alles, woran du denken kannst?«

»Nein, natürlich nicht.«

Ganz und gar nicht. Vor ihrem geistigen Auge sah sie sich in einem von diesen Polizeilieferwagen sitzen, über dem Kopf einen Mantel, damit niemand ihr Gesicht sehen konnte, und später dann im Zeugenstand stehen, wo sie alle anstarren würden. Wieder stiegen ihr Tränen in die Augen. Sie rührte das Pulver in die heiße, bereits vorgesüßte Milch und sah zu, wie die Sauce fester wurde.

Daniel trat hinter sie und legte ihr seine unverletzte Hand auf die Schulter. Sie drehte sich um.

»Deine Augen sind ja ganz rot.« Er klang genervt. »Du hast geweint.«

»Ich hatte Angst.«

»Was hast du ihnen erzählt?«

»Das habe ich dir doch schon gesagt: nichts.«

»Nicht einmal ihr?«

Lee Blackstock wusste, wen er meinte: Frieda Klein, die mit ihren dunklen Augen bis in ihr Innerstes geblickt und dort all das gesehen hatte, was sie am meisten vor der Welt verbergen wollte, und aus deren Miene eine schreckliche Mischung aus Wissen und Mitleid gesprochen hatte.

»Nein, Daniel. Ich habe immer nur gesagt: ›Kein Kommentar.‹«

Seine Hand lag noch immer auf ihrer Schulter. Sie konnte sie schwer und heiß durch die Baumwolle ihres Shirts spüren. »Das ist gut. Braves Mädchen.«

»Aber ...« Sie hielt inne.

»Aber was?«

»Was hast du getan?«

Sie sah, dass sich seine Miene verfinsterte, und bekam Angst.

»Wenn ich etwas getan habe«, antwortete er, »dann für uns beide. Und wenn dem so ist, dann weißt du sicher, was das für dich bedeutet.«

»Was?«

»Es macht dich zur Komplizin.«

»Ich habe nur ausgeführt, was du von mir verlangt hast, das ist alles.«

»Komplizin«, wiederholte er, als wollte er sich das Wort auf der Zunge zergehen lassen. »Das ist eine ernste Sache.«

Das hatten sie ihr bei der Polizei auch gesagt und dann hinzugefügt, es sei nicht zu spät, sie könne ihnen immer noch erzählen, was sie wisse. Benommen blickte sie zu ihm auf. Als er schließlich die Hand von ihrer Schulter nahm, strich sie sich ein paar Haarsträhnen, die von ihrem Schweiß und dem vielen Weinen ganz nass waren, hinter die Ohren.

»Keine Sorge«, sagte er. »Du machst einfach, was ich dir sage, und alles wird gut. Du und ich zusammen, ja? Du und ich gegen den Rest der Welt.«

Sie nickte. »Ja«, flüsterte sie. »Du und ich.«

Sie waren zehn Männer, keiner davon in Uniform. Karlsson hatte die Leitung. Er teilte sie in Paare auf und ermahnte sie, sich so unauffällig wie möglich zu verhalten. Der Wohnsitz von Daniel Blackstock lag nur ein paar hundert Meter entfernt. Zwar war das Haus selbst von ihrem Standort aus nicht auszumachen, aber man sah einen Teil der Siedlung und der ringförmig verlaufenden Straße.

Die Lagerhalle, mit der sie anfangen wollten, überragte die Baustellen rundherum wie eine Ruinenstadt, bestehend aus einer Reihe von großen Gebäuden, die durch eine Ziegelmauer miteinander verbunden waren. Es gab hier Hunderte von Fenstern, Dutzende von Eingängen. Stirnrunzelnd starrte Karlsson zu der baufälligen Masse empor. Ihm war klar, dass er hundert Männer gebraucht hätte statt zehn, und selbst diese hundert wären nicht in der Lage gewesen, hier eine gründliche Suche durchzuführen. Er versuchte grob zu überschlagen, wie viele Räume es waren, gab jedoch gleich wieder auf, weil er zwar die Länge des Gebäudes überschauen konnte, nicht aber seine Breite.

Es gab einen Haupteingang, der mit Riegeln und schweren Ketten gesichert war. Um den zu erreichen, mussten sie erst einmal durch den Zaun, der das Ganze umgab. Allerdings hätte Karlsson den Schlüssel, den ihm die Firma Feldman's Security für das Metalltor gegeben hatte, gar nicht gebraucht. Man kam ganz leicht rein, indem man sich durch eine der Lücken zwischen den Holzbrettern quetschte und dann über eine gelbbraune, von der Hitze ausgedörrte Lehmfläche marschierte, auf der dichtes Unkraut wucherte. Trotzdem benutzte er jetzt den Schlüssel, registrierte jedoch, dass bei etlichen der hohen Fenster in diesem Abschnitt des Gebäudes die Scheiben herausgebrochen waren. Er ging davon aus, dass das in den anderen Gebäudeteilen ähnlich sein würde. Jeder konnte hinein, Kinder ebenso wie Pärchen auf der Suche nach einem lauschigen Plätzchen. Dasselbe galt für Obdachlose, Neugierige, Verrückte, Einsame und Traurige.

Sobald sie auf dem großen Innenhof standen, über den man in die Lagerräume gelangte, war ohnehin klar, dass sich dort Leute aufgehalten hatten, denn bereits der Wind, der durch das offene Eingangstor blies, ließ etliche Müllfetzen hochwehen. Auf dem Boden lagen Zigarettenkippen, hier und dort auch ein paar Nadeln, eine wellige, mit Schmutz vollgesogene Zeitung, ein alter Schuh. Außerdem hing der Ammoniakgeruch von Urin in der Luft. In einer Ecke erinnerte ein Ring aus Asche an ein Feuer, das jemand dort entzündet hatte. Karlssons Blick schweifte die Stahlträger hinauf, die wurmzerfressenen Holzsparren. Hier lebten sicher jede Menge Käfer und Spinnen, Fledermäuse und Ratten mit dicken Schwänzen, und bestimmt bauten auch Vögel ihre Nester. Aber war Yvette hier? Am liebsten hätte er laut gerufen, das Echo seiner Stimme durch all die leeren Räume hallen lassen, damit sie wusste, dass Hilfe nahte und sie in Sicherheit war. Die ungeschickte, taktlose, ehrenwerte Yvette, die so leicht errötete, mit ihren unbedachten Äußerungen oft ins Fettnäpfchen trat und überhaupt schweren Schrittes durchs Leben marschierte.

»Allein in diesem Abschnitt sind es zehn Stockwerke«, informierte er seine Beamten. »Also je zwei pro Paar. Ich übernehme ganz oben.«

Vorsichtig stieg er die Metalltreppe empor. Einzelne Stufen fehlten. Vom Geländer wurde seine Hand rostig. Im Treppenhaus war es düster, aber auf jedem Absatz fiel Licht in breiten Streifen durch die Fenster, die auf das glitzernde Wasser der Themse hinausgingen. In der Ferne schimmerte das Sperrwerk. Beim Hinaufsteigen schmerzte sein Bein. Eine Weile konnte er noch die Männer unter sich hören, ihre Schritte und gedämpften Stimmen, aber irgendwann vernahm er dann nur noch das Tröpfeln von Wasser, das Ächzen des alten Gemäuers und irgendwo ein Rascheln, das ihn erneut an die vielen Kreaturen denken ließ, die verborgen hinter diesen Mauern lebten.

Im zehnten Stock fehlten etliche der breiten Dielen, und die noch vorhandenen waren zum Teil halb verfault, sodass er durch die Lücken in die darunterliegenden Räume sehen konnte. Vorsichtig bahnte er sich seinen Weg. Der Boden war mit Staubmäusen übersät. In einem der Räume entdeckte er einen toten Vogel, in einem anderen einen langen Tisch. Durchs Fenster sah er auf die Eisenbahnlinie hinunter und auf die Reihen der ordentlichen, modernen Häuschen, von denen jedes seinen eigenen Rasenstreifen besaß.

»Wo bist du?«, fragte er. In dem hohen, leeren Raum klang seine Stimme ungewohnt, fast wie die eines Fremden.

Niemand war fündig geworden: Nichts deutete darauf hin, dass Yvette oder Chloë sich je dort aufgehalten hatten.

»Wie geht es jetzt weiter?«, fragte einer der Männer, ein junger, bekümmert dreinblickender Beamter mit großen Augen, die durch seine Brille noch größer wirkten.

»Wir haben erst etwa ein Fünftel dieses Gebäudes durchsucht. Wir durchkämmen es Treppenhaus für Treppenhaus. Wenn wir fertig sind, nehmen wir uns die anderen Gebäude vor.«

»In welchem Umkreis wird sich unsere Suche bewegen, Sir?«, fragte ein anderer.

Eine gute Frage, die Karlsson nicht beantworten konnte. Sie suchten nach einer Frau, die überall und nirgends sein konnte oder womöglich sogar tot war. Selbst hier, auf diesem kleinen Fleckchen des riesigen Stadtgebiets von London, gab es Tausende von Möglichkeiten: Fabriken, Lagerhallen, Häuser, Wohnungen, Schuppen, Hütten, Container, Mauerzwischenräume. Einen kurzen Moment ließ er sich von einem Gefühl der Ohnmacht überwältigen, dann riss er sich wieder zusammen.

»Wir konzentrieren uns erst einmal auf dieses Gebäude.«

55

Zunächst hatte Frieda überlegt, nach Silvertown zu laufen, einfach nur, um vor Ort zu sein, die Atmosphäre in sich aufzunehmen und vielleicht irgendwelche Schwingungen wahrzunehmen. Gleichzeitig war ihr klar, dass es nur eine Geste gewesen wäre. Letztendlich konnte sie bloß warten, und Geduld war noch nie ihre Stärke gewesen. Sie musste aktiv werden, etwas unternehmen, statt sich ständig Yvette irgendwo in dieser Stadt vorzustellen, noch am Leben oder tot. Am Leben. Sie war davon überzeugt, dass sie noch lebte. Daniel Blackstocks Gesichtsausdruck fiel ihr wieder ein. Wenn Yvette noch lebte, war es interessanter für ihn. Es gab ihm mehr Macht. Aber was brachte es, über all das nachzugrübeln? Das war unproduktiv. Am besten, sie ließ die Polizei einfach ihre Arbeit machen. Sie warf einen Blick auf die Uhr, dachte dann jedoch: Was spielt es für eine Rolle, wie spät es ist?

Sie musste sich irgendwie beschäftigen. Arbeiten kam nicht infrage, dazu fühlte sie sich einfach nicht imstande. Eine Möglichkeit wäre gewesen, das Haus auf Vordermann zu bringen, hätte sie das nicht schon in den letzten paar Monaten ausgiebig getan: Auf fast zwanghafte Weise hatte sie versucht, alles zu eliminieren, was Dean Reeve berührt haben könnte, hatte ausgiebig geputzt, geschrubbt und gescheuert. Ihr Blick wanderte hinüber zum Couchtisch. Das durchs Fenster hereinfallende Sonnenlicht zeichnete einen leuchtenden Fleck auf die braun gemaserte Oberfläche. Frieda ging in die Küche, füllte ein Glas halb mit Wasser und kehrte damit ins Wohnzimmer zurück, wo sie das Gefäß ins Licht stellte und dann so lange hin und her schob, bis sein Schatten im genau richtigen Winkel auf die Tischplatte fiel. Anschließend durchstöberte sie eine Schublade, bis sie auf zwei Bleistifte, einen harten und einen weichen, sowie einen Zeichenblock stieß. Sie ließ sich am Tisch nieder, legte den Block und die Stifte vor sich hin und starrte auf das Glas. Dabei versuchte sie, aus ihrem Kopf alles zu verbannen außer Licht und Schatten. Nach einer Minute griff sie nach dem harten Bleistift und zog die erste Linie. Wie immer musste sie das Gefühl von Enttäuschung unterdrücken, das sie jedes Mal empfand, wenn sie zu zeichnen begann. Vorher, während jener Phase des Überlegens, hätte die Zeichnung alles Mögliche werden können, doch nun waren ihr durch die Unzulänglichkeit ihrer Finger bereits Grenzen gesetzt. Ihr Scheitern war also schon vorgezeichnet.

Sie wechselte zum weicheren Stift und versuchte etwas von dem sanften grauen Schatten einzufangen, der durch das Zusammenspiel von Wasser und Licht entstand. Fast hatte sie es geschafft, völlig in ihrem Versuch aufzugehen, die wirbelnden, sich brechenden Schatten im Wasser selbst einzufangen, als sie von der Türklingel aus ihrer Konzentration gerissen wurde. Sie rannte fast zur Tür.

Es war Josef.

»Ach, du bist es«, sagte sie.

»Du freust dich nicht, mich zu sehen?«

»Ich warte auf Neuigkeiten«, erklärte sie.

Josef trat ein. Im Wohnzimmer blieb sein Blick an dem Tisch mit dem Glas und dem Zeichenblock hängen.

»Ich dachte, du bist vielleicht auf der Suche«, bemerkte er.

»Auf der Suche?«

»Du weißt schon. Nach ihr. Yvette.«

»Wie kann ich sie suchen? Wo denn? Das Ganze ist kein Versteckspiel.«

»Wir beide gemeinsam. Du hast den Instinkt.«

»Nein, den habe ich nicht. Ich bin doch keine Hexe, Josef. Außerdem macht die Polizei schon ihre Arbeit. Wahrscheinlich klingelt in fünf Minuten das Telefon, weil sie Yvette gefunden haben. Dann können wir alle wieder unser normales Leben aufnehmen.«

»Soll ich gehen?«

»Nein, du kannst gerne bleiben. Hier richtest du wahrscheinlich weniger Schaden an als anderswo.«

Josef runzelte die Stirn.

»Schaden?«

»Entschuldige. Ich bin schlecht drauf. Es ist nicht deine Schuld.«

»Ich bin der Sandsack«, folgerte Josef.

»Sozusagen.«

»Der Pfosten, an dem die Katze kratzt.«

»Jetzt reicht es aber.«

»Ich hol uns was zu trinken.«

»Tee«, sagte Frieda.

Josef ging in die Küche, wo Frieda kurz darauf Schranktüren klappern und Wasser rauschen hörte. Als er schließlich mit zwei großen Tassen Tee zurückkam, hatte sie sich nicht von der Stelle gerührt.

»Mach weiter«, forderte er sie auf.

»Womit?«

»Mit dem Zeichnen«, antwortete er.

Frieda griff nach ihrer Tasse und nahm einen Schluck von dem kochend heißen Tee. Obwohl sie sich dabei fast den Mund verbrannte, fühlte sie sich gleich eine Spur besser, ein wenig wacher. Sie griff nach dem Stift und versuchte weiterzuzeichnen, doch der Bann war gebrochen.

»Arbeitest du heute nicht in Reubens Garten?«, wandte sie sich wieder an Josef.

»Morgen.«

Frieda mühte sich weiter mit ihrer Zeichnung ab. Mit dem harten Bleistift versuchte sie durch eine zarte Kreuzschraffur einen Schattenfleck einzufangen, war mit dem Ergebnis jedoch nicht zufrieden. Vielleicht würde es von weiter weg besser wirken. Sie blickte hoch. Josef betrachtete gerade prüfend eine Stelle an ihrer Wand und rieb mit den Fingern darüber.

»Gibt es ein Problem?«, fragte sie.

»Die Wand ist alt«, erklärte er. »Der Verputz. Erst kommen Wellen, dann Risse. Das gehört weg und neu gemacht, dann ist es wieder schön.«

»Sind da schon Risse?«

»Bald. In ein paar Jahren geht es los.«

»Gut. Dann kann ich ja noch ein paar Jahre damit leben. Und wenn es mit den Rissen losgeht, dann noch mal ein paar Jahre.«

»Die Stromleitungen«, fuhr Josef fort. »Wann werden die erneuert?«

»Josef, bitte, ich ...«

Sie wurde von der Türklingel unterbrochen. Als sie die Tür öffnete und Karlssons Gesichtsausdruck sah, wusste sie sofort, dass er keine guten Nachrichten brachte.

»Wir haben sie nicht gefunden«, berichtete er.

»Was machst du dann hier?«

»Danke, Frieda. Ich freue mich auch, dich zu sehen. Nachher muss ich zu einem Termin mit Petra und der stellvertretenden Polizeipräsidentin, aber ich habe noch zwanzig Minuten, also genug Zeit, um dich über unsere Fortschritte zu informieren, besser gesagt das Fehlen von Fortschritten, und mir schnell irgendwo ein Sandwich zu besorgen.«

»Du kannst doch hier etwas essen«, meinte Frieda.

Doch als er daraufhin den Inhalt des Kühlschranks inspizierte, fiel ihm die Kinnlade herunter.

»Ich kann rasch in den Laden um die Ecke gehen und etwas holen«, bot Frieda an.

»Nur keine Umstände. Ich finde schon etwas. Großen Hunger habe ich sowieso nicht.«

Karlsson machte sich ein Sandwich, belegt mit Käse und einer Tomate. Es sah nicht allzu appetitanregend aus, aber er verspeiste es mit ein paar schnellen Bissen, wobei aus seiner Miene fast so etwas wie Todesverachtung sprach, als er den letzten Happen mit einem Schluck Wasser aus dem Glas, das vor ihm auf dem Tisch stand, hinunterspülte. Erst dann bemerkte er Friedas Zeichnung.

»Oh, tut mir leid. Das war dein Stillleben.«

»Kein Problem. Erzähl mir von deinem Vormittag.«

»Es gibt da so eine verlassene Lagerhalle. Angeblich soll dort bald gebaut oder saniert werden, doch davon konnte ich noch nichts feststellen. Wir haben das Gebäude durchsucht, aber nichts gefunden.«

»Keine Hinweise darauf, dass jemand dort war?«

»Wie sollte deiner Meinung nach so ein Hinweis aussehen? Die Halle steht schon seit Jahren leer, und auf die eine oder andere Weise verschaffen sich da immer wieder Leute Zutritt. Eventuelle Spuren könnten von Kindern stammen, die da spielen, oder von Obdachlosen, die sich dort einen Schlafplatz suchen, aber auch von Dieben auf der Suche nach ein bisschen Altmetall. Im Grunde liegt da überall Müll herum, aber nichts, das uns relevant erschien.«

»Ihr könnt also definitiv ausschließen, dass Yvette dort gefangen gehalten wird?«

»Du klingst schon wie eine Anwältin.«

»Das ist eine wichtige Frage.«

Karlsson überlegte einen Moment.

»Nein, wir können es nicht definitiv ausschließen. Der Gebäudekomplex ist riesig, es handelt sich eher um eine kleine Stadt als um ein Einzelgebäude, und wir sind nicht genug Leute. Es gibt dort Hunderte von kleinen Räumen. Ich bin mir sicher, dass wir etliche Nischen und Winkel übersehen haben oder auch Kellerräume sowie Spalten zwischen den Wänden. Wir werden weiter nach ihr suchen, aber ich glaube nicht, dass sie dort ist. Ein Teenagerpärchen hätte vermutlich keine Probleme, sich Zutritt zu verschaffen. Blackstock allein käme auch problemlos rein. Ich kann mir bloß nicht vorstellen, dass er es mit Yvette versucht hat. Das wäre zu schwierig gewesen, egal, ob er sie betäubt hätte oder nicht.«

Allein schon die Erwähnung von Yvettes Namen ließ Frieda zusammenzucken.

»Wie sieht deine weitere Planung aus?«

»Jetzt steht erst mal diese Besprechung auf dem Programm, und anschließend schaue ich wieder meiner Mannschaft auf die Finger. Wir werden auch in den anderen Lagerhallen suchen, in den alten Fabriken – überall, wo es einsam ist. Danach sehen wir weiter. Vermutlich hängen wir noch einen Tag dran, aber wenn wir bis dahin nicht fündig werden, sind wir gezwungen, zu einer anderen Strategie überzugehen.«

»Was heißt das konkret?«

»Dass wir dann mit der Geheimhaltung aufhören und bekannt geben, dass eine Polizistin entführt wurde. Wir werden uns an die Medien wenden und ihr Foto überall publik machen.«

»Ihr wisst, was ihr damit für ein Risiko eingeht?«, fragte Frieda.

»Ist es wirklich größer als das jetzige? Ein weiterer Tag der Gefangenschaft in irgendeinem Loch, unter Bedingungen, die wir uns wahrscheinlich gar nicht vorstellen können. Wenn wir ihr Foto veröffentlichen, stellt sich vielleicht heraus, dass jemand etwas gesehen oder gehört hat oder einen Verdacht hegt. Nur weil es sich dabei um die traditionelle Strategie handelt, ist sie nicht automatisch falsch.«

Nachdem Karlsson gegangen war, sahen Frieda und Josef sich an.

»Was?«, fragte Frieda.

»Ich warte darauf, dass du etwas tust oder sagst.«

»Also gut, Josef, was haben wir?«

»Das ist meine Frage an dich.«

»Das Foto«, antwortete Frieda.

»Was?«

Frieda holte ihr Handy heraus und legte es auf den Tisch. Nachdem sie sich niedergelassen und einen zweiten Stuhl für Josef an ihre Seite gezogen hatte, klickte sie sich durch ihre Fotos bis zu dem von Chloë, das sie während ihrer Gefangenschaft zeigte, ausgestreckt auf einer Matratze, mit Drogen vollgepumpt, die Beine leicht gespreizt.

»Das da«, sagte sie.

»Was ist das?« Josef war vor Schreck und Entsetzen ganz blass geworden.

Frieda erklärte ihm, wie sie an das Foto gekommen war und wie sie sich eine Kopie davon gemacht hatte, bevor sie es an Petra Burge weiterleitete. Josef ließ mit einem Stöhnen den Kopf in die Hände sinken.

»Das ist ja schrecklich! Ganz schrecklich! Unsere Chloë!«

»Denk nicht daran«, sagte Frieda. »Entscheidend ist für uns jetzt, ob auf diesem Foto irgendetwas zu finden ist, das uns helfen kann.«

»Wie meinst du, helfen?«

Frieda starrte so angestrengt auf das Foto, dass es fast wehtat.

»Ich hatte die Hoffnung, wir könnten vielleicht sehen, aus welcher Richtung das Licht kommt und daraus irgendwie auf den Ort schließen.«

Frieda wandte sich Josef zu, der seinerseits stirnrunzelnd die Aufnahme betrachtete.

»Das glaube ich nicht«, sagte er schließlich.

»Wie dumm von dir«, murmelte Frieda.

»Was?«

»Ich meine nicht dich. Ich rede mit mir selbst. Die Richtung, aus der das Licht kommt, würde uns auch keinen relevanten Hinweis liefern, außerdem gibt es auf dem Bild gar keine eindeutige Lichtquelle. Alles sieht bloß grau und kahl aus. Da ist eine Matratze und ein verschwommener grauer Hintergrund.« Frieda vergrößerte das Bild, und dann vergrößerte sie es gleich noch einmal, so weit es ging, bis es schließlich immer körniger wurde.

»Ich hatte gehofft, wir könnten so eine Art Firmennamen an der Matratze entdecken«, erklärte sie Josef. »Und dann würde sich herausstellen, dass es sich um ein sehr seltenes Modell handelt.«

»Kein Name«, befand Josef.

Frieda schob das Bild mit dem Zeigefinger hin und her. »Also, was sehen wir? Eine Matratze wie viele andere und dahinter einen unscharfen Hintergrund, bei dem es sich wahrscheinlich um ein bisschen Boden und Wand handelt. Was wir gerne hätten, wäre ein Fenster mit einem Ausblick auf ein berühmtes Wahrzeichen. Tatsächlich aber haben wir einen verschwommenen grauen Hintergrund mit ein paar kleinen, ebenfalls verschwommenen weißen Flecken, die wie grobe Farbkleckse aussehen.«

»Das ist Gipskarton«, klärte Josef sie auf.

»Was genau versteht man darunter?«

»Eine Auskleidung für den Raum.« Er stand auf, klopfte mit den Fingerknöcheln an die Wand und schüttelte dann den Kopf. »Nein, hier sind Ziegel.« Er hob einen Arm und klopfte gegen die Decke. Dort klang es hohl. »Das ist Gipskarton. Deckt alles ab und hält das Feuer draußen. Flache Platten, einfach zu verarbeiten. Darüber kommt Farbe oder Tapete.«

»Ich hoffe, du wirst mir jetzt gleich eröffnen, dass du ein Experte für dieses Zeug bist, sodass du mir genau sagen kannst, was für eine Sorte das hier auf dem Foto ist.«

Josef schüttelte wieder den Kopf. »Nein. Gipskarton ist Gipskarton. Da gibt es nicht viele Sorten.«

»Könnte man dieses Material in solch einem Gebäude finden, wie Karlsson es heute durchsucht hat?«

»Schon möglich.«

»Josef, da brauche ich deine Hilfe. Vorher hat uns diese Aufnahme nichts verraten, was nicht von Daniel Blackstock beabsichtigt war. Jetzt haben wir etwas entdeckt. Das ist der Punkt, wo wir ansetzen müssen.«

Josef machte eine hilflose Geste. »Frieda, ich möchte wirklich helfen. Ich möchte Yvette finden. Aber auf allen meinen Baustellen ist in sämtlichen Räumen dieser Gipskarton – an den Wänden, an der Decke, am Boden.«

Josef und Frieda starrten sich eine ganze Weile wortlos an. »Wir können das besser«, brach Frieda schließlich das Schweigen. »Wenn dieses riesige Gebäude erst einmal in Büros oder Luxuswohnungen umgewandelt wurde und die Einheiten zum Verkauf angeboten werden, dann ist von diesen Platten nichts mehr zu sehen, oder?«

»Dann sind sie überdeckt.«

»Genau. Karlsson hat gesagt, das durchsuchte Gebäude sei mit den Hinterlassenschaften spielender Kinder übersät gewesen. Was wäre bei einem solchen Bauprojekt denn alles zu tun, ehe man die Platten anbringen kann?«

»Eine Menge«, antwortete Josef. »Erst gibt es ganz viel auszuräumen. Dann geht es um die Raumeinteilung, die Wasserleitungen, die Elektrik. Die Platten sind erst gegen Ende an der Reihe.«

»Gut«, antwortete Frieda. »Das ist sehr gut. Das heißt, man wird in einem leer stehenden alten Schuppen oder Keller keine neuen Gipskartonplatten finden, und genauso wenig in einer alten Garage oder einem leer stehenden Lagerhaus. Die Platten werden erst in einem ziemlich späten Stadium angebracht, kurz bevor man die Räume einrichtet, oder?«

Josef zuckte mit den Achseln. »Ja, so ungefähr.«

»Ich glaube, sie suchen am falschen Ort«, stellte Frieda fest.

»Was willst du jetzt machen?«

»Auf nach Silvertown!«

56

Als Erstes rief sie Petra an.

»Es gibt nichts Neues«, sagte diese. »Ich lasse es Sie wissen, wenn ich etwas höre.«

»Ich glaube, Karlssons Leute suchen am falschen Ort.«

»Wo sollten sie denn stattdessen suchen? Sagen Sie es mir!«

Ihr Ton klang nicht feindselig. Frieda merkte an Petras Stimme, dass sie sich in einem Zustand gesteigerter Wachsamkeit befand. Sie sah die Kriminalbeamtin richtig vor sich: ihre Anspannung, die schmalen Schultern, das hagere Gesicht, die hellen Augen.

»Ich weiß es doch auch nicht«, entgegnete Frieda. »Aber da ist etwas …« Sie ließ den Satz unvollendet. Sie hatte nichts vorzuweisen, abgesehen von Josefs Kenntnissen in Sachen Gipskarton.

»Wenn Sie mir irgendetwas zu bieten haben, und sei es nur das kleinste Detail, dann her damit!«

»Wird er noch observiert?«

»Ja.«

»Sind Sie sicher, dass er nicht entwischen kann?«

»Ich habe gerade mit den betreffenden Beamten gesprochen.«

»Blackstock wird also seit fast drei Tagen ununterbrochen beschattet, und vorher war er in U-Haft.«

»Ja.«

»Demnach war Yvette, falls sie überhaupt noch am Leben ist, die ganze Zeit allein und wahrscheinlich ohne Wasser.«

»Ja, wahrscheinlich.«

Während sie auf Josefs Lieferwagen zusteuerten, telefonierte Frieda ein weiteres Mal.

»Chloë?«

»Ja. Ist etwas passiert?«

»Wo bist du?«

»In der Arbeit. Was ist los? Hat …«

»Ich möchte, dass du nach Silvertown fährst.«

»Silvertown? Beim Stadtflughafen?«

»Jetzt auf der Stelle. Ich erkläre es dir, wenn du da bist.«

»In Ordnung.« Sie klang argwöhnisch, fast ein wenig ängstlich. »Aber es könnte eine Weile dauern. Ich werde mit der U-Bahn bis Tottenham fahren und dann weiter mit der Überlandbahn. Gib mir mindestens eine Stunde, vielleicht auch länger.«

»Nimm dir ein Taxi.«

»Was ist los, Frieda?«

»Ruf mich an, wenn du fast da bist.«

»Sie observieren uns beide«, erklärte Daniel Blackstock. »Das ist dir doch klar, oder?«

Lee starrte ihn an.

»Ich habe dich gefragt, ob dir das klar ist.«

»Ja.« Es klang mehr wie ein Schluchzen. »Aber ich weiß nicht, was los ist. Das ist alles so schrecklich. Was ist los?«

Daniel sah seine Frau an. Ihre Haut wirkte klamm, und sie hatte Tränensäcke unter den Augen. Ihr Haar war fettig. Er sah, dass sie ein Ekzem an den Handgelenken und in den Armbeugen hatte. Während er sie weiter prüfend betrachtete, spürte er, wie sein Herz Sprünge machte und das Blut durch seinen Körper rauschte. Seine Haut begann zu jucken, als würden Tausende von Insekten darauf herumkrabbeln. Trotzdem zwang er sich zur Ruhe. Er griff nach ihrer Hand, die sich groß und weich anfühlte und völlig reglos in der seinen lag.

»Lee.« Er bemühte sich um einen zärtlichen Tonfall, obwohl ihn ihre träge, schwerfällige Art in Wirklichkeit dazu reizte, ihr eine reinzuhauen. Am liebsten hätte er sie geschüttelt und von sich weggestoßen. »Lee, mein Liebling.«

»Ja?«

»Weißt du noch, wie ich gesagt habe, du und ich gegen den Rest der Welt?«

Sie nickte.

»So ist es schon immer gewesen, nicht wahr? Du bist meine Partnerin. Wir beschützen uns gegenseitig, stimmt's?«

Sie ließ sich lange Zeit, doch dann nickte sie wieder. Er legte ihr eine Hand unters Kinn.

»Ich kann dir doch vertrauen, oder?«

»Ja«, flüsterte sie. Eine dicke Träne tropfte von ihrer Wange auf seine Hand.

»Außerdem hast du bereits eine Grenze überschritten, das ist dir ja klar.« Er schwieg einen Moment. Dann fügte er in lauterem Ton hinzu: »Das ist dir doch klar, oder?«

Ein weiteres Nicken.

»Ich stehe vor dem Bahnhof«, sagte Chloë.

»Wir sind fast da.«

»Ich habe nicht genug Geld für das Taxi, und der Fahrer wird langsam sauer.«

»Ich bezahle ihn, sobald wir ankommen. Ich kann dich schon sehen.«

Chloë stand neben dem Taxi. Sie trug weite Leinenshorts und ein ärmelloses Oberteil. Josef ließ Frieda am Straßenrand aussteigen. Sie bezahlte den Taxifahrer, der misstrauisch das Geld zählte, bevor er davonfuhr.

»Hier wohnt er, oder?«, fragte Chloë, während sie und Frieda warteten, bis Josef einen Parkplatz für seinen Lieferwagen gefunden hatte.

»In der Nähe.«

»Und du glaubst, dass ich hier in der Gegend gefangen gehalten wurde?«

»Ja.«

»Warum musste ich so dringend herkommen?«

»Wir brauchen deine Hilfe bei der Suche nach Yvette.«

»Wie kann ich da helfen?« Chloës Stimme klang fast wie ein Schrei. »Was soll ich denn deiner Meinung nach tun? Ich weiß, was du willst: Du willst, dass ich mich in den Raum zurückversetze und dadurch an etwas erinnere. Glaubst du, das habe ich nicht schon versucht? Ich versuche es jeden Tag!«

»Vielleicht versucht ein Teil von dir, sich zu erinnern, während ein anderer Teil das Ganze lieber verdrängen möchte.«

»In meinem Kopf herrscht einfach nur Nebel, Frieda.« Chloë raufte sich das kurz geschorene Haar. »Ich kann mich nicht wie von Zauberhand in die Situation zurückversetzen.«

»Ich dachte, es würde dir vielleicht helfen, hier zu sein, an dem Ort, wo es passiert ist.«

»Du meinst, dass ich vielleicht etwas *spüre*? Es *fühle*?« Chloë zog die Nase kraus.

»Ja.«

»Das ist doch Wahnsinn!« Mit einem Ausdruck von Hilflosigkeit betrachtete Chloë ihre Umgebung: die Leute, die Gebäude, die Autos, Lastwagen und Motorräder, die in der staubigen Hitze des Tages vorbeifuhren. Drei schmuddelig aussehende Tauben landeten vor ihren Füßen und begannen etwas vom Gehsteig aufzupicken. »Was erwartet ihr denn von mir?«

Josef kam auf sie zu. »Wohin?«, fragte er.

Frieda sah die beiden einen Moment an und deutete dann auf ein paar große Gebäude. »Die Polizei sucht gerade da drüben«, erklärte sie, »und danach nehmen sie sich wahrscheinlich die alte Fabrik vor. Aber meiner Meinung nach wird Yvette eher in einem neueren Gebäude festgehalten, vielleicht in einem von den Sanierungsprojekten, das aber noch nicht ganz fertig ist.« Sie hörte, wie vage ihre Worte klangen. Sie hatten so wenig Anhaltspunkte.

»Vielleicht«, wiederholte Josef.

»Es muss ein Gebäude sein, das noch leer steht und wo im Moment niemand arbeitet. Vielleicht handelt es sich auch um ein Bauprojekt, das wieder eingestellt wurde. Solche gibt es hier in der Gegend ja weiß Gott genug.«

Während sie ihren Stadtplan aufschlug und mit dem Finger auf eine Straßenkreuzung zeigte, donnerte über ihnen ein Flugzeug hinweg. Es setzte gerade zur Landung an und flog schon so tief, dass sie fast seine Hitze spüren konnten.

»Wir sind hier.« Frieda zeichnete mit dem Finger einen Kreis. »Und diesen Bereich werden wir absuchen. Einverstanden?«

»Warum?«, fragte Chloë.

»Wie meinst du das?«

»Warum ausgerechnet diesen Kreis? Warum nicht da?« Aufgebracht deutete sie auf irgendeine Stelle. »Oder da? Oder warum keinen größeren Kreis?«

»Weil Daniel Blackstock hier wohnt.« Frieda legte einen Finger auf seine Straße. »Ich nehme sein Haus als Kreismittelpunkt. Und der Kreis hat diese Größe, weil es in etwa die Größenordnung ist, die wir heute tatsächlich schaffen könnten.«

»Und das ist alles? Mehr hast du nicht vorzuweisen?«

Lee Blackstock verließ das Haus. Das Teppichmesser steckte in ihrer Umhängetasche. Es handelte sich um das Messer, mit dem sie ihrem Mann mehrere Male in die Hand gestochen hatte. Sie musste daran denken, wie das Blut herausgequollen war, doch mittlerweile empfand sie dabei kein Gefühl von Erregung mehr. Ihr war trotz der Hitze kalt und gleichzeitig leicht schwindlig. Das grelle Sonnenlicht tat ihr in den Augen weh.

Sie ging langsam die Straße entlang, ohne sich umzublicken.

Von Daniel wusste sie, dass jemand sie beschattete, aber ihm zufolge war es nur eine Person, und es würde ein Kinderspiel sein, sie abzuschütteln. Er hatte ihr erklärt, wie sie das anstellen solle, und sie dabei auf diese ungeduldige Art angesehen, die ihr jedes Mal eine Gänsehaut verursachte.

Zuerst musste sie in zwei, drei Geschäfte. Im ersten kaufte sie eine Dose Thunfisch. Sie wollte zum Abendessen eine Thunfischpfanne machen, auch wenn es ihr im Moment unvorstellbar erschien, dass sie sich jemals wieder gemütlich hinsetzen und miteinander essen würden. Als Nächstes ging sie in den Zeitungsladen, sah sich ein paar Zeitschriften an, legte sie zurück ins Regal und verließ den Laden wieder. Dann steuerte sie – immer noch in recht langsamem Tempo – auf den Park am Themse-Sperrwerk zu. Sie musste sich derart zusammenreißen, sich nicht umzublicken, dass sie vor lauter Verspannung schon Nackenschmerzen bekam. Riesige Kranausleger hingen reglos über ihr in der Luft. Der träge dahinströmende Fluss wirkte auf sie seltsam bedrohlich, wie aus einem Albtraum. Das Gras im Park war verdorrt, die Blätter hingen dunkel und schlaff an den Bäumen.

Daniel hatte gesagt, sie brauche am Eingang bloß um die Ecke zu biegen, wo in der privaten Hecke, die an den Park anschloss, eine Lücke klaffe. Und da war sie auch schon. Rasch schlüpfte sie hindurch, stolperte in ihrer Eile fast, befand sich aber bereits im benachbarten Garten, zwischen ein paar Sträuchern. Es gab dort reihenweise Lavendelbüsche und andere Kräuter. Als ihr der trockene Duft in die Nase stieg, befürchtete sie einen Moment, einen Hustenanfall zu bekommen. Jenseits der Hecke hörte sie jemanden, sodass sie kaum zu atmen wagte. Sie begann auf dem verborgenen Pfad in die Richtung zurückzugehen, aus der sie gekommen war. Dabei wurde sie immer schneller, bis sie fast in Laufschritt verfiel. Ihre Tasche schlug unangenehm gegen ihre Hüfte. Innerhalb weniger Minuten stand sie wieder an der Hauptstraße, zwischen all den anderen Menschen. Sie betrat den ersten Laden, der ihr unterkam. Es war ein Baumarkt. Sie ging an den Regalen mit den Farben vorbei. Ihr Atem kam so keuchend, dass ihre Brust schmerzte.

Bei der Werkzeugabteilung angelangt, blieb sie stehen und holte den Stadtplan heraus, den Daniel ihr gegeben hatte. Sie überprüfte noch einmal die Strecke bis zu dem von Daniel mit einem Kreuz markierten Punkt. Nachdem sie ihn sich genau eingeprägt hatte, schob sie den Plan zurück in ihre Tasche, wischte sich die schwitzenden Handflächen an ihrem Rock ab und trat wieder hinaus auf die belebte Straße.

57

Jetzt sage ich euch mal was!«, schimpfte Chloë, die sich in ihren Zorn hineinsteigerte, um damit ihren Kummer zu verdrängen. »Ich fühle hier nichts, und ich spüre auch nichts. Ich bezweifle sogar, dass ich jemals hier war, aber das muss natürlich nichts bedeuten. Ich habe keine Ahnung, was ihr von mir erwartet.«

Sie standen an einer schmalen, ringförmig verlaufenden Wohnstraße mit einem kleinen Rasenfleck und einem einzelnen Baum in der Mitte. Sämtliche Häuser waren brandneu, manche bereits mit Vorhängen an den Fenstern und Autos auf den Parkplätzen, auch wenn sich dort, wo später Gärten sein würden, vorerst noch lehmige, von Furchen durchzogene Erde befand. Dagegen waren andere Teile der Siedlung eindeutig noch nicht bezogen.

»Hier sind wir nicht richtig«, verkündete Josef. »Schau!« Er deutete auf ein Haus ein paar Türen weiter, auf dessen Dach gerade zwei Männer mit Helm zugange waren. »Hier sind zu viele Leute. Da ist es nicht möglich.«

»Du hast recht.« Frieda zog erneut ihren Stadtplan heraus. »Wir sind von hier gekommen.« Sie zeichnete mit dem Finger ihren Weg nach. »Und jetzt gehen wir in diese Richtung. Einverstanden?«

»Was soll das bringen?«, motzte Chloë. »Ich trotte doch nur blöd hinter euch her. Ich weiß wirklich nicht, was ihr von mir erwartet.«

Nachdenklich musterte Frieda ihre Nichte. Dann zückte sie ihr Telefon.

»Sieh dir das Foto noch einmal an.«

»Das brauche ich nicht. Ich sehe es vor mir, sooft ich die Augen schließe.«

»Bitte.«

Josef schlenderte ein paar Schritte davon und tat so, als würde er die Neigung der Dächer studieren, stellte sich dabei aber absichtlich so hin, dass er Chloë den Rücken zukehrte.

Chloë zog eine Grimasse.

»Meinetwegen!«

Frieda reichte ihr das Telefon und verfolgte, wie Chloë ein weiteres Mal die Aufnahme von sich selbst betrachtete, die sie mit gespreizten Gliedern auf der fleckigen Matratze zeigte. Nachdem sie eine ganze Weile mit mehr oder weniger ausdrucksloser Miene auf das Foto hinuntergestarrt hatte, gab sie es Frieda zurück.

»Es ist, als würde ich mir eine Fremde ansehen«, sagte sie. »Dabei kann ich die Matratze unter mir fast spüren. Ich erinnere mich auch irgendwie daran, dass ich versucht habe, die Augen zu öffnen, was aber nicht ging, weil meine Lider so schwer waren. Und an einen Geruch.«

»Ja?«

»Ich weiß nicht. Das ist alles.«

»Gut. Du hast es zumindest versucht.«

Während sie weitergingen, klingelte Friedas Handy. Sie fischte es aus ihrer Tasche und sah, dass es Petra war.

»Ja?«

»Ich dachte mir, Sie sollten Bescheid wissen. Wir haben Lee Blackstock aus den Augen verloren.«

»Wie konnte denn das passieren?«

»Ich bin genauso wütend wie Sie.«

Frieda schwieg einen Moment. Sie wusste nicht, was sie sagen sollte.

»Was ist mit Daniel?«, fragte sie schließlich. »Habt ihr den auch verloren?«

»Er geht viel spazieren. Große Runden.«

»Er weiß, dass er beschattet wird.«

»Ja, vielleicht.«

»Er weiß es.«

Der Zeitpunkt war gekommen, und er hatte sich einen Plan zurechtgelegt. Doch gerade, als er sich bereit machte, klingelte sein Handy. Er sah den Namen auf dem Display: Suzie Harriman, die Journalistin von der Presseagentur, die immer die Storys bekam, die eigentlich er hätte kriegen sollen. Er spürte, wie er sich verspannte, und wollte sie fast schon wegdrücken, überlegte es sich jedoch anders.

»Suzie«, begüßte er sie.

»Daniel.« Sie klang atemlos. Ich bin so froh, dass ich dich erreicht habe. Ich schreibe gerade einen Artikel über häusliche Gewalt, und mit deiner ganzen Erfahrung bist du natürlich genau der Richtige, um mir zu helfen ...«

»Nein.«

»Was?«

»Ich helfe dir nie wieder.« Er empfand ein Gefühl von Freiheit und Euphorie. »Weil du nämlich eine oberflächliche und ignorante Fotze bist. Glaubst du, es beeindruckt mich, wenn du bei uns in der Redaktion deine Titten blitzen lässt? Ich würde dich nicht mal vögeln, wenn ich Geld dafür bekäme!«

Er hielt inne und wartete auf eine Reaktion, doch es kam keine. Seine Gesprächspartnerin hatte bereits aufgelegt.

Einen Moment loderte Wut in ihm hoch, und die Welt schien zu schwanken. Er holte ein paarmal tief Luft. Das hatte sich nicht so gut angefühlt wie erwartet. Doch er durfte sich von so etwas nicht aus dem Konzept bringen lassen: Er hatte eine Aufgabe.

In gleichmäßigem Tempo marschierte er weiter. Sie waren wieder hinter ihm, das wusste er, aber ein ganzes Stück entfernt und wahrscheinlich ziemlich gelangweilt wegen der vielen ergebnislosen Wanderungen, die er ihnen in den vergangenen Tagen beschert hatte. Rechts von ihm verlief eine Bahnlinie der Docklands Light Railway. Er sah einen kleinen roten Zug in seine Richtung rattern. Zwischen ihm und der Bahn erstreckten sich größere Bereiche von Ödland: Asphaltreste waren von Dornbüschen, Nesseln und mannshohem Unkraut aufgesprengt und überwuchert worden, zwischen verfallenden Gebäuden türmte sich Müll, verbeulte Schrottkarren rosteten vor sich hin, und neben einem Berg alter Reifen lagen die Überreste eines auf die Seite gekippten Londoner Busses. Der Anblick war ihm vertraut, denn er war hier schon viele Male spazieren gegangen.

Er bog um die Ecke. Das war seine Chance. Er fischte sein Handy aus seiner Segeltuchtasche und warf es in den Graben. Dann holte er tief Luft, hatte dabei das Gefühl, als ginge ein Riss durch seinen Brustkorb, und kletterte über den Zaun in den vernachlässigten Bereich. Bei der Landung spürte er einen stechenden Schmerz, ein Knie gab nach, und ein Wimmern entrang sich seiner Kehle. Trotzdem rannte er in stark gebückter Haltung zu dem Schuppen hinüber, wo Dutzende von Kühlschränken mit abgerissenen Türen gestapelt waren und daneben etliche kaputte Waschmaschinen. Er hatte sich diesen Fluchtweg oft vorgestellt, wenn er nachts mit offenen Augen neben Lee im Bett lag oder stundenlang durch die Straßen wanderte, gefolgt von den Beamten, die ihn observierten. Daher war ihm nun jeder Teil der Strecke geläufig, ohne dass er darüber nachdenken musste. Im Laufschritt ging es durch den lang gezogenen Schuppen – dabei trat sein Fuß einmal auf etwas Weiches, von dem er gar nicht wissen wollte, was es war – und dann auf der anderen Seite, wo die Wände nachgegeben hatten, wieder hinaus. Nun war er von der Straße aus nicht mehr zu sehen. Er eilte weiter, vorbei an dem großen Berg aus halb zerdrückten Pkws und Lieferwagen. Obwohl sein Blick über die zerrissenen Sitze, die eingeschlagenen Fenster und die Pflanzen schweifte, die aus den Innereien der Fahrzeuge herauswuchsen, nahm er nichts davon richtig wahr. Als Nächstes musste er den steilen Hang hinunter und an der Baumreihe entlang. Als er im Laufen einen Blick über die Schulter warf, rechnete er halb damit, sie knapp hinter sich zu entdecken, doch da war niemand. Er rannte auf die Reihe der leer stehenden Fabriken zu. In ihrem Schatten war ihm plötzlich kalt, obwohl ihm gleichzeitig der Schweiß übers Gesicht lief.

Neben einem Kohlenhaufen blieb er einen Moment stehen, um wieder zu Atem zu kommen. Erneut warf er einen Blick hinter sich, sah jedoch niemanden. Vor ihm lag die Haltestelle Pontoon Dock. Er nahm eine Baseballkappe und ein ärmelloses blaues Shirt aus seiner Segeltuchtasche. Nachdem er die Kappe aufgesetzt und das Shirt angezogen hatte, fischte er auch noch das Prepaidhandy aus der Tasche und schob es ein. Er hatte an alles gedacht, sogar an eine neue Oyster Card, bar bezahlt. Wobei das alles natürlich schon bald keine Rolle mehr spielen würde.

Jetzt musste er nur noch die Böschung hinauf und sich durch das dichte Gestrüpp kämpfen, dann hatte er den Bahnhof erreicht. Er richtete sich auf und versenkte die Hände in den Hosentaschen, versuchte sogar zu pfeifen, doch seine Lippen waren so trocken, dass er keinen Ton herausbrachte. Der Zug kam, und sobald er eingestiegen war, presste er erleichtert das Gesicht gegen die kühle Fensterscheibe.

Lees Schritte hatten sich immer mehr verlangsamt. An der Ferse des einen Fußes befand sich eine schmerzende Wasserblase, und unter den Brüsten und hinten am Rücken sammelte sich der Schweiß. Schließlich blieb sie stehen, denn sie war angekommen. Es war der richtige Ort und auch die richtige Zeit. Bald würde alles vorbei sein. Sie hatte mal versucht, eine Ratte zu töten, die an Myxomatose litt und sich vor ihrem Haus die Straße entlangschleppte. Mit einem Ziegelstein bewaffnet war sie über dem Tier gestanden, doch als es dann seine blutenden, blinden Augen auf sie richtete, hatte sie es nicht übers Herz gebracht.

Nun ließ sie sich auf einer niedrigen Mauer nieder, schlang die Arme um den Körper und schloss die Augen. So blieb sie einige Minuten sitzen und wiegte sich leicht hin und her. Dann schlug sie die Augen wieder auf und griff in die Tasche, um das Teppichmesser zu berühren, und auch das längere, das den Schaden anrichten sollte. Es würde tatsächlich passieren.

Frieda und Josef waren schon einmal gemeinsam durch ein Labyrinth aus ineinandermündenden Straßen gewandert, auf der Suche nach einem vermissten Jungen. Beide schwiegen und hielten aufmerksam Ausschau nach irgendeinem Hinweis. Chloë, die in ihren Stiefeln heiße Füße hatte, trottete hinter ihnen her. Ihr Blick war nicht nach außen gerichtet – nicht auf die Reihen neuer Häuser, die Baustellen und Zäune mit den großen ›Betreten verboten‹-Schildern –, sondern nach innen. Sie dachte an das Foto, auf dem sie mit hochgeschobenem Kleid auf der Matratze lag, und sie versuchte sich in jenen Raum zurückzuversetzen.

Sie hatten eine Kreuzung erreicht, von der aus sich in alle Richtungen Häuserreihen erstreckten, bestehend aus lauter identischen, rechteckigen roten Ziegelhäuschen, von denen jedes mit einer Garage und einem winzigen Vorgarten ausgestattet war.

»Welche Richtung?«, fragte Josef.

Frieda blickte sich um. Einen Moment wirkte sie ratlos, und ihre Augen erschienen Josef noch eine Spur dunkler als sonst. Dann deutete sie nach links. »Diese Richtung.«

Es war eine ziemlich verlassene Gegend. Die Geräusche der Welt – der Verkehr auf der Hauptstraße, das Flugzeug über ihr – erschienen ihr sehr weit weg, als wäre das alles nicht Teil des normalen Lebens, sondern nur ein Traum davon. Das große Schloss an der Tür war offenbar von Daniel angebracht worden, aber Lee besaß den Schlüssel. Als sie ihn aus der Tasche nahm, zitterten ihre Hände heftig, und sie hatte so wenig Gefühl in den Fingern, dass sie ihn fallen ließ und auf dem sandigen Boden herumwühlen musste. Nachdem es ihr endlich gelungen war aufzusperren, verpasste sie der Tür einen leichten Schubs und trat ins Haus.

Ihr schlug brütende Hitze entgegen, außerdem der muffige Geruch eines ungelüfteten Hauses. Ein bisschen roch es auch nach Ziegelstaub und Sägemehl, aber da hing noch etwas anderes in der Luft, ein weiterer Geruch. Was war das? Angst schnürte ihr die Kehle zu. Was würde sie vorfinden, wenn sie die Treppe hinaufging und dann den Raum auf der linken Seite betrat?

»Hier könnte es sein«, meinte Josef.

Über ihnen stieg ein Flugzeug ins matte Blau des Himmels auf.

»Meinst du?«

»Zu diesen Häusern kommt keiner.«

»Woher willst du das wissen?«

»Bauarbeiten hinterlassen Spuren«, erklärte Josef. »Hier gibt es keine Reifenspuren von Lastwagen. Keine Gerüste. Gar nichts.«

Sie standen am Ende einer Sackgasse und blickten auf eine

Gruppe von Häusern, die alle neu aussahen, aber zugleich vernachlässigt und verlassen wirkten. Jedes thronte auf seinem eigenen Fleckchen aufgerissener Erde, die mittlerweile von der Hitze ausgedörrt wirkte. Die Fenster waren leer und ohne Vorhänge, die Stellplätze für die Autos unbesetzt.

»Es gibt viele solcher Bauprojekte«, berichtete Josef. »Wir brauchen viele Häuser. Hier sind Häuser. Aber die Baufirmen…« An dieser Stelle machte er eine wegwerfende Handbewegung.

»Sie gehen pleite?«

»Genau.«

»Dann sehen wir doch mal nach.«

Josef trat die Tür des ersten Hauses ganz lässig mit dem Fuß ein.

»Billigstes Holz«, stellte er verächtlich fest. »Wie Sperrholz.«

Frieda legte eine Hand auf Chloës Arm.

»Alles in Ordnung?«

»Ich glaube…«, begann sie.

»Was?«

»Der Geruch.«

Josef stieß ein lautes Schnauben aus. »Viele Häuser riechen so. Genauer gesagt, nach billigen Ziegeln und billigem Holz.«

»Du erinnerst dich?«, fragte Frieda in drängendem Ton.

»Vielleicht. Ja, doch, ich erinnere mich.«

»Gut. Gut gemacht. Jetzt müssen wir nur noch alle diese Häuser durchsuchen. Schnell.«

Lee stieg die Treppe hinauf wie eine Invalidin: Sie platzierte jeweils einen Fuß auf der nächsthöheren Stufe und zog den anderen nach. Im Haus war kein Laut zu hören, abgesehen vom leisen Klacken ihrer Sohlen und ihrem eigenen keuchenden Atem. Oben angekommen, blieb sie einen Moment vor der

Tür auf der linken Seite stehen und lauschte, hörte aber nichts. Vorsichtig schob sie die Tür ein paar Zentimeter auf. Hier war der Geruch stärker, als würde in dem Raum etwas verfaulen. Drinnen war es düster. Offenbar hatte Daniel das Fenster mit etwas abgedeckt.

Sie drückte die Tür weiter auf und trat ein.

»Das ist nicht gut«, sagte Josef nach dem dritten Haus. Er ließ den Blick die Straße entlangschweifen. »Da sind so viele Häuser, Frieda.«

»Eines von denen ist es. Ganz bestimmt. Wir müssen uns aufteilen. Ist das für dich in Ordnung, Chloë?«

Obwohl Chloës Lippen völlig blutleer wirkten, nickte sie. »Ja.«

Frieda blickte Josef an, der in eine bestimmte Richtung starrte, die Augen mit einer Hand abgeschirmt.

»Was ist?«

»Schau mal.« Er deutete in die betreffende Richtung. »Das Haus da vorne.«

»Ja?«

Für Frieda sah es genauso aus wie alle anderen hier.

»Das Fenster im ersten Stock. Siehst du das?«

»Das schaut tatsächlich anders aus. Die Sonne spiegelt sich nicht im Glas.«

»Jemand hat die Scheibe mit irgendetwas abgedeckt.«

Sie liefen bereits die Straße entlang, alle drei zusammen.

58

Ruf Petra an!«, wandte sich Frieda an Chloë.

»Ich habe die Nummer nicht.«

Frieda reichte Chloë ihr Handy.

»Da drin findest du sie. Warte hier draußen auf die Polizei.«

Sie standen vor dem Haus. Für Frieda sah es genauso aus wie die Nachbarhäuser, doch Josef schüttelte den Kopf.

»Das Schloss ist anders«, erklärte er.

»Kommst du da rein?«, fragte Frieda.

Josef stieß so etwas wie ein Lachen aus, hob einen Fuß und trat gegen die Tür. Dann tat er es gleich noch einmal, woraufhin man etwas krachen hörte und die Tür nach innen aufflog. Josef stürmte die Treppe hinauf, dicht gefolgt von Frieda. Oben angekommen, wandte er sich zur Seite und eilte zur Vorderseite des Hauses. Die Tür war zu. Sie starrten sie beide an. Frieda machte Anstalten, sie zu öffnen, doch Josef hielt sie zurück und deutete auf sich selbst. Frieda schüttelte den Kopf. Sie drehte den Türknauf, so sanft sie konnte, und schob die Tür auf. Drinnen war es dunkel. Josef trat vor und tastete nach dem Schalter. Man hörte ein Klicken, dann flammte das Licht auf. Frieda zwängte sich an Josef vorbei. Am hinteren Ende des Raums war an der Wand eine Form auszumachen. Frieda brauchte einen Moment, bis sie einordnen konnte, was sie da sah.

Sie trat auf die Form zu, eine Gestalt mit einer Kapuze über dem Kopf. Sie saß auf dem Boden, den Rücken gegen die Wand gestützt. Frieda versuchte alle Einzelheiten zu erfassen. Etwas um den Hals, eine Art Fessel. Hände mit Draht zusammengebunden. Blaues T-Shirt mit dunklen Flecken, sich ausbreitendes

Blut. Auf der rechten Körperseite, hoch über der Brust ein hervorstehender Messergriff, die Klinge tief im Fleisch.

Frieda ging in die Knie, zog die Kapuze weg und sah, was sie zu sehen erwartete – wenn auch so dünn, dass es kaum noch zu erkennen war: Yvettes blasses, schweißbedecktes, schmutziges Gesicht, die Haut voller entzündeter Pusteln, die Augen tief in die Höhlen versunken, jetzt aber vor Panik weit aufgerissen. Ihr Mund war mit Klebeband verschlossen. Sie stieß ein Stöhnen aus, das tief aus ihrem Inneren zu kommen schien. Frieda legte ihr eine Hand an die Wange und streichelte sie. Yvettes ausgemergelter Körper verströmte einen fauligen Geruch – den Geruch vergänglichen Fleisches.

»Yvette. Ich bin hier. Hör mir zu, ich werde jetzt das Klebeband abziehen. Das wird wehtun, aber nur einen Moment.«

Frieda war klar, dass sie das tun musste, ihr war aber auch bewusst, dass Yvette blutete. Wie ernst es war, konnte sie noch nicht beurteilen. Eine falsche Bewegung richtete womöglich noch mehr Schaden an. Vorsichtig legte sie die linke Hand an Yvettes Stirn und fixierte den Kopf, indem sie ihn fest an die Wand drückte. Mit der Rechten versuchte sie das Klebeband zu fassen. Schließlich gelang es ihr, eine Ecke mit dem Daumennagel so weit zu lösen, dass sie das Band zwischen Daumen und Zeigefinger halten konnte. Mit einem scharfen Ruck riss sie es weg.

»Nicht aufregen«, sagte Frieda. »Bleib einfach ganz ruhig. Ich bin da. Wir sind alle da. Du bist in Sicherheit.«

Yvette öffnete den Mund, doch der Draht um ihren Hals war so eng, dass sie nicht sprechen konnte.

Frieda blickte sich nach Josef um. »Hast du etwas dabei, womit wir das durchschneiden können?«

Josef griff in seine Jacke und zog ein Ding heraus, das aussah wie ein großes Taschenmesser. Als er es auseinanderklappte, wurde daraus eine Miniaturzange. Obwohl seine Hände rau und von der Arbeit gerötet waren, fasste er mit extremer Behutsamkeit hinter Yvettes Kopf. Ein kurzes, scharfes Schnappen war zu hören, dann konnte er den Draht von ihrem Hals wegziehen. Sie fing sofort zu husten an.

»Ich kann nichts sehen!«, stieß Yvette mit kratziger Stimme hervor.

»Das liegt am Licht«, beruhigte Frieda sie. »Du warst so lange im Dunkeln. Lass dir einen Moment Zeit. Deine Augen müssen sich erst wieder daran gewöhnen.«

Yvette holte ein paarmal tief Luft, bevor sie weitersprach. Es schien sie viel Kraft zu kosten.

»Sie ist hier.«

»Was? Wer ist hier?«

»Sie hat schlimme Sachen zu mir gesagt und auf mich eingeschlagen.« Ihre Worte klangen wie abgehacktes Schluchzen. »Immer wieder.«

Frieda inspizierte die größer werdenden Blutflecken auf Yvettes Shirt. Von ihrem Unterarm tropfte ebenfalls Blut, als hätte sie die Arme hochgerissen, um die Schläge abzuwehren. Frieda wusste – aus eigener Erfahrung –, dass Messerstiche sich wie Schläge anfühlten. Sie wandte sich an Josef.

»Ich drehe mal eine Runde durchs Haus«, bot er an.

Währenddessen nahm Frieda Yvettes Verletzungen genauer unter die Lupe. Keine der Wunden sprudelte oder pulsierte. Das war doch schon mal was. Sie beugte sich dichter über Yvette.

»Yvette, kannst du mich inzwischen schon sehen?«

Yvette nickte leicht, als würde die Bewegung ihrem abgemagerten Hals wehtun. Ihr Gesicht war schmutzig und verschmiert, ihr Haar verfilzt.

»Ich bin da. Josef ist auch da. Du bist in Sicherheit.«

»Nein!«, widersprach Yvette mit einer Art Schluchzer. »Nein!«

»Doch, bist du.« Frieda sprach in beruhigendem Ton auf Yvette ein, als wäre sie ein Kind, das sich vor der Dunkelheit fürchtete. »Du bist in Sicherheit. Aber du bist verletzt. Du blutest. Ich werde mir die Wunden jetzt mal ansehen, ja? Es ist wichtig, dass du dabei in dieser sitzenden Position bleibst, und bestimmt trifft auch gleich Hilfe ein.«

Josef kehrte in den Raum zurück.

»Die Hintertür steht offen. Von der Rückseite des Hauses kommt man in die Straße dahinter. Da haben sie den Wagen geparkt, als sie Yvette herbrachten. Und vorher Chloë.«

»Darüber sprechen wir später«, entgegnete Frieda. »An diesem Messerding von dir, ist da auch eine Schere dran?«

»Eine ganz kleine. Winzig.«

»Yvette. Wie fühlst du dich?«

»Müde. Richtig müde.«

Jetzt sprach Frieda in lauterem, eindringlicherem Tonfall.

»Das ist in Ordnung, aber du wirst jetzt trotzdem weiter mit uns reden. Es ist wichtig, dass du wach bleibst. Verstehst du?« Yvette murmelte etwas. »Nein, Yvette, du musst die Worte aussprechen. Ich weiß, es ist schwer, aber du musst es deutlich sagen: Ich verstehe.«

»Ich verstehe.« Yvettes Blick wirkte starr. Sie klang, als wäre ihre Zunge geschwollen. Wie lange hatte sie schon kein Wasser mehr bekommen?

»Jetzt schneide ich dir dein Hemd auf, damit ich einen besseren Blick auf dich werfen kann. Ist das in Ordnung? Sag ja, wenn es in Ordnung ist.«

»Ja.«

Yvette machte den Eindruck, als würde sie jeden Moment einschlafen. Das durfte sie nicht. Frieda nahm Josef das Werkzeug aus der Hand. Zuerst kappte sie den Draht, mit dem Yvettes Hände gefesselt waren, woraufhin diese schlaff zur Seite fielen. Dann schnitt sie mitten durch das T-Shirt, vom Saum bis hoch zum Hals. Vorsichtig zog sie die beiden Hälften des Hemds auseinander, wobei sie achtgab, das Messer nicht zu berühren und vor allem nicht zu bewegen. Blut war auf den hellblauen BH getropft, doch darunter befanden sich keine Wunden. Es schien, als hätte irgendein Anflug von Mitleid oder Zögern Lee Blackstock dazu veranlasst, die Brüste auszusparen. In der Magengegend entdeckte Frieda drei Wunden. Sie bluteten so stark, dass das Blut in Yvettes Schoß zusammenlief, aber selbst das konnte man als gutes Zeichen werten. Zumindest hatte das Messer keine Arterie oder Hauptvene getroffen. Obwohl es schwer zu beurteilen war, sahen diese Bauchwunden nicht wirklich tief aus. Frieda stellte sich vor, dass Lee anfangs nur zögernd zugestochen hatte, als hätte sie erst auf Touren kommen müssen, bis sie die nötige Energie aufbrachte, um das Messer richtig tief hineinzustoßen. Bestimmt war sie durch die Geräusche von der Straße gestört worden. Ansonsten hätte sie vermutlich Yvette weiter attackiert, und sie hätten sie tot vorgefunden.

»Es sieht gar nicht so schlimm aus«, verkündete Frieda. »Kannst du mich hören, Yvette? Sag ja, wenn du mich hörst.«

»Werde ich sterben?«, fragte Yvette in verträumtem Ton.

»Nein, du wirst nicht sterben. So was darfst du nicht mal denken.«

Sie richtete ihre Aufmerksamkeit nun auf den Messergriff, der auf fast obszöne Weise aus Yvettes Körper herausragte. Josef folgte ihrem Blick.

»Soll ich es rausziehen?«, fragte er.

»Nein, bloß nicht! Bitte auf keinen Fall berühren. Dadurch könnte noch größerer Schaden angerichtet werden. Womöglich steckt es dicht neben einer Arterie. Du musst dir das vorstellen wie…« Sie sah Yvette an. Auf keinen Fall wollte sie ihr Angst machen. »Vielleicht verhindert das Messer im Moment Schlimmeres. Es muss erst mal bleiben, wo es ist.«

»Was?« Yvettes Stimme hörte sich an, als käme sie aus weiter Ferne.

»Wir haben dich ein bisschen untersucht«, erklärte Frieda.

»Du bist verletzt, aber soweit ich es beurteilen kann, sind die Wunden nicht allzu schlimm.«

»Wie geht es dir?«, fragte Josef.

»Bist du auch da?«, erkundigte sich Yvette. »Immer zusammen. Frieda und Josef. Josef und Frieda. Anfangs habe ich euch für ein Paar gehalten.«

»Schluss damit«, sagte Josef hastig. »Du musst dich jetzt ausruhen. Nichts mehr sagen.«

»Nein«, widersprach Frieda. »Sie muss weiterreden.«

»Sie redet aber Unsinn.«

»Ich wollte wegfahren«, meldete sich Yvette wieder zu Wort. »Allein wandern gehen.«

»Wo wolltest du hin?«, fragte Frieda.

»Nach Schottland. Da hat es geklingelt, und er stand vor der Tür. Ich habe sein Gesicht gesehen. Da wusste ich es plötzlich. Und mir war klar, dass er mich töten, dass ich sterben würde.«

»Aber du stirbst nicht.«

»Ich war kein guter Mensch, Frieda, keine gute Freundin.«

Frieda hörte eine Sirene näher kommen. Kurz darauf sah man sogar durch das verdunkelte Fenster Blaulicht blitzen. Stimmen riefen durcheinander. Frieda wandte sich an Josef.

»Führ sie rauf.«

Er polterte die Treppe hinunter. Frieda nahm Yvettes Hand.

»Liebe Yvette. Wir tun alle nur das, was wir können.«

Frieda spürte und hörte die schweren Schritte auf der Treppe. Sie ließen das Haus erzittern. Plötzlich schien es im Raum nur so von Leuten in grünen Uniformen zu wimmeln. Eine große, kräftig gebaute Frau ging neben Yvette in die Hocke.

»Massiver Blutverlust«, konstatierte Frieda. »Wie Sie sehen können, haben wir das Messer gelassen, wo es war. Sie wurde gefangen gehalten. Sie ist stark dehydriert und unterernährt.«

»Verstehe«, sagte die Frau. »Bitte zurücktreten.«

Frieda wich zurück, bis sie die Wand im Rücken spürte. Unter den Notärzten und Sanitätern, die sich über Yvette beugten und laut miteinander sprachen, wirkte sie auf einmal ganz klein und verloren. Besorgt verfolgte Frieda, wie man sie an zwei verschiedene Infusionen anschloss, die über ihr aufgehängt wurden.

»Muss sie sterben?«, flüsterte Josef in Friedas Ohr. »Aber sie ist stark. Bestimmt kämpft sie.«

»Manchmal hilft weder stark sein noch kämpfen«, entgegnete Frieda. Josef erschrak sichtlich, aber Frieda schüttelte den Kopf und versuchte zu lächeln. »Aber ich glaube nicht, dass sie sterben muss.«

Frieda hörte neben sich ein ersticktes Schluchzen. Zusammen mit den Sanitätern hatte auch Chloë den Raum betreten.

»Ich hab doch gesagt, du sollst draußen bleiben«, sagte Frieda, klang dabei aber nicht wütend.

»Ich konnte nicht. Ich musste einfach sehen, wo… Ist das der Raum?«

»Ja. Das ist er.«

Chloë blickte sich um.

»Was haben sie mit Yvette…?« Sie begann zu weinen.

Frieda nahm sie in die Arme.

Mittlerweile war der Raum noch überfüllter, zu den grünen Uniformen hatten sich blaue gesellt. Von den vielen Leuten und dem lauten Stimmengewirr wurde Frieda fast ein bisschen schwindlig.

»Sie haben sie gefunden«, sagte eine Stimme neben ihr.

Frieda wandte den Kopf. Petra war eingetroffen. »Jetzt müssen Sie nur noch die Blackstocks finden«, gab Frieda ihr zur Antwort. »Und zwar beide.«

Lee fischte ihr Telefon heraus.

»Sie sind hier«, sagte sie.

»Wie meinst du das?«, wollte ihr Mann wissen.

»Ich habe sie unten auf der Straße gesehen. Frieda und dieser Freund von ihr. Und die Nichte. Chloë.«

»Wo bist du?«

»Ich konnte gerade noch verschwinden. Ich musste da einfach raus.«

»Natürlich. Bist du in Sicherheit?«

»Ich glaube schon.«

»Hast du es getan?«

»Ich glaube schon.«

»Was soll das heißen?«

»Es war schwer, schwerer als ich dachte. Ich habe getan, was ich konnte. Da war überall Blut. Auch an mir.«

»Braves Mädchen.«

»Aber es ist alles schiefgelaufen. Sie sind hier. Sie wissen über dich Bescheid. Und über mich.« Sie stöhnte leise. »Wir sind am Ende.«

»Es musste zwangsläufig auf diese Weise enden. Deswegen sind wir nicht am Ende.«

»Wie finde ich dich?«

»Im Moment gar nicht. Ich muss erst noch etwas erledigen.«

»Und was soll ich jetzt machen? Wo soll ich hin?«

»Du kommst schon klar«, antwortete Daniel. Er klang, als interessierte es ihn nicht besonders. »Geh einfach da hin, wo du sonst auch hingehst. Sieh zu, dass du etwas zu essen bekommst. Sieh dir einen Film an.«

»Einen Film!«, rief sie bestürzt. Panik stieg in ihr hoch wie eine schmutzige Flutwelle.

»Lass es dir gut gehen.«

»Daniel, ich habe Angst.«

»Es gibt nichts, weswegen du dich fürchten musst. Du wirst schon zurechtkommen. Wir werden beide zurechtkommen.«

»Wann sehe ich dich wieder?«

»Ich finde dich schon. Wenn ich fertig bin.«

59

Daniel hatte immer gewusst, dass dieser Zeitpunkt kommen würde. Er war ins Endspiel eingetreten, konnte aber immer noch gewinnen. Danach konnten sie dann tun, was sie wollten, ohne dass es etwas machte. Der Erfolg würde ihm recht geben.

Lee hatte es also geschafft. Wer hätte das gedacht? Sie war immer das schwache Glied in seinem Plan gewesen, aber nun hatte sie doch durchgehalten und somit ihren Zweck erfüllt. Er fragte sich, was mit ihr passieren würde, wenn sie sie fanden. Allerdings fragte er sich das nur ganz am Rande, denn so, wie es aussah, waren seine alte Welt und sein altes Selbst gerade in Auflösung begriffen, und das Einzige, was übrig blieb, war das Hier und Jetzt. Dies war sein Moment – als stünde er im Rampenlicht, während rund um ihn herum alles im Dunkeln lag. Er, Daniel Blackstock.

Er war an der Haltestelle Bank ausgestiegen und mit der U-Bahn zur Station Angel in Islington gefahren. Als Lee ihn angerufen hatte, war er gerade am Kanal gesessen, in der Nähe des Tunnels. Links von ihm fischte ein Mann, der einen langen Zottelbart hatte und eine Bomberjacke trug, mit fanatischer Geduld. Auf der anderen Seite rauchte ein Mann mit Lidschatten und violettem Cape genüsslich einen Joint und sang dabei verträumt vor sich hin.

Leute kamen vorbei, in Gruppen oder einzeln: Jogger mit ihren Ohrstöpseln, Radfahrer, Fußgänger mit Hunden. Ein Boot tuckerte vorüber. An Bord tranken zwei Frauen und drei Männer Wein und tanzten zu einer Musik, die er nicht hören konnte. Die Sonne stand bereits tief am Himmel. In Kürze würde die Dämmerung hereinbrechen, und dann kam bald die Nacht.

Daniel stand auf, strich seine Kleidung glatt, schob sein Handy wieder ein und warf seine Baseballkappe in den Fluss. Dann öffnete er die Segeltuchtasche und vergewisserte sich, dass alles da war: Yvette Longs Polizeiausweis, ein zusammengerolltes Stück Seil, mehrere Schraubenzieher, ein Messer. Er hatte genug Zeit in der Saffron Mews verbracht, um zu wissen, durch welche Grundstücke er in ihren Garten gelangte. Er brauchte den Leuten nur Yvettes Ausweis vor die Nase halten, schon ließen sie ihn durch. Und sollte es dort tatsächlich von Polizei wimmeln, würde er einfach improvisieren, wie er es schon die ganze Zeit tat. Man brauchte ja nur mal zu schauen, was er getan hatte und wie er damit durchgekommen war, mit scharfem Verstand und immer spontan, indem er im Vorbeigehen die Handlung schrieb. Er hatte einen Artikel nach dem anderen über das Verbrechen verfasst, das er selbst beging. Er war der Regisseur, der Star und der Publizist dieses Verbrechens gewesen. Er hatte Chloë vor den Augen ihrer Freundinnen einkassiert. Er hatte Yvette Long entführt, ihres Zeichens Polizeibeamtin; und all die anderen Leute, deren Job es war, solche Dinge herauszufinden, hatten nicht einmal mitbekommen, dass sie verschwunden war. Er hatte Reuben McGill das Grinsen aus dem Gesicht geschlagen. Morgan Rossiter hatte er endgültig den Rest gegeben. Es war gewesen, als hätte man eine Kerze ausgeblasen. Dann war er auf der Hand des jungen Jack herumgetrampelt und hatte sich damit gleichzeitig ein Alibi besorgt, das alle hinters Licht führte. Nun ja, sie nicht, aber das war's auch schon. Er gestattete sich, an die Art zu denken, wie sie ihn mit ihren dunklen Augen angesehen hatte: erst tief in sein Innerstes hinein und dann durch ihn hindurch.

Aber ich bin nicht nichts, dachte er. Sieh mich an. Sieh her.

Hier bin ich. Es würde für sie kein Entkommen geben. Mir entkommst du nicht.

Er drückte sich einen Moment hoch auf die Zehen und ließ sich dann wieder zurücksinken. Er kreiste mit den Schultern. Sein Herz schlug laut, aber gleichmäßig. Seine Atmung erschien ihm normal. Nachdem er sich die Handflächen an seinen Shorts abgewischt hatte, setzte er sich in Bewegung, wie ein Soldat: eins zwei, eins zwei, mit schwingenden Armen und energischem Schritt, Kinn hoch, Augen geradeaus, immer auf der Hut, auch wenn keine Gefahr zu erkennen war. Vorbei an den Obdachlosen, vorbei an den Kanadagänsen mit ihren langen Hälsen, durch Camden Lock und die dichte Menge der Trinker voll sommerlicher Unternehmungslust.

Er blieb nicht stehen. Wenn ihm welche im Weg standen, schubste er sie zur Seite und verschüttete dabei ihr Bier, sodass sie ihm wütend hinterherriefen. Hin und wieder betrachtete jemand neugierig diesen kleinen Mann, der sich lächelnd durch die Menge schob, den Blick starr nach vorn gerichtet, während er stur wie ein Roboter weitermarschierte.

Weit von ihm entfernt saß Lee Blackstock zusammengekauert im dichten Gebüsch. Sie hatte sich nicht von der Stelle gerührt, seit sie mit Daniel telefoniert hatte. Ihr ging durch den Kopf, dass sie womöglich die ganze Nacht hier verbringen müsste. Bald wurde es dunkel, dann würden über ihr die Sterne funkeln, und sie konnte die ganze Zeit den in der Ferne schimmernden Fluss bewundern. Aber irgendwann würde es wieder Morgen werden, und was sollte sie dann tun? Was würde sie in Zukunft überhaupt tun?

Das Gestrüpp zerkratzte ihr die nackten Beine. Als sie an sich hinunterblickte, sah sie Blut. An ihrer Wade. An ihrem linken Unterarm. Vielleicht hatte sie auch Blut im Gesicht. Sie befeuchtete ihre Fingerspitzen mit Spucke und rieb damit über Wangen und Stirn. Sie spürte großen Hunger, und gleichzeitig war ihr übel. Vielleicht fühlte sich Morgenübelkeit auch so an. Aber jetzt würde sie nie ein Baby bekommen. Obwohl es das Einzige war, was sie sich immer gewünscht hatte: ein eigenes Kind, das sie auf dem Arm halten und umsorgen konnte. Ein Baby zum Liebhaben und Geliebtwerden. Doch Daniel hatte immer gesagt… Sie kniff die Augen fest zusammen. Sie wollte nicht an Daniel denken, und auch nicht an die Frau auf dem Boden und was es für ein Gefühl gewesen war, in ihr Fleisch zu stechen, bis alles voller Blut war und die Augen in Panik zu ihr aufblickten.

Sie rieb über den Blutfleck an ihrem Bein, aber er war klebrig und ließ sich nicht entfernen. Da kratzte sie ihn weg, doch nun hatte sie das Blut unter den Fingernägeln. Sie musste sich waschen und umziehen und schlafen. Aber wo konnte sie hin? Auf keinen Fall nach Hause. Es war nicht mehr ihr Zuhause, sondern nur noch eine kleine Kiste, in der Daniel und sie gelebt hatten. Bestimmt befand sich dort jetzt die Polizei. Sie würden auf ihrem sauberen Fußboden herumtrampeln, sich alles ansehen, Schubladen herausziehen, ihre Unterwäsche durchwühlen und all ihre kleinen Schätze und Habseligkeiten.

Sie schaute auf ihren Schoß hinunter, wo ihr Telefon lag. Er würde nicht mehr anrufen. Sie war ihm egal. Sie hatte ihm nie wirklich etwas bedeutet, und im Grunde hatte sie das schon immer gewusst. Nun war er weg und sie hier, ganz allein, umgeben von Gebüsch und Unkraut und Dunkelheit. Sie zog die Beine an und schlang die Arme um die Knie. Sie wartete, wenn auch auf nichts Bestimmtes.

Als sie über sich ein Knattern hörte, blickte sie empor: Ein Polizeihubschrauber hing dort in der Luft. Suchten sie womöglich nach ihr? Sie hielt die Luft an und blieb reglos sitzen, obwohl ihre Gliedmaßen vor Entsetzen zitterten und ein scharfer Schmerz durch ihre Brust zuckte. Schließlich flog er weiter und nahm auch das Licht mit sich. Erleichtert atmete sie aus.

Ein erneuter Blick auf ihr Telefon sagte ihr, dass es erst halb zehn war. Sie könnte jemanden anrufen, weinend um Hilfe bitten und dann ein Geständnis ablegen und fragen, was sie tun solle. Aber wen konnte sie anrufen? Vielleicht die Frau aus dem Seniorenwohnheim, die aus der Türkei kam. Sie sprach zwar wenig Englisch, wirkte jedoch recht freundlich. Aber Lee kannte nicht mal ihre Nummer.

Sie hatte niemanden. Sie hatte nichts. Sie war niemand, nichts, nie. Es war vorbei mit ihr.

Lee Blackstock stand auf. Nachdem sie ihr Handy in ihrer Tasche verstaut hatte, setzte sie sich in Richtung Fluss in Bewegung. Der Hubschrauber war inzwischen weit entfernt, klein wie ein Spielzeug. Ihre Tasche unter den Arm geklemmt, stieg sie in die Themse.

Niemand hatte ihr je das Schwimmen beigebracht. Erst fand sie das Wasser sehr kalt, doch dann war es gar nicht mehr so unangenehm und schloss sich über ihrem schweren, traurigen Körper. Eine Weile versuchte dieser Körper, sich zu retten, aber der Kampf endete bald, und was einmal Lee Blackstock gewesen war, wurde mit dem Einsetzen der Ebbe in Richtung Osten getragen.

Daniel Blackstock marschierte weiter: um die Ecke, vorbei am chinesischen Flussrestaurant, dann unter der Brücke hindurch. Es begann bereits zu dämmern. Vor sich konnte er die Voliere des Zoos sehen, unter deren kuppelförmig aufgehängten Netzen große Vögel kreisten. Er bog vom Kanal ab und befand sich nun am Rand des Regent's Park. Autos, Busse, Fahrräder. Als er auf die Straße trat, vernahm er Hupen. Die Sonne am Horizont kam ihm vor wie ein dunkler Dotter. Er hörte jemanden lachen. Mittlerweile wehte ein frischer Wind, der den Schweiß auf seinem Gesicht trocknete und bewirkte, dass er sich stark und bereit fühlte. Die Welt rauschte ihm entgegen.

Schraubenzieher, Seil, Messer. Er sah ihr Gesicht vor sich. Kühle Miene, prüfender Blick. Wie konnte sie es wagen, ihn derart zu mustern? Für wen hielt sie sich eigentlich? Im Grunde war sie doch nur die Frau, die er töten würde.

Ihr Haus war gar nicht mehr weit entfernt, nur noch anderthalb Kilometer oder so. Das kleine Haus in der Kopfsteinpflastergasse, mit dem Kräutertopf und der Schildpattkatze. Er stellte sich ihren Blick vor, wenn sie begreifen würde, dass er gekommen war, um sie zu töten.

Links, rechts, links, rechts. Nichts konnte ihn jetzt mehr aufhalten. Noch ein kurzes Stück durch den tosenden Verkehr mit seinen Abgaswolken, dann durch eine gebogene Straße, wo Ruhe herrschte. Sein Blick blieb einen Moment am Post Office Tower hängen. Große Kräne am Himmel.

Nur noch ein paar Minuten. Er straffte die Schultern und spürte, dass ihm eine Träne über die Wange lief.

Vor ihm parkte ein Lieferwagen. Als er ihn fast erreicht hatte, öffnete sich die Fahrertür. Eine Gestalt stieg aus, aber da sie die Abendsonne im Rücken hatte, konnte er das Gesicht nicht erkennen. Nur einen Umriss, der ihm den Weg versperrte.

»Daniel«, sagte die Gestalt.

»Was?«, fragte Daniel, doch dann begriff er.

»Ich wusste, dass du mich finden würdest«, sagte er. »Jetzt sind wir zusammen.«

Aber noch bevor er zu Ende gesprochen hatte, wurde alles schwarz.

60

Ich bin anderer Meinung«, sagte Frieda.

»Warum wundert mich das nicht?«, gab Petra Burge zurück. »Eigentlich könnten Sie ›Ich bin anderer Meinung‹ auf ein Kärtchen drucken lassen und es mir jedes Mal, wenn ich etwas sage, einfach überreichen.«

»Hätten Ihre Leute Blackstock nicht entwischen lassen, dann müssten wir dieses Gespräch jetzt nicht führen.«

Karlsson hörte auf, in Friedas Küche auf und ab zu tigern, und nahm bei den beiden Frauen am Tisch Platz. Frieda betrachtete ihn mit einem Gesichtsausdruck, den er auch nach all den Jahren noch beunruhigend fand.

»Ich hoffe, du sagst jetzt nicht zu mir, ich soll mich beruhigen«, warnte sie ihn.

»Mein Bein ist gerade erst geheilt, da riskiere ich bestimmt keine neue Verletzung.« Er bedachte sie mit einem kleinen Lächeln, doch sein Blick blieb düster. Frieda wusste, dass seine Gedanken bei Yvette waren, die nur ein paar Straßen entfernt im Krankenhaus lag. »Trotzdem, Frieda, eines muss uns allen klar sein: Blackstock hat nichts mehr zu verlieren. Es ist so gut wie sicher, dass er versuchen wird, an dich heranzukommen. Es ist Petras Pflicht, dafür zu sorgen, dass das nicht passieren wird. Du stehst bis auf Weiteres sowohl in deinem Haus als auch außerhalb davon unter Personenschutz. Keine Widerrede.«

»Aber wenn ihr recht habt – und ihr habt wahrscheinlich recht –, dann wird er beim Anblick der Polizisten vor meiner Haustür einfach beschließen, das Ganze sein zu lassen und lieber das Weite zu suchen.«

»Wohingegen dein Plan wie aussieht?«, hakte Karlsson nach. »Wenn du nicht bewacht wirst, kannst du den Lockvogel spielen, damit wir ihn auf frischer Tat erwischen können? So in der Art?«

»Besser *vor* der Tat.«

»Du weißt, dass solche Pläne die Tendenz haben, in die Hose zu gehen.«

»Blackstock läuft irgendwo da draußen rum. Sie laufen beide frei herum.«

»Was wollen Sie?«, fragte Petra in scharfem Ton. »Glauben Sie, irgendetwas beweisen zu können, indem Sie mit Ihrem Leben spielen? Mal angenommen, er taucht bei Ihnen auf, Sie drücken Ihren Notfallknopf – oder was auch immer Ihnen da vorschwebt –, aber wir kommen einen Tick zu spät. Wäre es das wirklich wert, für jemanden wie ihn das eigene Leben zu riskieren? Wir werden Daniel und Lee Blackstock auf die altmodische Art schnappen, indem wir nach ihnen suchen und warten und ermitteln. Das ist zwar nicht sehr spektakulär, aber am Ende funktioniert es.«

»So clever ist er auch wieder nicht«, warf Karlsson ein.

»Man muss nicht übermäßig clever sein, um Menschen zu töten. Blackstock ist ein erbärmlicher, mittelmäßiger Typ, aber er hat Morgan Rossiter getötet und Reuben und Jack überfallen. Außerdem hat er eine Polizeibeamtin entführt und beinahe getötet. Was soll er denn noch alles anstellen?«

Plötzlich war ein klapperndes Geräusch zu hören. Es kam von Friedas Handy, das auf der Küchentheke neben dem Herd vibrierte. Sie stand auf und warf einen Blick darauf.

»Wer ist es?«, fragte Karlsson.

»Eine Nummer, die ich nicht kenne.«

Karlsson wandte sich an Petra Burge. »Wird ihr Telefon überwacht?«

»Noch nicht.«

Während Frieda die beiden fragend anstarrte, hörte das Telefon zu klingeln auf.

»Na, damit hat sich das Problem ja erledigt.«

»Ich finde, Sie sollten die Nummer zurückrufen«, schlug Petra vor und griff bereits nach Friedas Telefon. »Ich schalte es auf laut, wenn Sie einverstanden sind.« Dann holte sie ihr eigenes Handy heraus. »Ich werde das Gespräch aufnehmen.«

»Wahrscheinlich will man mir bloß mal wieder eine Doppelverglasung verkaufen«, mutmaßte Frieda.

»Wir werden sehen.«

Petra legte das Telefon vor Frieda auf den Tisch und ihr eigenes daneben. Dann drückte sie Friedas Rückruftaste. Alle drei beugten sich gespannt nach vorn. Frieda kam es vor, als wären sie drei Teilnehmer bei einer Séance. Man hörte ihr Telefon klicken, danach aber kein weiteres Geräusch. Petra nickte Frieda aufmunternd zu.

»Ist da jemand?« Frieda empfand fast so etwas wie Wut auf sich selbst, weil sich ihre Stimme so zittrig anhörte.

»Spricht da Frieda Klein?« Die Stimme klang bedächtig und konzentriert, wenn auch ein wenig undeutlich. Frieda erkannte den Sprecher sofort.

»Daniel?«

»Ich habe eine Nachricht für Sie.«

»Wo sind Sie?«

Es folgte eine Pause.

»Ich habe eine Nachricht …«

»Woher soll ich wissen, dass das wirklich Sie sind? Erzählen Sie mir etwas über den Ort, an dem Sie sich aufhalten.«

Eine weitere Pause.

»Ich habe eine Nachricht für Sie, Frieda.«

Frieda wollte wieder etwas sagen, aber Karlsson schüttelte den Kopf und legte den Zeigefinger an die Lippen.

»Ich habe Ihnen Blumen geschickt. Wie kann man sich da so verhalten?«

Frieda warf einen Blick zu Petra hinüber, die mit fragender Miene eine lautlose Frage formulierte. Karlsson nahm einen ungeöffneten Umschlag von einem Stapel auf dem Tisch.

»Sie hetzen mir Leute auf die Fersen, und ich schicke sie Ihnen zurück.«

Karlsson schrieb etwas auf den Umschlag und hielt ihn dann hoch. Er hatte nur ein einziges Wort notiert: »Liest.« Frieda nickte.

»Aber Daniel Blackstock schicke ich Ihnen nicht zurück.«

Er sprach betont langsam und machte nach jedem Wort eine kleine Pause. Frieda fragte sich, ob er ihr dadurch etwas mitteilen wolle. Aber wahrscheinlich lag es einfach nur an irgendwelchen Drogen oder an seiner Angst. Während Frieda seinen Worten lauschte, versuchte sie ein Gefühl für den Raum zu entwickeln, in dem Daniel Blackstock sich aufhielt. Groß oder klein? Harte Flächen oder weiche Materialien? Außenlärm? Sie konnte nichts hören.

»Daniel ist ein Kind, das die Erwachsenen belästigt hat, und wir wissen ja, was mit unartigen Kindern geschieht.«

Frieda gestikulierte verzweifelt zu Karlsson hinüber.

»Bruce Stringer hat mir von seiner Frau erzählt, Christine Stringer. Richten Sie Christine aus, dass er geweint hat, als er mir von ihr erzählte, und wegen seiner Kinder hat er auch geweint. Danach hat er um sein Leben gebettelt. Frieda Klein, Frieda Klein. Wie konnten Sie nur?«

Es folgte eine weitere Pause, dann ein Geräusch, das nach einem Hüsteln oder Schnüffeln klang.

»Ihr Haus gefällt mir. Ich mag, wie es riecht und wie es sich anfühlt. Es tut mir leid, wenn ich einiges kaputt gemacht habe, aber ich musste Ihnen ihr Eigentum zurückstellen.«

Nun mischte sich so etwas wie ein Schluchzen in seine Stimme.

»Wo sind Sie?«, fragte Frieda drängend. »Sind Sie bei Dean Reeve? Sagen Sie es mir.«

Als Daniel weitersprach, kamen die Worte noch langsamer, als kostete ihn jede einzelne Silbe große Kraft.

»Frieda Klein, ich habe Ihnen mal gesagt, dass Ihre Zeit noch nicht gekommen ist. Warum hören Sie nicht zu? Lassen Sie das Kämpfen sein. Versuchen Sie es gar nicht erst. Wir sind alle nur Blätter an einem Baum. Jetzt ist fast schon September, und der Herbst kommt.«

»Stopp«, sagte Frieda. »Lassen Sie ihn einfach gehen. Er hat doch mit alldem nichts zu tun.«

»Frieda, bitte, ich ...« Plötzlich klang der Ton von Daniel Blackstock völlig anders, als hätte für die Dauer von drei Worten tatsächlich er selbst gesprochen, doch dann brach das Gespräch ab. Die drei starrten auf das Telefon.

»Was, zum Teufel, war denn das?«, fragte Petra.

»Ich glaube, den Personenschutz können Sie sich schenken«, bemerkte Frieda.

»Es könnte ein Täuschungsmanöver gewesen sein. Damit wir uns in Sicherheit wiegen und unvorsichtig werden.«

»Hat sich das für Sie so angehört?«

»Wir müssen ihn trotzdem finden.«

»Daniel Blackstock wurde bereits gefunden«, entgegnete Frieda.

»Was sollte denn das mit den ›unartigen Kindern‹?«

»Ich nehme an, er wird bestraft werden.«

»Wie Bruce Stringer?«

»Schlimmer, fürchte ich.«

»Bestraft wofür?«

»Dafür, dass er sich ungebeten irgendwo eingemischt hat.«

Frieda stand auf.

»Was hast du vor?«, fragte Karlsson.

»Ich drehe eine Runde.«

»Ich könnte dir anbieten mitzukommen.«

»Ich weiß, aber du musst zu Yvette.«

»Darf ich mit?«, fragte Petra.

»Wenn Sie wollen.«

»Ich will.«

Die beiden Frauen wanderten durch die Straßen. Lange Zeit schwiegen sie, bedrückt von den dunklen Schatten dieses langen Tages. Schließlich ergriff Petra das Wort.

»Das haben Sie gut gemacht.«

Frieda sah sie an, gab ihr aber keine Antwort.

»Trotzdem ist es seltsam, dass das nun das Ende sein soll.«

»Wie meinen Sie das?«

»Wir haben uns vor fast sechs Monaten kennengelernt, als eine Leiche unter Ihrem Fußboden gefunden wurde.«

»Ja.«

»Dann haben wir nach Dean Reeve gesucht. Daniel Blackstock konnten wir entlarven – besser gesagt, Ihnen ist es gelungen. Aber Dean Reeve haben wir nicht gefunden.«

»Stimmt.«

»Er ist immer noch da draußen unterwegs.«

Frieda nickte.

»Ja«, sagte sie ganz leise, mit starrem Blick. »Das ist er.«

61

Er saß neben ihrem Bett, unter dem kalten Licht der Neonröhre. Phasenweise betrachtete er ihr Gesicht, phasenweise die Monitore über ihr: die Linie, die sich zickzackförmig über den Bildschirm zog, hin und wieder zu einer Reihe von steilen Spitzen anstieg und manchmal fast horizontal verlief. Unmengen von Schläuchen waren mit verschiedenen Teilen von Yvettes Körper verbunden. Es wäre schwierig gewesen, ihre Hand zu halten, aber das wollte er auch nicht. Es wäre ihm anmaßend erschienen, sie in ihrem bewusstlosen Zustand zu berühren, nachdem er sie vorher nie angefasst hatte, mal abgesehen von den wenigen Gelegenheiten, wenn er ihr mal kurz auf die Schulter klopfte oder ihr die Hand reichte, um ihr durch einen besonders hoch gelegenen Eingang oder über eine Mauer zu helfen.

Er musste daran denken, was sie im Lauf der Jahre alles miteinander erlebt, an die Fälle, die sie gemeinsam gelöst hatten, und diejenigen, bei denen sie gescheitert waren. Er dachte an ihre brummige, unbeholfene, aber auch tapfere Art, an ihre schweren Stiefel, ihre oft mürrische Miene und ihr ständiges Erröten. Nun war sie zwar immer noch Yvette, gleichzeitig jedoch eine Fremde. Es lag nicht nur daran, dass sie mit ihrem abgemagerten Gesicht kaum mehr zu erkennen war, weil ihre Züge die Proportion verloren hatten und nun übertrieben kantig wirkten, fast wie bei einer Karikatur. Hinzu kam, dass sie ohne ihren üblichen, halb verlegenen, halb ängstlichen Gesichtsausdruck zu einer Person wurde, die er nicht kannte. Ihre Augen waren geschlossen, der Mund leicht geöffnet. Ihre Brust hob und senkte sich mit ihrer flachen Atmung.

Krankenschwestern kamen und gingen, bemühten sich aber stets, möglichst leise zu sein. Sie beugten sich über Yvette, studierten die Monitore und ihre Aufzeichnungen, überprüften die kleinen Beutel, die ihren Inhalt tröpfchenweise an Yvettes Adern abgaben, und verschwanden dann wieder. Ein Arzt erschien mit seinem Assistenzarzt. Die beiden sprachen im Flüsterton miteinander und zogen sich ebenfalls wieder zurück. Kurz nach Karlssons Eintreffen war auch die stellvertretende Polizeipräsidentin aufgetaucht. Sie hatte wenig gesagt, aber minutenlang an Yvettes Bett ausgeharrt und sie mit angespannter Miene betrachtet.

Kurz nach drei Uhr morgens traf Frieda ein. Sie zog sich einen Stuhl heran, ließ sich vis-à-vis von Karlsson am Bett nieder und richtete ihren Blick auf Yvette. Etwa eine Stunde später kam Josef mit Reuben, Chloë und Jack. Da Frieda die vier bereits auf dem Flur hörte, ging sie kurz hinaus, um ihnen vorab zu erklären, was sie wissen mussten. Dann schwang die Tür auf, und sie traten einer nach dem anderen ein und stellten sich verlegen ans Fußende des Bettes. Josef, dessen Bartstoppeln sich fast zu einem richtigen Bart ausgewachsen hatten und dessen Gesicht an diesem Tag fahl wirkte, zog einen kleinen Flachmann aus der Innentasche seiner Jacke, nahm einen Schluck und reichte die Flasche dann an Jack weiter, der seinem Beispiel folgte. Frieda entging nicht, dass Jack unter seinem Mantel eine orange-grün gestreifte Schlafanzughose anhatte und dass ihm das Haar in wilden Büscheln vom Kopf abstand. Seine linke Hand wirkte in ihrem Gips überdimensional groß. Chloë trug einen alten Arbeitsoverall. Ihr ungeschminktes Gesicht wies vor Erschöpfung dunkle Schatten auf, die fast wie Blutergüsse wirkten. Tatsächlich war Reuben in diesem angeschlagenen Haufen von Leuten, deren Leben Daniel Blackstock zu ruinieren versucht hatte, noch derjenige, der am muntersten aussah.

»Wird sie wieder?«, fagte Chloë in einem durchdringenden Flüsterton. »Wird sie durchkommen?«

»Rede nicht so, als wäre sie nicht im Raum«, ermahnte sie Frieda. »Sie kann uns wahrscheinlich hören.« Ihr Blick wanderte zurück zu der Gestalt im Bett. »Wir sind alle hier«, sagte sie, »und warten auf dich, Yvette.«

»Komm zu uns zurück«, sagte Karlsson. Seine Stimme klang rau vor Müdigkeit.

Eine Stunde später schlug Yvette die Augen auf. Zuerst konnte sie nichts sehen, außer einer grellen Helligkeit, die ihr in den Augen wehtat. Dann begann sie langsam Formen wahrzunehmen. Sie wollte die Leute fragen, wer sie waren, brachte aber nichts heraus. Sie wusste weder, wo sie sich befand, noch, wer sie war. Angestrengt versuchte sie, sich zu erinnern, doch das fühlte sich an, als zöge sie ein schweres Gewicht aus einem Brunnen. Da war es leichter, einfach wieder loszulassen. Sie schloss die Augen.

»Yvette.«

Die Stimme kannte sie. Sie ließ die Augen geschlossen, lächelte jedoch, obwohl ihr Mund dabei schmerzte.

»Yvette«, sagte Karlsson. »Meine liebe Freundin.«

»Freundin?«, krächzte sie.

»Ja, natürlich.«

Sie öffnete die Augen. Inzwischen konnte sie ihn sehen – ihren Chef, der zugleich der Mann war, den sie liebte, auch wenn er ihre Liebe nie erwidern würde. Und da drüben auf der anderen Seite stand Frieda. Wie sollte es auch anders sein? Diese beiden. Aber er hatte sie Freundin genannt. Am Fußende ihres Bettes befanden sich noch andere Leute. Sie nahm ihre ganze Kraft zusammen, um sich zu konzentrieren, und kam zu dem Schluss, dass es fast die gesamte Gruppe war, zu der sie immer so gerne gehört hätte. Friedas Clique.

»Werde ich sterben?«

»Nein.« Frieda griff nach ihrer Hand und drückte sie. »Leben.«

Schlagartig, wie eine dunkle Flutwelle, kam Yvettes Erinnerung zurück, und mit dieser Erinnerung kehrten auch der Schmerz und die Angst zurück: Während dieses Messer auf sie eingehackt hatte, war ihr durch den Kopf geschossen, dass ihr Leben überhaupt nicht so gewesen war, wie sie es sich erhofft hatte, und dass es nun wohl endete.

»Ist es vorbei?«, fragte sie.

»Es ist vorbei«, antwortete Karlsson. »Du hast es überstanden.«

Der Morgen dämmerte. Das Krankenhaus verwandelte sich wieder in einen Ort hektischer Betriebsamkeit. Auch der Verkehrslärm draußen auf den Straßen nahm zu. Olivia und Alexei trafen ein. Olivia machte einen verhärmten Eindruck, und Alexei war schweigsam wie immer, nahm aber mit seinen dunklen Augen alles ganz genau unter die Lupe. Schließlich ließen sie Yvette mit Karlsson allein, stiegen zusammen die Treppe hinunter und traten durch die Drehtür hinaus in den neuen Tag.

»Ich glaube«, sagte Jack, während er im hellen Morgenlicht blinzelte, »jetzt ist genau der richtige Zeitpunkt für ein ganz großes Frühstück. Hier beim Krankenhaus gibt es doch bestimmt ein paar Cafés, die so früh schon aufhaben. Ich bin am Verhungern!«

»Wie wäre es mit einem Pfannenfrühstück für uns alle?«, schlug Josef vor, dessen Miene sich bei dieser Vorstellung sichtlich aufhellte. »Viele Eier.« Er legte einen Arm um Chloë. »Geht es dir gut?«

»Ich glaube schon. Mir ist nur gerade ein bisschen schummrig. Da würde mir ein Frühstück bestimmt guttun.«

»Frieda?« Reuben sah sie fragend an.

Sie schüttelte den Kopf. »Tut mir leid, ich passe. Ich muss eine Runde marschieren.«

»Kannst du nicht vorher mit uns frühstücken? Oder zumindest einen Kaffee trinken?«

»Ich muss eine Runde marschieren«, wiederholte sie.

»Na schön. Ruf uns an, falls du später doch noch zu uns stoßen möchtest.«

»Natürlich.«

Aber sie wussten, dass sie das nicht tun würde.

Frieda sah ihnen nach, während sie in die andere Richtung davonspazierten: Jack mit seinem bunt gestreiften Schlafanzug und dem wild abstehenden Haar, Olivia in einem gewagten roten Kleid, Reuben mit seinem Sommeranzug und seiner glänzenden Glatze, Chloë mit ihren klobigen Stiefeln und dem stacheligen Haar, und Josef, der neben ihrer schlanken Gestalt wuchtig wirkte und den Arm um ihre Schulter gelegt hatte, während auf der anderen Seite Alexei seine Hand hielt und aussah wie die Miniaturausgabe seines Vaters.

Als sie außer Sichtweite waren, wandte sie sich um und ging in die entgegengesetzte Richtung. Erst jetzt konnte sie all den Gedanken und Gefühlen, die sie bis dahin mühsam im Zaum gehalten hatte, freien Lauf lassen.

Schnellen Schrittes bog sie von der Hauptstraße ab und wanderte die kleineren Straßen entlang, wo für die meisten Leute der Tag gerade erst anfing. Hinter ihr lagen das städtische Ödland von Silvertown, das Themse-Sperrwerk und die baufälligen Lagerhallen, und auch das kleine Haus in der Sackgasse, wo erst Chloë und dann Yvette gefangen gehalten worden waren. Zu ihrer Linken ragten die schimmernden Wolkenkratzer auf, all die schicken, zum jeweiligen Firmenimage passenden

Zentralen globaler Unternehmen, wo geschäftsmäßig gekleidete Männer und Frauen bereits hinter ihren Computerbildschirmen saßen. Sie marschierte weiter, vorbei an Läden, deren Metalljalousien gerade erst hochgezogen wurden, vorbei an Enklaven aus alten Reihenhäusern, die damals die deutschen Luftangriffe überstanden hatten, und modernen Wohnblocks, großen leeren Kirchen und kleinen Parks. Ein Straßenkehrer schob seinen mit Tüten behangenen Wagen auf sie zu. Im Vorbeigehen fiel ihr auf, dass er Fotos seiner Familie am Handgriff befestigt hatte.

Ihre Freunde hatten überlebt, dafür aber einen hohen Preis bezahlt: Reuben war brutal zusammengeschlagen worden, Jack hatte eine zerschmetterte Hand davongetragen, Chloë war entführt, unter Drogen gesetzt und in einem schlimmen Zustand fotografiert worden und Yvette nur knapp dem Tod entronnen. Andere hatten nicht überlebt: Morgan Rossiter war ermordet worden, ebenso Bruce Stringer und vermutlich auch Daniel Blackstock selbst. So viele Menschen waren wegen Dean gestorben – und ihretwegen. Sie sah alle ihre Gesichter in ihren Träumen. Sie waren ihre Geister und würden sie immer heimsuchen.

Sie blieb stehen. An einem Geländer lehnte ein Fahrrad, weiß gestrichen und geschmückt mit welken Blumen und Kränzen, eines der Londoner Geisterräder, die vom Tod ihrer Besitzer kündeten.

Josef hatte das komplette englische Frühstück bestellt: Spiegeleier, gebratene Tomaten, zwei Scheiben durchwachsenen Speck, eine große rosa Wurst, gebratenes Brot und gebratene Pilze. Er gab Tomatenketchup auf seinen Teller, fügte einen Klecks Senf hinzu und rührte dann drei Stück Zucker in seinen Kaffee.

»Hast du wirklich vor, das alles zu verdrücken?«, fragte Chloë, die eine Tasse Kräutertee zwischen den Händen hielt.

Josef konnte ihre Bedenken nicht nachvollziehen. Er spießte einen Pilz und ein Stück Wurst auf seine Gabel, tauchte beides in Eidotter und schob sich das Ganze in den Mund.

»Das schmeckt«, sagte er. »Gutes Essen ist ein Trost.«

»Eine Bloody Mary wäre mir ein größerer Trost«, warf Olivia ein. »Aber ich glaube nicht, dass die hier so was auf der Karte haben.«

Sie waren alle zusammengekommen. Karlsson hatte Yvette für eine Stunde allein gelassen und gönnte sich zu seinem Kaffee gerade ein Hefeteilchen. Neben ihm saß Olivia, deren Gesicht an diesem Tag ein wenig aufgedunsen wirkte. Alexei schmiegte sich dicht an seinen Vater und betrachtete mit seinen braunen, ängstlichen Augen die ungewohnte Umgebung.

Sie waren wie Überlebende eines schrecklichen Unfalls, ging Karlsson durch den Kopf, während er einen Blick in die Runde warf. Sie brauchten nicht mehr groß darüber zu reden, aber hin und wieder berührten sie einander an der Schulter oder an der Hand, sagten ein paar Worte und lächelten sich an. Chloë bestrich Jacks Toast mit Marmelade. Josef mampfte sich durch den Berg Essen auf seinem Teller. Gelegentlich wischte er sich mit der Hand über den Mund.

Aber Frieda fehlte. Frieda, die der Mittelpunkt dieses seltsamen Freundeskreises war und trotzdem immer außerhalb stand.

62

Ihre Füße hatten sie schließlich zur Waterloo Bridge getragen. Auf halber Höhe blieb sie stehen und starrte auf den Fluss hinunter, in dessen braunem Wasser sich die Stadt spiegelte. Kleinere und größere Wirbel brachen die Lichter der Gebäude.

Vor langer Zeit hatte sie mit Sandy hier gestanden, und er hatte sie gefragt, ob sie sich vorstellen könne, jemals anderswo zu leben, beispielsweise in Manhattan oder Berlin. Sie hatte ihm geantwortet, man könne nur eine einzige Heimatstadt haben, und die ihre sei London. Doch später war dann Sandys Leiche hier ganz in der Nähe gefunden worden, mitgerissen von der Strömung. Sie musste an die Zeit ihrer Liebe denken, an die schlimme Phase am Ende, als sie ihn verlassen hatte, und an seinen Tod. Sie dachte auch an die arme, verrückte Hannah Docherty in ihrer Klinik für geistesgestörte Gewaltverbrecher, an den hartnäckigen, verbissenen Jim Fearby, der seine Suche nach der Wahrheit nie aufgegeben hatte und deswegen ermordet worden war. Und da gab es noch andere, eine ganze Familie von Geistern. So viele Menschen, die sie nicht hatte retten können.

Lange Zeit stand sie dort, den Blick auf den großen Fluss gerichtet und gleichzeitig so tief in ihre Gedanken versunken, dass sie gar nicht merkte, wie sich die Menschenmassen, die über die Brücke strömten, langsam verdichteten, während die Sonne am Spätsommerhimmel immer höher stieg.

Wir sind Blätter an einem Baum … Bald kommt der Herbst.

Trotz der Wärme schauderte sie. Der Herbst kam. Und mit ihm die Dunkelheit. Das Ende nahte.

Schließlich machte sie kehrt und ging in Richtung Embankment. Nicht weit von hier wartete ihr Häuschen auf sie. Vor ihrem geistigen Auge sah sie sich in die kleine Kopfsteinpflastergasse einbiegen, die blaue Tür aufschieben und die Diele betreten, wo sie einen Moment stehen blieb und den vertrauten Duft nach Bienenwachspolitur und Büchern in sich aufsog. Als Nächstes sah sie sich ins Wohnzimmer hinübergehen, wo ein Schachtisch für eine Partie bereitstand, eine Schildpattkatze zusammengerollt auf dem Sessel lag und im Winter immer das Kaminfeuer brannte. Von dort führte ihre imaginäre Runde sie hinüber in die Küche mit dem gelben Rosenstrauß auf dem Tisch und einem Töpfchen Basilikum auf dem Fensterbrett. Und schließlich ging es noch nach oben, vorbei an ihrem Schlafzimmer und dem Badezimmer mit der großen Wanne, die Josef für sie eingebaut hatte, und über eine weitere Treppe hinauf in ihr Dachstübchen. Im Geiste sah sie den Zeichenblock aufgeschlagen daliegen, daneben den Becher mit den weichen Bleistiften und darüber das Dachfenster, durch das sie auf die Weite der Stadt hinausblicken konnte.

Ihre Stadt. Ihr Zuhause.

Doch sie ging in eine ganz andere Richtung, durch die engen Straßen von Soho, wo sie schließlich an die vertraute Tür klopfte.

Levin nahm seine Brille ab und polierte sie an seiner gelben Krawatte. Er blinzelte Frieda zu und bedachte sie mit jenem Lächeln, das nie ganz die Augen erreichte.

»Ich habe es schon gehört«, sagte er. »Gut gemacht.«

Sie fixierte ihn mit ihren dunklen Augen.

»Ich möchte, dass Sie etwas für mich tun.«

»Was denn?«

»Lassen Sie mich verschwinden.«

Lesen Sie weiter >>

LESEPROBE

Das fesselnde Finale der Frieda-Klein-Serie

Frieda Klein ist untergetaucht. Selbst ihre Freunde haben nicht die geringste Ahnung, wo sie steckt. Aber Frieda hat nicht mit der Hartnäckigkeit der Studentin Lola gerechnet, die eine Arbeit über sie schreiben will – und nicht ahnt, in welche Lebensgefahr sie sich damit bringt. Denn etwa zur gleichen Zeit beginnt eine Mordserie, hinter der Frieda ihren alten Widersacher Dean Reeves vermutet. Gemeinsam fliehen die beiden Frauen vor dem erbarmungslosen Mörder.

1

Es war ein schöner, warmer Montagmorgen – zu warm für den Spätherbst –, und Charlotte Beck würde gleich die einzige wirklich dramatische Erfahrung ihres Lebens machen. Bereit war sie dafür nicht. Im Grunde fühlte sie sich für gar nichts bereit.

Sie lotste gerade eine chaotische kleine Gruppe die Heath Street entlang, wie sie es jeden Wochentag tat. Während sie den Kinderwagen mit der zehn Monate alten Lulu lenkte, schob sich zu ihrer Linken der zweieinhalbjährige Oscar auf einem kleinen Roller voran. Um Charlottes rechtes Handgelenk war eine Hundeleine geschlungen, und am anderen Ende der Leine hing ein schwarzer Labradorwelpe namens Suki. Alles erschien Charlotte wie in Dunst gehüllt, doch es war kein wirklicher Dunst, sondern der bleierne Nebel der Erschöpfung, der seit einem halben Jahr beharrlich über ihrer Welt hing. Lulu schlief nachts nicht, sondern schrie und kreischte. Egal, was Charlotte ausprobierte, egal, welche Expertenratschläge sie befolgte, nichts half.

Stattdessen schlief Lulu tagsüber. Auch jetzt schlummerte sie zufrieden in ihrem Kinderwagen, warm verpackt unter einer Decke, einen Schnuller im Mund. Hin und wieder beugte Charlotte sich mit prüfendem Blick über sie. Lulu wirkte friedlich wie ein Engel. Es war kaum zu glauben, dass dieses glatte kleine Gesicht mit den langen Wimpern und rosigen Wangen einer erwachsenen Frau derartig zusetzen konnte. Charlotte fühlte sich so müde, dass es wehtat. Ihre Augen brannten, ihre Haut spannte, ihre Gelenke schmerzten. Sie war doch erst einunddreißig. Das konnte noch keine Arthritis sein, oder?

Machte Schlafmangel die Knochen kaputt? Es fühlte sich danach an.

Während ihre kleine Chaoskarawane sich langsam den Hügel hinaufbewegte, war Charlotte bewusst, dass so vieles schiefgehen konnte. Suki war noch nicht richtig erzogen. Charlotte hatte eigentlich vorgehabt, ihr frühzeitig beizubringen, nicht zu betteln, sich bei »Platz« zu setzen und überhaupt alles zu tun, was man ihr sagte, doch dafür hatte die Zeit nicht gereicht. Es war so viel anderes zu bewältigen gewesen. Deswegen bestand nun die Gefahr, dass Suki voller Begeisterung auf einen Artgenossen zustürmte oder aus Angst vor einem bedrohlich wirkenden Exemplar die Flucht ergriff und dabei die ganze Gruppe auf die Straße riss, hinein in den Verkehr. Zwar war sie nur ein Welpe, ihrer Besitzerin aber mehr als gewachsen. Auch Oscar auf seinem Roller stellte eine ständige Gefahr für sich und andere dar. Wohl zum hundertsten Mal sagte sich Charlotte, dass sie ihm nun wirklich einen Helm kaufen musste. Was, wenn er von seinem Gefährt fiel und mit dem Kopf aufschlug? Welche Sorte Mutter war sie eigentlich? Benommen stellte sie sich die potenziellen Schlagzeilen vor: »Familie von Hund unter Auto gerissen«, »Kleinkind stirbt bei Rollercrash. Mutter verhaftet.«

An diesem Morgen erschien ihr die Geschäftsstraße wie eine Aneinanderreihung von Vorwürfen. Sie kam an mehreren Cafés vorbei, wo junge Mütter paarweise oder in Grüppchen saßen und sich unterhielten, als wäre die Mutterschaft eine einfache und erfreuliche Lebensstilvariante. Die Vorstellung, auch nur den Versuch zu unternehmen, sich mit Oscar, Lulu und Suki in einem Café niederzulassen, bescherte Charlotte schon eine ansatzweise Migräne. Mittlerweile befanden sie sich auf Höhe eines Kinderbekleidungsgeschäfts namens Mamma Mia. Oscar brachte seinen Roller zum Stehen, indem er das Schaufenster rammte.

»Ist das da ein Roboter?«, fragte er, den Blick gebannt auf

die silbrig glänzende Schaufensterpuppe in Kindergröße gerichtet, die eine Jacke zum Preis von 87,50 Pfund trug.

»Nein«, antwortete Charlotte. »Das ist eine...« Sie zögerte. Wie sollte sie es ihm erklären? »Eine Art Puppe für Anziehsachen.« Hinter den Schaufensterpuppen sah Charlotte eine Frau in einer rosaroten Jacke, die ebenfalls zwei Kinder bei sich hatte, einen Jungen in Oscars Alter und ein blondes Mädchen, das ein paar Jahre älter war und das Haar zu einem Pferdeschwanz gebunden trug. Charlotte kam es vor, als liefe in dem Laden eine Bühnenvorstellung ab, dargeboten von Menschen, die wussten, wie man eine Familie bildete, und auch genug Geld besaßen, um alles richtig hinzukriegen.

Sie setzten ihren Weg die Straße entlang fort. Ihr Ziel war die Kuppe des Hügels, der Whitestone Pond in Hampstead Heath. Dort hatte Charlotte jedes Mal das Gefühl, ins Licht zu entkommen, raus aus der darunterliegenden Düsternis, dem Verkehr und den Abgasen der Allradfahrer, die ihre Kinder in eine von den Dutzenden kleiner, über ganz Hampstead verteilter Privatschulen brachten. Vor einer Zahnarztpraxis legte sie eine Verschnaufpause ein. Wann mussten Kinder eigentlich erstmals zum Zahnarzt? Sie betrachtete das gläserne Schild mit den angebotenen Serviceleistungen. »Lächeln wie ein Promi!« Das klang nach etwas, das sie unbedingt brauchte. »Zähne wie mit zwanzig!« Noch besser. Sie dachte an ihr Leben vor zehn Jahren – war das wirklich schon so lange her? – als Studentin an der Uni. An die Freitag- und Samstagabende, die verschlafenen Vormittage. Niemand musste gefüttert werden, um niemanden brauchte sie sich Gedanken zu machen, außer um sich selbst und gelegentlich eine Mitbewohnerin, die den letzten Rest Milch verbrauchte. Sie erhaschte einen Blick auf ihr Spiegelbild. Was wohl die einundzwanzigjährige Charlotte Beck von der einunddreißigjährigen hielte, die von Schlafmangel gezeichnet war und mit ungewaschenem Haar herumlief und – wie sie gerade erst bemerkte – mit einem Fleck auf der Vorderseite ihres Shirts? Rasch zog sie den Reißverschluss ihrer Jacke hoch, damit man ihn nicht mehr sah.

Sie setzten ihren Weg den Hügel hinauf fort.

»Wohin gehen wir?«, fragte Oscar.

»Wohin wir immer gehen. Zum Teich. Vielleicht legen wir uns ja eines Tages ein Boot zu.«

»Was für ein Boot?«

»Ein kleines Segelboot.« Kaum waren die Worte draußen, wurde ihr klar, dass das wohl keine gute Idee gewesen war.

In dem Moment passierte es.

Wie ein silbriger Blitz schoss der Wagen an ihr vorbei, den Hügel hinunter.

Zu schnell, dachte sie und wandte sich instinktiv Oscar, dem Kinderwagen und Suki zu. Sie blickte also nicht in die entsprechende Richtung, als sie hinter sich plötzlich Schreie hörte, dann ein schabendes Geräusch, gefolgt von einem Knall, metallischem Knirschen und dem Bersten von Glas. Erschrocken fuhr sie herum und starrte den Hügel hinunter. Im ersten Moment hatte sie Schwierigkeiten zu begreifen, was sie da sah, denn auf einmal war alles ganz anders. Niemand bewegte sich, und die Welt war verstummt, abgesehen von irgendeiner Sirene – einer Alarmanlage oder einem Feueralarm. Unfassbarerweise, wie in einem Albtraum, klemmte das silberfarbene Auto, das eben an ihr vorbeigerast war, nun in einem Schaufenster, und zwar fast ganz drin. Ein weißer Lieferwagen, der im Begriff gewesen war, den Hügel hinaufzufahren, hatte mitten auf der Straße angehalten. Der Fahrer war ausgestiegen, unternahm jedoch nichts, sondern stand einfach nur da und starrte.

Charlotte kam es vor, als hätte das normale Leben einen Sprung bekommen und sie einen Schritt durch diesen Sprung getan, sodass nun alles anders war und nichts mehr einen Sinn ergab. Langsam setzte sie sich in Bewegung, auf die Verwüstung zu, blieb jedoch gleich wieder stehen. Sie hatte Suki bei sich, die Leine war ja um ihr Handgelenk geschlungen, ihre Kinder aber hatte sie vergessen. Sie machte kehrt und griff nach dem Kinderwagen. Lulu schlief immer noch tief und fest. Oscar starrte mit offenem Mund auf den Unfall, wie die Karikatur eines überraschten kleinen Jungen in einem Kinderbuch.

»Komm«, sagte Charlotte zu ihm, während sie steif seine rechte Hand in ihre linke nahm und mit der anderen, an der auch Sukis Leine hing, den Kinderwagen schob. Als sie näher kam, sah sie, dass ein paar Leute einfach nur dastanden und die Augen aufrissen. Zwei Frauen waren aus dem Café getreten. Ein Postbote stand auch dabei. Nein. Charlotte korrigierte sich im Geiste. Es handelte sich um eine Postbot*in*: Sie hatte ihren lustigen roten Anhänger im Schlepptau und hielt ein Päckchen in der Hand. Als Nächstes registrierte Charlotte die am Boden liegenden Gestalten. Warum half ihnen denn niemand? Wer kümmerte sich um alles? Sie blickte sich um. Was sie sich wünschte, war, dass Leute in Uniform auftauchten, die Regie übernahmen, Absperrband spannten und allen Anwesenden befahlen, auf der anderen Seite zu bleiben. Aber da waren keine Rettungskräfte, sondern nur normale Leute, die nicht wussten, was sie tun sollten.

Nicht weit von ihr entfernt standen zwei junge Frauen. Eine von beiden hatte eine Ledertasche umhängen.

»Haben Sie ein Telefon?«

Da die Frauen sie nur verwirrt anstarrten, wiederholte Charlotte ihre Frage, woraufhin eine der beiden den Arm hob und ihr das Telefon zeigte, das sie in der Hand hielt.

»Krankenwagen«, sagte Charlotte. »Neun, neun, neun. Rufen Sie an. Jetzt.«

Sie wandte sich an die andere Frau und deutete auf ihre Kinder. »Kümmern Sie sich um die zwei«, befahl sie. »Nur eine Minute. Ich bin gleich wieder da.«

Charlotte streifte Sukis Leine vom Handgelenk und übergab sie Oscar, dem immer noch der Mund offen stand. »Pass einen Moment auf Suki auf. Schaffst du das?«

Er nickte feierlich. Charlotte wandte sich um und steuerte auf den Wagen zu. Eine Frau lag halb auf dem Gehsteig, halb auf der Straße, ein Bein seltsam verrenkt. Charlotte kniete sich neben sie und sah ihr in die Augen. Krampfhaft versuchte sie, sich zu erinnern, was in einer solchen Situation zu tun war. Sollte man die verletzte Person bewegen oder nicht? Ihr Gehirn fühlte sich an wie leer gefegt.

»Wie geht es Ihnen?«, fragte sie.

»Mein Bein!«, stöhnte die Frau. Wenigstens konnte sie sprechen.

»Tut Ihnen sonst noch was weh?«

»Mein Mann, wo ist mein Mann?«

»Der Krankenwagen ist schon unterwegs«, antwortete Charlotte in der Hoffnung, dass es stimmte. Sie stand auf und ging zur anderen Seite des Fahrzeugs. Dort lag ein älterer Mann auf dem Rücken. Blicklos starrte er in den Himmel hinauf. Er war der erste Tote, den Charlotte in ihrem Leben sah.

Sie trat neben den Wagen. In seinem Inneren entdeckte sie eine zusammengesunkene Gestalt, konnte jedoch nicht erkennen, ob es sich um einen Mann oder eine Frau handelte. Als sie gerade die Wagentür öffnen wollte, hörte sie ein Schluchzen und wandte den Kopf: Es kam aus dem Laden. Sie stieg durch die Überreste dessen, was einmal das Schaufenster gewesen war. Glas knirschte unter ihren Füßen. Sie blickte nach unten und begriff plötzlich, dass es sich um das Mamma Mia handelte, das Kinderbekleidungsgeschäft.

Sie ging weiter hinein. Vor ihr auf dem Boden lag jemand, halb unter den Vorderreifen des Wagens eingeklemmt. Als Charlotte sich hinunterbeugte, bewegte sich die Gestalt stöhnend. In dem Moment spürte Charlotte einen warmen Schwall gegen ihren Körper klatschen und stellte fest, dass es sich um eine Frau handelte, aus deren Schulter – oder Schulterbereich – Blut quoll. Es kam in Fontänen, als würde es jemand herausblasen, dann einen Moment einatmen und erneut Blut ausstoßen. Die Frau sah zu ihr auf, blickte ihr direkt in die Augen. Charlottes erster Impuls war davonzulaufen und es jemand anderem zu überlassen, sich um die Schwerverletzte zu kümmern.

Immerhin konnte sie sich dunkel daran erinnern, was man in einem solchen Fall tun sollte. Etwas draufdrücken. Das war's. Aber wo? Sie legte die Finger über die Wunde, doch das Blut quoll zwischen ihnen hindurch. Es funktionierte nicht. Daraufhin schob sie die Hand tiefer, ein kleines Stück weg von der Wunde, und drückte erneut, diesmal richtig fest. Der Blutstrom versiegte, als wäre sie auf einen Gartenschlauch getreten. Sie drückte noch fester, woraufhin die Frau ein Keuchen ausstieß.

»Werde ich sterben?«, fragte sie mit flackerndem Blick.

»Ein Krankenwagen ist schon unterwegs«, antwortete Charlotte.

»Joey«, sagte die Frau. »Und Cass.«

Schlagartig begriff Charlotte, dass es die Frau war, die sie vorhin durchs Fenster beobachtet hatte, und der Tote draußen vielleicht ihr Ehemann. Sie fragte sich, wo wohl die Kinder steckten.

»Bestimmt sind sie in Sicherheit«, erklärte sie.

Suchend blickte sie sich um. Dabei hatte sie fast Angst vor dem, was sie womöglich sehen würde. Doch ein paar Meter seitlich von ihnen entdeckte sie die Kinder, auf den Boden gekauert, die Augen glasig vor Schock. Charlotte hatte das Gefühl, dass sie den beiden irgendwie beistehen sollte, wagte aber nicht, die Hand von der Wunde zu nehmen. Plötzlich wimmelte es um sie herum von Uniformen, jungen Männern und Frauen, deren Gesichter sie nur verschwommen wahrnahm. Jemand bombardierte sie mit Fragen, doch sie konnte keinen klaren Gedanken fassen. Man zog sie weg von der Frau, die unter einer Schar von Rettungssanitätern verschwand. Charlotte wich zurück. Wieder hörte sie das Glas unter ihren Füßen knirschen. Sie starrte die beiden Kinder an, die immer noch auf dem Boden kauerten, und breitete hilflos die Arme aus.

In dem Moment fielen ihr ihre eigenen Kinder wieder ein. Benommen bahnte sie sich einen Weg durch den verwüsteten Laden. Überall sah sie uniformierte Rettungskräfte. Einige von ihnen musterten sie eindringlich. Sie trat nach draußen, spürte die Sonne auf der Haut und hörte die Leute rundherum keuchen. Verwirrt fragte sie sich nach dem Grund. Als sie daraufhin den Blick an sich hinabgleiten ließ, über ihre blutgetränkte Kleidung, begriff sie, dass sie selbst der Grund für das Keuchen war.

2

Constable Darren Symons hatte seinen Posten erst gut zwei Monate inne. Das am schlimmsten betroffene Unfallopfer, mit dem er bisher zu tun gehabt hatte, war ein junger Mann gewesen, den ein Betonmischer von seinem Motorrad herunterbefördert hatte. Allerdings war der Mann dabei nicht gestorben, sondern hatte sich nur ein Bein gebrochen. Das hier war etwas ganz anderes. Fast ehrfürchtig ließ Symons den Blick über das Blutbad schweifen. Es kam ihm vor wie ein Fiebertraum: das blitzende Blaulicht, der in den Laden gerammte silberfarbene Wagen, die funkelnden Glasscherben auf dem Gehsteig, die leblose Person, die noch in dem eingedrückten Fahrzeug gefangen war. Das alles erschien ihm nicht real, jedenfalls nicht realer als die Schaufensterpuppe in Kindergröße, die unerschütterlich inmitten des verwüsteten Ladens stand. Er sah, wie eines der Opfer auf eine Trage gehoben wurde. Eine Beamtin führte zwei kleine Kinder zu einem wartenden Fahrzeug. Sein Blick blieb an dem Blut auf dem Gehsteig hängen. Er hörte jemanden weinen, schrill und laut.

»Constable Symons. Darren!« Blinzelnd wandte er sich seiner Vorgesetzten zu, die eine ausladende Handbewegung machte. »Die Zeugen. Nehmen Sie ihre Namen auf, bevor sie alle verschwinden.«

Symons nickte und zog sein Notizbuch heraus. Sein Stift zuckte unsicher über das Papier, als er das Datum schrieb: 3. Oktober 2016. Nach einem Blick auf seine Armbanduhr fügte er die Uhrzeit hinzu: 9.11 Uhr. Hinter den Absperrungen standen die Leute bereits dicht gedrängt, und weitere strömten den Hügel herauf, als wären sie auf dem Weg zu einem Konzert. Wie erfuhren sie nur so schnell davon? Er blickte hoch und sah an den Fenstern der Häuser überall Gesichter.

Eine Frau saß blutüberströmt auf dem Gehsteig. Sie hielt eine Leine, an deren anderem Ende ein kleiner Hund hing. Jedes Mal, wenn das Tier zu zerren begann, riss es ihren Oberkörper in die entsprechende Richtung. Warum kümmerte sich niemand um sie? Vorsichtig trat Symons näher, als könnte sie wie eine Bombe explodieren. Die Frau hob den Kopf. Ihr Gesicht war vor Schock kalkweiß, aber äußere Verletzungen schien sie auf den ersten Blick keine zu haben. In dem Kinderwagen neben ihr lag ein Baby, das unglaublicherweise inmitten des ganzen Durcheinanders friedlich schlief. In seinem Mund steckte ein Schnuller, und seine Augen zuckten, als träumte es. Am Randstein sprang ein kleiner Junge auf und ab. Er trug eine gestreifte Hose und hatte vor Aufregung rot gefleckte Wangen.

»Sind Sie verletzt?«, fragte Constable Symons.

Hinter sich hörte er eine Motorsäge aufheulen. Offenbar schnitten sie jetzt die leblose Person aus dem Wagen.

»Ich? Nein. Ich bin nur …« Sie legte eine Pause ein. »Mir ist ein bisschen schlecht.«

»Das ist Blut!«, stieß der Junge keuchend hervor. »Echtes Blut!« Noch immer sprang er hektisch den Randstein auf und ab, das Gesicht vor Anstrengung verzogen, aber mit leuchtenden Augen.

»Darf ich Ihnen ein paar Fragen stellen?«, wandte Constable Symons sich wieder an die Frau. »Zu dem, was Sie gesehen haben?«

»Ich habe nichts gesehen.«

»Sie sind voller Blut.«

Benommen blickte sie an sich hinunter. »Es ist von der Frau. Muss sie sterben? Wo sind ihre Kinder?«

»Wen meinen Sie?«

»Die Frau in dem Geschäft. Ich habe versucht …«

»Darüber weiß ich nichts«, unterbrach er sie. »Wenn Sie mir bitte erzählen würden, was Sie gesehen haben.«

»Es ging zack-peng!«, rief der Junge. »Wir wollten zum Teich. Bald kaufen wir uns ein Segelboot.«

»Fangen wir doch mit Ihrem Namen an.«

»Ich heiße Charlotte Beck«, erklärte die Frau. Dann begann sie plötzlich zu weinen. Ihr magerer Körper zuckte, und die Tränen strömten ihr über die Wangen.

Er setzte sich neben sie auf den Gehsteig und legte ihr die Hand auf die Schulter. Der kleine Junge unterbrach sein Gehopse und kauerte sich ebenfalls neben sie.

»Das wäscht sich doch wieder ab«, versuchte er sie zu beruhigen. »Nicht weinen, Mummy.«

»Ich war hinten im Lager«, flüsterte die Inhaberin des Mamma Mia. Die Stimme versagte ihr einen Moment den Dienst. Ständig strich sie sich mit den Händen über Gesicht und Körper, als müsste sie sich immer wieder davon überzeugen, dass ihr nichts fehlte. »Ich habe nach etwas gesucht, nach …« Sie brach erneut ab. »Ich schätze, es spielt keine Rolle, wonach ich gesucht habe.«

»Sie haben also nichts gesehen?«, fragte Constable Symons.

»Ich dachte, es ist ein Erdbeben. Oder eine Bombe. Ich dachte, ich muss sterben.« Sie starrte ihn an. »Ich bin unter den Tisch gekrochen«, fuhr sie fort. »Statt zu helfen, habe ich mich einfach nur versteckt.«

»Das ist ganz normal«, entgegnete er.

»Da saß noch jemand mit dem Mann im Wagen.«

»Tatsächlich?«

»Ein zweiter Mann. Mit einem Hut, wenn ich mich nicht irre. Es ging alles so schnell, aber ich bin wirklich davon überzeugt, dass da noch ein Mann war. Ist er nicht mehr da? Merkwürdig.«

»Da war irgendetwas merkwürdig.«

Symons musterte den Mann. Er war kräftig gebaut, hatte kurz geschnittenes Haar und trug über seiner Jeans eine dicke grüne Jacke. »Natürlich, da war alles merkwürdig«, antwortete der Beamte. »Ein Wagen, der in einen Laden rast. Merkwürdiger geht's nicht.«

»Das meine ich nicht. Der Wagen hat nicht so ausgesehen, als würde ihn jemand fahren. Es war eher, als käme er einfach den Hügel heruntergerollt, außer Kontrolle.«

»Gerollt? Wie meinen Sie das?«

»Ich sage nur, was ich gesehen habe.«

»Kann ich Ihren Namen und Ihre Nummer haben?«

»McGill«, antwortete der Mann, »Dave McGill.« Er fügte eine Telefonnummer hinzu.